清代宮廷大戲叢刊續編 六

鐵旗陣

詹怡萍◎主編
謝雍君 王傲◎校點

北京大学出版社
PEKING UNIVERSITY PRESS

國家古籍整理出版專項經費資助項目

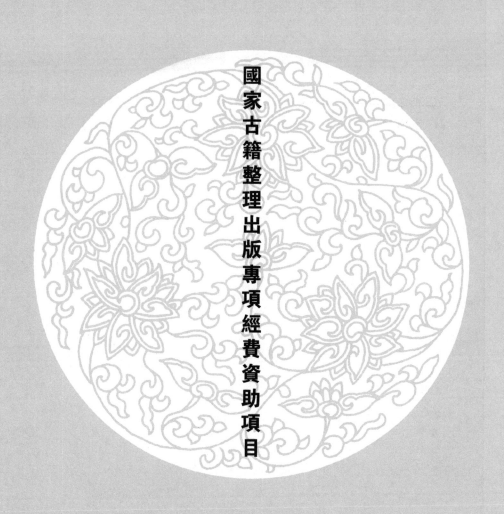

整理説明

《鐵旗陣》，清代宫廷連臺本大戲，清鈔本，清内府所聘文人曲客編撰。創作時間，據朱家溍《清代内廷演戲情况雜談》，大致爲清乾隆年間。

該劇講述宋代楊家將故事，敘説楊繼業父子征戰南唐，經過多次戰爭，最終擊敗南唐，中間穿插忠奸鬥爭、三位兒子談婚論嫁的情節，宣揚了盡忠報國的思想。與歷史記載中的楊家將事跡不同，該劇是創編者吸納了當時盛行的評話、曲藝中的楊家將故事後，重新改編的新作品。在戲劇情節上，上可與《盛世鴻圖》連貫，下可與《昭代簫韶》銜接，凸顯出楊家將故事在清宫戲曲中的演變。該劇是清代宫廷中演出時間較長、演出次數較多的連臺本戲。

全劇凡六册，十五段，每段齣數不同，共一百零三齣。第一段至第十四段，皆有四字齣名，第十五段八齣無齣名，第十三段第一齣首頁殘缺。天頭部分註明打出手演員的姓名、出場順序、龍套人數、砌末名稱、武打套路、舞臺調度等，名爲「把子記載」。凡武場部分大多有把子記載，文字有詳有略。

該劇劇本爲演出本，曾以昆弋和亂彈方式演出過。昆弋演出本以《古本戲曲叢刊九集》所收本爲代表，亂彈演出本以《故宫珍本叢刊》第680冊、《故宫博物館藏清宫南府昇平署戲本》第77冊至第79冊所收本爲代表。昆弋本保留了打出手的演員姓名、武打套路、舞臺調度等史料，具有重要的研究價值。

該劇演劇情況，據《清昇平署檔案事例漫抄》《清昇平署志略》記載，曾於清道光年間（1821—1850）演出兩次，咸豐年間（1851—1861）演出一次，光緒年間（1875—1908）演出一次。有研究者據《中國國家圖書館藏清宫昇平署檔案集成》記載，認爲該劇在清宫裏共演出了六次。①

現存版本有：清内府鈔本，十五段一百零三齣，不分卷，藏故宫博物館圖書館；幾禮居傳鈔清内府鈔本，上海圖書館等藏；《古本戲曲叢刊九集》之影印本，以幾禮居傳鈔本爲底本，據清内府鈔本校勘；清南府安殿本，鈐「舊大班」章，共八齣，齣目分別爲：《雙英鬥武》《溪仙助陣》《移山護營》《雙竊擊鏡》《奸相催功》《計傾兩陣》《泄機被擒》

① 參見杜雨桐《〈鐵旗陣〉研究》，遼寧大學博士論文，2020年，第90—93頁。

《素真歸宋》，内容與清内府鈔本不同，中國藝術研究院藝術與文獻館等藏；臺北天一出版社本；《故宫珍本叢刊》所收曲譜本、皮黄本和題綱本，等等。另有中國國家圖書館藏八段串關本，八段分别爲第二段、十四段、二十二段、二十三段、二十九段、三十三段、四十二段和一段未標段數段。本叢刊以《古本戲曲叢刊九集》影印本爲底本進行整理點校。

整理點校時，底本文字，如有闕、誤、舛，出注説明；如模糊不清者，標爲「□」。原文曲詞，按照《九宫大成南北詞宫譜》《南北詞簡譜》斷句；不合律譜者，按意讀斷句。原曲詞不分正襯，一仍其舊。古今字、通假字一般不作改動；異體字、俗字、闕筆省筆字等，統一改爲通用規範字，不出校記。涉及演員名字時，如白興泰、蕭齡、趙德等，底本出現不同寫法（如白與太、肖令、趙得等），據《清昇平署志略·職官太監年表》，統一爲一種寫法。天頭的把子記載，根據内容移至正文相應位置。

謝雍君　王　傲

目録

第三段

第四段

第五段

第六段

第七段

第八段

第十三段

第一段

第一齣　太乙遣仙

〔扮天將上，跳舞科，畢。内奏樂。扮仙官，執如意。金童玉女引太乙天尊上，唱〕

【雙角套曲·新水令】太平宇宙日舒長，喜顔開青蓮座上。慈垂金臂手，慧放玉毫光。濟世心良，俯察通靈爽。〔奏樂，陞座，白〕造化由來太極分，樞機元奥位天尊。尋聲赴感參天地，濟拔群生一念存。吾乃太乙救苦天尊是也。混沌初分，太乙始尊之有極；贊化元樞，育物慈心之無盡。聚先天之氣爲靈軀，養太乙之精而不老。如虚若化，道德無邊也。〔唱〕

【駐馬聽】霄漢青蒼青蒼，俯視塵寰目電光。無偏無黨，静觀察智大色荒。幽微隱密細明詳，參天大道彌高廣。保民康，指示英雄輔佐昇平象。〔白〕堪嘆。大唐一室摧殘，五季十國縱横，幸爾天心厭亂，大宋開基，太平可見。只是刼運未消，尚有許多公案。須當默運神功，贊襄輔佐。金童玉女速往蓬萊山，傳吾徒任道安前來聽吾法旨。〔金童玉女應下。天尊白〕我想楊繼業一門呵，〔唱〕

【雁兒落】一個個皇家大棟梁，這都是列宿塵凡降。好教他下凡傳妙法，速速的指點姻緣往。〔金童玉女引任道安上，唱〕

【收江南】蓬州仙境景非常，聽松風清籟奏笙簧，逍遥世外好風光。笑看閒雲來往，仙家日月正舒長。〔金童玉女白〕任道安宣到。〔任道安白〕天尊在上，弟子參禮。〔天尊白〕大仙少禮。宣召爾來，非爲别事，要你暗中匡扶宋室。先向無佞府，傳授楊景兵書戰法，密授楊希避箭之術。再向鳳鳴莊，指示呼延赤金、杜玉娥姻緣。聽我道來，〔唱〕

【太平令】有一個赤金女，金華山上杜玉娥，鳴鳳村莊，與楊希宿姻偕，〔唱〕成聚了平唐上將。您呵，且離却仙鄉到帝鄉，鳳莊呀，恁御風兒疾忙前向。〔任安白〕領法旨。〔下。天尊下座，衆同唱〕

【慶餘】忠良的令公楊，一家兒丹心向，効命在疆場，天神欽仰。指日裏定南唐，俺可也，默運神功禮上蒼。〔下〕

第二齣　議伐南唐

〔扮楊億、謝庭芳、高君保、潘仁忠、吕蒙正、寇凖、趙普、潘仁美、呼延贊、楊繼業、德昭上，唱〕

【天下樂】太平天子正垂裳，調燮忝承黼座傍。吾王勤政重賢良，寮寀雍容國祚昌。〔分白〕某，德昭。某，楊繼業。某，呼延贊。某，潘仁美。某，趙普。某，寇凖。某，吕蒙正。某，潘仁忠。某，高君保。某，謝庭芳。某，楊億。〔德昭白〕今當早朝時分，我等肅恭伺候。〔内奏樂科。衆官白〕你聽八音競奏，萬户洞開，聖駕陞座也。〔扮儀仗、内侍、昭容引太宗上，唱〕

【引】端冕垂裳，喜時和歲稔，物阜民康，河清海宴。更欣慰，文武臣良。〔德昭白〕兒臣率領文武朝參，〔同白〕願吾皇萬歲萬歲萬萬歲。〔昭容白〕平身。〔衆官分侍。太宗白〕晨開閶闔啟曈曨，氣蓋山河百二中。禹甸三千開穡事，姬年八百肇農功。寡人，大宋天子，太平皇帝是也。承天命，登五位而正陽。法祖德，登九重而御世。朝乾夕惕，旰食宵衣。守大寶，勤政親賢。疇國事，愛民重稼。且喜四海昇平，萬民康阜，深感上天眷佑也。衆卿，朕賴上天恩眷，王兒衆卿等匡襄，四海平定，一統華夷。想爲君難，爲臣不易也。〔唱〕

【醉扶歸】守基難似洪圖創，競競業業治家邦。輔君全在股肱良，高官厚禄非輕享。要分憂國政盡忠匡，君心愛下臣親上。〔趙普等白〕聖上重賢愛士，上下連情。臣等敢不竭盡駑駘，忠心報國。〔太宗白〕朕自即位以來，行仁政，敷德化，繼絶世，興滅國，四海孰不畏威懷德。南唐李衮，向日投誠歸化，奉表稱臣。朕故開好生之德，存其一國。今久不朝貢者，必有異志。〔德昭白〕兒臣啟奏，南唐李衮懦弱，昔日奉表歸化，實出其心。今之不朝貢，乃其臣下主謀違抗。兒臣久蓄伐唐之請，因其異謀之舉未露，今日呵，〔唱〕

【皂羅袍】背約辜恩罔上，那無知李衮信其羽黨。兒臣訪察甚知詳，圖謀異志已明狀。〔白〕兒臣呵，〔唱〕竭誠籌算，定取南唐。盡倫子孝，輔佐吾皇，舉賢擢用平南將。〔太宗白〕朕素知王兒輔政勤慎，贊襄謀猷，盡孝盡倫，至公至正。有舉賢癉惡之志，安邦定國之謀，朕心欣慰之至。内侍，請金鞭過來。〔大太監白〕領旨。〔太宗白〕加封王兒同平章事，勅賜金鞭護駕。合朝文武，如有不公不法、奸佞亂政者，準王兒先誅後奏。欽此。〔德昭白〕萬歲萬歲萬萬歲。〔昭容白〕平身。〔德昭白〕萬歲。〔太宗白〕衆卿，征南一事，來日與王兒共議陳奏。〔衆白〕領旨。〔太宗白〕退班。〔唱〕

【喜無窮煞】南唐小醜敢違抗，燕巢中無福安享，勅諭王兒籌計良。〔分下〕

第三齣　打擂招尤

（丑扮住持上，白）道學三乘法，玄宫妙道真。小道乃天齊廟中住持的便是。今日乃天齊大帝聖誕，年例民人賭賽勝會，好不熱鬧。又有潘府三國舅爺，在廟傍高搭擂臺，要在這裏賣弄他的武藝。還有楊老令公、楊家衆位公子，也要到小廟燒香還願。今日之會，非同小可，都是些大來頭，不是當要的。不免吩咐，烹茶則個。正是：準備清茶忙接待，年年今日賽潮音。（下。四家丁引楊泰、楊徵、楊高、楊貴、楊春、楊景、楊希、楊順上，唱）

【粉孩兒】忙忙的到玄都瞻仰，禮拜酬神，祈求國家康濟。望寶宫邈邈漸近，徯人如螘來去迤邉。（住持上，白）住持迎接各位老爺。（楊泰等白）香燭都已齊備了麽？（住持白）都已齊備。請各位老爺拈香。（楊泰等白）看香。神聖在上，惟願國家天下呵，（唱）願國家萬載無遺，澤民生歡呼都畿。（住持白）請各位老爺到處隨喜、隨喜。（楊泰白）有理。吓，七賢弟，你可隨我們同遊，不要往别處去。（楊希白）咳，大家出來燒香遊玩，各自隨意罷了。又來管我，做什麽。（楊泰、衆白）不是吓恐，你惹禍，倘爹爹知道，大家不便。（楊希白）列位哥哥放心，恁小弟再不闖禍的，各自隨意頑耍便了。（楊泰、衆白）

如此，賢弟千萬不可生事。〔楊希白〕咳，説過不闖禍，只管嘮嘮叨叨。咳，好不絮煩。請。〔楊泰、衆白〕請。〔同唱〕

【紅芍藥】共遊賞相傍相依，見蒼松怪石清溪。僧占名山相傳繼，聽松間猿啼鶴唳。〔楊泰、衆下。楊希白〕好了，他們都往後面閑遊去了。侍俺獨自到廟外遊玩一番便了。①②〔唱〕急趋，莫負來遊戲，喜今朝恰逢盛會。〔下。男鄉民上，白〕走吓。逢場作戲，鬧裏奪尊。〔一鄉民白〕吓，列位，今日天齊大帝聖誕，廟前有許多雜耍頑意，好不熱鬧。〔一鄉民白〕吓，列位，今年比往歲更加熱鬧。〔衆鄉民白〕却是爲何？〔一鄉民白〕今有潘國舅，在廟傍高搭擂臺，要在人前賣弄他的武藝。我們快些前去。〔衆鄉民白〕正是：今朝真勝會，仔細定睛看。〔衆下。楊希上，白〕妙呵，外面這等熱鬧得緊呀。這些狗頭們，説什麽國舅來打擂，不要當面錯過。不免隨着他們前去看來。〔下。扮二無賴上，虚白，諢科，下。付扮周青上，白〕主命怎辭勞，今朝論英豪。俺乃潘丞相府中教授周青是也。今日乃天齊聖誕，遊人甚衆，賽會者頗多。俺國舅爺在彼搭起擂臺一座，要去人前賣弄武藝，察訪英雄好漢。丞相爺命俺保護，以防不測，不免往擂臺前等候便了。〔唱〕向前行來到天齊，緊保護不敢相離。〔潘豹内白〕吠，③小的

---

① 侍：誤，應作「待」。下同，逕改，不出校。

② 唵：誤，應作「俺」。下同，逕改，不出校。

③ 吠：誤，應作「呔」。

們，快往擂臺去者。〔四家將引潘豹上，唱〕

【耍孩兒】國士無雙有誰能比，獨立英雄擂，如東山小魯無疑。威儀，仗椒房寵戚，真豪氣。試看取，臺上孰人藝，休逞着螳螂臂。〔周青上，白〕周青迎接國舅爺。〔潘豹白〕吓，教授，你在此做甚？〔周青白〕奉丞相鈞旨，命俺來保護國舅爺的。〔潘豹白〕咳，爹爹也忒過慮了。想俺這一身武藝，有何人敢與俺對敵？吓，也罷。你既到來，大家一同上擂，演習一回，有何不可。〔周青白〕遵命。〔潘豹白〕倘若有人上擂，教授只在一傍觀看，不要你來幫助。一同上擂者。〔同作上擂臺科。衆百姓暗上。潘豹白〕呔，臺下人聽者。俺潘國舅，在此立擂比武。無論軍民、百姓人等，有人打得俺一拳、踢得俺一脚，輸銀千兩。若是打傷、踢死者，各自認命，不得有悔。有膽量者，可上臺會俺一會。〔唱〕

【會河陽】無論軍民，上臺相比。就是重瞳再世，何懼敵。〔史文暗上，白〕呔，休出大言。俺史文來也。〔上臺科。潘豹白〕來者何人？俺國舅爺不打無名之輩，你且報名上來。〔史文白〕俺乃東平王世子史文是也。因你口出大言，特來與你比個手段。〔唱〕你何須口出狂言，料無人與敵，那怕汝威權勢。〔潘豹白〕吓，既如此，莫怪無理了。請。〔作打。史文下臺介。潘豹笑介，白〕吓，史公子受驚了，明日到府請罪。呔，還有何人再敢來會俺？〔唱〕笑伊，無伎倆成何濟，今日，怎當俺雙拳厲。〔楊希預上，白〕呔，潘豹，我的兒，你七爺爺來也。〔作上擂臺科。潘豹白〕吓，七將軍上擂何幹？〔楊希白〕因你口出大言，你爺爺特來與你比個手段。〔潘豹白〕吓，七將軍，潘豹今日偶然興發，在此立擂，不過一時消遣而已，莫若請下擂去罷。〔楊希白〕吓，潘豹，你今日一時興發，可知你七爺爺此時正有興。照打。〔打科。潘豹白〕吓，楊七郎休得無禮，俺乃當朝國舅，丞相之子，諒你一介武夫，輒敢來唐突與我。〔楊希白〕吓，潘豹，你休要賣弄你的權勢，你七爺爺豈懼你什麽國舅？ 呔，照打。〔打科。潘豹白〕吓，楊希，你若少有差池，把你天波府老幼，盡行誅戮。〔楊希白〕吓，氣死我也。吓，潘豹，你要殺俺一門，只怕尚早，待我先送你到陰司去罷。〔作打介。潘豹白〕楊希，休得無禮。〔楊希白〕嗄，潘豹兒吓，要俺爺爺饒你不能了，叫你來年今日今時算你的週年罷。〔作打潘豹介。周清作上臺，幫打科。楊希打死潘豹介。作又打，周清下臺介。四家將上，作混打介。楊希作返，四家將下。周清上，白〕阿呀，不好了。不想楊希竟把國舅打死了，這便怎麽處？ 吓，有了，且報與丞相，再行定奪。正是：忙將不測風波事，報與當朝國戚人。〔下。楊希作返，四家將上，作打散，四家將下。楊希白〕你看這些狗頭，都是不中用的東西。阿呀，且住，俺一時怒忿，將這廝打死，此禍非小。也罷，待俺尋着各位哥哥，再做商量便了。〔唱〕

【縷縷金】今日裏，惹災非。尋見兄和弟，説與知。〔楊泰、衆上，唱〕散步閒遊戲，心無疑忌。見紅日早已墜山西，須索歸府第，須索歸府第。〔楊希白〕吓，列位哥哥。〔楊泰、衆白〕吓，賢弟，你往那裏去了，教我們各處尋找。如今日已平西，我們快些回去罷。〔楊希白〕吓，列位哥哥，你們自去，恁小弟回去不得了。〔楊泰、衆白〕吓，何出此言？〔楊希白〕呵呀，列位哥哥，你小弟今犯彌天大罪，如何回去見得爹爹之面。〔楊泰、衆白〕吓，所犯何罪，你且説來。〔楊希白〕阿呀，列位哥哥吓，〔唱〕

【越恁好】蕭牆禍起，蕭牆禍起，悞趨廟傍西，遇奸徒强横甚，猖狂自誇奇。〔楊泰、衆白〕便怎麽樣？〔楊希白〕誰想潘豹在廟傍立擂，口出狂言。小弟一時怒忿，跳上擂臺，將那厮打死了。〔楊泰、衆白〕吓，有這等事？〔唱〕聞言心下好驚疑，罪自牽曳，滔天罪難隱，無方逝。不由人胸懔懔，真堪異。〔楊希白〕吓，列位哥哥，不須着急。你們請自回去，小弟自去矣。〔楊泰、衆白〕你往那裏去？〔楊希白〕呀，列位哥哥，恁小弟恐有累爹爹、哥哥，俺自往開封府，投監認罪去也。〔楊泰、衆白〕還當回去見過爹爹，再作道理。〔楊希白〕吓，列位哥哥，俺楊希今日呵，〔唱〕

【紅繡鞋】猛拚碎首何辭，猛拚碎首何辭。除卻兇頑心綏，除卻兇頑心綏。斬剮罪，我當持。此一去，任凌遲。從今後，離親幃。〔下。楊泰、衆白〕你看他竟自去了。〔楊泰白〕想此事非同小可，我等作速回家報知爹爹，再作道理。〔衆白〕有理，帶馬。〔家丁作應介〕

【尾聲】這場災禍從天起，急訴情由莫待遲。遇着這素有隙奸雄，這災殃怎脱離。〔衆同下〕

第四齣　投監認罪

〔楊希作怒介，上，白〕罷了吓，罷了。〔唱〕

【鎖南枝】平空禍，怎脱逃，這場惡氣怎净消。拚棄這殘軀，血賤在市曹。〔白〕來此已是開封府，不免上前擊鼓便了。〔唱〕俺向前行，將鼓敲，見呂公，訴分曉。〔作擊鼓介。家丁上，白〕呔，何人在此擊鼓？〔楊希白〕報，去説俺七爺在此。〔家丁白〕原來是七老爺。因何事擊鼓？〔楊希白〕嗄，有緊急軍事，快請你家爺出來。〔家丁白〕請少待。後堂傳話，有楊將軍擊鼓，説有緊急軍務，請老爺即刻陞堂理事。〔内白〕掌燈，老爺出堂。〔四牢子引生扮呂蒙正上，唱〕

【引】忠心耿耿佐皇朝，憂國憂民勤政勞。〔白〕德澤加民厚，恩波賴聖皇。下官呂蒙正，職受開封府。且喜地方安静，民吏淳良，獄底澄清，刑無所施。正是：皇王有道民安樂，萬物銜恩雨露深。〔家丁白〕啟爺，有楊令公之子楊希擊鼓，説有緊急軍情，求見老爺。〔呂蒙正白〕寅夜至此擊鼓，必有緊要。快開正門，請來相見。〔家丁白〕開正門，請老爺相見。〔楊希作見介，白〕吓，大人。〔呂蒙正白〕吓，將軍爲何這般光景？請坐。〔楊希白〕小將一言難盡。〔呂蒙正白〕請問將軍，寅夜來到敝衙門，有何緊要？〔楊希白〕阿呀，大人，小將罪犯彌天，特來投監認罪，望大人將俺綁縛午門，奏請正法，以免大人干係。〔呂蒙正白〕將軍之言，下官其實不解，請道其詳。〔楊希白〕大人容稟。〔呂蒙正白〕願聞。〔楊希唱〕

【鎖南枝】酬神願，惹禍苗，遇奸徒口出狂言道。惱得俺雄心，怒髮衝冠暴。〔呂蒙正白〕將軍便怎麽樣？〔楊希白〕不想潘豹那廝，竟在天齊廟高設擂臺，口出大言，賣弄權勢。俺一時忿氣不過，竟把這廝打死了。〔呂蒙正作驚介，白〕阿呀，他乃聖上國戚、權相之子，你如何便將他打死。唔，將軍如今竟欲如何？〔楊希白〕吓，俺恐累及雙親，爲此先來伏罪，投到貴衙。將俺綁至朝門，奏明聖上，將俺楊希一人呵，〔唱〕無論千刃戕，也何懼嗏，免得累嚴親，把門庭保。〔呂蒙正白〕將軍雖然孝義，但事關重大，待明早申奏聖上，再看議論如何。奈下官無能解救，如何是好？〔楊希白〕這個倒不須着急。如今大人且將小將綁縛囚禁獄中，只待明早綁至朝門，任憑聖上處治便了。〔呂蒙正白〕那有此理？足下也是蓋世豪傑，令尊大人乃開國元勳。雖與奸相作對，皇上必念舊日有功之臣，料不能罪及家屬。今晚權在敝衙門歇息，待下官明早一同與足下，到朝房寫本奏聞便了。〔楊希白〕如此，多謝了。〔呂蒙正白〕嗄，楊將軍，你明日裏呵，〔唱〕

【又一體】你須要吞聲氣，把臯案招，倘得回天轉禍爲福兆。但願赦英豪，國祚長永保。〔楊希唱〕何用這七尺軀，拚却血濺郊。到此身，伴枯槁。〔呂蒙正白〕請。〔同下〕

第五齣　父子自縛

〔扮排風引佘太君上，唱〕

【新水令】吾家繞膝滿庭堦，列朝堂皇恩有賴。巍巍天波府，赫赫位三台。〔白〕瞬息光陰幾度春，蒼頭白髮早星星。滿堂子息金堦立，惟願家聲萬事馨。老身佘氏，蒙太祖徵聘進闕。我老令公解圍救駕有功，官封極品。真是一門寵幸稠疊，天恩有加無已。所有八子皆封虎賁郎將，一門榮耀，食禄千鍾。正是：滿朝執笏吾門半，武備家風世獨稱。〔扮楊千上，白〕阿呀，不好了。嗄，忙將不測驚天事，來報深閨老太君。太君那個在？〔排風白〕是誰？〔作見介，白〕吓，楊千，爲何這般光景？〔楊千白〕太君在那裏？說我要見。〔排風白〕等着。嗄，老太太，楊千有事要見太太。〔佘太君白〕着他進來。〔排風白〕吓，楊千，着你進見。〔楊千白〕是。太君在上，楊千叩頭。〔佘太君白〕起來。吓，楊千，你有何事？〔楊千白〕阿呀，太君，不好了。嗄，我家衆位老爺，到天齊廟燒香還願。不想三國舅潘豹在彼立擂，竟被我家七老爺打死了。如今七老爺自去投監認罪，各位老爺即刻就回來了。〔佘太君白〕嗄，有這等事？楊千過來。老爺在南清宫議事，快去請他回來。一面哀懇八千歲，求他設法解救。快去。〔楊千應下。佘太君白〕阿呀，此禍怎了。〔唱〕好教我心下猜疑，這災殃如天大。〔衆家丁内白〕呔，閑人閃開，馬來也。〔衆家丁引楊泰、楊徵、楊高、楊貴、楊春、楊景、楊順上，同唱〕

【步步嬌】無端造出災臨界，此禍無門賴。加鞭急轉回，訴與雙親，籌度安排。〔家丁白〕衆位老爺回府。〔接馬下。排風白〕各位老爺回來了。〔楊泰、衆白〕母親，孩兒們拜見。〔佘太君作怒介，白〕哇，好畜生，你們到天齊廟燒香，怎麽教楊希惹出這樣大禍？倘然禍及滿門，如何是好？〔楊泰、衆白〕阿呀，母親嗄，孩兒們到廟燒香時節，不想楊希兄弟呵，〔唱〕他獨自任徘徊，此禍真堪駭。〔佘太君白〕且待你爹爹回來，自有分曉。〔楊千内白〕老爺回府。〔衆家丁隨上。扮楊繼業上，唱〕

【折桂令】乍聞言遇事堪傀，不由人戰栗心驚，遭此摧隤。〔白〕迴避了。〔楊千應介，下。楊泰等作接科，白〕爹爹回來了。〔楊繼業白〕哇，你們這些畜生，到廟燒香罷了，那楊希如何將國舅致死，把情由從實說上來。〔楊泰、衆白〕爹爹容禀。〔唱〕遵慈命，祝願禳災，好一似前生造下這禍起飛來。丞相子强鬨高臺，搜山虎逞勇鳳毸，斷送兇孩。〔楊繼業白〕你們爲何袖手傍觀，容他做出這樣大事來？這是怎麽說？〔佘太君白〕嗄，相公，他們說是楊希獨自出廟去，纔惹下禍來，他們兀自不知。〔楊繼業白〕說那裏話來，〔唱〕怎說得岐路亡羊恁推，却不自知禍魁。〔佘太君唱〕

【江兒水】也是夙世冤冤債，今生怎拆開，只恐奸人暗刼遭傾敗。〔楊繼業白〕阿呀，太君嗄，我一向與潘仁美不和，他却不能奈何于我。如今打死潘豹，又是皇上國戚，這奸賊豈肯輕輕罷休也。

〔唱〕把我功勣如山如水解，一家老幼多遭害，展轉疑猜，無奈。吓，有了。自綁縛到金堦，任吾皇降我風雷。〔白〕取幾條繩索過來。〔家丁暗上，應科。佘太君白〕要繩索何用？〔楊繼業白〕我如今將他們綁至朝門，先行伏罪。聖上若憐念昔日有功，忽有赦免，亦未可知。〔家丁白〕繩索有了。〔楊繼業白〕將這些畜生與我先綁起來。〔家丁白〕小的們不敢。〔楊繼業白〕唗，好大膽的狗才，待我自己來。〔楊泰等白〕爹爹，請息怒，快些綁起來。〔家丁應，作綁介。佘太君白〕吓，相公不可造次，還該商量個萬全之策，纔好。〔家丁作綁楊順科。楊順白〕住了。吓，爹爹，孩兒今日决不肯受此綁。〔楊繼業白〕唗，你今敢違父命麽？〔楊順白〕阿呀，爹爹嗄，自古小杖必趨，大杖則避。今爲一夫身亡，豈有全家抵命之理？況今日之辠，尚未奏請，豈可自伏其罪？倘有不測，則尾大難掉。又道連雞不得齊飛，則死於非命。莫若聽其動静，隨機應變。若果禍及滿門，憑着俺弟兄英勇，即起江東子弟，先殺潘家弟兄。〔楊繼業白〕哇，好逆賊，只此一句，就該千刀萬剮了。〔唱〕

【雁兒落帶得勝令】怪你這野狼心惡貨胎，可知道抗王師絶宗大，掣魚腸首碎分，先教伊喪黄泉，在塵埃。〔欲斬科。佘太君白〕相公不可如此，使不得的。他不是你親生，斷斷不可。〔楊泰、楊徵、楊高、楊貴、楊春、楊景同白〕吓，爹爹，請息怒，不可如此。〔繼業作呆介，白〕吓，是吓。〔唱〕呀，你本是螟蛉義子小嬰孩，説什麽父和子兩和諧。今日個走他鄉，去潛身載，免累吾覆宗嗣絶，盡成灰。〔楊順白〕阿呀，母親，怎説孩兒不是親生，此話從何而起？〔佘太君白〕事到如今，只得對你説了罷。〔楊順白〕

快説與孩兒知道。〔佘太君白〕阿呀，兒吓，你本石州虎塘寨王名之子，汝父母皆盡國難而死。你在襁褓時，養你成人的噓。〔楊順白〕吓。〔佘太君唱〕堪哀，撫育恩，七尺軀身長大，算來到如今一十八載，活分開。〔楊順白〕吓，原來我不是親生的。爹爹，以致如此光景，阿呀，兀的不痛殺我也。〔佘太君白〕我兒醒來。〔楊泰、楊徵、楊高、楊貴、楊春、楊景同白〕吓，兄弟甦醒。〔衆唱〕

【僥僥令】切莫淚盈腮，豪傑怎棄才。〔楊順唱〕只爲着無辜遭相害，〔白〕罷罷。既蒙母親説明，阿呀，爹爹，孩兒情願受綁。〔唱〕只得全孝義，哭塵垓。〔楊繼業白〕好吓。〔唱〕

【收江南】呀，若得你曉剛常明理呵，不枉我教子義無乖。〔楊順白〕只可惜我父子英雄蓋世，只落得束手待死了。〔作哭介。楊繼業作悲介，唱〕頓教我含淚滿胸隈。〔楊順白〕爹爹，快把孩兒綁起來罷。〔楊繼業白〕吓，楊順，我的兒。〔楊順應介。楊繼業白〕汝今甘心受縛，不怨着我。〔楊順白〕怎敢怨爹爹。〔楊繼業白〕阿呀，兒吓，今日之事，非是做爹爹的如此作爲。今潘豹乃是當朝貴戚，非等閒所比，況我與奸相不睦。倘然説欺臣，即是欺君。若説到此一句，〔唱〕問謀叛，無言怎相推。那其間難回，難回，倒不如先行伏罪向金堦。〔白〕將楊順綁起來。〔家丁應，作綁科。佘太君白〕阿呀，兒嗄，〔唱〕

【園林好】痛兒曹其實可哀，無故把家園蕩摧。官爵高風波顯大，但願取事成灰，成灰。〔楊繼業白〕嗳，何必作此兒女之態。爾等隨我到祖先堂，拜别祖先去者。〔衆應。楊繼業唱〕

【沽美酒】恨楊希惹禍胎，重罪彌天是首魁。今教俺夫妻父子兩分開，不由人肝腸似火煨，明日裏碎首金堦。〔白〕阿呀，我那祖宗嗄，〔唱〕辭却了先人，五代棄屍骸，憑天遮地載。〔白〕拜别已完。天將五鼓，家丁把我也綁起來。〔家丁白〕這個，小的們怎敢？〔楊繼業白〕多講，快些綁起來。〔作綁科。佘太君白〕阿呀，老相公嗄，還請三思纔是。〔楊繼業白〕咳，夫人。〔唱〕我呵，心如鐵，無磷無回，惜餘生罪恢。〔白〕掌燈。一同上朝，領罪去者。〔衆應。佘太君白〕老相公，還請三思，不可妄動。〔楊繼業白〕嗳。〔唱〕呀，生和死兩般，而實難明晦。〔楊繼業、衆同下。佘太君作哭介，唱〕

【尾聲】這場禍事真堪駭，惟願天顔轉笑開。〔白〕吓，楊千過來。〔楊千應介。佘太君白〕你可緊隨老爺到朝門，倘有消息，速來報我。八殿下那裏可曾哀求麽？〔楊千白〕小人説過，殿下那裏都知道了。〔佘太君白〕如此快去。〔楊千應下。佘太君白〕阿呀，蒼天蒼天，但願八殿下呵，〔唱〕但能勾秉力回天，脱禍災。〔下〕

第六齣　伏闕請誅

〔扮黄門官上，白〕祥雲瑞靄日薰薰，金殿層層紫氣聞。聽罷朝鐘聲未絶，百官早列兩班陳。下官大宋朝黄門官是也。今當早朝時分，恐有百官到來，恭進本章，只得在此伺候。〔手下引吕蒙正，押綁楊希上，唱〕

【出隊子】金雞三唱，爲國匡扶賴賢良。叵耐奸雄弄乖張，怎脱今番禍事殃。倘得天顔，轉禍爲祥。〔下。家丁執燈，引楊繼業、楊泰、楊徵、楊高、楊貴、楊春、楊景、楊順自縛上，同唱〕

【又一體】忠心無妄，爲國捐軀一命戕。逆子無端蹈火湯，特到朝門把皋彰。豈料今朝，禍起蕭牆。〔吕蒙正等上，白〕呀，原來是老令公，下官施禮了。爲何自縛到此？〔楊希白〕吓，我爹爹同衆位哥哥，怎麽也綁縛上朝，莫非他們也闖下禍了？〔楊繼業白〕只爲孽子楊希致死國戚，罪犯彌天，因此綁縛一門，來此伏罪。〔楊希白〕阿呀，爹爹，這是我一人所做的事，與爹爹、衆位哥哥什麽相干？快請回去。憑他千刀萬剮，自有楊希一身在此。〔楊繼業白〕唗，好畜生。你今打死皇親，欺君罔上，叛逆顯然，還説與我無干？我恨不得先將你碎屍萬段，已遏聖怒。你竟敢來見我麽？〔吕蒙正白〕吓，令公請息怒。事已如此，言之無益。天還未明，且請到朝房少歇，且待聖駕臨朝，齊向金堦，乞恩伏罪。倘聖心憐念舊日功臣，忽免其罪，亦未可知。〔楊繼業白〕咳，罷了吓，罷了。〔楊繼業衆下。手下引潘仁美上，唱〕

【滴溜子】今日個，今日個，怒滿胸膛。劾封奏，劾封奏，楊氏羣狼。可傷吾兒命亡，無辜遭慘死，表奏吾皇，誅戮全家，合把命償，合把命償。〔手下白〕已到朝門。〔潘仁美白〕爾等迴避。〔手下應介，下。潘仁美白〕待我上殿。〔黄門官上，白〕來者何官，不得擅入。〔潘仁美白〕是下官。〔黄門官白〕原來是丞相爺，爲何來得恁早？〔潘仁美白〕有緊急本章，奏聞聖上，乞煩啟奏。〔黄門官白〕當得。聖上將次臨朝，丞相就在丹墀披宣便了。〔作接本下。潘仁美應介。内奏樂，扮儀仗、内侍、昭容，設帳幔，作設朝科。扮趙普、寇準、吕蒙正上，作朝參科，同白〕臣等朝參，願吾皇萬歲萬歲萬萬歲。〔昭容白〕平身。〔衆官白〕萬歲。〔潘仁美白〕臣潘仁美啟奏陛下，臣子潘豹，昨日在天齊廟燒香，被楊繼業父子痛打致死，又被他七子楊希，將臣子屍骸分碎。臣乃聖上國戚，他欺臣，即就欺君。況楊家父子英勇非常，素有叛逆之心。若不早除，恐爲國患。望吾皇早爲社稷之計，勿使日後呵，〔唱〕

【駐馬聽】養虎自傷，攪亂邊關事非常。斮卻歧枝放，莫使萌芽長。嗏，除暴慰安良，勅令雲陽，免使君弱漸爲臣下强，方顯王章振亂猖。〔昭容白〕平身。〔潘仁美白〕萬歲。〔吕蒙正白〕臣吕蒙正啟奏。今有楊希，昨日在擂臺打死國戚潘豹。自知罪大，當晚自縛，投入臣署監禁，今在朝門候旨定奪。

〔大太監内白〕聖上有旨，據潘仁美所奏之本，係楊繼業父子等，打死朕戚。何獨楊希一人有罪，從實奏來。〔吕蒙正白〕臣吕蒙正謹奏。潘豹實係楊希一人打死。今楊繼業自知有罪，綁縛一門，現在朝門候旨。望聖上姑惜功臣，從寬赦免。〔太監内白〕聖旨到來，今楊繼業自縛一門伏罪，諒其罪狀情實，必無虚謬。今打死國戚，罪在不赦，即刻綁出市曹，梟首示衆。〔潘仁美白〕領旨。〔趙普、寇準白〕臣趙普、寇準謹奏，念楊繼業父子們啊，〔唱〕

【又一體】冒刃相匡，也曾血戰沙場展開疆，他乃舊日功勳將，曾救先王恙。嗏，望細察事行藏，爲國久慶，願息雷霆，訊鞫事端詳，重施嚴刑也未忙。〔太監上，白〕旨意下。聖旨道：朕聞高祖功臣，咸無保全者，常怪高祖不仁。今觀楊家父子所爲，非高祖之故，實係臣下之罪也。潘豹係朕國戚，擅敢逞强致死，目無朕親，即無朕躬，實與謀叛無異，衆卿何由力救。即着潘仁美，挑選羽林軍三百，押赴市曹。限午時三刻斬首，不必再奏。傳旨退班。〔下。昭容白〕退班。〔昭容等下。吕蒙正、趙普、寇準、潘仁美同白〕萬歲萬歲。〔潘仁美白〕吓，列位，楊家父子乃叛國亂臣，何敢如此保奏，可不枉費唇舌了。〔作笑介，白〕請。正是：恨小非君子，無毒不丈夫。〔下。吕蒙正白〕吓，列位老大人，此事怎了？〔趙普、寇準白〕事在危急，無計可施，必須往南清宫八殿下處求救纔好。〔吕蒙正白〕有理。作速前去，走遭便了。〔同唱〕

【尾聲】奸雄悮國殃良將，全賴南清一臂攘，但能急赴雲陽援棟梁。〔衆同下〕

第七齣　西市待刑

〔排風引佘太君上，唱〕

【引】禍福兩難猜，心中愁悶懷。〔楊千上，白〕阿呀，不好了嗄。父子遭驚變，無門辯白冤。老太君，不好了嗄。〔佘太君白〕嗄，楊千，老爺與衆位老爺，入朝怎麽樣了？〔楊千白〕阿呀，太君嗄，老爺與衆位老爺，入朝請罪，不想潘仁美劾奏老爺素有謀叛之心，以致目中無君，打死國戚。聖上大怒，即着處斬。朝中大臣再三保奏，不準。如今將老爺與各位老爺，都綁到法場去了，限午時三刻，就要處斬了。〔佘太君白〕嗄，有這等事。啊呀，可不痛殺我也。〔作哭科，唱〕

【紅衲襖】悔當初，不務農桑隱姓埋。悔當初，論弓矢走金階。〔白〕阿呀，潘仁美，你這奸賊。〔唱〕我和你有甚夙世冤仇債，陷我一門拆散開。〔排風白〕嗄，太君不須悲痛，待奴婢前去，殺了潘仁美這奸賊，救出俺家老爺、各位老爺們回來，可不是好。〔楊千白〕這個如何使得。〔佘太君白〕唔，排風你今休要胡言亂語。我家呵，〔唱〕受君恩，兩朝顯爵門楣大。怎做得，亂朝堂孽事差。〔白〕嗄，楊千，那八殿下那裏，爲何不保奏？〔楊千白〕小人到殿下處，求他解救。殿下有恙在床，不能入朝保奏。

〔佘太君白〕嗄，原來如此。嗄，楊千，你可吩咐準備祭禮前往法場，祭奠一番。快去吩咐打轎。〔楊千應科，白〕快些看轎，太君出來。〔下。内應科。佘太君白〕嗄，排風，你可隨我前去走遭。〔排風白〕待我帶個防身器械前去。〔佘太君白〕斷斷不可生事。〔排風白〕只帶個小小棒槌就是了。〔佘太君白〕阿呀，皇天嗄，〔唱〕今日個無端禍事臨頭也，一别今朝何日諧。〔作哭科。同下。扮劊子手上，攔閑人科。作扶楊繼業上，白〕咳，聖上嗄，聖上，〔唱〕

【紅衲襖】俺本是柱國擎天良棟材，〔下。扮劊子手扶楊泰、楊徵上，唱〕俺本是扶宋室展疆開，〔下。劊子手扶楊高、楊貴上，唱〕俺也曾揚威武戰塵埃，〔下。劊子手扶楊春、楊景上，唱〕俺也曾建奇功名揚大，〔下。劊子手扶楊希、楊順上，唱〕想當日解重圍救駕回。〔下。劊子手扶楊繼業、楊泰等上，同唱〕到今朝，父和子遭毒害，留得個青史名標也，骨肉屍骸作土堆。〔衆劊子白〕嗬，走嗄。〔楊繼業等下。扮羽林軍、家將、中軍引潘仁美上，唱〕

【好事近】奉勅剪鴟鴞，匿深讐，方快今朝。痛念兒曹心悄，戮他們，胸忿難消。〔白〕下官潘仁美。可恨楊希打死我孩兒，被我朦朧奏聞，陷爲謀叛。聖上大怒，將他父子明正典刑，着下官監斬。家將過來。〔家將應科。潘仁美白〕少間到西郊，可傳令曉諭，奉旨處斬叛臣。一應臣僚眷屬，不許祭奠。如有不遵者，即着羽林軍拿下，不得有違。〔衆應科。潘仁美白〕就往西郊去者。〔衆應科，同唱〕狂徒盡掃，静朝堂，熊虎豺狼豹。一霎時來到西郊，閃雙睛，耀日弓刀。〔作到科。潘仁美白〕衆將官，將楊繼

業父子押至皂雕旗下，等候時刻處斬。衆將臺下伺候。〔從應科，下。排風内白〕呔，太君來了，快快讓路。〔排風引佘太君上，唱〕

【風入松】從天降下禍難逃，這其間無計，可要教人心下傷懷悼。從今後，幽冥路杳，這寃情無門可告，除是神相祐，遇咎繇。〔家將白〕呔，何處來的？不得擅入。〔排風白〕是天波府佘太君，前來吊奠的，休要阻擋。〔家將白〕有丞相鈞旨，一應臣僚眷屬，不準祭奠。如有不遵者，即時拿究。〔排風白〕嗄，難道自己家眷，不容祭奠麽？我們如今偏要進去，誰敢阻擋。〔家將白〕你這了頭，①好生無禮。難道不遵王法的？快些回去。再若多言，即刻拿下。〔排風白〕呔，我把你這些該死的狗頭，我家是何等樣的府第，你們輒敢攔阻，我們定要進去。〔家將白〕這小潑婦甚是可惡，我們將他拿下。〔排風白〕將轎且抬過一邊。〔排風作打家將，遶場科，作趕下。家將上，白〕啟丞相，有犯官眷屬前來祭奠，擅打官軍，不遵鈞旨。〔潘仁美内白〕羽林軍與我拿下者。〔排風上，羽林軍追，作渾打科，排風作追下。羽林軍急上，白〕啟丞相，有一潑婦，勇猛異常，恐有不測之變，請丞相定奪。〔潘仁美白〕問他何等人家眷屬。〔羽林軍應科。排風上，作打科。羽林軍白〕小娘子，不要動手，且問你是何等人家眷屬？〔排風白〕我們乃天波府佘太君前來祭奠。〔羽林軍白〕請少待。啟丞相，是天波府佘太君，前來祭奠。〔潘仁美白〕

① 了：誤，應作「丫」。

既是天波府來的，容他進來祭奠便了。〔羽林軍白〕嗄，小娘子，請太君前來設祭。〔排風白〕早是這等説，不費老娘的氣力了。〔羽林軍虚白。排風白〕太君有請。〔佘太君上，白〕怎麼樣了？〔排風白〕請老太太前去祭奠，這裏來。〔衆作遶場科。佘太君白〕我老相公在那裏？〔羽林軍白〕就在前面皂鵰旗下。〔佘太君白〕快請過來。〔羽林軍白〕嗄，皂旗下請令公出來。〔下。劊子手扶楊繼業上。佘太君作見哭科。白〕阿呀，老相公嗄，不想你遭此殘害，使我聞言心如刀割。今特備水酒一杯，前來祭你。自今以後與你，永决了嗟。〔楊繼業白〕唔，這是什麼所在，如何來至此地？快些回去，毋得有玷家門。快請回去罷。〔佘太君白〕阿呀，相公吓，今日一門咸遭其禍，做妻子豈肯獨生。你死之後，我拚棄微軀，前向金堦，與你明冤雪恨。〔哭科，唱〕

【千秋歲】看你氣雄豪，無故遭殘暴，不由人五内煎熬。痛殺兒曹，痛殺兒曹，建奇功冒刃在沙場鋒陷。〔楊繼業、佘太君同唱〕皋於天，無所禱，嘆一家无辜燾。只恨權臣矯，陷功勳父和子，今日殞刀。〔佘太君白〕嗄，列位，可教我孩兒們出來作别。〔排風白〕快去請各位老爺出來。〔劊子手應科。楊繼業白〕嗄，夫人，我想七子皆是你我嫡親的，只有八子楊順，非你我親生，今日也累他身死。嗄，夫人，你可自去安慰他一番。〔劊子手白〕請令公原歸旗下，好請衆位老爺出來作别。〔佘太君作哭科。劊子手扶楊繼業下。衆劊子手扶楊泰、衆上，唱〕

【又一體】聽娘號，痛斷肝腸，悼母子的相逢這遭。〔佘太君白〕阿呀，我那親兒吓。〔楊泰、衆哭科。

唱〕痛哭號淘，痛哭號淘，眼睁睁命喪在奸臣隱窔。念兒曹，真不肖，累雙親，難永保。從此幽冥杳，只待來生，報母劬勞。〔佘太君白〕嗄，楊順，我那兒嗄，你本非楊氏親生，今累你一同受戮，可怨着做娘的麽。〔楊順白〕阿呀，親娘嗄，你説那裏話來。孩兒自幼蒙爹爹、母親教養成人，今日一死何足惜，只是苦殺親娘了。〔楊希白〕嗄，母親，衆位哥哥，兄弟想今日之禍，皆爲我楊希一人而起，有累母親傷感，衆位哥哥、弟兄無辜身死。等待來生，自當償還便了，再不要怨我了。〔楊泰、衆白〕嗄，兄弟何出此言。你我同胞共乳，有禄同享，有禍同受。你我身出將門，何懼一死。只苦母親膝下，無一子奉養，教孩兒們割捨不下。〔佘太君白〕阿呀，兒吓，你們言及於此，使我五内迸裂，兀的不痛殺我也。〔排風白〕阿呀，太君甦醒。〔楊泰、衆白〕母親醒來。〔佘太君唱〕

【越恁好】無端禍苗，無端禍苗，兒輩何壽夭。可惜汝英雄年少，戰沙場枉自勞。〔劊子手白〕請各位老爺仍歸旗下。〔楊泰等唱〕痛娘兒怎抛，娘兒怎抛，今日個活分離，魂魄飛消。再重生，全孝義答報雙親，好恨奸臣妄劾章梬。〔衆同唱〕

【尾聲】從今誰把娘親睬，淪没英雄恁寂寥，再休想，牽犬東門獵射郊。〔潘仁美白〕將近午時，把犯人帶到旗下去。〔劊子手扶楊泰等，排風扶佘太君，各哭科。分下。〕

第八齣　法場計救

〔德昭內白〕內侍們，快往西郊去者。〔太監引德昭上，唱〕

【滴溜子】緊加鞭，緊加鞭，忙奔西郊。把國家，把國家，擎天柱保。這回設謀計巧，須臾奏聖皇，任彼奸狡。可知天潢嫡種，志量偏高。〔太監白〕南清宮千歲爺到。〔內作吹打。羽林軍、家將引潘仁美上，白〕臣潘仁美，迎接殿下，願殿下千歲。〔德昭白〕國丈少禮，看坐。〔潘仁美白〕千歲在上，臣怎敢坐。〔德昭白〕恕卿無罪。〔潘仁美白〕千歲。〔內白〕午時一刻了。〔羽林軍白〕啟丞相，陰陽官報，到午時一刻了。〔潘仁美白〕知道了。殿下來此何幹？〔德昭白〕孤家連日身子不爽，未曾入朝。今聞楊家父子有罪典刑，特備祭禮，前來吊奠一番。〔潘仁美白〕殿下，此乃叛逆之臣，何用殿下去祭他。倘聖上聞知，恐有不便。〔德昭白〕國丈兀自不知，當日先帝曾將我託孤與楊繼業，他今被害，豈有不盡一點誠心之理？〔內白〕午時二刻了。〔羽林軍白〕午時二刻了。〔潘仁美白〕既如此，請殿下設祭。〔德昭白〕內侍擺下祭禮。〔太監白〕殿下起身促迫，祭禮現備，還未趕到。〔德昭白〕着人去催來。〔太監作應科。德昭白〕嗄，國丈，孤想楊繼業父子乃我朝開國功臣。今日偶犯些須小過，一門遭戮，恐有礙國家風化。可笑朝臣，如何竟不保奏？〔潘仁美白〕聖上道他打死國戚，實係欺君，故此大怒。又道楊家父子，個個如狼似虎，素有叛逆之心，無故打死朕戚，反狀已露，恐有他變。今殺却一門，以絶後患。〔德昭白〕此言差矣。楊繼業父子若有謀叛之心，當日太祖被困清風關時節，徵聘他父子力解重圍。彼時何不借勢造反，何待今日。其間必有奸人讒譖，以致如此。〔潘仁美白〕這個麽，臣其實不知。〔内白〕午時三刻了。〔羽林軍白〕午時三刻了。〔潘仁美白〕阿呀，陰陽官報道午時三刻，要行刑了。殿下等待處决完了，再設祭罷。〔作拿令箭。德昭攔科，白〕那有此理，孤家必要當面一祭，未免有幾句話講，豈有就戮後再祭之理。〔潘仁美白〕倘有悮時刻，豈不抗違聖旨，如何使得。〔德昭白〕不妨，有孤家在此。〔潘仁美白〕即如此，殿下快些設祭罷。〔德昭白〕内侍們，快擺下祭禮。〔太監白〕祭禮以着人飛馬催趲去了，即刻就到。〔潘仁美作急科。德昭白〕嗄，國丈，我想先帝被困時節，若没有楊繼業父子解救，焉得江山穩如磐石。可憐他們不知受何等樣奸賊暗害，遭此慘死，可憐，可憐。〔内白〕未時了。〔潘仁美作急科，白〕呵呀，已交未時了。臣恐有違聖旨，只得傳令行刑了。過來。〔作拿令箭科。德昭作揪住潘仁美科，白〕哇，好大膽的潘仁美，輒敢將雕翎箭來傷害孤家麽？〔潘仁美白〕臣怎敢有此心。〔德昭白〕孤即同往聖上殿前去講。〔唱〕

【四邊静】你心懷暗毒將孤藐，擅自逞强暴，設計陷忠良，教人實懊惱。心如火燎，怎輕恕饒，同去奏金堦，教伊命難保。〔白〕内侍們，將潘仁美扯到朝門去者。〔太監作亂扯科。潘仁美作求科。德昭白〕可將楊繼業等帶往朝門候旨。〔劊子手内應白〕領旨。〔作綁楊繼業等上，同唱〕

【尾聲】擎天玉柱幾傾倒，怎忍見忠良棄市曹，慢逞你能蔽天聰奸計高。〔同下〕

第二段

第一齣　金殿明冤

〔扮呼延贊、趙普、寇準、高君保上，同唱〕

【引】展土功臣遭冤枉，仗南清提出羅網。〔呼延贊白〕本藩，呼延贊是也。〔趙普白〕下官，趙普是也。〔寇準白〕下官，寇準是也。〔高君保白〕本爵，高君保是也。〔同白〕請了。〔趙普、寇準白〕今楊令公父子，悮遭奸人毒害，我等再三保奏不準。適纔到南清宫八千歲處，求他解救。今殿下親往西郊，救他父子們去了。〔呼延贊、高君保白〕千歲此去，必然救得他父子性命，料無所虞。爲此我等急急趨朝，竭力保奏便了。〔太監扯潘仁美。德昭内白〕内侍們，快往午門去者。〔太監、德昭上，唱〕

【畫眉序】急奏面君王，提起天羅並地網。奪刀尖攘臂，拯救火湯。〔趙普等白〕殿下入朝，臣等參見。〔德昭白〕衆卿平身。〔趙普等白〕嘎，國丈爲何這般光景？〔潘仁美白〕下官一言難盡。〔德昭白〕即着午門官鳴鐘，請聖駕陞殿。〔衆白〕午門官，鳴鐘者。〔内鳴鐘科。扮儀仗、内侍、昭容上，設朝科。衆白〕臣等見駕，願吾皇萬歲。〔太監内白〕衆官，何事鳴鐘，就此奏來。〔潘仁美白〕阿呀，聖上吓，臣潘仁美奉旨監斬楊繼業父子，今被南清宫殿下痛打無辜嘘。〔德昭白〕兒臣啟奏。當日先帝曾將兒臣託孤與楊繼業，故此前往西郊祭奠。兒臣目覩功臣就戮，甚爲悲慘。潘仁美縱子立擂天齊廟，口出大言，無論軍民打死由命。此係逞强賣藝之詞，何分貴賤。今潘仁美朦朧妄奏呵，〔唱〕匿奸心誣劾忠良，陷一門無辜遭枉。望吾皇赦免楊家將，保社稷萬載安康。〔潘仁美白〕阿呀，聖上吓，休聽一面之詞。臣子潘豹，實係楊繼業父子打死的嘘。〔太監内白〕衆朝臣何獨無言，各自出班，從公陳奏。〔趙普等白〕領旨。臣趙普、臣呼延贊、臣寇準、臣高君保，從公陳奏。若論潘豹致死之情，實係立擂招尤而起。若果死於羣手，則楊家父子死有餘辜。實是楊希一人打死，合將楊希抵償，楊繼業但坐庭教不嚴之罪。伏乞聖上主裁。〔德昭白〕兒臣謹奏。自古法公天下，四海咸孚。若爲一夫身亡，全家遭戮，未免有壞國體。伏乞陛下垂鑒。〔潘仁美白〕阿呀，萬歲，可憐臣子呵，〔唱〕

【滴溜子】無端的，身遭慘死禍殃。恨他們父子，直恁猖狂。他欺君懷奸罔上，喝令著羣狼子，逞兇鬪强。惟願吾皇，明鑒推詳。〔一太監上，白〕旨意下。聖上道，王兒、衆朝臣所奏，潘仁美縱子立擂以致身死，此乃自招其禍。楊繼業素日治家不嚴，以致楊希不守國法，打死朕戚。今衆朝臣不避斧鉞，忠言諍諫，朕心豈無好生之心。姑念楊家父子昔日有功，今免其一死，罷職還家。止將楊希一身抵罪，帶往刑部監禁，等待秋後處决。潘仁美妄奏不實，本該從重治罪。朕亦念舊日老臣，又憐其子無辜身死，著罰俸三年。衆卿毋得再諫。欽哉，謝恩。〔衆白〕萬歲，萬歲。〔昭容白〕退班。〔昭容、太監等下。潘仁美白〕咳，罷了吓，罷了。〔下。德昭白〕人來。着楊繼業父子，仍歸府第居住。止將楊希送入刑部，教彼好生看待。説孤即日還要保奏出獄。〔太監作應介，下。衆白〕全賴殿下竭力匡救，保全一家性命。如今令公等皆罷職閒住，恐潘仁美那厮心下必自怏怏，恐再生不測。〔德昭白〕不妨，孤家自有道理。〔唱〕

【尾聲】任他巧計陰謀廣，也只在吾曹手掌，曹把那幹國的將軍漫漫獎。〔同下〕

第二齣　虬彪耀武

〔軍士、將官引宋萬上，唱〕

【點絳唇】總握兵權，令行雷電。文謀善武諳韜鈐，陣法靈機變。〔白〕俊偉英雄稱智囊，忠心報主輔南唐。明知人事天時勢，盡力維持弱勝强。下官，南唐兵部大司戎宋萬是也。原在北漢劉王駕下，蒙南唐王徵聘來此，委以軍國重任。今宋主光義即位以來，東蕩西除，甚有吞併南唐之意。俺國主富有東南，兵精糧足。若不乘此時開疆拓土，復整唐家舊業，後必束手委身矣。故此下官想得一計，篆就鳥跡文一道，造下鐵胎弓一張，遣一巨勇之將，充作使臣，到宋朝去難邦，探其虚實。俺這裏挑選上將分鎮各關，相機舉事。昨日二大王李豹送來一員巨勇之將，名唤虬龍，乃係蠻苗種派，有萬夫不當之勇。爲此陞帳試他武藝如何，若果能開弓勝敵，即遣他爲使。已令五虎將引虬龍來見，想必早到，吩咐開門。〔將官白〕開門。〔五虎將上，白〕職封五虎將，力敵萬人雄。〔分白〕俺赤眉虎張漢。俺出林虎徐力。俺懸崖虎鐔崑。俺穿林虎孔昭。俺離山虎翟雷。元帥陞帳，一同進見。五虎將告進。〔作進見，白〕五虎將打躬。〔宋萬白〕衆位將軍少禮，虬龍唤到了麽？〔張漢白〕已在轅門伺候。〔宋萬白〕傳他進見。〔張漢白〕是。元帥傳虬龍進見。〔虬龍上，白〕力舉千鈞石，能拽鐵胎弓。虬龍告進。〔軍士等白〕進來。〔虬龍白〕元帥在上，虬龍參見。〔宋萬白〕將軍少禮。二大王道你巨勇無雙，俺這裏有鐵胎弓一張，你可能開得？〔虬龍白〕小將力能分牛舉鼎，何況鐵胎弓。〔宋萬白〕你不要誇口，俺這鐵胎弓呵，〔唱〕

【天下樂】鐵靶銅胎鋼作弦，量弓力有百鈞，敢浪言，莫當做雕弓拽搭羽簳，把楊柳穿。且休思，開滿月，難逞著猿臂牽，只怕你違言在將士前。〔虬龍白〕元帥，虬龍若無開弓之力，冠軍之勇，二大王焉肯保送俺到此？元帥且將鐵胎弓賜與小將，開與元帥觀看便了。〔宋萬白〕取弓與他。〔將官白〕鐵胎弓有了。〔虬龍白〕元帥，請看小將開弓者。〔作開弓科。宋萬白〕妙嗄，好勇力也。〔唱〕

【鵲踏枝】則見他扣弓弦，開的似滿月圓，不費力一拽早弓張，不喘息面色不更顔。怪不得在軍中競誇大言，恐你鹵夫力，武備不兼。〔白〕將軍，今番選使難邦，須有萬夫不當之勇，纔可去得。將軍萬一敵不過宋朝中武將，便辱我南唐威望矣。〔虬龍白〕元帥不放心，便請面試小將。若敵不過五虎上將，便不堪作使了。〔宋萬白〕這話有理。五虎將軍聽令。〔五虎將白〕有。〔宋萬白〕可各展平生技勇，與虬龍比試。不許相讓，違者不恕。〔五虎將白〕得令。〔作比試科。五虎將白〕啟元帥，小將們實不能勝他。〔虬龍白〕元帥，如今可放心了。〔宋萬白〕觀將軍勇力、武技皆可去得，待我將鳥篆文一一傳授與你，你到那裏呵，〔唱〕

【上馬嬌】須整著色正顔，打點下激厲言。志氣雄，膽氣堅，當殿開鐵胎弓，比武在當殿前。要争先，難邦將把勇冠顯。〔虬龍白〕元帥放心，虬龍此去决不有辱君命。〔宋萬白〕這便纔是。明日早朝，就保奏你爲使便了。衆將且退，虬龍留下，掩門。〔軍士等白〕掩門。〔衆下。宋萬唱〕

【煞尾】你今去探虚實，早信音傳。沿途進貢佈流言，且緩他强兵進征，好待俺關隘把兵添。〔下〕

第三齣　玉娥勸父

〔扮丫環隨杜玉娥上，唱〕

【步步嬌】寂靜蘭閨塵不到，不愛閒花鳥，粧飾不豔嬌。不惹春風，春情不惱，書卷不輕抛，文謀武畧皆精妙。〔白〕奴家，杜玉娥是也。父親在堂，母親已逝，止生奴家一人。外有姑舅姐姐呼延赤金，他爲父母俱逝，投奔至此，今已二年。因赤金姐姐性氣粗魯，容貌醜惡，我爹爹十分憎厭他，都是奴家在内調停勸解。昨晚舅女兩個，又顔變口角，如今我姐姐閉房不出，奴不免到書房中解勸爹爹一番。〔醜丫環白〕是吓，小姐先去勸勸老爺回來，再勸大小姐，叫他爺兒兩個見見，説開了，就完了。不然一個不摘鞍，一個不下驢，不像一家過日子了。〔玉娥白〕丫環，你隨我前去。〔醜丫環白〕是了，走罷。姐姐，你看守房門，我同小姐去。〔丫環下。醜丫環白〕小姐，要勸得老爺喜喜歡歡的纔好呢。〔玉娥白〕這有何難，只消我，〔唱〕

【桂枝香】容和顔咲，言花語巧。解勸親意歡然，方顯我玉娥賢孝。分甚甥兒嫡女，甥兒嫡女。嬌容媸貌，怎不羞惱。若不費和調，只恐人談論，疑奴來撥挑。〔下。扮杜金上，白〕親女端容性格良，甥兒貌劣氣剛强。嫫姆照鏡忘其醜，惡口喳喳較短長。老夫姓杜名金，字西華，曾任北漢劉王駕下總制，因妹丈呼延昭受奸臣之害，干連在案，爲此致仕回家，隱跡此間鳳鳴莊。喜得家資富厚，父女足可安居樂利。不想妹子去世，甥女呼延赤金投奔到此。咳，生來貌醜性劣，不受教誨。時常與我争長争短，老夫畧開口，他就怒目粗聲，道我偏向女兒。昨晚又與老夫顔變口角。咳，想著這醜東西，好可恨人也。〔醜丫環隨玉娥上，白〕家和貧也好，不義富何如。〔醜丫環白〕我看看老爺做什麽呢。小姐，老爺像氣臌了的蝦蟆是的坐著呢。〔玉娥白〕隨我進來，爹爹萬福。〔杜金白〕我兒到我書房何事？〔玉娥白〕孩兒麽，不爲别的，只爲昨晚我姐姐一時執性，惹得爹爹動怒。孩兒替他來賠罪。〔杜金白〕他忒無理。〔玉娥白〕我姐姐生性粗魯，爹爹是做長輩的，有什麽恕他不過吓。〔唱〕

【又一體】他性兒粗暴，多因年小。乞恕他孤獨伶仃，又恤憫無依無靠。〔杜金白〕原爲他無依無靠，故此一片好心，收養他在此。怎麽倒恩將仇報，欺我年老。阿喲喲，豈有此理。〔玉娥白〕皆是至親，説甚恩將仇報。〔杜金白〕他每每與我變顔挺撞，忒也無理。〔扮呼延赤金上，白〕聽説妹子到書房來了，待我聽聽説些甚麽。〔杜玉娥白〕爹爹，不要記懷，看着孩兒，饒恕他罷。〔杜金白〕這醜東西在此與你争長争短，還説我偏向你。那樣醜惡，將來那個要他。〔呼延赤金白〕阿喲。〔杜金白〕我是不留他在家的了。〔呼延赤金白〕耐不住了。好嗄，好舅舅，背地里作踐外甥女兒。有什麽當面説，不用背地捏窩。説罷。〔杜金白〕女兒，你看他這等氣質，那有尊卑，成個什麽閨門處女。〔玉娥白〕爹爹，不要如此，待我去説他。 姐姐，你莫怪爹爹動怒。 你我做小輩的，須要逆來順受。 若挺撞尊行，那外人就要談論姐姐了。〔呼延赤金白〕談論什麽？〔玉娥白〕哪，〔唱〕道你閨中脂虎脂虎，不賢不孝，逆如鴟鳥。〔呼延赤金白〕怎麽説，把你姐姐比一個鴞鳥兒？ 我不孝，是鴞鳥兒。 你能哄人，是個畫眉子。 我舅舅愛生氣，是個氣蝦蟆。〔杜金白〕唗，畜生，我怎麽像氣蝦蟆？ 阿喲喲，駡起來了。 罷了吓，罷了。〔呼延赤金白〕你們請看，這一生氣，眼一瞪，肚子一臌，是個氣蝦蟆不是。〔醜丫環白〕大小姐學得像，小姐你也學一學，看像不像。〔杜玉娥白〕多嘴。 吓，姐姐，還有一説，怕你聲名傳聞於外，如何許配女婿嗄。〔唱〕欠柔嬌，怕將你暴燥聲名佈，只恐難將夫婿招。〔醜丫環白〕不錯，我們小姐説得是。 你老模樣又醜，性子又平常，怎麽説婆婆家。〔杜金白〕這樣東西，那個要他。〔呼延赤金白〕你不要，横竪有人要我。 但凡有個棲身之處，決不在你這裏，賴衣求食。〔杜金白〕如此就走。〔玉娥白〕爹爹，我姐姐孤身一人，教他往那裏去嗄。〔呼延赤金白〕嗄，你姐姐一根筷子吃麵，獨挑兒，那裏去不了。〔玉娥白〕姐姐，看妹子薄面，與我爹爹陪個禮兒罷。〔醜丫環白〕看我們小姐分上，認個錯罷。〔玉娥白〕來呢，來呢嗄，爹爹，我姐姐來陪禮了。〔呼延赤金白〕我錯了。〔杜金白〕不稀罕。〔呼延赤金白〕不在我腰子上。〔扮一院子上，白〕老爺在那裏，老爺在那裏？ 老爺，有靈壁山草寇姚雲漢，仰慕小姐美貌，差人抬了許多金銀綵緞來强聘。 都在門外等候，可要他們進來？〔杜金白〕不要叫他進來，不要叫他進來。〔玉娥白〕嗄，有這等事？ 過來，你叫他們將金銀綵緞，抬到前廳伺候，我有道理。〔院子白〕曉得。〔下。杜金白〕阿呀，我兒，他的金銀綵緞是來聘你的，你留下是何主意？〔玉娥白〕孩兒自有道理。姐姐，少時妹子要你幫助幫助。〔杜金白〕好嗄，你助你妹子一臂之力。〔呼延赤金白〕這就用著我了。〔玉娥白〕丫環傳集丫環、莊丁等，各執棍棒，前廳聽用。〔醜丫環白〕是了。一向學了武藝，今日用著了。〔下。玉娥白〕姐姐，少間等他到來呵，〔唱〕

【江兒水】不用分白皂，各顯英與豪。金銀綵緞咲納了，棍棒拳頭管教他飽，將他慕我情腸掃。〔杜金白〕待做爹爹的，也幫著你們。〔玉娥白〕爹爹不用出去，就在書房内，專候好音。〔杜金白〕如此，你們須要小心。〔下。呼延赤金白〕這不是多交代麽？〔玉娥白〕姐姐，和你到前廳去。〔唱〕他只慕姑娘容貌，未嘗辣手英名。少時節，見者魂兒嚇掉。〔衆莊丁、衆丫環上，白〕小姐，我們多齊備在此了。〔玉娥白〕先將棍棒放在一邊。〔院子引衆僂儸上，白〕雄寨英名慕美女，金銀綵緞聘嬌娃。〔院子白〕過來，見了二位小姐。〔作見科。赤金、玉娥白〕將金銀綵緞留下。去説，杜小姐在廳上等候他家大王講話。快去。〔各分下〕

〔扮衆僂儸頭目引姚雲漢上，白〕聽説美人多窈窕，教人心上倍添歡。俺姚雲漢，爲慕杜小姐芳容，親自前來下聘。僂儸們，快到鳳鳴莊去。〔衆應，作到。衆僂儸迎科。頭目白〕大王到。〔院子上，白〕大王，俺家小姐在堂上，小心些。〔姚雲漢白〕是，小心些。哈哈，小姐在那裏，請過來一見。〔院子白〕小姐有請。〔玉娥、赤金上，白〕來了麽？〔院子白〕來了。〔玉娥、赤金白〕叫他過來。〔院子白〕請相見。〔下。姚雲漢白〕小姐在那裏？〔赤金白〕小姐在此。〔姚雲漢白〕阿呀，是個母夜叉。〔頭目白〕大王起來，大王起來。〔姚雲漢白〕將俺唬酥了。〔僂儸白〕大王，不是這一個，那邊還有一個美貌的。〔姚雲漢白〕美貌的，掉轉來，俺領教領教。〔玉娥白〕掌嘴。〔姚雲漢白〕好打。〔玉娥白〕你也不打聽打聽，俺杜玉娥的威名麽。〔唱〕

【江兒水】只慕嬌容貌，不聞英勇驍。鼠賊膽敢吾門造，金銀強聘忒輕眇。〔姚雲漢白〕小姐，你嫁俺個英雄寨主，也不輕微了你。〔玉娥白〕胡説。〔唱〕三真九烈威名浩，遁影潛形急早。再若多言，掃蕩無存羣盜。〔姚雲漢白〕好可惡，搶他上山。〔玉娥白〕誰敢？〔衆莊丁、丫環持棍棒上，相持下。衆陸續上，相持下。玉娥追姚雲漢上，對科。姚雲漢白〕杜小姐，俺久慕美名，故此請你去做個壓寨夫人，也算俺識貨的英雄了。〔杜玉娥白〕住口。〔唱〕（莊丁、丫環内暗上，聽科。玉娥白「誰敢」。莊丁、丫環進門，對攢，衆先下。姚雲漢、赤金、玉娥三人對下。單對：陸得喜 李平安 上對下，高進忠 楊玉昇 上對下，賈得禄 孫進安 上對下，孫喜 張慶貴 上對下，靳保 宋福順 上對下，張長保 張長慶 上對下，赤金 雲漢 上對下，小王喜 任喜禄 上對下，袁慶喜 張得安 上對下，馮文玉 劉得山 上對下，輝四喜 喬榮壽 上對下，王三多 藍廷喜 上對下，玉娥 雲漢 上對下，張喜禄 王成 上對下。玉娥 雲漢 上對，架住，白，唱。）

【川撥棹】休煩擾，聽狂言心懊惱。恨你那狼戾貪饕貪饕，害民賊決難恕饒。〔對下。赤金追頭目上，對科，頭目下。赤金擒一頭目白〕（赤金接對，雲漢敗下。四頭目接對，續四丫環對，同下。八僂儸、八莊丁上對，大攢，同下。赤金上，對四頭目，三頭目下。作擒一頭目劉得山，白完，下。姚雲漢上，白完。玉娥上，接對，續八莊丁、四丫環、八僂儸、四頭目上對，大攢。）我且問你，你山寨有多少人，離此多遠？〔頭目白〕除了俺大王，餘下四個頭目，四百個僂儸，離此二十里。〔赤金白〕有多少金銀糧草？〔頭目白〕金銀共有十餘萬，糧草只勾一年之用。〔雲漢暗上，白〕呔，你這母夜叉，打聽大王的金銀糧草做什麽？〔頭目逃下。赤金白〕打聽打聽，勾我過日子的不勾。〔雲漢白〕嗳，我不要你。〔赤金白〕我還不要你呢。〔玉娥上，相持，雲漢等下。赤金白〕（姚雲漢等逃下。）妹子，待我帶了丫環、莊丁趕上，勦除草寇，你回覆爹爹去罷。〔玉娥白〕他既敗逃，再不敢來侵擾的了，追他怎麽？〔赤金白〕你不要管我，丫環、莊丁隨我來。〔衆隨下。杜玉娥白〕姐姐，早些回來嘎，你看他竟自蜂擁而去，我不免稟知爹爹便了。〔唱〕好金銀，笑納了。綵和緞，笑納了。〔下〕（赤金等回白完，唱下。）

第四齣　赤金奪寨

〔扮衆莊丁、丫環引呼延赤金上，唱〕

【風入松】一生男女義爲根，受人的恩怨須分。雖然貌醜心英俊，怎能受淹煎不遜。〔白〕你們退後。想俺赤金父母雙亡，無處棲身，投奔到母舅這裏，雖感他收養之恩，耐因二年以來十分憎厭我面貌性情，時常聒絮，叫我如何棲身得安？今日助他退了草寇，得了金銀，也算我報答收養之恩。倘得神天保佑，占了山寨，避跡棲身，免受朝暮恥辱，豈非萬全之計？你們隨我來。〔唱〕二年裏聲吞氣吞，俺今不受屈要志兒伸。〔一莊丁白〕小姐，將近入山，天漸黑了，那山中是草寇出入之所，不是當要的。〔赤金白〕有我在此，你們放大了膽，助我降伏了姚雲漢，多將山上金銀來酬謝你們。〔一莊丁白〕真個聽見説金銀酬謝，不覺精神抖擻，威風大長。〔呼延赤金白〕快快隨我進山去。〔唱〕

【玉胞肚】須把精神充運，耀威風奮莫顧身。放開了膽量粗豪切，休畏避逡巡。同心合力剪强人，白鏹黃金任爾分。〔下。内起更。頭目引姚雲漢上，唱〕

【前腔】思量深恨，遇著了辣手佳人。好姻緣自恨時乖，枉送了綵緞金銀。〔白〕唉，好慚愧嗄，好慚愧。只聞得杜玉娥美貌，並不曾聽見他有如此的手段。壓寨夫人討不來，到送了許多金銀綵緞去，這是那裏説起。〔頭目白〕明白。起了合山僂儸，偏要去搶他來。〔雲漢白〕罷罷罷，他不來尋俺儘勾的了，還去惹他怎麽？算了罷。〔頭目白〕大王到懼怯起來了？〔雲漢白〕不用説了，後寨去吃酒解悶，留幾名僂儸巡酒，餘者早些歇息去。〔頭目白〕是。〔姚雲漢唱〕今朝遇著狠佳人，無情棒打有情身。

〔下。内打二更。莊丁、丫環引呼延赤金上，唱〕

【玉嬌枝】深山陡峻黑昏夜，曲折難分。樹林叢雜星光蔭，看不出路途前進。〔醜丫環白〕阿呀，小姐，這黑夜更深，山路高低，樹木叢雜，這怎麽走？〔赤金白〕大家摸著走。〔醜丫環白〕摸著走，走到多早晚兒是個到呢？〔赤金白〕見了山寨，就到了。〔醜丫環白〕知道那强盗的窠巢在那兒，有多遠呢？〔赤金白〕二十里之遥，走了半夜，料想也不遠了，隨我摸將前去。〔醜丫環白〕聽見没有，大家摸著走。〔莊丁等白〕摸著走。〔二更，衆走。醜丫環白〕阿喲，阿喲。〔衆白〕怎麽樣了？〔醜丫環白〕撞在樹上了。〔衆白〕伸出手來，摸著走。〔醜丫環白〕伸出手來，摸著走。阿喲，阿喲。〔衆白〕又是怎麽樣了？〔醜丫環白〕摸在枳荆柯兒上了。阿喲，好扎。〔衆白〕看仔細著。〔醜丫環白〕看得見嚜，摸著走。〔赤金白〕小心些。〔唱〕凝神定睛手兒伸，摸挲跨步徐徐進。〔醜丫環白〕阿喲，阿喲，好跌。〔赤金白〕不敢，好兒子。〔醜丫環白〕什麽好兒子？〔赤金白〕你叫我好爹嚜。〔醜丫環白〕我跌倒了。〔赤金白〕爬起來。〔唱〕要安身，不憚勞勤。〔醜丫環唱〕累得我，連爬帶滚。〔白〕阿喲，阿喲。〔衆白〕又是怎麽樣了？〔醜丫環白〕樹枝子扎了眼睛了。〔赤金白〕阿喲，就是你的戲路多，總做不勾。〔醜丫環白〕我不願意，只要添上月亮，省多少事呢。〔赤金白〕有了月亮，你這許多戲路，全用不著了。走罷。〔醜丫環白〕走罷，走罷。〔內打二更〕阿喲，了不得。〔赤金白〕你們瞧，才說戲路，戲路又來了。這總得湊你的趣問一問，又是撞在樹上了？〔醜丫環白〕不是。〔赤金白〕枳荆扎了手了？〔醜丫環白〕不是。〔赤金白〕樹枝子扎了眼睛了？〔醜丫環白〕不是。〔赤金白〕不問你了，走罷。〔醜丫環白〕阿喲，走不得，有個狼。〔赤金白〕狼？這可不是頑兒的。你們躲開看狼，你們一下待我認認，他是個狼，不是個狼？〔醜丫環白〕包管説是一塊石頭。〔赤金白〕不是，是一塊山子。〔醜丫環白〕我説是塊山子不是。〔赤金白〕偏是石頭子兒呢。〔內打三更科。赤金白〕三更了，快些走罷。〔唱〕

【又一體】更籌何迅，不覺是中宵夜分。忙忙尋路來趨進，休負了半夜辛勤。〔白〕妙嗄，這不是一座大門樓，必是山寨了。門兒掩在此，隨我進去。〔醜丫環白〕小姐，看是個好人家莊子。〔赤金白〕啐，若是好人家，膽量是小的，必要緊慎門户，那有開門睡覺的。〔醜丫環白〕怎麽强盜不關門麽？〔赤金白〕明放著虎穴狼巢，誰敢闖入。〔醜丫環白〕是理，誰敢打刼强盜窠巢？〔赤金白〕隨我進來，你可悄悄兒的。〔唱〕潛行遁跡聲氣吞，心粗膽壯狼巢進。看分明捱過重門，〔白〕妙嗄，〔唱〕四下裏鼾齁睡穩。〔下。僂儸頭目引姚雲漢上，白〕三盃和萬事，一醉解千愁。好酒，吃得爽快。〔頭目白〕大王，可要再吃幾盃了？〔雲漢白〕不吃了。〔頭目白〕吃不了，早些歇息歇息罷。〔赤金引衆暗上。雲漢白〕〔赤金引衆暗上。）想起白日的一場，掃興，那裏睡得著。〔頭目白〕必是還想著杜小姐的美貌麽？〔雲漢白〕非也，倒是那藍臉的母夜叉，阿喲，俺一見他，魂都唬掉了。〔赤金白〕母夜叉又來了。〔雲漢白〕阿呀，阿呀，老太太，我還没有睡，怎麽就夢見你了？〔赤金白〕特來擒你。〔雲漢白〕快拿住他。〔對下。衆上，對下。赤金追雲漢上，白〕住了。俺金銀也不要了，綵緞也不要了，杜小姐也不要了，你還尋到這裏來，是怎麽個意思？〔赤金白〕要你把山寨讓俺，就是這個意思。〔雲漢白〕什麽，把山寨讓你？這可不能。〔赤金白〕不能，就吃俺一下。〔下。衆上，對下。雲漢上。赤金白〕姚雲漢。〔雲漢白〕有。阿呸，怎麽見了他，連腿都不做勁兒了？〔赤金白〕老姚，你怕我不怕？〔雲漢白〕我心裏原想要不怕，見了你，就渾身都不做勁兒，酥了。〔赤金白〕怕嘿，把山寨好好的讓我。不然，叫你立見閻老五。〔雲漢白〕那個叫閻老五？〔赤金白〕五殿閻王。〔雲漢白〕嗄，那我不見。〔赤金白〕不見，讓俺山寨饒你。不然呵，〔唱〕（姚雲漢白完，赤金白完，對，大攢。姚雲漢、赤金先下，衆對下。赤金追姚雲漢上，對。姚雲漢白完，對下。僂儸、頭目、莊丁、丫環上對。雙連環：陸得喜、李平安、賈得禄、高進忠、楊玉昇、張長保、孫進安、孫喜、張慶貴、張長慶、靳保、宋福順、馮文玉、劉得山、張喜壽、王三多、藍廷喜、輝四喜、張得安、小王喜、王成、任喜禄、袁慶喜、喬榮壽對下。姚雲漢上，虛白。赤金上，白，叫。姚雲漢白完。唱完。）

【風入松】將伊鼠輩立戕身，讓山寨還伊命存。〔白〕讓不讓？〔雲漢白〕這個……〔赤金白〕嗄，難道你還不怕我的本領麽？〔雲漢白〕還有點兒不服。〔赤金白〕放你起來，叫你心服口服。〔作對科。衆僂儸、頭目、莊丁、丫環上，作擒姚雲漢科。赤金白〕（**又白完。續莊丁、頭目、僂儸、丫環上，對，大攢，作擒姚雲漢等。白完，唱下。**）你服也不服？若不服，喫我一劍。〔僂儸、頭目白〕寨主，這樣本領，還不把山寨讓他？〔雲漢白〕是，我讓他山寨就是了。〔赤金白〕如此，饒你起來。〔雲漢白〕阿哟，乏了。坐一坐，歇息歇息罷。〔坐椅科。赤金白〕扯他下去。〔頭目白〕下來，正坐讓新寨主坐。〔雲漢白〕我呢？〔頭目白〕你如今與我們一樣的了。〔雲漢白〕我鬧個倒座兒罷。〔赤金白〕跪著聽封。〔雲漢白〕是。〔赤金白〕封你山寨大頭領。〔雲漢白〕多謝寨主。〔赤金白〕大小僂儸上前聽我吩咐，傳與衆僂儸，自今以後，不許打劫往來客商，不許騷擾居民，違吾令者，軍法示衆。〔丫環、莊丁白〕小姐，不回去了麽？〔赤金白〕待至天明，分些金銀與你們，還有幾句話兒回覆。留兩個丫環在此使用便了。引路。〔唱〕來朝自有回家信，俺如今棲身安穩。免舅父終朝怒嗔，暫做個女强人。〔虚白，下〕

第五齣　從師授鎗

〔扮王源上，唱〕

【憶秦娥】皇恩浩，身羈縲絏難相保。難相保，懊恨奸雄，絶我忠道。〔白〕被陷羈囚幾度春，英雄豪氣已逡巡。雙眉顰蹙何時展，重向金堦志可伸。老夫王源，乃河北人也。曾爲總制之職，只因偶犯失機之罪，被兵部尚書潘仁忠劾奏，幾遭不測。多感楊令公保奏免死，聖旨將我永繫獄底。想我王源，今生不知可有出頭的日子，好傷感人也。〔唱〕

【解三醒】①嘆平生時乖命迍，受囹圄遭困泥塵。可知俺伏櫪老騎心猶迅，今日裏，空教我怒目瞋。好比那鵾鵬落穽難飛奮，何日裏，脱卻牢籠感謝神。胸懷愁，光陰瞬息，兩鬢如銀。〔白〕你看今夜風清月朗，且又更深人靜，不免把俺平生武藝舞弄一回，以解愁煩，有何不可。〔下。楊希上，白〕咳，只爲一點無明火，惹起千般衬事由。俺楊希只因打死潘豹，得罪朝廷，險些禍及一門。幸蒙南清宮竭力保奏，蒙恩赦免，止將俺一人囚禁。噯，我想爲將的人，要砍就砍，要殺就殺，一樁事就完了。日夜

① 醒：誤，應作「酲」。

囚禁在此，可不要悶殺俺楊希了。且喜今晚天清月朗，不免閒步一回。呀，那裏有兵器風聲，待我聽將前去。〔下。王源上，作舞鎗介。楊希暗上，作偷看介。王源唱〕

【滴溜子】舞梨花，舞梨花，旋轉如雲。似蛟龍，似蛟龍，變化曲伸。番身回還趨進，遐裏潛身隱，寒光逼近。似風舞梨花，雪片紛紜。〔楊希白〕妙吓，好鎗法也。〔王源白〕何人在此窺探？〔楊希白〕吓，是搜山虎楊希在此。〔王源白〕吓，莫非是楊令公的七郎麼？〔楊希白〕然也。〔王源白〕原來就是七將軍。何不請過牆來？〔過牆科。王源白〕將軍，老汗奉揖。〔楊希白〕老丈請了。〔王源白〕請坐。將軍所犯何罪，緣何到此？〔楊希白〕吓，只因前者在天齊廟打死國戚潘豹，被潘仁美那廝妄奏。聖上大怒，要殺戮一門。幸虧南清宮八殿下相救，得全一家性命。聖上道俺是禍首，罪在不赦，將俺一人監禁，等待秋後處决。老丈因犯何罪也在這裏？〔王源白〕老漢姓王名源，曾爲總制之職，只因偶犯失機，被潘仁忠劾奏，要將我立斬，全虧令尊大人保奏再三，纔能得生。故把我永禁獄中，將來老死在獄的了。〔楊希白〕老丈且免愁煩。請問老丈，方纔試舞之鎗法，是那家傳授？〔王源白〕此乃落瓣梅花鎗，爲將持矛之要法，自幼年在夢中所得。向年鎮守邊關，相持厮殺，無不用此法取勝。見今夜月明如晝，偶爾消遣，休得見笑。〔楊希白〕不知老丈可肯教我否？〔王源白〕吓，將軍要我授此鎗法，有何難哉？必須認我爲師，方可授得。〔楊希白〕吓，你這老兒，好不識抬舉。你感我父親活命之恩，你就該白効個勞兒，教我便纔是。怎麼教我認你這白毛爲師？可笑，可笑。〔王源白〕若不拜爲師傅，此法斷斷不能傳授。〔楊希白〕量你這衰邁老子有何本領，輒敢如此驕慢麽。〔王源白〕小老其實老朽無能，只怕將軍也未必奈何得我。〔楊希白〕哈哈，你今敢出大言，你若贏得我的拳頭，我就拜你爲師。〔王源白〕在下不過是取笑足下，何須發惱。〔楊希白〕如不然，趁此月明之下，俺與你比個手段如何？〔王源白〕足下身出將門，英雄蓋世，四海揚名。在下一介愚夫，怎敢與將軍交手。〔楊希白〕不必虚遜，快站起來，與俺比一比。〔王源白〕一定要在下出醜，如此有罪了。〔唱〕

【又一體】兩下裏，兩下裏，如花弄影。休得要，休得要，弄假成真。談笑今番對陣，斜行趨步緊，雌雄孰勝。兩虎相爭，蹶跳躬身。〔王源作打，楊希跌科。王源白〕阿呀呀，在下有罪了，有罪了，快請起來。〔楊希白〕不起來了，就在此拜了師傅了。〔王源白〕這個怎敢吓。七將軍，只怕你心中還有些不服之意。〔楊希白〕我楊希既輸與師傅，焉敢不服？〔王源白〕吓，你既甘心拜我爲師，老汗自當朝夕相傳。老汗從幼還習得鳥跡奇文篆，待我一一都授與你便了。〔楊希白〕多謝師傅。〔同唱〕

【尾聲】從今教誨勤相訊，只爲投機言語諄，真個是福地囹圄成大文。〔楊希白〕吓，老師方纔好打，打得爽快吓。〔王源白〕有罪了，不必題了。〔作笑介，下〕

第六齣　難邦保希

〔趙普、寇準、呼延贊、高君保上，同唱〕

【點絳唇】爐篆香飄，皇仁有道。臣當劼，小醜虛囂，管取成擒勦。〔同白〕齊上金堦面聖君，無知小醜抗王穫。干戈今日重猶搆，釁起無端自滅身。〔分白〕下官，趙普。下官，寇準。本爵，呼延贊。本爵，高君保。〔同白〕請了。〔趙普白〕今有南朝李袞使虬龍前來進貢，有鐵胎弓一張，鳥跡篆文一道，要俺這裏開弓識篆。〔呼延贊白〕李袞這廝不思報國厚恩，輒敢抗犯天朝，反狀顯然，罪在不赦。〔寇準、高君保白〕自當奏請，加兵征討便了。〔趙普白〕且待南清宮八殿下到來，共議便了。〔太監陳琳引德昭上，唱〕

【賞花時】政務勤劬不憚勞，總理朝綱國柄操。統領衆官寮，把山河固保，梅鼎悅和調。〔衆白〕殿下在上，臣等參見。〔德昭白〕衆卿少禮。〔衆白〕今有南唐李袞差虬龍作使，帶領勇士數百，齎進弓書，實爲難邦，小醜犯舜，當殄其國。一同上殿陳奏。〔德昭白〕且着虬龍前來，待孤訊問一番，看他來意如何，然後陳奏。內侍宣虬龍入朝來見。〔太監白〕領旨。千歲有旨，宣虬龍入朝來見。〔扮虬龍內白〕

領旨。〔上，唱〕

【又一體】俺這裏端捧弓書入宋朝，作使全憑膽量高。恁看那濟濟宋臣寮，俺可也將他輕藐，怎及得江左俊英豪。〔白〕小國下臣見大王，願大王千歲千歲。〔德昭白〕虬龍，你主命你來進弓書，是何主見？〔虬龍白〕小國近得鐵胎弓一張，鳥篆文一道。俺唐家文臣人人能識此篆，武將個個能開此弓，故爾特遣小臣前來進獻。要你宋家文臣讀篆，武將開弓，有勇將者，與俺鬥力。若三件俱能，俺唐家便年年進貢，歲歲來朝。此三件有一不能者，自今以後，唐家爲上邦，宋家爲小國。〔德昭白〕哇。李衮這厮好大膽，輒敢藐視天朝，生心抗逆，自取滅亡。也罷，將弓書取上來，明日引你朝見至尊，教你目覩開弓、讀篆便了。〔作取弓書科。德昭白〕出去。〔虬龍白〕暫出金門去，來日見分明。〔下。德昭白〕李衮叛逆之形已露，免不得天兵進討也。〔唱〕

【村里迓鼓】笑潢池小，寇假弓喬。覷他們顯彰，顯彰着奸矯。要覷着張弓矢，視武將雄驍，鳥篆文，要試取文臣的丰搔。伏干戈，胸藏恣驕，鋪謀計心懷機窔。〔衆官白〕李衮以此弓書難邦，叛逆無疑矣。且將弓書大家一觀。〔同看科。德昭白〕衆卿，能識此篆否？〔呼延贊白〕這文墨之事不在行，你們來看。〔趙普、寇準白〕此篆甚奇，字字如飛鳥之形，法創軒轅之世。臣等寡學，不能識此。〔德昭白〕這弓誰能開得？〔呼延贊白〕這個，待臣開來。〔唱〕俺這裏舒雙臂，將强弓彀着，展平生勇健，試着取弓開滿到。〔作難開介，白〕阿喲，臣力年邁，無能開弓。〔高君保白〕待臣開來。〔唱〕任他鐵鑄弓胎，管叫他如滿月輪高。〔作難開介，白〕臣力不加，不能開此鐵胎弓。〔德昭白〕還有何官能開此弓？〔呼延贊白〕此弓強勁非常，須得非常之人，纔可開得。〔德昭白〕孤家倒想起一人，在此了。〔衆官白〕是那個？〔德昭白〕乃搜山虎楊希也。〔唱〕

【後庭花】除非赦免了囹圄陷罪的刀冥，還待祈丹書勅詔，纔能勾威振着南唐使，方顯得巍巍大宋朝。他那裏舋起無端譟，俺這裏鼓天兵，擲鞭斷淘。專聽着奏捷音，將金鐙齊敲管，一統山河，一統山河永保。〔衆官白〕楊希勇力非凡，若得赦他之罪，必能開此鐵胎弓。〔德昭白〕衆議既同，孤即將此弓書入朝陳奏，併保楊希出獄開弓，卿等即去訪覓能識鳥篆之人，不可遲悞。〔衆官白〕領命。〔德昭白〕陳琳，你可速往刑部獄中，赦免楊希之罪，教他明日早朝上殿開弓。〔陳琳應下。德昭白〕衆卿且退，孤家入朝啟奏去也。〔同唱〕

【尾聲】君明聖能舒道，須把金陵孽禍消，空恃着渺渺長江險固牢。〔分下。一皂隸引陳琳上，同白〕力保忠良將，罪名一筆勾。〔皂隸白〕這是監門了。禁子，禁子。〔禁子上，白〕什麼人？〔皂隸白〕堂上老爺着我引陳公公來此，赦免楊七將軍的。快些開門。〔禁子作開門，皂隸下。陳琳白〕七將軍在那裏？〔禁子白〕在這裏。七將軍快來。〔楊希上，白〕什麼事情大驚小怪？〔禁子白〕陳公公在此，快去相見。〔楊希白〕原來是陳公公，請了，請了。〔陳琳白〕七將軍請了。〔楊希白〕到此何事？〔陳琳白〕今有南唐李衮遣虬龍爲使，將鐵胎弓、鳥文篆來難邦。如今千歲保奏你出獄開弓。〔楊希白〕鐵胎弓？還有什麽？〔陳琳白〕鳥文篆。〔楊希白〕那鳥文篆，可有人能識？〔陳琳白〕無人能識，現在四下訪求。〔楊希白〕不消訪得。此間有位王老將軍，名喚王源，能識鳥篆。〔陳琳白〕快請來。〔楊希白〕王老將軍有請。〔王源上，白〕七將軍怎麽説？〔楊希白〕老將軍有出頭日子了。來來來，見了陳公公。〔作見科。陳琳白〕你果然能識鳥篆麽？〔王源白〕曾遇異人傳授，豈敢虚言。〔陳琳白〕如此甚好。待我先引七將軍去見千歲，禀明此事，就來請老將軍便了。〔王源白〕多謝公公。〔下。陳琳白〕七將軍，隨我來。〔同白〕金殿領恩詔，囹圄赦罪臣。〔同下〕

第七齣　開弓讀篆

〔雜扮儀仗、四太監、大太監、昭容引太宗上，唱〕

【引】恭己南面法堯湯，奉天命端瑁圭璋。〔内吹打介。宋太宗白〕創業艱難今古將，守成不易在君王。禮賢納諫端冕黼，旰食宵衣當自强。寡人，大宋太平皇帝是也。自登基已來，風調雨順，國泰民安。不意南唐李衮差虬龍來進弓書，王兒德昭保奏楊希出獄開弓。已曾傳旨，今當早朝命他上殿開弓。〔衆扮德昭、趙普、寇準、呼延贊、高君保暗上。昭容白〕衆朝臣，排班朝參。〔衆官排班，作山呼科。昭容白〕平身。〔宋太宗白〕衆卿，昨日王兒保奏楊希能開鐵胎弓，諒不虛謬。但此鳥文篆無人能識，奈何？〔德昭白〕兒臣啟奏。昨日詔赦楊希，據楊希稱説，有一失機邊將王源，久禁獄中，此人能識鳥篆。兒臣已命他在朝外候旨。〔宋太宗白〕這也可喜。傳旨，先着楊希上殿。〔太監白〕領旨。聖上有旨，宣楊希上殿。〔楊希上，白〕領旨。〔唱〕

【一枝花】嗟哉，吾平空造禍，尤顯些兒一命遭窮究，只爲着遇奸徒作對頭。今日裏，仗南清救了俺全家咎，怎能勾拜螭頭，向金階走。若不是浩蕩的天恩宥，纔得個面君王，拜冕旒。〔吹打。楊希白〕

罪臣楊希見駕，願吾皇萬歲萬歲。〔昭容白〕平身。〔宋太宗白〕楊希，孤念汝舊日救駕功勞，衆卿再三保奏，朕赦你無罪。〔楊希白〕萬歲。〔宋太宗白〕今有南唐李衮，差虬龍作使，進有鐵胎弓一張，你可開得？〔楊希白〕臣罪犯彌天，蒙恩赦免。莫説鐵胎弓，就是蛟龍猛虎，有何懼哉。〔宋太宗白〕好，壯哉，壯哉。内侍，取弓書安放殿中，一面宣虬龍上殿。〔大太監白〕聖上有旨，宣虬龍上殿。〔武士暗上。虬龍内白〕領旨。〔上，白〕莫笑小邦無能士，古來英俊自江東。下國小臣虬龍見駕，願吾皇萬歲萬歲。〔昭容白〕平身。〔宋太宗白〕虬龍，你可親視俺武臣開弓者。〔虬龍白〕領旨。〔宋太宗白〕楊希，張弓與他看。〔楊希白〕領旨。取弓來。〔虬龍白〕將軍能開此弓麽？〔楊希白〕虬龍，你須定睛看者。〔唱〕

【梁州第七】他他他，怎曉俺是幹國的將軍胄。俺這裏展雄威，試把强弓彀。覷覷覷，他們弄巧反自覆，只教他定雙眸，將弓開就。〔虬龍白〕請將軍開弓，使下臣見識見識。〔楊希白〕嗄，虬龍，俺七將軍的威名，難道你不知麽？〔虬龍白〕嗄，也曾耳聞，却未目覩。〔楊希白〕呀，〔唱〕聽聽聽，口含糊，不曉俺的英名懋。今日裏，顯胸中快癢心尤。我我我，受君恩褒封厚，須索要，効微忱躬當究。〔白〕呔。虬龍，你須看者。〔唱〕恁看俺力挽弓鈎。〔作斷弓介。衆官白〕啟陛下，楊希力斷鐵胎弓。〔宋太宗白〕果然是神力也。〔虬龍白〕阿呀，將軍果然名不虚傳，真乃神人也。還有鳥跡篆文一道，可有人識得麽？〔宋太宗白〕宣王源上殿。〔大太監白〕領旨。聖上有旨，宣王源上殿。〔王源内白〕領旨。〔上，唱〕

【四塊玉】俺俺俺，能文武，似熊彪，偶失機被讒毒，幬在囹圄。凄凉，曾經幾度春秋，自分是伴，終身枷杻。想當日戍邊關，也曾貫兜鍪，幼習着鳥篆文，真堪轃。今日裏，蒙恩赦，志伸悠。〔白〕罪臣王源見駕，願吾皇萬歲萬歲萬萬歲。〔昭容白〕平身。〔王源白〕萬歲。〔宋太宗白〕楊希奏道，汝善識鳥篆，可在殿前宣讀？〔王源白〕萬歲，取篆文來看者。〔大太監白〕篆文有了。〔王源白〕呀，〔唱〕

【烏衣啼】覷着這篆文，重當首罪滔天，招若凶尤。〔宋太宗白〕篆文内如何道？〔王源白〕臣啟陛下，篆文内詞句，有犯天顔之語，臣不敢明唱。〔宋太宗白〕與卿無罪，一一奏上。〔王源白〕萬歲。來使虬龍聽者。〔虬龍應介。王源白〕大唐皇帝駕下，提調江浙兩省水陸兵馬都招討護國大元帥宋，書諭宋君。目今羣雄四起，天下紛紛。聞汝敗壞綱紀，昏如桀紂。絶天倫，燭影摇紅。假奉詔，篡國欺兒。天人振怒，四起干戈。真主天降金陵，指日可平宋室。識時務早獻璽書，納降表應天順人。今寄尺書，早爲後計，少有抗犯，悔之晚矣。〔虬龍白〕阿呀，不好了，果然一字不差。〔宋太宗白〕唗，李衮輒敢叛我，先將虬龍斬訖報來。〔虬龍白〕住了。自古兩國相争，不殺來使。俺虬龍豈是束手待死之輩，況有言在先，要宋家大將與俺比武。若果能勝我者，甘心受戮。〔宋太宗白〕諒爾有多大本領，將他又出朝去，明日在演武臺，伺候受擒。〔衆官白〕虬龍聽者，明日着你在演武臺伺候受擒。又出去。〔武士應白〕出去。〔虬龍白〕罷了罷了，果有能人也。〔下。宋太宗白〕王兒傳旨，速選團營兵將，明早護駕，往將臺去者。〔德昭應下。宋太宗白〕王源賜還舊職，候旨調用。〔王源謝恩科。宋太宗白〕楊希，明日整齊甲冑，與虬龍比武，後加恩陞賞。〔楊希謝恩科。昭容白〕退班。〔同唱〕

【尾聲】演武臺前列戈矛，勝得虬龍第一籌，壯我國威驚小醜。〔各分下〕

第八齣　鎗挑虬龍

〔扮四驍將上，同唱〕（四驍將張玉等上，唱。）

【粉孩兒】風翩翩，驟驊騮，真英莽，任張威耀武，氣概高爽。今朝較武奮鷹揚，勝他行壯我南唐。〔白〕俺們，乃南唐驍將是也。宋元帥揀選俺四人，武藝超羣，英雄出衆，帶領勇士三百，保虬將軍出使到此，喬進弓書，比武難邦。誰知有楊希拽斷鐵胎弓，王源識破鳥文篆。今日在汴梁城外御教場中較武決勝，虬將軍命俺們先往教場伺候較武。你看那教場中，戈矛佈列，旂纛飄颻，好威揚也。〔內擂鼓科。八軍士、四將官、一大將、一纛上，遶場下。扮軍士、將官、一大將、一纛上，遶場下。驍將白〕呀，你看，過去兩隊兵將，盔甲鮮明，人強馬壯，試觀天朝兵勢，甚實威嚴也。〔唱〕逐對兒嚴肅威儀，望旌旂號帶飄颻。〔扮軍士、將官、一大將、一纛上，遶場下。勇士引虬龍上，唱〕（驍將白「好威揚也」。內作擂鼓科。頭起，緑色軍士孫喜等、四將官孫進安等、一大將王休祥、纛張春和上，遶場下。二起，紅色軍士王永壽等、四將官尹昇等、一大將藍廷喜、紅纛趙祥上，遶場下。驍將白完，唱至「望旌旂號帶飄颻」。三起，白色軍士孫喜等、將官孫進安等、一大將賈得禄、纛張春和上，遶場下。八勇士李平安等引虬龍上，唱【紅芍藥】。）

【紅芍藥】雄糾糾，幹國材良，摜鎧甲，氣宇昂昂。領三百兒郎勇精壯，真個是一可百擋。（勇士白）已到教場。（虬龍白）那邊伺候。（勇士應下。驍將白）虬將軍到了。（虬龍白）衆位將軍。（內擂鼓科。扮軍士、將官、一大將、一纛上，遶場下。虬龍白）（驍將白。內擂鼓科。四起，黑色軍士王永壽等、將官尹昇等、一大將祁進禄、黑纛趙祥上，遶場下。）呀，（唱）紛紛，兵馬滿教場，耀日的盔明甲亮。望旌旂滿目輝煌，瞻羽葆葳蕤雲敞。（白）衆位將軍，你看他教場中，人馬紛紛，刀鎗擠擠，不知有多少兵將，好威嚴也。（驍將白）已過去四隊兵將，每一隊約有三千，想來還是各營兵將，那駕前羽林將士還不知有多少。正是：不睹皇居壯，安知天子尊。（內擂鼓科。扮軍士、將官、一大將、一纛上，遶場下。驍將白）（驍將白「安知天子尊」。內擂鼓科。五起，黃色軍士孫喜等、四將官孫進安等、一大將榮等、黃纛孟善上，遶場下。）虬將軍，你看，又是一隊黃旂將士過去了。（虬龍白）吓，是了。俺們要與宋將較武決勝，故此大陳武備，宣揚兵勢，使俺們觀者膽寒之故。（驍將白）觀此教場中兵勢，却也令人膽寒。（虬龍白）衆位將軍，尚未與他決勝，莫生膽怯之心。（唱）

【耍孩兒】臨戰休先虛怯想，勇烈舒肝膽，怎懼他將士多廣。將軍自古道，八面威風壯，抖雄威決勝難相讓，休挫聲名南唐將。（驍將白）將軍放心，俺們自當竭力較勝，方不辱君命。萬一不得取勝，怎麼樣？（虬龍白）又無關城阻隔，若不勝，揮軍速走便了。（驍將白）甚好。（德昭內白）傳令各營將士歸隊，聖駕陞臺也。〔衆內白〕得令。〔虬龍白〕宋主陞將臺了，俺們整齊鞍馬伺候。〔下。軍士、將官、五大將扮羽林軍引楊希、高君保、呼延贊、德昭、宋太宗、後護隨傘上，作陞將臺科。唱〕（驍將白。德昭內白，衆應。三吶喊。虬龍白完，下。內吹鐃歌。八軍士孫喜等持藤牌，四將官孫進安等持鎗，又四將官尹昇等持大刀，又八軍士王永壽等持黄飛虎，羽林軍持金鎗，五大將（楊希 延贊 德昭 君保）引宋太宗，四後護持豹尾、鎗、傘隨上。太宗陞座科。同唱【會河陽】。）

【會河陽】陳佈兵威，大國威光，五營排列陣堂堂。〔白〕傳旨，命虬龍上前比武。〔高君保白〕（高君保傳旨科。）領旨。聖上有旨，宣虬龍上前比武。〔虬龍、驍將、勇士上。虬龍白〕（八勇士、四驍將引虬龍上，白。）誰敢與俺比武？〔一大將白〕俺來也，虬龍早下馬受縛。〔虬龍白〕誰能取勝，纔見分明。〔作對科。一大將敗勢，又一大將接戰，亦敗。高君保白〕（一大將王林祥作對，大將敗下。一大將藍廷喜接對，大將敗下。高君保接對，同下。）俺高君保來擒你。〔戰科，下。一驍將、一大將對科，下。二健軍、二勇士各對科，下。宋太宗唱〕（一大將賈得禄（張玉 楊進昇）對下。（祁進禄 韓福禄）對下。（趙榮 蕭齡）對下。藤牌、勇士十六人對攢，下。太宗唱完。）軒昂，柱國良材，英雄宿將，妄誇武虬龍莽。這邊，要取勝無相讓；那邊，難邦將稱强樣。〔二勇士、二健軍上，合對科。分侍一大將、一驍將上，對科。分侍高君保、虬龍上，對科，下。一大將、一驍將對科，下。二勇士、二健軍對科，下。宋太宗白〕朕觀虬龍，果是一員勇將也。〔德昭、呼延贊白〕正是。〔宋太宗唱〕

（單連環：宋福順、袁慶喜，楊玉昇、小王喜，任喜禄、張喜壽，喬榮壽、輝四喜，王成、靳保，張得安、孫喜，張慶貴、高進忠，李平安、陸得喜上對下。君保 虬龍上對下，太宗白，德昭等白，太宗唱【越恁好】半支。）

【越恁好】實爲英俊，英俊，可惜這禽良，棲非擇木，輕出仕在偏邦。（二勇士、二健軍上，對科。分侍一大將、一驍將上，對科。分侍高君保、虬龍上對，架住。楊希白）（五大將、四驍將九人上對下。君保 虬龍上對，架住。楊希上，白，二人對下。八人攢：高進忠 靳保 李平安 張慶貴 陸得喜 孫喜 楊玉昇 宋福貴上對下。楊希 虬龍上對下。）高將軍，住手，讓俺擒來。（虬龍白）昨日斷俺鐵胎弓的就是你麽？（楊希白）就是你七爺。（虬龍白）俺正在此尋你。（楊希白）尋俺？上門買賣來了，看鎗。（對科，下。驍將、大將各對科，下。勇士、健軍對科，下。宋太宗白）楊希出馬，方爲敵手。今番必定擒獲虬龍也。（唱）（太宗白，唱完。）看他精神抖擻壯威揚，真是搜山虎將。（勇士、健軍上，對科。分侍大將、驍將上，對科。分侍楊希內白）虬龍，那裏走？（追虬龍上，對科。楊希白）喫俺一鎗。（虬龍白）阿呀，好利害。（敗下，楊希追下。大將、驍將等戰科，下。宋太宗等同唱）（又八人攢：張喜壽 小王喜 張得安 王成 輝四喜 袁慶喜 任喜禄 喬榮壽上對下。楊希追虬龍上，對。楊希曰「看鎗」，①又對。續五大將，七

① 看鎗：誤，應作「喫俺一鎗」。

人對下。太宗唱。）些時，早敗北也慌張狀。些時，待擒縛也南唐將。〔楊希追虬龍上，戰科。楊希唱〕（楊希追虬龍上，對。唱【紅繡鞋】半支。對，虬龍下。）

【紅繡鞋】怎容唐將披猖，披猖。難當虎將鷹揚，鷹揚。〔戰科，下。大將、驍將、勇士、健軍上，戰科。驍將、勇士死傷敗下，大將等追下。虬龍敗上，唱〕他神武，怎生當，急切裏，挫鋒鋩，辱君命，甚慚惶。〔楊希追上，戰，作挑虬龍下馬，刺死科。驍將、勇士、大將、健軍上，戰科。二驍將逃下，餘皆死科。楊希白〕（八勇士接對，作斬勇士下。虬龍敗上，唱。楊希追上，對。續四驍將對，驍將逃下。八籐牌上，作圍科。楊希挑虬龍下馬，作刺死虬龍，下。楊希白。）虬龍被臣鎗挑下馬，刺死，衆皆斬首，止存數騎逃去了。〔宋太宗白〕不必追趕。楊希近前聽旨，前罪概行赦免，仍復舊職。俟有功，再行陞賞。〔楊希謝恩科。宋太宗白〕王兒回朝寫旨，楊繼業父子仍還舊職，加封掃唐大元帥，統兵征勦南唐，成功陞賞。〔德昭白〕領旨。〔宋太宗白〕擺駕回宮。〔德昭白〕擺駕回宮。〔衆白〕領旨。〔同唱〕（唱【尾聲】下。）

【尾聲】天朝自是天威壯，蕞爾南唐敢相抗，尅日興師撻伐彰。〔同下〕

第三段

第一齣　授命興師

〔扮衆軍士引楊順、楊希、楊景、楊貴、楊泰上，同唱〕

【點絳唇】帥領貔貅，名驚宇宙專征寇。忠烈英儔，談笑膚功奏。〔白〕密佈戈矛耀日光，旌旂閃爍騎騶騶。長軀直入南唐境，宣佈天威孰敢當。〔分白〕俺，楊泰是也。俺，楊貴是也。俺，楊景是也。俺，楊希是也。俺，楊順是也。〔楊泰白〕今有南唐王李衮，恃長江之險，竟不朝貢，反進弓書前來難邦。〔楊貴白〕爲此，聖上赦出七弟楊希，將他鐵胎弓拽斷，又把虬龍鎗挑下馬。聖心大悦，將俺父子等前罪概行赦免。〔楊景白〕加封我爹爹爲掃唐大元帥，命俺五子隨征，三子在家侍奉母親，聖恩隆重之至矣。〔楊希、楊順白〕奉旨選定今日興師，爹爹入朝謝恩去了。爲此齊集教場伺候。〔下場門下。八軍士、八將官、四大將、二中軍引楊繼業上，唱〕

【混江龍】感不盡君恩寵厚，臣披肝瀝膽効功酬。今日裏穿了鎧甲，戴了兜鍪。往疆場衝鋒冒矢石，向軍營卧鏑枕戈矛。豈容易，下南唐，定金陵，凱歌奏。秉心兒志誠忠正，仰賴天庥。〔楊泰等參見科。楊繼業白〕侍立兩傍膺帥統，貔貅擲鞭可斷流。烽煙一蕩息，凱奏到螭頭。吾，楊繼業，奉勅征勦逆藩李衮，加封爲掃唐大元帥。楊泰加封督糧都部署，楊貴加封護軍統領，楊景加封都救應中營總領，楊希加封前部正先鋒，楊順加封前部副先鋒。方纔謝恩出朝，祭告六纛之神，隨即興師征進。聞説聖上遣千歲到來，賞賜御酒郊餞。各營兵將都齊集了麽？〔楊泰等白〕俱已齊集了。〔楊繼業白〕少間千歲到時，排班迎接。〔衆白〕得令。〔同下。扮四内侍、陳琳引德昭上，唱〕

【油葫蘆】勅遣孤王賫御酒，這恩隆，真罕有。雖云奬賚孰如侔，大都忠勇無其右。皇心欽愛垂恩厚，誰能及楊令公忠一門，大英雄父子九。但願得，爲臣子忠，主皆勤懋，少不得，一例的寵渥周。〔吹打。内侍白〕千歲駕到。〔内奏樂。軍士、將官、楊泰等，中軍、楊繼業作迎接科。楊繼業白〕臣帥領衆將士，參見千歲。〔德昭白〕元帥免禮。聖上特恩遣孤親來，郊餞賜卿尚方寶劍。軍中大小將士如有違令者，準卿先斬後奏。賫有黄封御酒，賜元帥與先鋒等，各飲三杯，以壯虎威。取尚方寶劍過來。〔唱〕

【天下樂】聖主優隆難報酬，則這恩也波稠，則爲你勝謀猷，則爲你素忠心，智勇第一儔。任元戎撻伐彰，假節鉞擁旌旄，尚方劍先行誅後覆奏。〔楊繼業白〕臣蒙主上委託重任，得專征討，便宜行事，自當賞罰分明，森嚴紀律。〔德昭白〕聖上命孤郊餞，敬元帥、先鋒等，各飲三巨觥。看酒來。〔唱〕

【鵲踏枝】黄封酒，白玉甌，聖主恩孤王手。賜元戎以壯軍威，這皆是主上恩優。〔内奏樂。各飲酒謝恩科，白〕萬歲，萬歲，萬萬歲。〔德昭出書科，白〕元帥，孤賜卿手札。倘然水陸將士不敷調用，可將此札差人到柴王處借兵。他有精練水陸將士四千，足可調用。〔楊繼業白〕是。孩兒們隨我謝了千歲。〔楊泰等應科，同白〕千歲，千歲，千千歲。〔德昭白〕元帥即行，祭纛興師，孤覆旨去也。〔唱〕願大將軍旂開得勝，馬到處功成捷奏。〔內奏樂吹打。德昭等下。楊繼業白〕擺齊香案，祭纛興師。〔內奏樂、大吹打。扮禮生執纛軍士上。楊繼業作拈香，衆隨班行禮。楊繼業唱〕

【寄生草】楊繼業承君命，虔禱祝神庇庥。三軍司命身膺受，專征伐國祈神佑，彰天伐罪平南寇。望神明默助顯威靈，早早的成功露布書捷奏。〔祭畢禮，生下。楊繼業陞臺科，白〕大小三軍，上前聽令。〔衆應科。楊繼業白〕本帥奉彰天討伐罪興師，爾披堅之將，荷戈之士，須奮勇王家，抒忠報國。王師過處，勿得騷擾百姓。天兵到日，務在克敵招降。本師五令三申，嚴明紀律。將士違宣犯令，法不顧親，犯吾令者，軍法示衆。〔衆應科。楊繼業白〕正先鋒楊希，副先鋒楊順，聽令。你二人帶領一千健軍，爲前隊先行。逢山開路，遇水疊橋。遇有關城，審明形勢，先行攻打。如果不克，自有中營接應。違令者斬。〔楊希、楊順白〕得令，起兵。〔軍士引下。楊繼業白〕中營都救應楊景聽令，與你三千人馬，爲中營前後救應，不可有違。〔楊景接令箭，白〕得令，起兵。〔軍士引下。楊繼業白〕行營督糧都部署楊泰聽令，與你三千軍士，護運糧草，逐日照軍册散給。倘有剋減，不足用者，按軍法從示。〔楊泰接令箭，白〕得令。〔軍士引下。軍士上。楊繼業白〕就此興師。〔衆白〕得令。〔同唱〕

【後庭花】嘆南唐愚小醜，無端的作罪訧。抗召圖不軌，跳梁兵自謀。疾雷鈦天兵驟，指日危巢顛覆，那長江投鞭可斷流。

【煞尾】統戈矛，帥貔貅，勇軍健將覓封侯。只用旗開一陣，把南唐蓆捲與囊收。〔下〕

第二齣　南唐驚報

〔扮八小軍、四將官引宋萬上，唱〕

【出隊子】勤加軍政，厲我軍威固我城。關關鎮協將和兵，勅命沿江戰艦營。水陸嚴防，諄諄飭警。〔白〕本帥乃南唐兵馬大元帥宋萬是也。前者遣虬龍爲使，將鐵胎弓、鳥文篆，到宋朝去難邦。俺這裏一面保奏，陸應魁領兵把守臨淮關，陸應高領兵把守宿州鎮，方良臣、方良弼領兵鎮守碭山縣、界牌關，皆令馳驛而去。這些時日，逐在教場操演三軍，以備不虞。但不知虬龍難邦之事如何，且待回報再作道理。〔二驍將上，白〕弓書巧計無成就，禍及我邦勇將身。來此已是轅門。有人麼？〔將官白〕什麼人？〔驍將白〕隨使宋朝的驍將回來了。〔將官白〕住着。啟元帥，隨虬龍作使的驍將回來了。〔宋萬白〕驍將回來，必有信息了。令他們進來。〔將官應白〕元帥令你們進去。〔驍將應白〕元帥在上，小將打躬。〔宋萬白〕你二人爲何獨自回來？難邦一事怎麼樣了？〔驍將白〕阿呀，元帥，一言難盡。〔宋萬白〕可將始末一一講來。〔驍將白〕我等保護虬龍到宋朝進弓書，先引見南清宮。大王吓，〔唱〕

【鮑老催】將使臣訊明，來朝引見到帝庭，〔白〕有個王源，〔唱〕他鳥文朗誦甚分明。有楊七郎，便開弓，威嚴整。〔宋萬白〕住了，楊七郎是誰？〔驍將白〕就是楊繼業第七子楊希。〔宋萬白〕嗄，楊希竟能開弓麽？〔驍將白〕他非但能開，且能開弓遶殿週遭，用力一拽，鐵胎弓兩斷。〔宋萬白〕嗄，他將鐵胎弓拽斷了。後來便怎麽樣？講。〔驍將白〕楊希把弓拽斷，宋主所恨篆文猖獗，便喝令綁縛虬龍要斬。〔宋萬白〕吓，有這等事？〔驍將白〕虬龍説道，有言在前，若能勝得虬龍，任憑處分。到了次日，在城外演武臺比武。大陳武備，宣揚兵勢，好不威嚴也。〔唱〕森森戈戟大陳兵，嚴嚴武烈天威盛，〔白〕我等呵，〔唱〕勇力向拚生競。〔宋萬白〕與何等武臣比較？〔驍將白〕與高君保等比試。〔宋萬白〕虬龍可能取勝？〔驍將白〕阿呀，元帥，别人還可，只有楊希十分英勇。虬龍不能抵敵，被楊希一鎗挑下馬來。〔宋萬白〕怎麽樣？〔驍將白〕虬龍被楊希斬了。〔宋萬白〕虬龍被楊希斬了？阿呀，氣死我也。〔唱〕

【滴溜子】聽説是，聽説是，英雄廢命。髮衝冠，髮衝冠，羞急交併。〔驍將白〕那楊希等把兩個驍將、三百勇士盡皆傷害，我二人逃脱回來，報知元帥。他那裏即日興兵，征討俺南唐來也。〔宋萬白〕任他到來，俺這裏早有提防。〔唱〕他猖言不思修省，狂妄忒無知，威風自逞。〔白〕本帥呵，〔唱〕即日興師，保障關城。〔驍將白〕啊呀，元帥，天朝兵將威嚴利害。〔宋萬白〕唗，出去。〔驍將下。宋萬白〕衆將官傳令，即日挑選精鋭五萬，督陣臨淮關外，把守咽喉便了。〔衆應科。宋萬唱〕

【慶餘】宋朝何忒逞强勁，莫道偏邦無勁兵，扎住咽喉執鋭迎。〔下〕

第三齣　碭山大戰

〔扮八羽箭軍引方良臣上，唱〕〔八羽箭軍引方良臣、方良弼上，唱，白完。〕

【菊花新】英名蓋世盡知聞，坐擁貔貅幹國臣。〔扮方良弼上，唱〕猛烈冠三軍，勇敢衝鋒迎陣。〔分白〕麟閣何人定戰功，江南虎踞有英雄。指揮能事迴天地，忠烈應添國史中。〔分白〕俺乃護衛上將、碭山界關總鎮方良臣是也。俺乃護衛上將、碭山界關協鎮方良弼是也。〔方良臣白〕奉唐王勅旨，統轄精兵，鎮守碭山縣界牌關，預防宋師侵邊。〔方良弼白〕哥哥，有俺弟兄二人在此鎮守，宋家就有百萬精兵，何足道哉。〔扮一偏將上，白〕宋師來壓境，聲勢入南唐。二位將軍，小將參見。〔方良臣、方良弼白〕將軍少禮。〔偏將白〕啟上二位將軍，巡邊軍士打探回報，宋帝授楊繼業爲掃唐大元帥，統領雄師征伐我國。大兵屯扎永城關外，命先鋒楊希、楊順前來攻關，離此只有三十餘里了，請將軍早作禦敵之計。〔方良臣、方良弼白〕自古兵來將敵，水來土堰，將軍不必膽怯。〔偏將白〕二位將軍，不是小將膽怯，此城乃我南唐門户，要緊關口。況那楊希英勇，比衆不同。若門户一開，宋兵直入金陵矣。〔方良臣、方良弼白〕哈哈哈，俺弟兄英勇，料不在楊希之下。況俺選得敢死勇士一千，俱有一人擋百的英雄。將軍帶領羽箭軍，上城固守。俺弟兄領勇士，離關五里，扼路交戰，饒他插翅也難過此關。〔偏將白〕二位將軍計議甚善。〔方良臣、方良弼白〕傳勇士，上前聽令。〔偏將白〕傳勇士，上前聽令。〔扮八勇士上，同唱〕（**八勇士**張得安 張得禄**等上，唱【金錢花】**。）

【金錢花】營屯虎豹千軍，千軍。一可擋百英倫，英倫。衝鋒鏖戰勢如犇，敢死士，膽包身，扼宋師，保關津。〔白〕勇士們參見。〔方良臣、方良弼白〕隨俺離城五里，擋住宋兵，拚一場鏖戰，保住此關者。〔勇士白〕我等各奮忠勇，殺退宋兵便了。〔方良臣、方良弼白〕（方良臣 方良弼 **白完，帶馬，同唱下，完。**）將軍上城守禦，我等迎敵去也。帶馬。〔同唱合〕敢死士，膽包身，扼宋師，保關津。〔下。扮八健軍上，同唱〕

（**八健軍**盧恒貴 劉招**等上，跳舞科。同唱【又一體】，唱至「健勇如賁」。**）

【又一體】鯨鯢勢把兵吞，兵吞。熊羆捲盡狼羣，狼羣。一千勇悍健兒軍，破鐵壁，搗銅闉，飛騰健，勇如賁。〔楊希内白〕健軍們。〔健軍向内跪，白〕有。〔楊希唱〕（**楊希内白，唱【好事近】一句。**）

【好事近】進隊慢延巡，〔健軍白〕得令。〔楊希上，唱〕豈不知兵法云云。乘虚而入，所貴在速擊，如神須當令諄。攻無備，天降疾雷迅。〔楊順上，白〕（**上，唱完。楊順上，白。**）哥哥慢行，俺來也。〔楊希白〕八郎，俺命你看守前營，你又趕來怎麽？〔楊順白〕方纔中營兵到，六郎説此關乃南唐門户，必有重兵勇將把守。況不知城中虚寔，你一人領兵，恐有不測，命我來協助。〔楊希白〕六郎乃中營主將，管不得你我先鋒營中之事。〔楊順白〕六哥哥説，第一陣開兵，務要取勝。怕你一人敵不住，做了我兵不利了。〔楊希白〕呸，初次交兵，説此不利之言，去罷。〔楊順白〕吓，敢是怕我佔了你的頭功，所以不要我幫助？〔楊希白〕豈有此理，欠罰欠罰，你哥哥豈是妬賢嫉能之人？你一説，我倒不好打發你回營了。同去走遭，殺上前去。〔衆應，同唱〕〔**楊希白「殺上前去」**。同唱完。〕管教他，不及陳兵第一陣，功成必穩。〔勇士引方良臣、方良弼上。楊希白〕〔**八勇士** 張得安 張得禄 **等引方良臣、方良弼上，作見面，白完。**〕領兵者何人？〔方良臣白〕本鎮護衛上將方良臣。〔方良弼白〕本鎮護衛上將方良弼。〔同白〕來者敢是先鋒楊希、楊順？〔楊希、楊順白〕既知先鋒的虎威名望，急早獻關。〔方良臣、方良弼白〕兩朝各霸疆土，宋主何得妄思吞併？早早收兵，不失兩家和好。執意侵犯，教你片甲不回。〔楊希、楊順白〕唗，因你逆藩抗召不朝，故吾主彰天罰罪。你若抗拒王師，教你兩個先鋒做南唐引路之鬼。〔方良臣白〕胡説，看鎗。〔合對科，下。四健軍、四勇士單對，下。方良弼、楊希上對，下。方良臣、楊順上對，下。四健軍、四勇士上對，下。方良臣、方良弼白〕楊希，知你有些勇力，今遇俺弟兄，是你死期至矣。〔楊希白〕你七爺鎗挑虬龍，前轍可見。〔唱〕〔**方良臣白「看鎗」，作對，大攢，健軍、勇士先下，** 楊希 楊順 方良臣 方良弼 **後對下。八人攢：四勇士** 班進喜 孫喜 張得安 張喜壽**、四健軍** 孫進安 劉招 姚長泰 盧恒貴 **上對，四健軍下。楊希上，接對，四勇士同下。** 方良臣 楊順 **上對，方**

良臣下。方良弼上，接對，楊順下。四健軍藍廷喜 彭玉安 田進壽 尹昇上，接對，方良弼下。四勇士宋福順 張得禄 馮文玉 王永壽上，接對，健軍下。楊希 楊順上，接對，勇士下。方良臣 方良弼上，白。楊希唱【前腔】完，對下。）

【前腔】喑嗚叱咤變風雲，論威名震動乾坤。俺有探囊手段戰重圍，力敵千軍。（對下。楊順、四勇士上對，下。方良臣、四健軍上對，下。方良弼、四健軍上對，下。楊希、四勇士上對，下。楊希唱）俺勇如虎賁，怎當他扼住咽喉鎮。就讓你志若鵾鵬，遇了俺插翅難伸。（方良臣、方良弼上，唱）（單對：孫進安 班進喜上對下，張得安 盧恒貴上對下，孫喜 尹昇上對下，劉招 張喜壽上對下。方良臣 彭玉安 姚長泰上對下。楊希 宋福順 馮文玉上對下。方良弼 藍廷喜 田進壽上對下。楊順 王永壽 張得禄上對下。楊希上，唱「勇如虎賁」完。方良臣、方良弼上，三人對下。方良臣 方良弼上，唱【紅繡鞋】完，白完。）

【紅繡鞋】楊希勇冠三軍，三軍。威名果不虛聞，虛聞。人中傑，將中尊。逢敵手，勝難分。斂甲士，撤旌門。（方良臣白）你我慣戰疆場，未逢這等敵手，非用智取，不能克勝。（楊順、楊希上，白）那裏走？（對科，下。勇士、健軍上對，接，不斷，續大攢。方良臣等白）收兵。（方良臣等下。楊希白）不可容他進城，緊緊追趕，乘勢奪關者。（衆應，同唱）（楊順、楊希上，白。四人對，續八勇士、八健軍兩場門抄手，對，大攢。方良臣等白「收兵」，下。楊希等回白，唱下。）

【前腔】緊追莫待潛身，潛身。未分勝敗收軍，收軍。接其踵，莫延循。乘機進，奪關津。急如電，疾如神。〔下〕

第四齣　茂林伏箭

（扮八勇士引方良臣、方良弼上，唱）（八勇士張得安、張得禄等引方良臣、方良弼上，唱。）

【石榴花】初逢勁敵對鏖争，無勝敗暫回城，須謀智勝翦强英。安排計巧，再交兵，行軍忌將敵衆輕，按兵法智勇兼並。（扮健軍引楊希、楊順上，白）方良臣、方良弼，休想逃生。（合對科，下。健軍、勇士上對，下。場上設界牌關。八羽箭軍引一偏將上關科，白）（八健軍劉招、盧恒貴等引楊希、楊順上，白「休想逃生」，作對，殺過河。方良臣等下，楊希等追下。場上設界牌關。八羽箭軍于進福、夏慶春等引偏將上城，白完。）呀，你看我兵飛奔而來，想是交兵失利了。羽箭軍，小心守禦者。（八羽箭軍應科。八健軍、楊希、楊順追，勇士、方良臣、方良弼對科。楊希白）（楊希等返，方良臣等上對，大攢，架住。楊希白完，方良臣等作進關，下。楊希白完。偏將白「放箭」，放箭下。楊希白完，衆下。）你這兩個匹夫，未見勝敗，爲何收兵？來來來，就在城下决個雌雄。（方良臣白）暫寄你驢頭在項，開關。（作進關科。楊希白）乘勢一擁而進便了。（健軍白）得令。（偏將白）放箭。（下。羽箭軍應，作放箭科。楊希白）有防備。（楊順白）戰了半日，暫且歇息兵馬，少時再來討戰攻關便了。〔楊希白〕有理，暫退一箭之地，歇馬收兵。〔衆應，同下。八勇士引方良臣、方良弼上，同唱〕**（八勇士引方良臣、方良弼上，唱完，白「少時再戰」，勇士下。偏將上，白。）**且讓他，在關前誇勇勁能，自有縛虎的計而成。〔方良臣白〕衆軍士，且去飽食，少時再戰。〔勇士下。偏將上，白〕初次交鋒刃，未知誰弱强。二位將軍鞍馬勞頓。〔方良臣等白〕將軍守禦辛勤。〔偏將白〕請問，敵衆如何形勢？〔方良臣、方良弼白〕他兵强將勇，非力敵可勝也。〔唱〕**（方良臣方良弼白，唱【又一體】完，偏將白完，方良臣白。）**

【又一體】試觀敵衆勢非輕，楊家勇冠不虛名，須謀巧計敗强兵。用奇機，一陣功成。〔偏將白〕將軍意欲用何奇計？〔方良臣白〕楊希勇向無敵，先除此人，餘衆不難擒矣。〔方良弼白〕勁敵難擒，除非伏箭取之。〔方良臣白〕好計。擇一樹木叢雜之處伏下，弓弩誘敵射之，此計必成。只是向何處伏兵？〔偏將白〕關左十里外，茂林叢雜，儘可伏兵。〔方良臣白〕**（方良臣白「不得有違」，偏將應下。方良弼白。方良臣白完，唱「要他行驕狂」完。）**如此，就命將軍帶領羽箭軍，向樹林埋伏。待我引楊希到來，伏弩齊發，不得有違。〔偏將白〕得令。〔下。方良弼白〕哥哥，我看楊希有勇無謀，甚有欺敵之心，少時必要來攻關討戰。〔方良臣白〕要他來討戰，好入吾網羅之中。〔唱〕要他行驕狂，兀自逞計安排，定然致勝。〔八勇士上，白〕**（八勇士上，白完。）**宋兵忒欺敵，整戈復又來。啟二位將軍，楊希又來攻關了。〔方良臣白〕好，吾計成矣。賢弟領兵一半，截戰楊順，不可使他接應。待我單引楊希到關左樹林內，射死了他，回兵夾攻楊順便了。〔方良弼白〕領命。〔方良臣白〕出關依計而行。〔衆應，同唱〕可笑他將無謀，苦鏖戰征，累死了衆兵丁。〔下。健軍引楊順、楊希上，同唱〕〔方良臣白「依計而行」。同唱完，下。設關。八健軍引楊希、楊順上，同唱【耍孩兒】。〕

【耍孩兒】精健群雄，戈戰征乘銳來攻。擊統前部，唾手成功。〔場上設關。楊希白〕〔楊希白「早早獻關」。方良臣內白「出關迎敵者」。八勇士引方良臣弼作出關，見面，架住。楊希白「看鎗」，衆對，大攢。方良臣、楊希先下，楊順、方良弼、衆後對下。〕守城將，早早獻關。〔方良臣白〕出關迎敵者。〔勇士引方良臣、方良弼出關科。方良臣白〕楊希如今把兩家人馬列開陣勢，你我兩人决個高下。〔楊希白〕就是這樣，列開陣勢者。〔衆應科。楊希白〕放馬過來。〔對科。楊希白〕看鎗。〔方良臣作敗下。楊希白〕那裏走？〔追下。楊順等、方良弼等合對科，下。方良臣上，唱〕楊希憑力勇，追趕惟馳騁。怎知俺佯敗趨斜徑，誘深林奪其命。〔楊希上，白〕那裏走？〔對科，下。勇士、健軍上，作戰科，下〕〔方良臣上，白完。楊希上，白「那裏走」，對科，下。八人連環：尹昇、張得禄、劉招、孫喜、藍廷喜、張得安、彭玉安、王永壽上對下。單對：馮文玉 姚長泰上對下。盧恒貴 孫進安 宋福順 張喜壽四人上對下。班進喜 田進壽上對下。四健軍藍廷喜 劉招 彭玉安 尹昇、四勇士孫喜 張得禄 張得安 王永壽八人上對。又續四勇士宋福順 張喜壽 馮文玉 班進喜、四健軍田進壽 尹昇 孫進安 盧恒貴十六人對，大攢，下。〕

第五齣　箭攢楊希

（四健勇、四健將引楊景上，唱）（各跳舞擺式。四健勇蘇長慶 孔得福 張長保 楊玉昇、四健將劉五爾 楊進昇 勒 夫 楊得福引楊景上，唱完，白。）

【粉蝶兒】胸藴兵機，未交兵，先觀形勢，按兵法，攻擊城池。審强弱，探虛實，還待要觀風望氣。憑不得儘力攻擊，這的是有勇無智。（白）吾楊景，隨爹爹平南，身授中營都救應之職，干係甚重。深慮七郎有勇無謀，任爲先鋒。今早獨自領兵，要攻打界牌關，他不探關中何等主將，虛寔不知，便想成功。萬一有失，是我干係，故命八郎協助同往，至此不知勝敗。故令哨馬一面打探，吾一面起兵接應去。（唱）（白完，唱。）

【醉春風】只願他愛交鋒性兒酣，却不慮攻不尅兵機失。怎知俺中營重任不輕微，知顧你你你任了先鋒，占了頭功，不慮我中營干係。（下。楊希追方良臣上，對，方良臣下。楊希白）哈哈，方良臣被俺追殺的上天無路，入地無門了。（唱）（唱完，下。楊希追方良臣上，對，方良臣下。楊希白，唱【快活三】。）

【快活三】戰得俺心兒快意兒喜，殺得他心兒亂意兒迷。兩兒般緊加鞭促馬啼，①早挫了英雄氣。（下。健軍、楊順追勇士、方良弼上，對，下。健勇、健將引楊景上，唱）（唱完，下。健軍、楊順追勇士、方良弼上，殺過河，下。健勇、健將引楊景上，唱。）

【朝天子】恃一身勇矣，莽矣，却不知軍卒命伊身繫。從早晨間直戰到日平西，人馬累得無休憩。（探子上，白）（報子上，白，下。）報。探子奉令，探得正先鋒，一人一騎追趕守關將方良臣，往關左而去。副先鋒要領兵接應，又被方良弼大兵截戰，不能趋應。請令定奪。（楊景白）再去打聽。（探子應下。楊景白）（楊景白完，唱。）阿呀，這是七郎欺敵，受了詐敗誘敵之計了。（唱）若中了誘敵陰謀，非同兒戲，怎不懂驕兵的喬樣勢。一謎裏追襲，下防有伏計，（白）衆將官，（唱）催趲我兵忙接濟。（下。中場設山石、樹木。羽箭軍引一偏將上，同唱）（唱完，下。兩場門雙連環：下張得禄孫喜，上彭玉安劉招；下王永壽張得安，上藍廷喜尹昇；下班進喜馮文玉，上姚長泰田進壽；下宋福順張喜壽，上孫進安盧恒貴，上對下。場上設山子、樹木。八羽箭軍于進福夏慶春等引偏將上，唱【六么令】。）

【六么令】奉令向林根中密樹裏，藏一隊勇悍熊羆。則看咱密佈雁行齊，半千兵猛烈無敵。（偏將

---

① 啼：誤，應作「蹄」。

望科,白)呀,那邊楊希追趕方將軍來也。(同唱)明晃晃,盔甲手持着利器,鐸琅琅,鸞鈴響驟馬如飛,撲剌剌,直追到樹林底。(白)兩邊埋伏,待楊希到來。週遭圍住,放箭便了。(衆應,急下。楊希追方良臣上,作引至樹林科。偏將作摇旂,羽箭軍下場門上,繞場科,放箭科,下。楊希白)呀,(唱)(唱完,下。楊希追方良臣上,對。偏將下場門暗上,方良臣下。偏將作摇旂。八羽箭軍下場門上,繞場,放箭科,下。楊希白,唱【剔銀燈】。)

【剔銀燈】一聲聲弦頭響似春雷般乍起,箭攢似流星飛墮。俺這裏默持咒,飛蝗兒撲撲的落田地。一雙虎目,且看你放盡金鈚。(羽箭軍圍繞科,射。楊希笑白)哈哈,(唱)俺勒馬垓心内樹林裏,擲着手,高呼咲起。(偏將白)用力再射。(羽箭軍、偏將、方良臣圍楊希下。健軍、楊順追勇士、方良弼下。內白)放箭。(健軍望科,白)阿呀,先鋒被敵人圍在樹林,你看亂箭齊發,這便怎麽好?(楊順白)哎呀,(唱)(健軍、楊順上,殺過河。方良弼等敗下。內白「放箭」。健軍白。楊順唱【快活三】。)

【快活三】則聽得海潮湧的軍聲起,驟雨般的箭兒飛。聽一棒鼓撲通通似春雷,一聲鑼响如霹靂驚天地。(白)闖圍接應去者。(方良臣白)放箭。(羽箭軍作放箭科,下。楊順等下。健勇、健將引楊景上,唱)(唱完,方良臣白「放箭」。八羽箭軍上,射,楊順等下。健勇、健將引楊景上,唱【六么令】。)

【六么令】打探其寔,試問端的,領着烈烈英奇。赳赳雄威,接應相持解救危,持一點鞭催,合隊兵隨,擺列著一字兒,長蛇陣勢。(健勇、健將白)啟上將軍,闖左一隊人馬飛奔前來了。(楊景白)呀,(唱)

擋攔他退不的，也難進的，審探個虛寔，來者將姓甚名誰？〔楊順等上。楊景白〕（唱完。八健軍引楊順上，楊景白，楊順白完。）呀，原來是八郎兄弟。七郎呢？〔楊順白〕阿呀，哥哥，七郎中了誘敵之計。小弟揮兵抵敵，趕至設伏之處，只見樹林内亂箭齊發。正欲闖圍接應，被亂箭射回。正欲向哥哥取救，恰好路遇。阿呀，哥哥吓，快快前去解救才好。〔楊景白〕若説亂箭，七郎有法，不能廢命。你可知關中有幾員守將？〔楊順白〕他關中只有大將方良臣、方良弼，偏將一名，現今俱在關左。〔楊景白〕哈哈，可笑這些無謀匹夫，只顧算計七郎，便撇下空城而去。吾今不取，等待何時。兄弟，快快領兵回至樹林接應七郎。愚兄率衆襲取城池，絶他歸路，内外夾攻，兩將必擒。快去。〔楊順白〕領命。〔健軍引下。楊景白〕（八健軍引楊順下。）衆將士，隨我襲取城池去者。〔衆應。楊景唱〕（楊景白，唱完，下。）

他道是，陰謀設伏中其機，我道是，拙匹夫撇下了空城池，巧機謀頓從心上起。誰教你，詭譎相欺，乘虚的暗襲城池。〔下。勇士、方良臣、方良弼、楊希上，對科。偏將引羽箭軍抄手上，射。方良臣、方良弼白〕（楊希 方良臣 方良弼 上對。八勇士上，抄手，下。偏將引羽箭軍上，射。方良臣 方良弼 白完。）阿呀，奇怪，驟雨般的亂箭射不着他。〔楊希白〕哇，匹夫們聽者。〔唱〕（楊希唱。）

【蔓菁菜】説着俺這虎威也驚異，就有那漢李廣養由基。從古來穿楊善射，見俺拱手舒心也伏抵，諾諾藏弓避。〔偏將、方良臣等白〕（方良臣等白「不信，再射」。）不信。再射。〔楊希白〕住了。不信？待俺站在中間，由你們射如何？來，用力射。〔衆作射科，白〕（羽箭軍又射科，白，分下。）啟將軍，箭已射盡了。〔箭軍下。方良臣等白〕阿呀，氣死人也。〔楊希白〕俺受你們幾千枝的箭，該俺回敬你們幾鎗了。看鎗。〔對科。八健軍、楊順衝上，合對科。方良臣白〕收兵回關。〔勇士隨下。楊希白〕（方良臣弼、楊希對。楊希、八健軍、八勇士對攢，架住。方良臣白「收兵回關」，下。楊希白完。）哈哈，這兩個匹夫，見俺虎威，怎敢戀戰，只好回關了。〔楊順白〕早有六哥哥暗襲城池，我等緊緊趕上，内外夾攻，便可擒斬矣。〔楊希白〕好計，快快趕上。〔唱〕（楊希白完，唱半支，下。）

【鮑老兒】呀，則教他認認俺閫外將軍八面威，第一陣早則顯個天兵勢，可令你暗襲城關無準備。〔下。勇士引偏將、方良臣、方良弼上，同唱〕（設關。健勇、健將引楊景作上關。八勇士、偏將引方良臣弼上，唱後半支完。）鳴鼓回軍隊，則俺鞭揮旗，按三軍斂甲，諾令心齊。早去閉關固壘，嚴加守禦，再定奇機。〔楊希、楊順等上，追方良臣等下。健勇、健將引楊景上，白〕呀，你看唐家將士，被我兵趕逐來也。〔唱〕（楊希、楊順、八健軍上，追下。楊景白完，唱【柳青娘】。）

【柳青娘】我則見他，促的這騎戰，趕到來時早失機。便望城來跪膝，也饒不出這重圍。〔方良臣、方良弼内白〕快快進關。〔勇士引方良臣、方良弼上，白〕阿呀，你看，城上遍插宋家旂號，城池暗襲去了。〔楊景白〕方良臣、方良弼。〔方良臣等白〕哇，你不是楊景麽？〔楊景白〕然也。城池已失，早早拜降，可保殘生。〔方良臣等白〕哎，俺便戰死沙場，决不降順。〔楊景白〕好不識時的匹夫，〔唱〕（楊景白完，唱後半支。）俺將大義勸化你，決不失高官重職。再若要耀武揚威，在俺馬兒前頭落地，那時悔也何遲。（方良臣等白）（**方良臣等白「攻城」。**）氣死我也，攻城。（楊希、楊順等上，白）（**楊希、楊順、八健軍上，對，白完，又對。**）快快投降，免受誅戮。（方良臣等白）休得胡説。（對科。楊景等出關，衆合戰科，下。楊景追方良臣上，對科。楊景唱）（**楊景等出關，對攢，衆先下。方良臣 楊景 對科，楊景唱。**）

【古鮑老】你比及和俺對壘，先料你平生武藝。怎當俺有英謀有智敵，今日個勸你早屈膝。（對下。衆上，合對下。楊順追偏將，斬下。楊景追方良弼上，楊景白）（**唱完，對下。楊順追偏將上，對，作斬偏將，下。單對：孫喜 張長保 上對下，孔得福 張喜壽 上對下，張得安 蘇長慶 上對下，班進喜 楊玉昇 上對下。楊景追方良弼上對，唱後半支完。對科，作刺死方良弼，下。**）勸你早降，免得一死。（唱）識時者稱後英，抗敵者命難存。可惜你，英雄器，莫迂拙，休執迷。棄其暗，投俺明主聖帝，難倚靠南唐水山勢。（方良弼白）哎，一派胡言，看鎗。（對科，作斬方良弼，下。衆上，合戰科，下。楊希追方良臣上，對，作斬科。衆上，合戰。勇士等跪白）情願投降。（楊景白）就命爾等護守城池。（勇士白）多謝將軍。（楊景白）擺隊進關。（衆應。同唱）（**四健將 劉五爾 勒夫 楊進昇 楊得福、四勇士 王永壽 張得禄 馮文玉 宋福順 八人上對下。楊希追方良臣上，對。續楊景、楊順、八勇士、八健軍、四健勇、四健將上對，大攢，作刺死方良臣，下。勇士跪白完，唱【尾聲】，進關下。**）

【煞尾】可笑他明明將計策施，不防咱暗暗的襲城池，前鋒先建一功勳，拜寫封章捷報喜。（下）

第四段

第一齣　兩拋礮石

〔扮軍卒引陸應高上，唱〕

【點絳唇】蓋世英豪，巨勇絶調，驚八表。志傲心高，俯仰乾坤小。〔白〕舉鼎拔山蓋世雄，威嚴不讓楚重瞳。憑他久戰疆場將，難架雙撾一擊兇。本帥，南唐護國大將軍陸應高是也。因孫丞相保奏，出鎮宿州，與學士徐遊併力守禦，以防宋兵攻擊。想俺陸應高的英勇，何懼宋師壓境。他若來時，殺他個片甲不歸。〔扮軍士、驍將引徐遊上，白〕兙敵須英將，守疆用智臣。下官，防禦使學士徐遊是也。適聞邊報，特來議兵。〔軍士白〕徐老爺到。〔軍士下。陸應高白〕學士公請了。〔徐遊白〕大將軍請了。〔驍將白〕小將等參見。〔陸應高白〕衆位將軍少禮，請坐。學士公來到敝衙，有何見諭？〔徐遊白〕下官纔閱邊報，宋兵聲勢甚重，楊繼業命楊希、楊順爲先鋒第一陣，破了碭山界關，方氏兄弟俱已陣亡。取了蕭縣，降了徐州，那楊家弟兄所向無敵，其鋭難當，如何是好？〔陸應高白〕學士公，何必如此膽怯？俺已差人去打探。他若來犯，俺這宿州城管教楊家父子一個個死在俺錘下。〔扮報子上，白〕報。慣探敵營勢，能傳機密情。啟上二位爺，探子打聽得，宋兵大隊離宿州三十里下寨，中營離二十里下寨。今有先鋒楊希帶五百鐵騎前來討戰，離此十里之遥。請令定奪。〔徐遊白〕再去打聽。〔探子下。陸應高白〕學士守城，待俺立擒楊希來見。帶馬。〔徐遊白〕且慢。若遇别人討戰，皆可力擒。惟楊希討戰，只宜智取。〔陸應高白〕怎麼樣個智取呢？〔徐遊白〕用計而行。〔陸應高白〕咳，俺們武將只知相持鏖戰，輪到你們文臣，又是詭謀巧計。什麼計？請教。〔徐遊白〕下官早已寫下降書在此。〔陸應高作出劍，揪徐遊科，白〕哇，徐遊，你敢賣國求榮麽？〔衆白〕將軍請息怒。〔徐遊白〕哈哈哈，話也不曾講完，就動粗魯。這是計嗄。〔陸應高笑科，白〕這就是計嗄，得罪得罪。請道其詳。〔徐遊白〕你我少時上城，假言獻降，將書置於筐籃，繫下城去，教楊希親自取書開看。出其不意，將軍取千觔礮石打下去，先將楊希打死。除了心腹大患，餘衆不足慮矣。〔陸應高白〕果是好計。倘然打不死呢？〔徐遊白〕若打不死，下官還有巧計，不可預洩。〔陸應高白〕甚妙。〔探子上，白〕報。楊希攻打東門來了。〔徐遊白〕知道了。〔探子應下。徐遊白〕衆將官上城，依計而行。〔衆應科。陸應高、徐遊唱〕

【寄生草】教他心空猛，氣枉高。俺這裏智謀恁可難防料，怎當得城頭暗擲千觔礮。〔下。場上設宿州東門城科。扮八健勇、四健將引楊希上，同唱〕長驅直入軍容浩，王師經過望風降，若行逆抗除强暴。〔衆白〕已到宿州東門。〔楊希白〕且慢。今早爹爹陞帳盤問蕭縣降將，説這宿州防禦使徐遊是個軟弱書生，有個大將陸應高，有萬夫不當之勇，手中銅錘利害，所以帳前將士無人敢來攻城，偏俺楊希敢討此差。爹爹説討差不勝，找頭回話。今日這場交戰，倒要小心些。衆將士，上前討戰。〔健勇、健將白〕呔，城内將士，誰敢出戰？若不敢迎敵者，急早獻降。〔徐遊、陸應高引衆上城科，徐遊、陸應高作附耳科。楊希白〕呔，誰敢出戰？〔陸應高白〕俺來與你决個高下。〔楊希白〕好，來嗄。〔徐遊白〕住了。大將軍，王師到處盡皆望風而降，你我這宿州彈丸之地，也敢抗拒麼？〔楊希白〕既知王師威鋭，早早獻降。〔陸應高白〕你是要降，我是要戰。〔徐遊白〕住了。〔唱〕

【六么序】恁恁，休夸伊猛似虎，一开口講戰討。這一座宿州城，當不得雄師浩，不忖你一將稱驍，領殘兵敢抗逆天朝。一破城壕，雞犬不饒，民庶亡逃。殃及垂髫城中男女，恨恁匹夫粗横暴，算不如保生民早順爲高。〔陸應高白〕嗄，依你，便降順。可曾聽見，他要降，我是要戰。〔楊希白〕哈哈哈，有話不早商量。俺今排兵城下，你要降，他要戰，等得我們不奈煩了。你要戰，早早出戰。〔徐遊白〕來的可是先鋒七將軍？〔楊希白〕然也。〔徐遊白〕將軍，下官徐遊呵，〔唱〕早已就順天心忠志歸王道，早辦下一封降表，保合城赤子安褒。〔白〕將降表繫下城去。〔一將應，作繫籃科。楊希白〕住了。你既降順，怎不開城迎接王師？〔徐遊白〕專待將軍親自看表允降，方敢開城。〔楊希白〕待俺下馬看來。〔作下馬取書。陸應高取大石抛下科，白〕楊希照打。〔一健將近前科，白〕先鋒快走開。〔楊希作接石科，白〕哇呀。〔作抛石科。陸應高又取大石打科，白〕照打。〔衆健將白〕又打下來了。〔楊希作接石向上抛科，白〕賊將照打。〔陸應高接石科，白〕阿呀，好楊希。〔健將、健軍白〕好神力也。〔楊希白〕哇，我把你這奸詐的匹夫，用陰謀算計俺七爺。攻城。〔徐遊白〕阿呀，七將軍，徐遊是爲合城百姓保命，誠意降順。〔陸應高白〕你這没用的腐儒，待我出城擒捉楊希便了。〔作下城。勇士、驍將引陸應高出城科。陸應高白〕哇，楊希，你再三討戰攻城，今本帥與你决一雌雄。〔作合戰科，下。衆陸續上戰，下。楊希上，白〕（陸應高等出城，架住，白完。衆對，大攢，衆先下，四驍將、四健將、陸應高、楊希後對下。單對：張長保 邊得奎下，張得安 袁慶喜下，趙榮 馬士成下，張得禄 盧恒貴下，劉五爾 陸得喜下，孫喜 彭玉安下，輝四喜 高進忠下，靳保 張喜壽下。四驍將、楊希五人上對，四驍將下。陸應高上，接對，楊希下。四健將上，接對，同下。楊希上，白。）陸應高的銅錘果然利害，不免騙他下馬步戰，用拳法擒他便了。〔陸應高上，戰科。衆上，合戰科。楊希白〕陸應高，你我既稱名將，馬上兵器取勝，不足爲奇。你可敢與七爺下馬對拳取勝麽？〔陸應高白〕就與你比拳。〔楊希白〕衆將官，大家卸了甲冑，赤手步戰者。〔衆應，分下。徐遊白〕（陸應高上，接對。續八勇士、八健軍、四驍將、四健將上對，大攢。楊希白。陸應高白完，衆分下。徐遊白。）阿喲，試觀楊希抛千觔巨石，足知此人不可力敵，只可智取。陸將軍一定要决戰，好不知分量也。有了，少時待我鳴金收兵，待晚間用詐降之計，誘得楊希進城，便可擒縛矣。〔勇士、健勇上，作合對拳科，畢。陸應高、楊希分上，白〕（四勇士 健軍兩場門上，洗拳科。續四勇士 健軍，十六人對拳擺式科。楊希、陸應高兩場門上，白「閃開」。）軍士們閃開。〔勇士等分侍科。陸應高、楊希對拳，下。衆對下。徐遊白）（衆分下。楊希 陸應高對下。徐遊白。）呀，你看二人真乃棋逢敵手，將遇良才，難分勝敗，不免鳴金收兵便了。〔陸應高等、楊希等上，戰科。徐遊白〕鳴金收兵。〔衆分下。徐遊唱〕

（張得安 邊得奎 趙榮 彭玉安上對下。張得禄 盧恒貴 靳保 張喜壽對下。平喜 賈得禄對下。李長喜 韓福禄對下。張長保 馬士成 陸得喜 袁慶喜對下。孫喜 高進忠 輝四喜 劉五爾對下。李三德 楊進昇對下。王成業 勒夫對下。楊希、八勇士上對，勇士下。陸應高上，接對，徐遊白。八勇士、八健軍、四健將、四驍將兩場門上，分下。徐遊唱。）

【寄生草】觀拳法，勢備高。騰挪門路傳來妙，八門操手連環套，趨迎躲閃鯉龍躍。疆場敵手遇良才，今朝誰讓英名號。〔勇士、健勇、驍將、健將、楊希、陸應高披掛持兵器上，陸應高等進城下。楊希白〕徐遊爲何鳴金？〔徐遊白〕將軍的威名，誰不懼怕？將軍的英勇，誰能拒敵？陸應高實不知分量，請將軍回營，下官自有道理。〔徐遊下。楊希白〕看你有什麼道理。回營。〔衆應，同唱〕

【煞尾】文要降武要剿，不同心怎定推敲，免不得自相殘害自殘暴。〔下〕

第二齣　詐降中計

〔扮勇士、二驍將引陸應高、徐遊上，同唱〕

【菊花新】成謀英勇保城隍，文武心同伏計良。〔扮二驍將引衆耆老上，同唱〕百姓共励勷，戰守又加民壯。〔驍將白〕衆耆老喚到。〔耆老白〕耆老們叩見大人。〔徐遊白〕請起。今宋師壓境，且遇勁敵之將，不用决勝之謀，難保合城之命。特請衆長者，同設詐降之計。〔耆老白〕此計如何用法，小老們遵諭而行便了。〔陸應高白〕嗄，待我直直落落告訴你們。我二人商量一計，要算計了楊希，餘者不足慮了。要衆位老者到他營中去説：「衆百姓與徐大人早要投降，保全一城性命，偏是陸應高這斯要戰。」〔耆老白〕喲喲，小老們怎敢這樣説。〔徐遊白〕這是計嗄。〔陸應高白〕是計嗄，不這樣説，他們也不信。説「陸應高這混帳東西要戰」。〔耆老白〕喲喲，小老們怎敢駡。〔徐遊白〕這是計嗄。〔陸應高白〕是嗄，不駡，他們也不信。〔一耆老白〕如此，竟説「陸應高這混賬東西要戰」。〔徐遊白〕衆耆老，你們去説：「陸應高仗匹夫之勇，抗拒王師。衆百姓與徐大人商議，方纔將酒灌醉，綁縛在城門首。初更時分，衆百姓引七將軍到城邊，徐大人縛出陸應高獻降，任憑將軍處治。」如此一説，楊希必然深信。

引他進城，内外伏兵盡起。即便他有防備接應，截斷救兵，閉城困鬬，必擒楊希也。〔耆老白〕果然好計。小老們就去行計便了。〔下。陸應高白〕我們商量伏兵之計去，任他飛虎將，設網便成擒。〔下。健勇、四健將引楊希上，唱〕

【尾犯引】掛印伐南唐，統轄王師，討逆威彰。〔耆老隨楊順上，白〕識時爲俊傑，向化是良民。〔楊順白〕隨我進來。哥哥。〔楊希白〕兄弟。〔楊順白〕過來，見了七將軍。〔耆老白〕這位就是七將軍，果然一員虎將。〔楊順白〕哥哥，小弟巡營，有巡哨軍士稟報，有宿州衆耆老前來獻降。小弟帶來，哥哥親自盤問明白。〔楊希白〕你們俱是宿州百姓？〔耆老白〕宿州良民求生投順。〔楊希白〕那個的主意？〔耆老白〕徐學士與合城百姓願降。〔楊順白〕是來詐降行計麽？〔耆老白〕不敢，不敢。將軍行王者之師，萬民誰不望塵而順？〔楊順白〕既是這等説，早間兵抵關前，爾等何不開城迎接王師？講。〔耆老白〕百姓三日前就見過徐大人，要開城迎接。可恨陸應高這匹夫要戰，又强横又粗魯，百姓誰不怕他，誰不恨他？〔楊順白〕如今陸應高肯降麽？〔耆老白〕嗳，這廝不知爲民，那裏肯降？故此衆耆老與徐大人定計，假言備有得勝酒，把陸應高灌醉。如今綁縛看守，待初更時分，小老們引領七將軍，統兵到城下。徐大人綁出陸應高獻降，憑將軍把他狠狠處治便了。〔楊希白〕呀，〔唱〕

【粉蝶兒】默默的費沉吟深思想，是真心向化，是決謀虚謊。〔白〕衆耆老，〔唱〕莫非計設來詐降，不實言頃刻身亡。〔白〕看刀。〔健軍應科。耆老白〕阿呀，將軍，但凡兵抵關前，百姓誰不怕死？人人願降者，保得身家也。若説守城將用謀設計，一來爲官職分，二來圖個陞賞，或者有之，我們衆百姓却爲何也？〔楊希白〕這倒説得近情。〔唱〕庶民的求順投誠，願身家固保而降。〔白〕兄弟就依計而行。〔楊順白〕耆老外營伺候。〔耆老白〕嗄。〔楊順白〕哥哥，還須接應防備。〔楊希白〕有了。待我領兵隨耆老爲前隊，你領兵後隊。倘有動静，汝便接應便了。〔唱〕

【紅芍藥】連首尾須索嚴防，恐他是詭譎行藏。一動伏兵，恁將臂攘，接應兵忙忙應响。〔楊順白〕曉得。〔楊希白〕天色將暮，唤衆耆老。〔健軍白〕唤衆耆老。〔耆老白〕來了來了。天色將暮，快些走罷。〔楊希白〕爾等聽者，〔唱〕聽言你若假計降，將城垣揮兵掃蕩，管教你民庶俱亡。〔白〕衆將官，〔唱〕前後隊分兵前往。〔衆應，同下〕

第三齣　三擋銅錘

〔內作起更科。軍士、勇士、驍將引陸應高、徐遊上，唱〕

【會河陽】英智英謀，難料難防，怎知咱是詐投降。〔徐遊白〕已是初更時分，料衆耆老引着楊希來也。左右營驍將，〔唱〕連忙，左右分兵，城外伏藏，截救應横衝直撞。〔驍將、軍士應下。徐遊白〕有屈將軍。〔陸應高白〕怎麼樣？〔徐遊白〕暫受一綁。〔陸應高白〕説不得，請綁。〔唱〕英雄，受繩縛成何樣？英雄，爲成計權粧樣。〔徐遊白〕前後營驍將領兵在城中，與民壯等各在要路埋伏去。〔驍將、勇士應科。徐遊白〕大家同到城門首，等候便了。〔同下。內打一更。場上設宿州西門，耆老引健勇、健將、楊希上。耆老白〕將軍隨小老們這裏來。將軍請少待，小老們去叫門。〔楊希白〕小心。〔健軍等白〕大家小心。〔耆老白〕徐大人，楊七將軍到了，快開城迎接。〔內吹打。勇士綁陸應高，隨徐遊出城接科。白〕徐遊迎接將軍。〔楊希白〕你果是悦服投降麼？〔徐遊白〕悦服投降，故將陸應高綁縛獻上。〔楊希白〕在那裏？綁過來。〔陸應高白〕哇，徐遊，你這賣國求榮的逆賊。〔楊希白〕呔，陸應高，身經受縛，還敢强横，看鎗。〔徐遊、陸應高急閃，徐遊攔科，白〕將軍且慢，他今在你我掌握之中，請到敝衙慢慢的處治，再斬不遲。〔楊希白〕也説得是，引路。〔徐遊白〕請將軍進城。軍士們，押好了陸應高。〔吹打。勇士押陸應高進城科，下。

健勇、健將引楊希上，唱〕

【縷縷金】誠順者，保民康，若其虛詐計，降災殃。〔楊希白〕嗄，進得城來，怎麼他們都不見了？〔健勇、健將白〕將軍，看此光景事有可疑。〔楊希白〕嗄，〔唱〕人影全無，有詐降非妄。〔白〕將士們，〔唱〕同心恊力緊隄防，猛拚横衝撞，猛拚衝撞。〔陸應高上，白〕楊希，看錘。〔楊希白〕賊子好詭計，看鎗。〔勇士上對，下。場上設城。健軍、楊順上，同唱〕

【越恁好】急忙趨應，急忙趨應，咫尺到城傍。不知前軍虛實，心兒内甚驚慌。向前審視問端詳，好將心放。〔楊順白〕來此城門首。守城的既已歸降，何不開城？呀，無人答應。阿呀，不好了，我兵中了詐降之計，將我接應之兵截住城外，這便如何是好？有了，不免收兵到中營請救便了。〔唱〕心兒裏，亂騰騰狐疑想，眼睛前，昏黑黑難相向。〔同下。撤城。陸應高内白〕不要放走了楊希。〔衆應。楊希上，唱〕〔陸應高上對下。二對二：高進忠 張得禄 袁慶喜 劉五爾 對下，趙榮 張得安 邊得奎 盧恒貴 對下，陸得喜 張長保 馬士成 輝四喜 對下，孫喜 靳保 彭玉安 張喜壽 對下。楊希上，唱。〕

【紅繡鞋】伏兵突出披猖，披猖。孤軍困鬬難當，難當。陰謀計詐投降，截救應未隄防，拚死戰奮威揚。〔陸應高等戰科，下。楊希上，唱〕

【千秋歲】甚慚惶，百戰無一敗，不想腐儒欺誑。〔陸應高上，白〕這是楊希。呔，楊希，喫俺一錘。

〔楊希白〕阿呀。〔陸應高白〕再喫俺一錘。〔楊希白〕阿呀，好利害。〔唱〕膀臂酸麻，膀臂酸麻，①架不住，錘重千觔之量。〔敗下。陸應高白〕哈哈，單錘兩下，這廝便招架不住，待俺趕上去，雙錘一下，取他性命便了。楊希，休走。〔下。楊希上，白〕阿呀，好利害，好利害。鎗細錘重，被他兩錘，俺這鎗險些兩段。俺的人馬都不知殺往那裏去了。〔陸應高上，白〕在這裏了。看錘。〔楊希白〕阿呀，好賊子。〔敗下。陸應高下。楊希上，唱〕（下場門設城。）難招架，難抵擋，避其鋭，穿街巷，不辨東西向。〔白〕陸應高這廝緊緊追趕，如何是好。也罷，且殺出城去，再作道理。〔唱〕快出城，回帳再整鋒鋩。〔守城將官上，白〕什麽人，休想出城。〔楊希白〕誰敢攩俺？〔對科，楊希出城，下。勇士、驍將隨陸應高上，白〕楊希，那裏走？〔作出城。將官白〕元帥到了。〔陸應高白〕楊希呢？〔守城將官白〕小將們攔不住，被他斬關逃出城去了。〔陸應高白〕哇，沒用的東西。爾等小心把守，待我獨自趕上擒來便了。〔唱〕

【尾聲】加鞭策騎絲韁放，誰並吾曹勇莽，難脱雙錘一命戕。〔下。將官等作進城科，下〕

① 膀臂：原無，據曲譜需疊韻，補。

第四齣 截徑許婚

〔扮僂儸、頭目、姚雲漢引呼延赤金上,唱〕

【粉蝶兒】繡帳孤寥,伴殘燈,繡帳孤寥,感仙真,指南明道。他爲奴訂良緣,只在今宵,準備着雀屏開,排筵奏樂。〔白〕奴家今早静坐房中,有一任仙師,乃是楊希之師傅特來作伐。説今晚三更時分,有征南先鋒楊希被唐將陸應高戰敗,命我下山接應,斬了唐將,即就良緣。就在山寨齊備兵馬糧草,不出旬日,自有巧機緣,言畢而去。我想做神仙的再不能撒謊。過來,命你們準備的筵席都齊備了麽?〔頭目白〕齊備了。〔呼延赤金白〕你們看守山寨,待我獨自下山,迎候便了。〔衆應,下。内打二更。呼延赤金白〕已經二鼓了,不免下山走遭。〔唱〕果然的得遇夫,招自以後,奴終身有靠。〔下。楊希上,白〕阿呀,氣死我也。〔唱〕

【好事近】三錘擊走大英豪,氣得俺怒吼炰烋。潛奔黑夜,不分東徑西遥,不分南北混跑,幸虧有微月朦朧照。〔陸應高内白〕楊希慢跑,俺來也。〔楊希白〕呀,〔唱〕好一似虎嘯山林,撲剌剌馬驟人驍。〔下。陸應高上,白〕那裏走?〔下。呼延赤金上,白〕呀,〔唱〕

【石榴花】只見那蛾眉斜月偃松梢，照不着敗北的俊英豪。早難道仙家誑語戲奴嬌，既三生有分，何用相招，好教人費推敲，好教人費推敲。在深林內，凝眸眺。〔白〕明明説是有個楊先鋒向東逃敗，怎麽還不見來？〔唱〕恍恍惚惚，心中難料，莫非是故意相嘲，莫非是故意相招？誆咱無明無夜心如燎，弄得人深更獨立好心焦。〔下。陸應高追楊希上，對科，楊希下。陸應高唱〕

【好事近】千觔錘擊敗荒郊，如泰山壓頂魂消。任你銅筋鐵骨，當不得一下錘敲。你慢思遁逃，聽鸞鈴便是追尋道，若容你脱死重生，枉了俺受縛謀高。〔下。呼延赤金上，唱〕

【鬬鵪鶉】只聽得瀑布潺流，瀑布潺流，不見有敗北軍裹。山寺裏木魚敲殘，木魚敲殘，並没有催軍鼓角。〔楊希内白〕休趕嗄，休趕。〔呼延赤金白〕呀，〔唱〕忽聽得高叫一聲似虎嘯，急忙忙趨向探根苗。遠聽有馬項鸞鈴，馬項鸞鈴，一聲聲近前來到。〔楊希跑上。呼延赤金攔住，作嗽科。楊希白〕嗄，是人是鬼，攔俺去路。〔呼延赤金白〕天雄寨呼延小姐，什麽人嗄，鬼嗄。〔楊希白〕快讓俺走路。〔呼延赤金白〕留下姓名，放你過去。〔楊希白〕那有真名姓與他？俺乃搜山虎。〔呼延赤金白〕什麽搜山虎，倒是避貓鼠。〔楊希白〕呔，搜山虎。〔呼延赤金白〕呸，鬬輸雞，你是七郎楊希，被陸應高戰敗，追趕到來，是不是？〔楊希白〕咦，他怎麽知道，誰洩的底，奇怪。〔呼延赤金白〕是不是？〔楊希笑科，白〕是嗄。〔呼延赤金白〕是個鬬輸雞不是？〔楊希白〕嗳，陸應高趕來了，讓俺走路。〔呼延赤金白〕不妨，不妨。陸應高趕來有我在此。〔楊希白〕他的錘利害。〔呼延赤金白〕怕他的錘，你好燦頭小子。〔楊希白〕銅錘利害。〔呼延赤金白〕銅錘、鐵錘、皮錘，我全不怕。〔楊希白〕嗄，來了，快走。〔呼延赤金白〕早呢，我的話白没有完呢，他不敢來。少時他來，我替你攔他。〔楊希白〕你爲何要替我擋他？〔呼延赤金白〕我奉任道安仙師之命，在此等候助你一臂之力，擒斬陸應高。〔楊希白〕任道安是我仙師，小姐既奉仙師之命，替我擋住他便了，俺去也。〔呼延赤金白〕站住，我還有話講。〔陸應高内白〕楊希休走。〔楊希白〕阿呀，來了。〔呼延赤金白〕誰來了？〔楊希白〕他。〔呼延赤金白〕蹋了，蓋新的。這是他應場，來還早呢。仙師説你我……〔楊希白〕怎麽樣？〔呼延赤金白〕説你我了嚜。〔楊希白〕呸。〔陸應高内白〕楊希在那裏？〔楊希白〕來了。我去也。〔呼延赤金白〕我告訴你。〔楊希白〕説。〔呼延赤金白〕你。〔楊希白〕講。〔呼延赤金白〕我。〔楊希白〕快講快講。〔呼延赤金白〕你我你我。〔楊希白〕不説，我走了。〔呼延赤金白〕我説。〔楊希白〕聽馬蹄之聲已近，還不快説？〔呼延赤金白〕也罷，你我有姻緣之分，命我斬了他，招了你。説了。〔楊希白〕呸，不要。〔呼延赤金白〕不要，我就幫他斬你。説。〔楊希白〕這個。〔呼延赤金白〕説。〔楊希白〕阿呀，這不是當耍的，假意應了罷。你若斬了他，俺便應你。〔呼延赤金白〕準了。〔陸應高内白〕楊希，那裏走？〔呼延赤金白〕這可真來了，你在樹林等候去。〔楊希下。陸應高上，白〕楊希。〔呼延赤金白〕呔，陸應高休走。〔陸應高白〕哇，那裏的毛賊，擋俺去路。〔呼延赤金白〕留下買路錢來。〔陸應高白〕什麽買路錢？〔呼延赤金白〕你的腦袋。〔陸應高白〕阿呀，氣死我也。〔唱〕

【紅繡鞋】氣得怒忿咆虓，咆虓。① 急得衝冠懊惱，懊惱。擋道途敢纏繞，綠林賊逞兇驍，金錘下命難逃。〔對科。陸應高白〕看錘。〔呼延赤金白〕阿呀。〔下。陸應高下。楊希暗上，白〕他兩個交戰，不知誰勝誰敗，待俺趕上看來。〔下。呼延赤金白〕阿呀，了不得，這厮果然利害。有了。〔陸應高上白〕那裏走，看錘。〔呼延赤金白〕看標。〔陸應高白〕阿呀。〔下。呼延赤金白〕這厮中標而逃，不免趕上去，取他首級爲憑便了。〔下。楊希上，白〕呀，你看陸應高敗回去了。阿呀，且住。那醜婦必來尋俺，不免溜了罷。〔下。呼延赤金持首級上，唱〕

【上小樓】把新郎雄寨招著，將應高首級提著，轉回身尋俺英豪，把擒賊令繳，見面功勞。〔白〕七將軍，斬得陸應高首級在此。七將軍呀，〔唱〕厮尋著，厮覷著，高聲喊叫，俺爲將軍退敵來到。〔白〕七將軍，七將軍。嗄，必是他撇我走了。咊，好負心人，待俺趕上者。〔唱〕

【尾聲】誠心助你來征剿，仙語諄諄夫婿招。他食言可惱，爲肯華筵虛設了。〔下〕

① 咆虓：原無，據曲譜需疊韻，補。

第五齣　潛奔投莊

〔扮杜金上，唱〕

【引】避禍潛形歸藏隱，何日得棄暗投明。〔玉娥上，唱〕幼失慈闈亡閨訓，習兵刃武備家英。〔白〕爹爹萬福。〔杜金白〕我兒少禮，坐了。〔玉娥白〕告坐了。〔杜金白〕老夫杜金，前者爲甥女呼延赤金，與我屢屢變顔。恰恰有天雄寨山寇姚雲漢，要來强聘我女兒，被他姐妹二人打敗而逃。不想甥女赤金，竟自乘夜去奪了山寨，就在那裏做了寨主。咳，不想女兒家强悍一至於此。〔玉娥白〕爹爹，我想緑林爲盗，雖是英雄之退步，决非女子之所爲，還該接他回來，招一女婿，了他的終身纔是。〔杜金白〕爲父的久有此心，且待從容再處。〔一院子上，白〕有事忙傳報，無事不亂傳。禀老爺，外面有一道人拜訪。〔杜金白〕有道等事，我兒迴避了。〔玉娥下。杜金白〕待我出去迎接。快請。〔院子白〕道長有請。〔下。任道安上，白〕白雲本是無心物，又被清風引出來。〔杜金白〕道長請進。〔任道安白〕員外請。〔同進科。杜金白〕老漢奉揖了。〔任道安白〕貧道稽首了。〔各坐科。杜金白〕請問道長仙觀何處，至此荒村，有何見教？〔任道安白〕貧道向居蓬萊山，今日特爲令愛作伐而來。〔杜金白〕道長乃方外之人，爲何與人説起親事來？〔任道安笑科，白〕這是天緣分定，貧道不過指示而已。幽明本自隔重天，不與凡夫聒絮纏。留下秘言書一紙，乘風又向白雲邊。〔作擲言拂袖下。杜金白〕什麼東西？〔作拾書科，白〕好奇怪，你看那道者，擲下書一紙，竟化陣清風不見了。待我看來。〔看科，白〕「今有大宋名將七郎楊希，敗陣來此，汝可接待招親，送歸天雄寨，自有機緣。不可有違天命，任道安書示。」竟有這等事。我想神仙指引，決無虛謬，待我進去與女兒説知，一面吩咐家人，張燈結綵，準備樂人、儐相，等他便了。正是：門闌多喜氣，女壻近乘龍。〔下。楊希上，白〕咳，這是那裏説起？〔唱〕

【不是路】敗績羊腸，不顧東西去路長。前途望燈光，點點是村莊。頓絲韁，疾忙鞚騎趨前向。〔二莊丁上，白〕有馬來了，迎上去看看。〔楊希唱〕見一簇人兒笑語揚。〔莊丁白〕果然是位將軍。不消説，是新姑爺。新姑爺到了，快請下馬來，快請下馬來。〔楊希白〕我是行路的，什麼新姑爺？〔莊丁白〕我們奉老爺之命，等候已久，好容易等著了。〔一莊丁白〕你去請老爺出來。〔一莊丁應下。一莊丁白〕請姑爺下馬。〔楊希白〕嗄，是了。〔唱〕我心疑想，莫非呼延醜婦住此方？唬，又逢孽障。〔莊丁引杜金上，白〕果然將軍到了，請下馬來。〔楊希白〕且慢，請問莊主尊姓？〔杜金白〕老夫姓杜名金。〔楊希白〕不是呼延家？待我下馬來。〔同作遜進科。莊丁下。杜金白〕將軍請坐。〔楊希白〕宅上爲何張燈結綵，有何喜事？〔杜金白〕特爲將軍而設。〔楊希白〕這又奇了，怎麼爲我而設？〔杜金白〕將軍不是楊令公之子七郎楊希麼？〔楊希白〕老丈何以知之？〔杜金白〕日間有一道者，來説道將軍敗北至此，命老夫招將軍爲婿，所以張燈結綵，在此等候。〔楊希白〕嗄，那遊方道士之言，如何信得？〔杜金白〕我看那道者大有來歷，必非凡人哪。留下這書一紙，竟化作清風不見了。將軍不信，請看此書。〔楊希白〕待我看來。今有大宋名將七郎楊希敗陣來此，汝可接待招親，送歸天雄寨，自有機緣，不可有違天命。任道安書示。嗄，任道安是我的師父，他來何幹？〔杜金白〕將軍容稟。〔唱〕

【又一體】喜事非常，任姓仙師降吾莊。斧柯掌宿世，姻緣杜與楊。〔白〕因此老夫是，〔唱〕把喜筵張，射屏待婿乘龍降，趁此辰良日也良。〔院子上，白〕啟上老爺，內堂傳話出來，新人梳粧完備，樂人、儐相俱已齊集了。〔杜金白〕就請將軍進去更衣，與小女交拜天地。〔楊希白〕慢來，慢來，楊希有言奉告。〔杜金白〕請教。〔楊希白〕楊希現有失機之罪，若再臨陣招親，豈非罪上加罪？楊希今晚投宿，待至天明，就要回營的。〔杜金白〕將軍即便回去也難免失機之罪。將軍不知行軍失機是個斬罪？〔楊希白〕嗄。〔杜金白〕況父爲元帥，子作將佐，猶其斬定了。〔楊希白〕爲何？〔杜金白〕自己之子犯令，不斬如何制服衆心？〔楊希白〕是嗄。〔杜金白〕將軍於其回營送死，莫若權且避難在此。況老夫向在劉王駕下，與令尊最善。待過些時，老夫親送將軍、小女到軍營効力，看老夫薄面，可以討饒。若將軍天明就去，咳，難免軍法示衆嗄。〔楊希白〕阿呀，今聽老丈之言，楊希不敢回營了。也罷，況是仙師作伐，必有因果，只得從命了。〔杜金白〕從命二字此爲上計，請裏面更衣。院子，喚樂人、儐相，後堂伺候。〔院子應下。杜金白〕將軍這頭親事呵，〔唱〕從天降奇緣，匹配兩相當，英雄倜儻，英雄倜儻。〔下〕

第六齣　仙緣奇配

〔呼延赤金上，唱〕

【風入松】天雄寨上喜筵鋪，不見了跨鳳兒夫。教奴愧赧羞成怒，拚一夜將他擒捕。〔白〕呀，不知不覺趕到我母舅莊上了。〔作看科，白〕嗄，爲何結綵張燈，這般熱鬧？待我下了馬，將首級、兵器藏過一邊。〔唱〕把首級鎗標藏過，轉身兒進門閭。〔二莊丁上，白〕呔，什麽人直闖進來？呀，原來是大小姐。爲何這般裝束，到此何事？〔呼延赤金白〕偶然路過。你們這裏爲什麽張燈結綵，有什麽喜事麽？〔莊丁等白〕這喜乃天大之喜，有神仙下降，與小姐做媒招女壻。〔呼延赤金白〕招的女壻叫什麽？〔莊丁白〕是楊七郎楊希。〔呼延赤金白〕嗄，楊希招贅在這裏了？〔衆白〕嗄。〔呼延赤金白〕好，豈有此理，這還了得？我進去。〔莊丁白〕大小姐，他們少刻就要拜堂了，你進去怎麽，况且與你没相干。〔呼延赤金白〕怎麽説與我無相干，有相干得狠呢。〔内吹打科。呼延赤金白〕裏面吹吹打打做什麽？〔莊丁白〕吹吹打打响房，底下就要拜堂了。〔呼延亦金白〕阿呀，就要拜堂了，怎麽好？你們過來，與我卸了甲胄，門外還有鎗馬，煩你們替我看守。我進去赴了筵席就出來的。〔莊丁白〕使得使得，我們替小姐看守甲胄鎗馬，想著要一桌酒出來，我們喫喫。〔呼延赤金白〕這個容易。〔衆白〕再討幾分賞封兒。〔呼延赤金白〕也有。你們看守去，在那邊。〔莊丁白〕是了。〔下。呼延赤金白〕待我進去打散他花燭，搶楊希回山便了。占我鴛鴦侶，拆他鸞鳳交。〔下。樂人等引杜金上，白〕就請新人。〔儐相白〕伏以東邊一朵紫雲來，西邊一朵紫雲開，兩朵紫雲相聚合，神仙引得新人來。奉請新貴人抬身，緩步請行。〔丫環、楊希、杜玉娥上，作拜堂科。呼延赤金上，白〕站住，好楊希，跑了這裏拜堂來了，隨我上山去。〔作搶楊希，對打科，下。杜金白〕這是那裏説起？新人正在交拜天地，好似我甥女赤金趕進來，打得燈消火滅，打到後面去了。你們且迴避，待我趕進去看個明白，可是這賤人。〔各分下。楊希、呼延赤金上，打科。楊希白〕呔，醜婦，你趕到這裏來做什麼？〔呼延赤金白〕來找你講個理兒。〔楊希白〕你没有理，不用講。〔呼延赤金白〕怎麼我没有理？〔楊希白〕我在此成親，是大喜的事，被你打得燈滅烟消，可是没理？長相就没理。〔呼延赤金白〕誰給你説的這門親？〔楊希白〕任仙師做的媒。〔呼延赤金白〕他是任仙師做的媒。方纔你被陸應高追得上天無路，入地無門，你親口應了我親事，所以我拚死助戰，斬了陸應高，救了你的性命。怎麼者，你竟偷跑了，倒在這裏成親，有這個理麼？講。〔楊希白〕講什麼？實對你説，你這副嘴臉，要與我成親，我實不願意。去罷。〔呼延赤金白〕好不講理，照打。〔杜金上，白〕不要打，不要打。〔呼延赤金白〕舅舅，你出來是怎麼者？〔杜金白〕果然是你。嗳，甥女，今日你妹子成親，一天喜事，你爲何打散他們的姻緣？〔呼延赤金白〕什麼？倒説我打散他們姻緣。我問你，誰給他們做的媒？〔杜金白〕是任仙師爲媒的。〔呼延赤金白〕難道我不是任仙師爲媒的麼？〔杜金白〕任仙師也與你爲媒來？〔呼延赤金白〕仙師説，三更時分，有宋將楊希被陸應高追趕下來，教我救了他，成就我的姻緣。足足的等了半夜，只見他被陸應高趕得上天無路，下地無門，瞧見了我，恨不得跪在地下叫媽，求我救他，親口許了我的親事。所以我拚死忘生，斬了陸應高，救了他。他倒偷跑了，是不是？你説。誰要撒一句謊，是個王八蛋。〔楊希白〕我没有叫媽。〔杜金白〕賢壻，如此説，你許他親事，是有的了。〔楊希白〕這副嘴臉，我不要。〔杜金白〕賢壻，是你没理了。你不虧我甥女中途接應，救你得生，如何得到此間。大丈夫一言既出，駟馬難追。况俱是任仙師作伐，你怎説嫌他醜陋没理？〔楊希白〕依岳丈，有何見諭？〔杜金白〕咳，什麼見諭？重整喜筵，同結花燭，一樁事就完了。〔楊希白〕咳，就是這樣？罷了。〔呼延赤金白〕還是我舅舅公道。〔杜金白〕你也没得説了。〔呼延赤金白〕還説什麼呢，小書兒上頭一句。〔杜金白〕怎麼講？〔呼延赤金白〕這纔是。〔杜金白〕不識羞，你們進去更衣。〔楊希、呼延赤金下。院子暗上。杜金白〕院子，吩咐重整筵席，唤樂人、儐相。〔儐相引樂人上，白〕老爺唤我們，有何吩咐？〔杜金白〕方纔來的是我甥女，也是神仙主婚。如今重結花燭，同拜天地，就請新人。〔儐相白〕衆位吹打吹打。伏以天付奇緣宿世該，仙繩牽引聚將來。今番重結新花燭，三口同眠一品諧。請新人緩步請行。〔丫環、院子、楊希、呼延赤金、玉娥上，作照常讚禮拜堂科。儐相白〕請上席。〔作入座，同唱〕

【畫眉序】樂奏在庭除，欣賀奇緣真難遇。喜良姻成就，三姓同居。這仙媒千古誰期，成就了百年團聚。〔杜金白〕送入洞房。〔同唱〕夫妻併力同心志，佐皇家平定邊隅。〔各分下〕

第七齣　束裝歸寨

〔僂儸、頭目引姚雲漢上，唱〕

【紅繡鞋】天雄寨主英豪，英豪。女中俊傑名高，名高。仙人降紅鸞照，救先鋒把夫招，山寨上愈雄驍。〔白〕俺靈璧山天雄寨呼延大王帳下都頭領，姚雲漢是也。三日前，有個任仙師指示俺寨主下山，接應楊先鋒，斬了唐將，招他爲婿。命俺備下喜筵，說趕上楊七郎便同回。準準等了一夜，杳無音信。俺正要下山打聽，恰好鳳鳴莊差人到來送信，俺寨主在鳳鳴莊招了親了，命俺今日率衆下山，迎接上寨。衆僂儸，快些前去。〔同唱〕

【前腔】旌旗燦爛飄颻，飄颻。一行一隊雄驍，雄驍。忙前去路不遥，穿山徑過林皋，同迎接大英豪。〔下。楊希上，白〕鏖征酣戰正縱横，三擊金錘敗路窮。自愧胸中還自責，惟思贖罪建奇功。〔白〕俺被陸應高戰敗，幸賴仙師默佑，輻輳奇緣，招贅此莊。咳，俺楊希生平忠勇孝義的男子，豈是戀酒迷花的匹夫。爲此急欲上山，招集人馬，早向軍營建功贖罪，方遂志願。正是：前功化作冰消盡，再出奇兵建大勳。〔杜金、呼延赤金、杜玉娥上。分唱〕

【引】東床袒腹果英豪，天賜良緣琴瑟調。〔楊希白〕岳丈。〔杜金白〕賢婿，請坐。你王命羈身，不得棲遲此地，速移到天雄寨上，操演人馬，俟機緣奇遇時，帶領小女們効命疆場，建些微功，不枉仙師指示，老夫亦叨榮幸。〔呼延赤金白〕我已差人到山上送信，今日就有人來迎接上山了。〔院子引姚雲漢上，白〕纔離天雄寨，來到鳳鳴莊。〔院子白〕住着。啟大小姐，天雄寨姚雲漢率衆迎接姑爺、小姐上山。〔呼延赤金白〕着他們進見。〔院子白〕着你們進見。〔姚雲漢白〕寨主，姚雲漢率衆迎接寨主上山。〔呼延赤金白〕候着。〔楊希白〕岳父，小婿等就此上山去也。〔杜金白〕賢婿先行，老夫隨後，差丫環、莊丁等送小女粧奩去。〔楊希白〕多謝岳丈，岳丈請上，我等就此拜別。〔杜金白〕不消了。〔楊希等唱〕

【摧拍】締絲蘿喜賦桃夭，一宵成百歲歡笑。繇王事恸，繇王事恸，整裝回寨，急束征袍。〔楊希白〕我們去也。〔杜金白〕恕不遠送了。〔下。楊希白〕帶馬。〔同唱〕圖得個泥金封誥，夫和婦受榮褒。

【尾聲】揚鞭就道星飛趲，速奔山崗聚英豪，訓練精兵將寇剿。〔同下〕

第八齣 軍變破關

〔扮驍將上，白〕王師威勢赫，見者也驚慌。宋兵大隊人馬，將到西門，兵勢甚是利害。我們快去報與學士知道便了。〔下。徐遊上，唱〕

【新水令】急忙忙移步出官廳，不住的，紛紛報警。〔白〕下官前日用詐降之計，將楊希誘進城來，指望一鼓就擒，誰想被他逃脱。大將軍陸應高竟自乘夜追趕去了，至今不見回來。方纔紛紛報道，楊繼業統領大兵前來攻打此關，大將軍又不在此，如何是好？〔唱〕好教俺有謀決難勝，無將怎交兵。輾轉撫膺，怎當得如潮湧的軍威盛。〔衆驍將上，白〕徐老爺在那裏，徐老爺在那裏？〔徐遊白〕嗄，怎麽樣？〔驍將白〕宋兵大隊人馬將到西門，兵勢甚是鋭利。〔徐遊白〕呀，〔唱〕

【駐馬聽】聽聽聽，鋭利精兵，不由的聽也褫魂奪魄驚，渾如凝掙，尀耐他，兵强將勇敢鏖戰，只怕俺，這番難守這孤城。〔白〕也罷，下官拚棄殘生，親自指揮守禦便了。衆位將軍，隨我上城去。〔唱〕莫教騷擾吾百姓，準備下激厲的舌劍迎，猛拚棄了俺衰年命。〔下。健勇、健將上，白〕聞得我兵至，乘機好設謀。〔健將白〕我等隨七將軍進城，困鬪被擒，假意投降。聞得元帥起了大隊人馬，前來救應。列位，少時我等擒捉徐遊，你們衆健軍開城接應元帥進關，依計而行。〔健勇白〕這個理會得。只是不知七將軍下落，怎麽處？〔健將白〕待元帥進城，再行打聽便了。大家依計而行。〔下。八健軍、四將官、楊順、楊景、楊繼業上，唱〕

【喬牌令】俺這裏乍聞言怒氣騰，可恨他假降的計施逞，急急的帥精兵，俺親接應。〔楊繼業白〕昨晚楊順來報，楊希受了陸應高、徐遊假降之計，誘進宿州，閉關困鬬，不知楊希性命若何，本帥急來救應。衆將官，直抵關前，奮力攻打者。〔同唱〕料他那小孤城一蕩平。〔衆白〕已到關前。〔楊繼業白〕攻城。〔衆驍將引徐遊上城，白〕住了，且不要攻城，聽我道來。〔唱〕

【雁兒落】這是我南唐國土城，爲甚的越界侵吾境。〔楊繼業等白〕抗召不朝，理應征伐。〔徐遊唱〕説甚麽抗召不朝借此名，分明是欺下國思吞併。〔楊繼業等白〕若行抗拒，你的性命不保。〔徐遊白〕哎，〔唱〕

【得勝令】呀，俺今日個拚棄這殘生盡臣力，守住這孤城。要救取百姓安居業，方顯我耿耿丹心一片秉。〔楊繼業白〕你要保百姓安居，早早開城拜降。〔徐遊白〕哇。〔唱〕您那裏指望我投誠，可知俺烈烈堅剛性，説甚麽開城，俺這裏，戈矛執待等。〔白〕衆位將軍，奮死退敵者。〔驍將應，引勇士出城，合戰科，下。徐遊白〕〔八勇士邊得奎等、四驍將平喜等出城，對攢。楊繼業、驍將先下。衆對，後下。〕呀，繼業父子果然勇向莫敵，部下將士十分精强。觀此形勢，實難決勝，只可收兵固守便了。〔衆上，戰科，下。〕

徐遊白）（楊繼業 平喜 韓福禄 三人上對下。李三德 高進忠 張得禄 對下。王成業 趙榮 張得貴 對下。平喜 陸得喜 張長保 對下。韓福禄 孫喜 靳保 上對下。徐遊白。）阿呀，果然寡不敵衆，弱不禦强，鳴金收兵。〔驍將、勇士上，白〕開城。〔作進城。楊繼業等上，楊繼業白〕徐遊，你既抗敵不勝，何不投降？〔徐遊白〕（楊繼業追四驍將上，對。續楊景、楊順，七人對。八勇士、八健軍、四將官兩場門抄手，下。徐遊白。）我這裏城池堅固，防禦森嚴，豈懼你豨張之勢？〔唱〕

【收江南】俺自有遠謀深智令嚴明，深壕高壘固憑城，怕甚紛紛蜂陣逞多能。〔健勇作開城，上，白〕請元帥進城。〔楊繼業白〕引路。〔進城科，下。徐遊白〕阿呀，〔唱〕俺茫然異驚，是何人賣國獻吾城。〔健將暗上城，作綁徐遊科，白〕（單連環：高進忠、邊得奎，張得安、盧恒貴，趙榮、袁慶喜，張得禄、劉五爾，陸得喜、馬士成，張長保、輝四喜，孫喜、趙德，靳保、張喜壽對下。楊景、楊順追四驍將上，對。續四將官上對。四健勇、八健軍等上，抄手，作刺死驍將。楊繼業暗上，健將綁徐遊上，白。）在這裏了，拿去見元帥。〔下。楊繼業等追驍將上，戰，唐衆逃亡，下。健將上，白〕啟元帥，健將們拿得徐遊在此。〔楊繼業釋縛科，白〕學士受驚了。〔徐遊白〕唗，楊繼業，誰稀罕你這假仁假義。〔楊繼業白〕本帥仁義持身，未嘗有假。今親解其縛，欲使足下降順耳。〔徐遊白〕唗，我徐遊受唐主大恩，怎肯背主降順。〔唱〕

【沽美酒】感唐王重任膺，肯背主自投誠？我失守城亡罪不輕。何面目求降戀生，你難迴挽我堅剛性。〔楊繼業白〕本帥敬你是位忠臣，不忍加害，故來勸你歸順天朝。公也不可太迂拙了。〔徐遊白〕嗄，哈哈，爲臣子者，忠主爲本，怎説個迂拙二字。哈哈，欠通欠通。〔唱〕

【太平令】咱今日忠心耿耿，二臣傳無我徐生，背吾主肯圖僥倖，何迂拙請伊指證。〔楊繼業白〕徐大人，還是降順的好。〔徐遊白〕呸，早賜誅戮，休得多言。〔唱〕您呵，早諒我忠貞，俊英，美名，呀，肯留下偷生話柄。〔作觸堦死科。衆白〕徐遊觸堦而死了。〔楊繼業白〕將屍首盛殮，好生埋葬。〔衆應，抬下。〕楊繼業白〕衆將，可知楊希在那裏？〔健將白〕聽得説，先鋒被陸應高追出城去，不知下落。〔楊繼業白〕差人打聽便了。傳令，毋得騷擾百姓，就此出榜安民。〔衆應，同唱〕

【餘慶】榜文張掛安民定，毋騷擾約法遵行。招降誅逆令申明，王師到處民欽敬。〔同下〕

第五段

第一齣　扼關佈陣

（內吹打，扮軍卒、旗牌，引宋萬上，唱）（上雲帳。）

【點絳唇】默運奇謀，手援唐祚威名播。設陣排戈，遁甲奇門佈。（白）權握江南百萬戈，運籌韜畧勝孫吳。誰堪職掌元戎令，只要胸中星斗羅。本帥宋萬，叨蒙吾主拜爲水陸兵馬大司戎，提兵渡江，攩扼宋師，拒敵楊繼業。一到臨淮關，便報宿州失陷，大將軍陸應高不知存亡。爲此傳令，離臨淮關二十里扎下大營。調齊各路將士，佈一鐵旗陣勢。先擋住宋兵，不得前進，本帥守住陣圖。昨已奏表吾主，再討一員副帥、一員先鋒，領兵殺退繼業，恢復州郡。今日先佈下陣圖便了。傳五虎將，上帳聽令。（旗牌應科，白）元帥有令，傳五虎將上帳聽令。（扮張漢、徐力、鐔崑、孔昭、翟雷應科上，同白）元帥在上，五虎將參見。（宋萬白）衆位將軍少禮。本帥身膺簡命，委託重權，所賴衆位同心戮力，共退宋兵。他日功成，必不失公侯爵位。（五虎將白）多感元帥提携，我等當以死相報，决不有負吾主。〔宋萬白〕全仗衆位同心。你五人各領馬步將士五千，操演一回。照此圖册佈列陣勢，不得有違。〔五虎將白〕得令。〔下。宋萬白〕就此擺齊隊伍，往營前將臺去者。〔衆應科。内吹打，作遶場科，下。五虎將引軍士又上，遶場下。軍卒、旗牌引宋萬上，作上將臺科。五虎將引五色旗上，走陣科，唱〕（擺將臺完。宋萬上之前，撤雲帳。）

【油葫蘆】只看著，劍戟戈矛耀霜坡，覷定那，鐵旗兒指向我，擺下這，出生入死網和羅。一任他，千軍萬騎多遭挫，一任他，熊羆雄健全遭剉。識不透，千變局百化圖。這平地上多坎坷，闖將來，休思破，亦且難逃躱，端的這陣法勝孫吴。〔下。鐵騎上，跳舞科，下。棍手、藤牌手上，合戰科，下。宋萬白〕（擺前陣門下匾。）（八鐵騎上，對拳，跳舞下。八長鎗上，跳舞下。八雙刀上，跳舞下。八撩刀上，跳舞下。）妙嗄。〔唱〕

【六么遍】賴叨專閫權衡大，貔貅帥領，坐擁干戈。彰著戰討，令出無訛，司命三軍擔福禍。非輕可，運籌帷幄費指摩。〔鐵騎上，跳舞科，下。五色旗上，歸本位擺式科。一將官上，白〕（宋萬唱【六么遍】完，八棍手上，洗棍下。八藤牌上，跳舞。續八棍手兩場門抄手上，對攢，兩邊抄手下。單對：孫喜 陸得喜 上對下，賈得禄 張得安 上對下，張住 張得禄 上對下，白興泰 張喜壽 上對下。二對二：輝四喜 任喜禄 勒夫 靳保 上對下，劉五爾 王成業 高進忠 平喜 上對下。藤牌換雙刀，棍手換長鎗，兩場門上對。雙連環：張得安 賈得禄 張喜壽 張住 輝四喜 勒夫 孫喜 陸得喜 張得禄 白興泰 任喜禄 靳保

劉五爾 平 喜 工成業 高進忠**，後四人不下。衆續，大攢下。兩場門五色飛虎、五色旗幟上，抄手各回，各歸方位。五大將、五纛上，各歸方位。一將官上，白。**）專聽將軍令，雙脚似飛雲。小將告進。啟元帥，今有楊繼業，離此有十里之遥，扎下營寨，打聽得元帥督兵，特差人前來約戰。〔宋萬白〕你對來人説，本帥這裏佈下小小陣圖，名曰「鐵旗大陣」，速教繼業前來探陣便了。〔一將官白〕得令。〔下。宋萬白〕五虎將聽令，各按方位扎住陣角，日夜保守，不許紊亂，違者立斬。〔衆應，唱〕

【寄生草】聽罷歸方隊，三軍馬驟，俄嚴防固守旗門，佐弓刀齊耀光明，磋教他，一見膽兒來驚破。從來江東謀士古來多，看這鐵旗圖，不讓恁那强秦大。〔軍士、五虎將白〕元帥，兩國交兵，怎麽私通探視軍情？〔宋萬白〕本帥與楊令公同輔劉王，甚爲相契。如昔日陸伉、羊祜，督師南北，曾有遺酒送藥之好。他日交兵，毫無相讓。〔唱〕

【天下樂】這的是，不廢公私事事可，您休疑也麽呵，俺刃人大丈夫，俺宋萬，秉丹心向唐誠意輔。楊繼業受宋恩，宋江山竭力佐，各爲主，要開疆，要展土。〔五虎將白〕小將們聽元帥指明大義，十分敬服。〔宋萬白〕（**宋萬等出。上雲帳，不撤。等二齣【駐馬聽】唱完，**①**撤雲帳。**）傳令衆將士，嚴整陣勢，待明日繼業等前來探陣。〔五虎將白〕得令。〔宋萬白〕就此回營。〔衆應，宋萬下將臺，五虎將出，旗門同唱〕（**大**

① 【駐馬聽】：見下文一一〇頁。

往後挪陣門。）

【煞尾】三軍勇冠呵，將士如龍虎，一箇箇勇敢無訛，何懼那楊氏衆夥。只看俺擋關前，一鼓敵衆盡消磨。〔下〕

第二齣　繼業探陣

〔扮楊泰、楊景、楊貴、楊順引楊繼業上，唱〕

【新水令】胸懷浩氣貫青霄，會齊師聖賢親劭。一任他兵刀列佈滿，戈戟似霜焇。單騎臨橋赫，虜兵無相鬧。〔白〕本帥奉勅征南，仰賴聖主天威，連取幾處州縣。只有楊希這畜生，被陸應高戰敗，至今探不著存亡去向，十分可惱。昨日兵抵臨淮關界上，打聽得宋萬統領大兵，扼住咽喉，佈下鐵旗陣勢，約我探陣。因此今日單騎前往，探彼陣勢如何，然後交兵。〔楊泰、衆白〕爹爹孤身探陣，誠恐他人有詐，待孩兒們保護進陣。〔楊繼業白〕大丈夫以信義重天下，豈肯失信背盟。況那宋萬，也非奸許之徒。爾等若隨進陣，倒被他輕視。吾曹少刻到彼，爾等只在陣門外等候便了。〔衆應科。楊繼業唱。曲內宋萬等暗上〕

【駐馬聽】俺可也，徒手臨濠，徒手臨濠，何用那，藏鬚掩刃襯鋒刀，熙熙皞皞。只看俺，鶴立雞羣志清高，將軍八面威嚴浩。顯英豪，萬古垂名表。〔楊泰等白〕（**唱完，撤雲帳。**）已到陣前。〔楊泰白〕守陣將士何在？〔一將官白〕什麽人？〔楊泰白〕楊元帥親來探陣，請你主將出陣答話。〔將官白〕少待，元帥有請。〔宋萬白〕怎麽説？〔將官白〕楊元帥親來探陣。〔宋萬白〕知道了。吩咐大展旗門，説我出陣答話。〔將官白〕呔，衆將官，元帥有令吩咐，大展旗門。〔軍卒應科，白〕元帥出營答話。〔宋萬白〕吓，楊老仁兄。〔楊繼業白〕宋賢弟。〔宋萬白〕仁兄别來無恙否？〔楊繼業白〕託賴粗安。〔宋萬白〕嗄，仁兄，想你我當日同仕劉王，甚爲相契。今日各侍其主，反成敵國。然今日之見，私也，乃盡朋友之交。他日交鋒，公也，當爲吴越矣。〔楊繼業白〕然。賢弟，可惜你經綸滿腹，反做區區小醜之臣。自古君子擇以事之，你何不棄暗投明？〔唱〕

【喬牌兒】恁須是，自新悔過侍湯堯，免使生靈暴。遺名史筆書中誚，英雄一旦無名號。〔宋萬白〕仁兄指教，足感盛情。奈我受唐主厚恩，未嘗得報。今又委任重權，豈敢違背？况暮年老嫗，何顔再醮？聞文少敘，就請觀陣。〔楊繼業白〕如此，多感。楊泰等陣外候著，不許進陣。〔楊泰等應下。宋萬白〕兄真奇男子也，小弟敬服。請。〔楊繼業隨宋萬作進陣，軍士執五色飛虎旗，張漢、徐力、鐔崑、孔昭、翟雷，長鎗、撩刀、大刀、藤牌、勾鐮鎗、五色纛，內吶喊，擂鼓變陣，翻光子擺式科。宋萬作上將臺，又作吶喊、擂鼓科。楊繼業白〕呀，〔唱〕

【攪箏琶】猛聽得，陣喧囂，旌旗滌盪，戈矛摇。千鋒萬刃，光如雪耀，鐵旗兒四旋招，將勇兵驍。只恐怕，奸人設下牢籠沼，掣劍相要。〔作觀陣科。內作吶喊、擂鼓科。走式，翻光子，楊泰等急上，白〕呀，〔同唱〕

【沽美酒】只聽得，如雷戰鼓敲，只聽得，似海沸狂潮，擠擠攢攢列弓刀。陣當中鐵旗四招，觀陣法多機奥。〔宋萬隨楊繼業出陣科。宋萬白〕衆位將軍，爲何掣劍動容？〔楊泰等白〕小將等久慣疆場，忽聞軍聲呼徹，不覺心中技痒，故爾雀躍。〔宋萬白〕真乃將門子也。仁兄何日交兵？〔楊繼業白〕我跋涉長途，自當養息，待擇日打陣便了。請。〔楊繼業等同下。宋萬白〕衆將官，嚴守陣勢，毋得懈怠。〔衆應白〕得令。〔同唱〕

【太平令】他見這廣張羅罩，辯不徹變法奇高。只看他，怎生測料，儘你去，多般計較。俺呵，排下這弓刀，旆摇，鼓敲，呀，扼住了咽喉要道。〔下〕（**上雲帳。**）（**將臺等撤完。下雲帳。**）

第三齣　遣子借兵

〔扮楊繼業、楊泰、楊景、楊貴、楊順上，同唱〕

【水底魚】閱陣回營，令人膽戰驚。深溝高壘，免戰守重營，免戰守重營。〔中軍上，白〕元帥回營了。〔楊泰等白〕爹爹，孩兒在陣外觀望，陣中佈置有方，不想那宋萬有如此韜畧。〔楊繼業白〕咳，那宋萬原非等閒之輩。他有驚世之才，韜畧不讓孫吴。今觀此陣，列佈有方。聯絡四顧，調遣如神，變法不測，且兵多將廣，好生利害。〔楊順白〕嗄，爹爹爲何長他人志氣，滅自己威風？〔楊繼業白〕你那裏知道，那宋萬呵，〔唱〕

【園林好】論他行，當時巨英數俊傑，原非平等。文共武，智謀决勝。論品行也，忠誠。論品行也，忠誠。〔楊順白〕孩兒看那宋萬，無非碌碌之夫。就是那陣勢，也無甚出奇。〔唱〕

【又一體】蜂蟻陣，烏合勢行，怎當咱，風雷雨傾。急早的，嚴親出令。管一戰，陣兒平。管一戰，陣兒平。〔楊繼業白〕你知些什麽來，擅敢多言。楊景聽令。〔楊景應科。楊繼業白〕你領千歲手札，速往東路禪州柴王處，借取健壯精兵四千，急赴軍前聽調。作速起程，毋得違悮。〔楊景應下。繼業白〕楊順聽令。〔楊順應科。楊繼業白〕楊希不在，你護理正印先鋒，保守前營。吩咐衆軍，連夜掘土築城，深溝高壘，緊防敵人。不得有違。〔楊順應下，楊繼業白〕楊貴聽令。〔楊貴應科。繼業白〕你可護理楊景中營印信，不時巡哨，不得有違。〔楊貴應下。楊繼業白〕中軍傳令。衆將士須要晝夜隄防，毋得有怠。如違令者，斬首示衆。〔中軍應科。楊繼業白〕籌謀決勝策，師集再交兵。〔下〕

第四齣　楊順被擒

〔健軍引楊順上，唱〕

【金谷園】令嚴傳築城備壕，保守寨，且免戰討。不由的雄心發惱，忒畏懼惹人嘲，忒畏懼惹人嘲。〔健軍白〕已到營前。〔楊順白〕吩咐衆軍，連夜掘土築壘，不得有違。〔衆下。楊順白〕好笑。我爹爹英名半世，畏避一朝。見了宋萬擺的鐵旗陣，便閉壘免戰。他那裏雖兵多將廣，無非烏合之衆，何足道哉？待俺今夜輕裝前去刼營，先斬了宋萬，成了此功，看我爹爹有何言講。〔内打更。楊順白〕呀，〔唱〕

【尹令】早黄昏初更柝報，喬粧著夜馳傳校，〔白〕我想當日趙子龍，匹馬單鎗，殺退曹兵百萬。難道我楊順呵，〔唱〕懼那頒白無能一老。〔白〕不免卸了鎧甲，飽食一頓，帶領健勇軍士，前去便了。〔唱〕方顯俺楊順英熈，學取那，膽大姜維六出鏖。〔下。扮軍士上。同唱〕更歌阿嗄，刁斗森森更鼓鳴，旌旗密佈了嗄扎層營。〔一白〕噲，列位嗄，方纔元帥傳令，著我們連夜掘濠築造土城，隄防唐兵。大家努力，趕做起來。〔一白〕説得有理。〔同唱〕未知何日功成滿，金鐙鞭敲了嗄凱歌聲。〔一白〕嗄，列位，我們往那壁厢做活去。〔衆白〕正是。將軍一令傳宣下，忙得三軍手不停。〔下。八健軍引楊順上，唱〕（一更。）

【品令】趁這更深悄悄，暗暗佩輕刀。齊心奮武，管將敵勢消。休生畏憚，勇猛横衝蹈。英雄心性，兀自淩雲氣浩。匹馬當先，破壘衝鋒志量豪。〔白〕健軍們，將馬匹除下鸞鈴，隨俺悄悄前去者。

〔衆應，同唱〕

【荳葉黄】過森林僻路，夜静寂寥。望月下濃陰初茂，轉過荒村路道。遠聽提鈴喝號，柝報鼓敲。今夜裏偷營刼寨，偷營刼寨，只看俺一將拚身，誰擋吾曹。〔下。勇士引張漢上，唱〕

【玉嬌枝】元戎傳到，禦隄防刼營潛到。〔白〕俺，赤眉虎張漢是也。適纔元帥傳令，道賊風摇動鐵旗，恐有敵人刼寨，著俺緊緊把守營門。吠，衆將官，須要留心防禦者。〔同唱〕青鋒雪刃齊出鞘，護門禦壘防壕。〔下。健軍、楊順上，白〕來此已是營前，衝進營中去者。〔同唱〕生來巨膽把身包，横衝直撞重營蹈。奮揚威，將軍器豪，呀，看層層，排戈列纛。〔楊順等下。八勇士、張漢内白〕快拏刼營將士。〔衆上戰科，下。楊順上，唱〕（張漢内白。八勇士高進忠 靳保等、張漢、八健軍孫喜 張得安等、楊順上，對攢。楊順、張漢先下，衆後對下。張漢追楊順上，對下。單對：張喜壽 賈得禄上對下，張得禄 高進忠上對下，劉五爾 陸得喜上對下，孫喜 平喜上對下，張漢 楊順上對，楊順下。續任喜禄 張得安 輝四喜 王成業上對，張漢下。又續白興泰 靳保 勒夫 邊得奎對，下。楊順上，唱【川撥棹】半支。）

【川撥棹】他嚴防悄佈，重兵圍四遶。一霎裏，金鼓齊敲。一霎裏，金鼓齊敲。〔八勇士追上，戰科，下。衆作接續交戰科，下。楊順上，白〕（八勇士上對，楊順下。楊順又上，白。）呀，你看他那裏的兵馬越戰越多，俺今番性命休矣。〔唱〕看看四週遭合兵戰鏖，猛剌剌奮勇驍，猛剌剌奮勇驍。〔衆上，合戰，健軍逃敗，楊順被擒科。張漢等白〕（八勇士、八健軍、張漢、楊順上對，大攢。健軍逃下。作擒住楊順。）綁去見元帥者。〔同唱〕

【尾】張羅設下牢籠套，擒得楊門一俊豪，從此方知這陣勢高。〔下〕

第五齣　遣英解順

〔扮勇士、姚雷、章彪、翟雷、孔昭、鐔昆、徐力、旗牌引宋萬上，唱〕

【天下樂】一心許國義攸存，簡命身膺敢負恩。關前扼路大兵陣，陣裏屯藏虎豹軍。〔衆白〕元帥在上，衆將參見。〔宋萬白〕侍立兩傍。〔衆應科。張漢上，白〕擒他虓虎將，壯我大軍威。元帥在上，張漢打躬。〔宋萬白〕夜來刧營者，何等之人？〔張漢白〕是宋營先鋒楊順，帶領幾百健軍刧取前營。小將等併力將楊順與健軍等俱已擒縛，候元帥發落。〔宋萬白〕俱已擒下了，好。昨日賊風摇動鐵旗，就知今夜有刧寨之人，故令爾等嚴防巡守。果然不出本帥所料。〔五虎將白〕元帥畧敵如神，小將們十分敬服。〔宋萬白〕我想楊令公一生正直，决不肯行險詭詐。此乃楊順少年驕性，傲物欺人，私行刧寨，意欲邀功耳。〔五虎將白〕楊順徹敢傲物欺人，今被擒獲，應當斬首。元帥若念昔日與繼業同仕舊交，便可寬饒了。〔宋萬白〕吓，列位將軍，休得動疑，本帥自有發落。旗牌令刀斧手將楊順綁過來。〔旗牌應白〕元帥有令，命刀斧手將楊順綁過來。〔勇士應，押楊順上，白〕厲言昂首男兒志，視死如歸俊傑心。〔勇士白〕楊順綁到。〔五虎將白〕楊順，你死在目前，還不屈膝求饒麽？〔楊順白〕唗，胡説，俺楊順

呵，〔唱〕

【風入松】天朝虎將上邦臣，肯屈膝市井小人？ 成擒被縛何多問，猛拚著頸加雪刃。〔五虎將白〕你不死，還想活麽？〔楊順白〕嗳。〔唱〕休狂妄，鼓舌摇唇，聒耳語亂紛紜。〔宋萬白〕楊順，你夜來刼營，决非父命。 必爲昨日觀陣之後，汝父回營，未免膽寒。 你心生傲氣，便要刼營取勝，塞汝父親之口，可是麽？〔楊順白〕然也。 俺想你一個斑白老朽，濟得甚事，擅敢當關佈陣，扼住咽喉。 我心中萬分不服，乘夜刼營者，實欲斬汝。〔五虎將白〕你今番繩穿索綁，死在頃刻，服也不服？〔楊順白〕要斬就斬，始終不服。〔五虎將白〕到此地位，還説始終不服。 可笑，可笑。〔宋萬白〕楊順，你不遵父命，專擅提兵。 今已遭擒被虜，有何不服之處？〔楊順白〕哇。 宋萬，你乃逆藩李衮的羽黨，怎教俺堂堂大國的英雄服你。〔唱〕

【又一體】罵你那，南唐叛國逆藩臣，沐猴冠，豈是人倫。 大兵掃蕩蜂蟻陣，管指日，受擒李衮。〔白〕俺楊順呵，〔唱〕怎服你狗黨狐羣，盡滅你逆藩臣。〔五虎將白〕阿呀，氣死人也。〔唱〕

【又一體】出言詬詈氣難吞，乳稚的忒不思忖。〔白〕元帥，〔唱〕令行即發雷霆迅，快快的試吾鋒刃，按不住英雄忿忿。〔白〕元帥，〔唱〕先誅刼後評論。〔報子上，白〕報。 啟上元帥，楊貴領兵搦戰，離此不遠了。〔宋萬白〕知道了，再去打聽。〔報子應下。 五虎將白〕元帥，先將楊順斬了，再去迎敵。〔宋萬白〕列位，本帥自出師到此，未擒宋營一將。 奏報今活擒得有名上將，當以解往金陵奏功，任憑吾主發落。姚雷、章彪聽令。吾有奏章一件，汝先差人馳驛到金陵，教與孫丞相遞奏。你領文書一道、勇士二百，押解楊順到金陵。一路小心，去罷。〔姚雷、章彪白〕得令。〔押楊順下。宋萬白〕五虎上將聽令，爾等領本部八馬迎敵。他此來搦戰，必爲探聽楊順消息。可傳諭軍中，宋營有人問信，只説連夜斬首，不可洩漏實情。〔五虎將白〕得令。〔勇士引下。宋萬唱〕

【尾】胸藏星斗能旋運，慢笑我星星鬢鬢，英勇南唐屬老臣。〔下〕

第六齣　探信誤聞

〔扮健軍、驍將引楊貴上，同唱〕

【普賢歌】南人詭譎甚乖張，弟陷唐營恐受傷。哨探未知詳，搦戰審形藏。〔楊貴白〕俺，護理中營都救應楊貴是也。昨晚八郎瞞過爹爹，私劫唐營，一夜未回。今日五鼓，前營將官稟報。爹爹大怒，即差探子打聽，未得實信。爲此差俺搦戰，探聽八郎虛實。衆將士，快快前去。〔衆應，同唱〕各奮鷹揚須急往。〔下。勇士引翟雷、孔昭、鐔崑、徐力、張漢上，同唱〕

【窣地錦襠】紛紛馬隊踏塵壤，迎敵趨前緊頓韁。〔張漢等同白〕我等五虎上將，奉元帥軍令，帶領本部人馬迎敵楊貴。元帥説他此來，假言搦戰，實爲探聽楊順劫營消息。令我等傳諭衆將士，只説將楊順斬首，不許洩漏軍情。衆將士，遵令而行。〔衆應同唱〕笑他空自昧行藏，實信馬教得戰場。〔楊貴等上，張漢白〕來將通名。〔楊貴白〕俺乃楊貴是也。〔張漢白〕敢來打陣麽？〔楊貴白〕要破此陣，只在指揮談笑之間，何足道哉。今先來討取吾弟八郎，爾等好好送還，可保唐營衆命。若行抗拒，爾等休想生還。〔張漢等白〕思想打聽楊順的實信，只要汝勝得俺五虎上將。〔楊貴白〕休得狂言，看鎗。

〔對科，下。健軍、勇士單對下。楊貴追張漢上，對科。楊貴白〕（八健軍、八勇士對攢，先下。驍將、五虎將、楊貴後對下。接，不斷。高進忠 張喜壽 陸得喜 任喜禄 靳保 輝四喜 平喜 孫喜 勒夫 劉五爾 白興泰 張得安 邊得奎 王成業 賈得禄 張得禄上對下。楊貴、張漢上對，白完。）哇。教你宋萬好好還我兄弟，萬事全休。〔張漢白〕可是你那楊順麽，昨晚擒住即便斬了。〔楊貴白〕怎麽講？〔張漢白〕昨晚擒住，即便斬了。〔楊貴白〕嗄，斬、斬、斬了。咻，看鎗。〔對科，張漢敗下。徐力上，白〕（白完，對。張漢敗下。徐力上，接對，白。）楊貴，俺來擒你。〔楊貴白〕哇，只問我兄弟在於何處，快説實情，饒你一死。〔徐力白〕嗄。昨晚那刼營賊麽，早已誅戮了。〔楊貴白〕真、真、真個麽？〔徐力白〕你不信？首級現今號令在我營中。〔楊貴白〕氣死我也。看鎗。〔對戰科，徐力敗下，楊貴追下。二驍將追孔昭上，對科。二驍將白〕（白完，對下。三人：孔昭 蕭齡 長清 上對。驍將白完，對下。）吠。唐將快快送還俺先鋒，饒你一死。〔孔昭白〕你那先鋒楊順，已被俺元帥斬了。〔二驍將白〕好可惡。看鎗。〔對科，下。鐔崑追一驍將上，對科。二驍將白〕（劉得山 楊進昇 祁進禄 上對，驍將白完，對下。）住了。俺先鋒楊將軍在那裏？〔鐔崑白〕要尋楊順麽？早已祭了鐵旗陣了。待俺送你二人，到黃泉路上去找尋罷。〔對科，下。楊貴追張漢、翟雷上，對科。楊貴白〕（楊貴 張漢 翟雷 上對。白完，唱【普賢歌】完，對下。）爾等今日不送出俺兄弟，斷不干休。〔張漢、翟雷白〕俺這裏陣勢嚴威，兵多將廣，就斬了一箇楊順，你豈奈我何？〔楊貴白〕哇，〔唱〕

【普賢歌】蜂屯之勢恁披猖，壘卵敢將巨石搪。俺奮力戰沙場，雄心整鋭鋩，頃刻將伊鎗下亡。〔對科，下。四驍將、八勇士戰科。楊貴上戰，勇士敗下。驍將白〕（單對：白興泰 孫 喜 上對下，張得禄 邊得奎 上對下，靳 保 任喜禄 上對下，王成業 平 喜 上對下。八人攢：高進忠 賈得禄 張喜壽 輝四喜 陸得喜 勒 夫 張得安 劉五爾，健軍下。續四驍將。楊貴上對，勇士下。驍將回白。）將軍，你可曾探聽得先鋒的下落麽？〔楊貴白〕列位將軍，俺逢人便問，都道昨晚被擒，隨即將他斬首了。〔驍將白〕小將等也探聽得，昨晚已將先鋒斬首，祭了鐵旗陣了。〔楊貴白〕阿呀，這等説來，我八郎兄弟必然被害矣。〔五虎將上，白〕（五虎將上，白，對科。）楊貴休走。〔對科。五虎將白〕楊貴，讓你那繼業也不是俺們對手，何况你這匹夫。〔唱〕

【窣地錦襠】名傳五虎鎮南唐，陣上嚴威孰敢當。〔楊貴白〕賊將休得猖狂。〔唱〕王師一陣剪强梁，方顯英材志氣昂。〔對下。健軍、勇士上，接不斷，下。楊貴、驍將上。驍將白〕（唱完，對下。十六人大連環：輝四喜 勒 夫 張得禄 平 喜 張喜壽 白興泰 張得安 賈得禄 王成業 邊得奎 孫 喜 陸得喜 劉五爾 高進忠 任喜禄 靳 保 對下。驍將、楊貴上，白。）將軍不必戀戰，早早收斂甲兵，回營報信，再議報仇之計。〔楊貴白〕正當如此。〔五虎將、勇士、健軍上，合對。楊貴等白〕回營。〔楊貴等下。五虎將白〕不必追趕，收兵繳令。〔衆應，同唱〕（五虎將、八健軍、八勇士上對，大攢。楊貴等敗下。五虎將回白。唱【普賢歌】。）

【普賢歌】兵威鋭利伊怎當，戰得塵迷陣霧黄。孺子肆猖狂，豈如五虎强，挫鋭回營閉壘藏。〔下〕

第六段

第一齣　馳章請援

〔八軍士、四將官、中軍、楊泰引楊繼業上，唱〕

【引】滿懷鬱氣恨難平，怪兒曹失機違令。〔白〕咳，老夫不幸生這幾個不肖之子，有勇無謀。前者楊希受了假降之計，懼罪脱逃，杳無音信。昨晚楊順專擅提兵，偷營被獲，挫我威風。已令楊貴前去打探消息，且待回來，再作區處。〔楊貴上，白〕得音心痛絶，含淚急回營。爹爹。〔繼業白〕楊順怎麽樣了？〔楊貴白〕阿呀爹爹，孩兒打聽，八郎兄弟被宋萬斬了。〔繼業、楊泰白〕怎麽講？〔楊貴白〕孩兒遍問唐營將卒，都道昨晚被擒宋將，即時將他斬首，祭了鐵旗陣了。〔繼業、楊泰白〕有這等事？〔繼業白〕咻，氣死我也。〔楊泰、楊貴白〕阿呀爹爹，請息怒。〔繼業白〕咳，這畜生違令盗兵，罪該一死。但非我親生，未得使他成名立業，今日斷送敵人之手。咳，是我有始無終也。〔唱〕

【園林好】乍聞言胸中氣夯，枉徒勞提持撫養。〔楊泰白〕爹爹，據孩兒測度，那宋萬乃仁義之士，況與爹爹夙契相投，決不肯即行斬首。此乃軍中訛言，惑亂我衆心耳。還該密遣細作，悄悄訪求實信纔是。〔繼業白〕這也説得是。但他那裏控甲數十萬，又擺下這鐵旗陣勢，十分兇勇。我營中將寡兵微，糧草又不敷用，焉能與他對敵？〔楊泰、楊貴白〕爹爹主見，便怎麼樣？〔繼業白〕我今連夜草成告急本章，你可馳赴京中請救。先到兵部投文，隨即往南清宮求千歲，奏請速發救兵。事在燃眉，你須星夜兼程，不可稍有遲悞，遲則全軍危矣。〔楊泰白〕爹爹嚴命，孩兒敢不凜遵。只是孩兒去後，軍中益發無人矣。〔楊繼業白〕不妨，明日將免戰牌挑起，專待你請救到來，然後開兵。兒嘎，你此去呵，〔唱〕這關係非同泛常，莫待我呼庚癸乞輸糧，遭敵敗困沙場。〔楊泰等同下。扮四家丁、四家將上，同唱〕

【水底魚】自離東京，屈指兩月停。不分晝夜，守視到天明，守視到天明。〔家將白〕我們乃潘丞相府中心腹，家將便是。〔一家將白〕自從丞相令我等在大道要路旁邊，打聽楊繼業軍營密報，來此兩月有餘，並無消息。〔一家將白〕聞他已打破界牌關，拔寨往汜水關去了。怎麼没個本報到來？莫非我們守差了路了？〔家丁白〕這是東京大路，又無別路可通，難道插翅飛了過去不成？〔一家將白〕嘎，列位，丞相囑咐道，若遇軍前走報人，只管將他殺死，搜了奏章去見丞相，要用計謀害他父子性命。〔一家將白〕咳，我想楊家父子與潘家，爲什麼有這等大仇？常言道：冤家只可解不可結。倘忽楊家父子拿住了，李衮大獲全勝，那時怎麼樣好？〔三家將白〕吓，看不起你倒是多慮多憂的。吃了王莽家的飯，到替劉秀家説起話來了。〔一家將四顧科，白〕不是吓，沿路上都是兵部臺站人。倘若泄漏些風聲，咱們就吃不了得兜着走。〔一家將白〕我們是丞相府的人，豈怕兵部裏的人？〔一家將白〕兆吓。況且兵部大堂潘仁忠，是丞相爺的兄弟。他們兩不致於斷話，想來也有點子交情。〔一家將白〕閑話少説。你聽遠遠有鸞鈴響，大家藏在樹林中，仔細看他便了。〔同白〕有理。〔唱合〕不分晝夜，守視到天明，守視到天明。〔同下。扮四手下，引楊泰上，唱〕

【沉醉東風】怎説得，曉露淋身夜未明，中秋時，正稱著月色光瑩。〔滚白〕馬蹄跌蹬蹂騰，盼不見的閭閻。〔唱〕竟抖擻投路前行，非爲著競取功名，只爲那皇家軍國情。〔白〕俺楊泰奉爹爹將令，著俺星夜到東京告急救兵，晝夜不息。此處離京尚遠，故此破曉而行，勢必連夜趕進城去投文，須索走遭也。〔作行科，唱〕

【雁兒落】只聽得雁孤鳴楊將憬，野墅路，量不出官陸路的迢遥經，且趁這星月正明去遄京。〔内應，虚白。楊泰唱〕眇眇聽樹林中，馬革聲，惡語併。〔手下白〕啓將軍，前面樹林中隱隱有許多人馬，恐怕是歹人，請將軍住馬再行。〔楊泰白〕吾難道俺怕那賊人不成麼？〔唱〕

【得勝令】説什麼，强人剪徑遽昂征，豈如俺，幹國良將勇戈兵。不必驚，專聽俺將軍令，攘臂前巡，挺敵著狐鼠櫻。瀓清撤底，視何人競。也須認明，須辨那惡良民恣縱停。〔家丁、家將上，作攔科，白〕呔，那裏來的賊人，破曉而行。快説真情，放你過去。〔楊泰白〕俺乃掃唐大元帥楊令公長子，楊泰是也。奉父命到京求救，你們是何等樣人，輒敢在大路擋道？〔家將白〕擋道擋道，今朝悔氣生前造。快快獻出金共銀，免得爺爺動囉唣。〔楊泰白〕咗，〔唱〕

【掛玉鈎】恁逞著，怒臂螳螂遇軔耕，休得犯，喪門吊客瞋鞶性。莫非是，匄乞奴民腹餒求羹，敢則是，偷兒剪徑稱豪橫。〔家將、家丁虛白。楊泰怒科，白〕咗，〔唱〕恁若是逞愚蠢，管教伊命兒傾。〔作對科。家丁等敗下，楊泰等追下。家丁、手下、家將、楊泰上，對敵。楊泰作殺死三家將、四家丁，一家將逃下。楊泰白〕你看這些强徒，俱已潛逃殺戮。曠野無人，天將大曉，不免加鞭就路也。〔唱〕（衆對攢，下。單對：趙榮 靳保 上對下，孫喜壽 賈得禄 上對下，勒夫 任喜禄 上對下，李三德 彭玉安 上對下，楊泰 四家丁 上對下。四家將、四手下八人上，對攢，手下下。續楊泰上對四家將，續四家丁上對。又續四手下上對，家丁、家將敗下。楊泰等回白，唱【尾聲】下。）

【煞尾】終曉俺，楊家虎將勇强勍，不比那，清風護駕美黨名。今日裏，徒斬衆强人，烈烈威風盛，騎逐連貫揚平。〔同下〕

第二齣　議救東床

〔扮堂侯引孫乾相上，唱〕

【引】可哂迂人稱力動，廈將頹一木難擎。〔白〕下官，孫乾相。可笑宋萬，不度德，不量力，不識天時，不知人事，苦苦要與宋主爭衡，以致兵戈擾攘，軍民塗炭。昨又上本，奏請要討一員副帥、一員先鋒，挑兵急赴臨淮關，保守鐵旗陣。吾主看本後即傳諭，合朝不論男女，有智勇超群者，爲副帥；次者，爲先鋒。那陸應魁自道勇猛無雙，要做副帥。下官又暗保金鎗秦氏爲帥。這是我用了個相爭之計，好待楊家父子早早成功便了。〔扮門官引差官上，白〕馳驛邊關報，先投宰相衙。〔門官白〕住着，啟相爺，宋元帥差人要見。〔孫乾相白〕引他進來。〔門官白〕隨我進見。〔差官白〕相爺在上，差官叩見。〔孫乾相白〕起來。到此何事？〔差官白〕有奏章一道，求相爺轉達。有一對密信，相爺開看。〔孫乾相白〕取書來。我看，書啟孫老丞相：「閣下台覽，軍事冗忙，套言不敘。有奏章一道，爲擒得刼營宋將一名，係楊令公之子楊順。」〔作呆科，白〕嗄。〔作顧差官，改容科，白〕好嗄。「乞老丞相先行遞奏，其要犯命姚雷、章彪隨後解京，請旨發落。特啟。」差官過來。你速回覆命，說此本我即日遞奏，去罷。

〔差官白〕領鈞旨。〔門官引差官下。孫乾相白〕阿呀，唬死我也。〔唱〕

【貓兒趕畫眉】淋淋冷汗，心急手如冰。有分前因無後成，撫胸轉輾悶縈。〔白〕阿呀，且住。我當日與楊令公分手之時，曾將我幼女玉英許配他義子楊順爲妻。後來他歸宋室，我仕南唐，未了此事。如今楊順被擒，必須設個法兒救他纔好。唔，想個什麼計較呢？唔嗳。〔唱〕怦怦，奇謀巧計無由定，阿呀，怎救他出死入生？〔白〕這便怎麼處？回避。〔堂侯下。白〕不免喚女兒出來，與她商議看是如何。我兒那裏？〔扮玉英上，白〕倦來拋繡線，釋悶舞霜鋒。爹爹萬福，呼喚孩兒有何吩咐？〔孫乾相白〕阿呀我兒，不好了。那楊令公之子楊順被宋萬擒獲，不日就要解到朝中來了，這便怎麼處？〔玉英白〕那個什麼楊順？〔孫乾相白〕嗄，就是我向日對你說過，將你許配與他的八郎楊順，你難道忘了？〔玉英白〕嗄，八郎被宋萬擒獲，不日就要解到朝中來了。阿呀，這便怎麼處。爹爹，此事如何處分？〔孫乾相白〕因我無計可施，故喚你出來商議，你須想個計較纔好。〔玉英白〕阿呀，罷，拚我一死，刼取法場便了。〔孫乾相白〕我兒，你要刼取法場，不如悄悄刼取囚車。〔玉英白〕吓兆，吓兆。待孩兒與明霞假扮出城，迎至中途，用計刼奪囚車，將八郎隱進城來，藏匿府中。直待宋兵到時，用計立功。此爲萬全之策也。〔孫乾相白〕就是這樣。我向日收留一個壯士，名喚成搏虎，現在看守後花園。此人義勇非常，他必能爲你出力。我今上朝，先辨副帥一事去了，你們須要小心行事。〔下。玉英白〕爹爹上朝去了，不免喚明霞與成搏虎，商議便了。正是：只因一着許，惹起萬千愁。〔下〕

第三齣　激諄俠士

〔浄扮成搏虎上白〕自小豪强俠氣高，英雄埋没在蓬蒿。他年若遂男兒志，奮翮圖南九萬遥。俺成搏虎，乃山西人氏。從幼學劍掄鎗，慣習武藝。自來到金陵地界，一日遊戲城市上，忽遇了些無賴潑皮，逞兇鬭狠。俺一時不平，打傷人命。多虧孫乾相相救，將我藏匿在他府中，就着我看守後花園。我想，此恩何日得報？且休閑講，不免打掃路徑一番。正是：長思圖報効，莫學負心人。〔明霞内應聲。成搏虎白〕呀，那邊有位小娘子來了，不免快躲避一傍者。〔下。明霞上白〕前面是他，待我唤他轉來。嗄，成搏虎快轉來。〔成搏虎内白〕花園人静，俺不便轉去。〔明霞白〕有緊急大事，特來唤你。〔成搏虎上白〕如此，來也。嗄，小娘子有甚緊急事？快些講來。〔明霞白〕你且隨我到眺望樓下，吩咐你這裏來。住着。小姐有請。〔玉英上白〕怎麽説？〔明霞白〕成搏虎唤到了。〔玉英白〕着他在樓下相見，待我囑咐他。〔明霞白〕是嗄，成搏虎，俺小姐唤。〔成搏虎應介。白〕小姐有何事吩咐？〔玉英白〕如今老相公有一緊要事用着你，不知你可敢前去？〔成搏虎白〕嗄，任憑上天入地，俺成搏虎决不推辭。〔玉英白〕這等，你且聽我道來。〔成搏虎應介。玉英唱〕

【紅衲襖】只爲那，舊結盟情義周，今有那，令公兒遭掣肘。被擒解送來京驟，欲救其生心自憂。〔白〕老相公與楊令公，曾有八拜之交。不想他八子楊順，在汜水關刼營被擒，早晚解到。倘若到時，就難相救了。因此着你前來商議，前去救他。〔唱〕遇途中相機謀，救他行身離羑。只想力弱難支，惹禍非輕也，你若是，果擔當敢作猷。〔成搏虎白〕呀，〔唱〕

【又一體】聞言道，視吾曹懊怯佯，這事兒，如反掌當自籌。〔白〕俺成搏虎，若無恩相垂救，此身早棄於世矣。這些須小事，何足道哉。待俺即刻前去，迎至途中，殺却解人，救取公子到府，可不是好。〔玉英、明霞同白〕此事非同小可，豈可眇視。倘事有不諧，必然禍及相府。還該思量個萬全之策，方爲上計。〔成搏虎白〕小姐，但請放心，俺自有隨機應變。〔唱〕俺喬裝改扮行商貿，左右巡看我自綢。〔玉英白〕他那裏解送軍人自然不少，但你寡不敵衆，倘有所虞，誰來救援與你？〔成搏虎白〕休只管小覷俺成搏虎。〔唱〕俺戰千軍如戲猴，展生平英俊有。〔明霞白〕嗄，小姐，明霞倒有一計在此。〔玉英白〕你有何計？〔明霞白〕我想此事若要中途刼取，自然必動干戈。猶恐驚動沿路護送官兵，金陵必然擾動，成敗難保。〔玉英、成搏虎白〕依你之計如何？〔明霞白〕若依我之計，成搏虎此去，假扮賣酒行商，暗放蒙汗藥酒，迎向中途，曠野之間，等待護軍人到來，你可慇懃勸飲。那時，將他們一齊麻倒，悄悄刼取楊公子回來，豈不省事麼？〔唱〕計出暗裏藏鋒，可也免動干戈也。〔玉英、成搏虎白〕此計甚妙。〔同唱〕那曉得，飲瓊漿，巧計謀。〔成搏虎白〕俺就此去也。〔玉英白〕付你碎銀幾兩，以作治貨之費，須要小心行事。〔成搏虎白〕俺囊中自有，我去也。〔下。玉英白〕你看他飛奔而去。吓，明霞，我想成搏虎雖然慷慨前行，到底獨力難支。我和你改裝，竟出東門外。只説射獵前去，聽其動静。倘有不測，也好接應。你道如何？〔明霞白〕正是如此。〔玉英白〕你我速到房中收拾，前去者。〔明霞應介。玉英白〕正是：作事須防後，諸凡事竟優。〔同下〕

第四齣　巧劫囚車

〔扮成摶虎上，唱〕

【端正好】俺英雄，期於信，報深恩重義輕身。烈轟轟建立功名雋，愧比那魚腸隱。〔白〕俺成摶虎，感孫相知遇之恩，故此捨身伏義，要劫取囚車，搭救楊公子。俺連夜趕到這棲霞嶺，打聽得此處雖然荒僻，仍是一條要路。路傍有這所古廟，樹木叢雜，林風颯爽。俺在這山門前設下梅湯美酒，暗放麻藥，專等解官到來，方好行事。〔扮家丁暗上，虛白。成摶虎白〕夥計，我們擺設起來。〔作擺科，唱〕

【滚繡球】假惺惺，獻著勤，笑盈盈，梅湯進，做一個小經營。意僞裝，真巧言，闇令色相親。暗藏著雪霜般利刃，將他們斫盡，救楊門英俊。爲了孫衙祖腹人，當報東君知遇恩，義盡人倫。〔扮和尚瘸腿上，白〕一座破廟一個僧，一個僧人腿一根。吠，你這個人好没理。山有山神，廟有廟主。你這兒賣酒，不告訴我一聲，香金也不給。搬開罷。〔成摶虎白〕等我賣完了，一總謝你。〔和尚白〕不能給我，快走。〔成摶虎白〕出家人慈悲方便爲本。〔和尚白〕呸，净慈悲方便，我和尚喝西風麽？ 搬開。不然，我打碎你的傢伙。〔成摶虎白〕師傅不要如此，我有銀子在此。〔和尚白〕銀子拏來。〔成摶虎白〕有有有。

〔作背科，白〕這禿驢好可惡，留他也礙眼。有了。師傅，先敬你幾碗酒，再送銀子如何？〔和尚白〕怎麼好説吃酒呢，擾你幾碗酸梅湯。〔成搏虎白〕來來來，請用。〔和尚白〕取來。〔家丁送酒科。成搏虎白〕先將他試一試。可要吃了？〔和尚白〕怎麼説可要吃？這樣便宜東西，還要吃呢。〔成搏虎白〕再吃一碗。〔和尚白〕一碗止少，還得十碗。阿呀，醉了。〔作跌倒科。家丁白〕哈哈，問你可要吃便宜東西了？〔成搏虎白〕這兩大碗葯酒吃下去，一晝夜不能醒。殺他無益，將他丢在後院，去把他僧衣、僧帽剥下來，我就扮作本廟僧人，已釋解官之疑。好計。把他抬到後面去，改扮便了。〔作抬和尚下。軍校、軍士、姚雷、章彪押楊順上，車夫推囚車上，同唱〕

【叨叨令】夏日皎似火，焚也那苦薰，盼不見鳴泉澗解渴湯，走不至長亭短亭，望松林忙忙進。〔軍士白〕二位將軍，我們軍士渴燥難禁。那樹林内有所古廟，尋些凉水解渴。〔姚雷白〕一樣趕路，獨你們軍士這等口渴。〔軍士白〕將軍有馬，那知我們步行的苦吓。〔成搏虎、家丁内白〕吃酒、吃梅湯的，這裏來吓。〔章彪白〕那邊古廟前有賣酒的，容他們解渴再行。〔姚雷白〕使得，快走。〔衆同唱〕聽説罷，欣欣就遵。望林中酒旗近，疾疾去沽美酒飲，個個兒歡聲振。〔成搏虎上，白〕列位將爺們，這裏林風氣爽，何不歇息片時，照顧些梅湯凉酒？〔章彪白〕使得，使得。大家下了馬。〔衆作下馬科，白〕好凉快吓。〔同唱〕兀的不氣爽人也麽哥，兀的不爽快人也麽哥。〔軍士各擎酒科，白〕二位將軍，先用一碗凉酒。〔章彪白〕使得。〔姚雷白〕哎，讓步行的軍士先吃。〔軍士虚白，飲科。白〕有趣吓。〔唱〕拚得個肚皮甕，也强如乾煎訒。〔成搏虎作取二碗科，白〕二位將軍，上好的梅湯，請用些。〔姚雷白〕不吃。〔成搏虎白〕我這梅湯是清暑益氣的。〔姚雷白〕你送與楊順吃去。〔成搏虎白〕那個楊順？〔姚雷白〕囚車內的犯人。〔成搏虎白〕他，與他凉水吃。〔姚雷白〕什麽緣故？〔成搏虎白〕凉水是不要錢的。待我來，待我來。〔作取凉水科，白〕哪哪哪，碧清的井水，你吃些好。〔楊順作飲科，成搏虎白〕八郎，我是來救你的。〔楊順白〕多謝凉水。〔軍校白〕阿呀，將軍，衆軍士怎麽皆醉倒了？〔姚雷、章彪作看科，白〕阿呀，這是什麽緣故？〔成搏虎作出刀砍車科，白〕快快出來逃命。〔楊順作跳出囚車。姚雷、章彪回看科，白〕阿呀，有了强人刧囚車了，快快拏下。〔軍士隱下。軍校、姚雷、章彪、成搏虎、楊順、家丁渾打科，下。楊順等追姚雷等上，陸續對科，下。扮家丁、家將引明霞、孫玉英男裝上，同唱〕（**楊順跳出囚車。四軍士逃下。八軍校、二家丁、姚雷、章彪、楊順、成搏虎對攢，下。四家丁、四家將引明霞、玉英上，唱【脱布衫】**。）

【脱布衫】假行獵早離東門，追尋來僻路荒村。〔孫玉英白〕我等託言出獵，接應成搏虎。一路來，並無影響，這便怎麽好？〔衆白〕聽前面喧呼高喊，必有緣故。快快迎上去看來。〔孫玉英白〕有理。

〔同唱〕快催騎休辭路道，向前去尋消問信。〔下。楊順上，唱〕

【小梁州】恨不能插翅飛騰似鵰鶚，飛向那霄漢青雯。又無坐騎且孤身，難逃奔，這其間怎支撐？〔成搏虎上，白〕將軍，將軍在那裏？〔楊順白〕在這裏。〔成搏虎白〕咳，一霎時尋不見，只道又被拏去了。〔楊順白〕請問壯士，因何捨身救我？〔成搏虎白〕在下成搏虎，奉孫丞相所差，前來搭救將軍。

〔楊順白〕多感盛情。〔成搏虎白〕呀,他們趕來了。你我拚身奮勇,奪取馬匹器械,殺退他們便了。〔姚雷、章彪、勇士追上,對科。家將、明霞上,接對科,下。章彪追楊順上,戰科。孫玉英暗上,望科,白〕看箭。〔作射死章彪科。楊順白〕好了,有了馬了。〔作上馬科。姚雷上,白〕那裏走?〔戰科。玉英助戰科,下。成搏虎、家將、明霞追軍校等上,戰。玉英、楊順追姚雷上,合戰。軍校逃敗。成搏虎作斬姚雷科。玉英、明霞、成搏虎白〕公子受驚了。〔楊順白〕多蒙相救。成兄,此二位是誰?不知因何救我?〔成搏虎白〕此時不便明言。趁此天色昏黑,快快趕進城去要緊。〔同白〕有理。〔同唱〕(姚雷、章彪上對。續二家丁上對。續明霞、玉英上對。四家丁、四家將上,抄手。楊順、搏虎、明霞、玉英追姚雷、章彪下。楊貴、姚雷上對。玉英上,接對,同下。成搏虎、章彪上對。明霞上,接對,同下。單對:趙榮 孫喜上對下,勒夫 趙德對下。章彪、楊順上對。玉英暗上,作射死章彪。楊順白,作上馬。姚雷上對。玉英下。高接對,下。三人連環:任喜祿 靳保高進忠,彭玉安 輝四喜孫進安,楊玉昇 賈得祿邊得奎,張得安 張春和張得祿。玉英 明霞 小王喜 劉保對下。搏虎 楊順姚雷上對,搏虎作斬姚雷。六家丁趙榮 勒夫 任喜祿 靳保 彭玉安 輝四喜、四家將楊玉昇 賈得祿 張得安 張春和上,抄手。玉英 明霞上,衆番回。白完,唱【尚秀才】。)

【尚秀才】都則是因親救親,早則是前因遇因,俠義奇男不顧身。俺謀成不謀敗,您言假莫言真,〔成搏虎白〕進城時呵,〔唱〕要密還要隱。〔場上設金陵東門。軍上,作關城科。成搏虎白〕(設城門。軍上。)

呔，休要掩門，公子出獵回來了。〔門軍白〕那一位公子？〔成搏虎白〕孫丞相的公子。〔門軍白〕丞相爺的公子。快些開門，開門。〔玉英、楊順等進城科，下。一門軍白〕夥計，放是放進去了，孫丞相家有公子麼？〔一門軍白〕我知道麼？放都放進去了，還問什麼呢。關門罷。〔作關城科，下〕

第五齣　嫉債爭雄

〔陸應魁内白〕衆將官，各歸隊伍候令，二驍將隨俺入朝。〔衆内白〕得令。〔扮牛大力、熊巨猛引陸應魁上，唱〕

【水底魚兒】天下豪俠，威名四海誇。銅人擊下，鐵關也震塌。氣吹片瓦，力可把山拔。再生楚霸，也難取勝咱，也難取勝咱。〔白〕俺乃佐國大將軍陸應魁是也，奉旨出鎮鳳陽，兄弟出鎮宿州。近聞他失地受害，此仇未報。今爲宋元帥差人奏本，請授副帥先鋒提兵協助。昨日見駕之後，命俺教場挑選精兵五千。復又傳旨，合朝武臣，不論男女，只要巨勇超群者，爲帥；次者，爲先鋒。俺想在朝武將，誰還勇過於我？這帥印穩穩到手。精兵今已挑得，不免入朝覆旨。帶馬。〔牛大力白〕請大將軍上馬。〔陸應魁唱〕

【江神子】雄風自可誇，遍江南孰似吾家。慵材慢要嗑牙，大將軍佐國職應加，當副任元戎印挂。〔白〕已到朝门，待俺下了馬。〔作下馬科，白〕隨俺到朝房中去。〔孫乾相上，白〕神凝機謀就，唇動巧計成。大將軍。〔陸應魁白〕老丞相，早在此了。你二人過來參見了。〔牛大力、熊巨猛白〕是。小將牛大力、熊巨猛，叩見相爺。〔孫乾相白〕嘎，這二位是那裏來的？ 下官不認得。〔陸應魁白〕小將挑兵選將，在那陸營隊裏選出來兩員勇將。 一名牛大力，一名熊巨猛，力大無窮的勇將。〔孫乾相白〕看他二人，面貌身材十分兇勇，不知有何伎倆？〔陸應魁白〕不用論伎倆，但舉得起俺這一對銅人者，就有無敵之勇。 俺做了副帥，他二人就是先鋒了。〔孫乾相冷笑科，白〕這也難定。 如今現有人要與你争奪帥印哩。〔陸應魁白〕住了。 那個敢奪俺的帥印？ 講講。〔孫乾相白〕此人就是宋元帥的夫人，金鎗秦氏。〔陸應魁白〕吓，那秦氏一個女流，有多大本領，擅敢奪取帥印。〔唱〕

【江頭送別】聽説罷，聽説罷，倚强恃霸。 衝衝怒怒，氣憤指髮。〔孫乾相白〕他的本事利害，讓了他，你做個先鋒罷。〔陸應魁白〕阿呀，氣死我也！ 俺頂天立地的好漢，怎肯受他驅使。〔唱〕含牙戴髮男兒漢，憑釵荆法律而轄。〔孫乾相白〕快快住口，秦夫人也該來了。〔扮黄蛟、黄螭引秦氏上，白〕爲掛黄金印，來朝白玉階。〔黄蛟白〕秦夫人到。〔孫乾相白〕秦夫人。〔秦氏白〕老丞相。〔孫乾相白〕阿喲，這兩個又來得利害。〔陸應魁白〕這就是秦夫人？ 你來何事？〔秦氏白〕奉旨來掛印。〔陸應魁白〕嘎，你掛帥印？ 那個挂先鋒印？〔秦氏白〕新收二將黄蛟、黄螭，俱有力敵萬人之勇，堪掛先鋒印信。〔陸應魁白〕阿呀，氣死我也！ 待我覆旨後，再與你講。 你二人隨去見駕。〔下。 秦氏白〕這是什麽意思？ 這等氣質對我。〔孫乾相白〕豈有此理！ 他聞説吾主要授夫人爲帥，他不服，要奪帥印。〔秦氏白〕他敢如此無理？〔孫乾相白〕老夫勸他，他説……〔秦氏白〕爲何欲言又止？〔孫乾相白〕他説，頂天立地的好

漢，怎肯受無知老嫗的驅使。〔秦氏白〕阿呀，氣死我也！〔唱〕

【鏵鍬兒】甚匹夫膽大，怎便敢争權不法。輕視我無知老嫗，愧遵吾轄。他忒狂忒妄何忒霸，我心頭怒發。〔孫乾相白〕秦夫人不必動怒，有個方法教你。他所仗者，新收二將，如虎添翼，故爾發狂，便想争奪帥印。夫人竟去面奏，明日教場與他們較武奪印。夫人先除他兩將，再勝應魁。夫人爲帥，他二人可爲先鋒矣。〔秦氏白〕這話説的極是。待俺帶他二人面奏去。〔唱〕見主駕，求主家，向教場比較，顯個疆場戰法。〔白〕二將隨我見駕。〔作走科。牛大力、熊巨猛隨陸應魁上，作對面科。陸應魁白〕秦夫人那裏去？〔秦氏白〕匹夫讓路。〔下。陸應魁白〕好氣質嘎。老丞相，秦氏往那裏去？〔孫乾相白〕他麽，不容你做副帥，如今進朝面奏，明日要與你們在教場併個你死我活，奪取帥印。大將軍，秦氏利害嘎，你須仔細嘎。〔陸應魁白〕他要與俺决個死活，好大膽的秦氏。〔唱〕

【引軍旗】他敢言較勝，將人笑傻，弱質婦娘家，不禁咱銅人輕打一下。〔孫乾相白〕不必動怒。他所仗者，新收二將，如虎添翼，故爾發狂。明日教場與他較武奪印，先除他兩將，再勝秦氏。你做元帥，他二人可以做先鋒了。〔陸應魁白〕還求老丞相奏明唐主，比武之時，舉手無情。倘忽有傷性命，吾主不要見罪。〔孫乾相白〕這個，待老夫替你們奏明去。〔作笑科，下。陸應魁白〕二位將軍，明日的教場就與疆場一般，你二人要竭力相持。〔唱〕二人休當真和假，不須相讓留情面，休頽好漢聲價。〔牛大力、熊巨猛白〕功名富貴，誰肯相讓。不把秦氏戰敗，不爲好漢。〔陸應魁白〕好有志氣。〔秦氏等隨孫乾相上。白〕唐主有旨。〔陸應魁等、秦氏等跪科。孫乾相白〕明日武場，大王親閲。傳諭：合朝大將比武，要選智勇超群者爲帥，次者爲先鋒。旗桿上懸副帥、先鋒印各一顆，準其併力奪印，不許相讓。欽此。〔衆白〕千歲。〔秦氏白〕回府。〔黄蛟、黄螭隨下。孫乾相白〕老夫先傳諭去。請了。〔下。陸應魁白〕哈哈，俺明日里呵，〔唱〕銅人雙舉顯威揚，誰敢與咱較勝强。帥印高懸准我奪，呔，秦氏吓，秦氏吓，武場教你命先戕。帶馬。〔衆下〕

第六齣　武場奪帥

〔場上設將臺，左右設帳幔桌。扮四護印、護衛將軍，捧印二顆上，白〕手捧黄金印，身承丹鳳音。我等唐主駕前護衛將軍是也。適纔護從到教場，吾主現在便殿少坐。先將副帥、先鋒二印懸掛將臺左右，命我等護守。俟諸將士齊集，然後大王陞將臺，試觀武臣將士比武奪印。我等先將金印兩邊懸掛起來。〔作掛印科，同白〕呀，你看四面繡旗佈列，兩邊金印高懸。戈矛簇簇，將士紛紛，這武場中好威嚴氣概也。正是：智勇英雄能超等，武場奪得虎符懸。〔下。扮八勇士、八健軍、牛大力、熊巨猛引陸應魁背銅人上，唱〕

【粉蝶兒】保固金湯，竭臣力保固金湯，俺不爲虎符懸虛誇官樣。〔白〕俺今得了帥印呵，〔唱〕統貔貅復地恢疆，好待俺報弟仇雪國恥，方不虛登壇拜將。則看俺定國安邦，做一個拒宋的南唐屏障。〔衆白〕已到武場。〔陸應魁下馬科，白〕肅恭候令。〔衆應，同下。八健將、八女將、黄蛟、黄螭引秦氏上，唱〕

【好事近】氣概不尋常，一派威儀倜儻。鉛華不染，無些仕女行藏。看盔明甲亮，顯英雄穩坐雕鞍上。掛龍泉三尺青鋒，秉蛇矛丈八金鎗。〔勇士、健軍、牛大力、熊巨猛引陸應魁上。陸應魁白〕秦夫人，你今日果要與俺比武奪印麼？〔秦氏白〕果要與你比武奪印。〔陸應魁白〕俺有一言奉勸。〔秦氏白〕請講。〔陸應魁白〕聽者。〔唱〕

【石榴花】恁只好，拈針理線刺鴛鴦，那裏會，舞劍與掄鎗。則悄得調硃弄粉，疊被鋪床，何能搴旂來，斬將定國與安邦。〔秦氏白〕住口。俺秦氏夫人，今番定要掛印提兵，名標青史。〔陸應魁白〕哈哈哈，笑話，笑話。依我講來，〔唱〕只好鏡臺上畫娥眉，畫功臣那有嬋娟像，標不到淩烟閣上。〔白〕俺陸應魁，今日呵，〔唱〕不容你奪印争强，女巾幗拜不得壇臺將，休得要出醜在當場。〔秦氏白〕咦，你這行間武弁，敢藐視兵部大司戎的誥命麼？〔唱〕

【好事近】行間武弁好猖狂，何敢目藐尊行。俺胸羅星斗，六韜三略深謀，勇而且智，付元戎印信應吾掌。你無非村僻傭夫，俺跟前較短論長。〔陸應魁白〕噯，此刻口説無憑，少時做出便見。〔秦氏白〕少時教你知我利害，教他知我仙傳支，較武吾當金印懸。〔各分下。四大將内白〕衆將肅靜，大王陞座也。〔四大將、八羽林軍、四護衛、孫乾相引李衮上，白〕端冕垂裳登將臺，兩階蹌蹌列英才。試觀誰奪虎符印，勇冠三軍四海魁。〔内奏樂，作登將臺科。白〕丞相傳旨。臺左挂者元帥印，臺右挂者先鋒印。武場上大小將士，先比勇力，後較戰法。如疆場賭鬪，毋得相讓。不論將卒，只取勇武超群者，即授副帥印，次者即授先鋒印，不用命者，按軍法示衆。〔孫乾相應科，白〕大王有旨，臺左挂者元帥印，臺右挂者先鋒印。武場大小將士，先比勇力，後較戰法。如疆場賭鬪，毋得相讓。不論將卒，只取勇武超群者，即授副帥印，次者即授先鋒印。不用命者，按軍法示衆。〔秦氏等、陸應魁等上，白〕領旨。〔陸應魁白〕臣啓大王，要比勇，即以銅人爲驗。有人雙手齊舉銅人者，便算勇力。〔李袞白〕依卿所奏。〔陸應魁白〕千歲。呔，武場上衆英雄，誰敢舉起俺的銅人來吓？〔大將白〕我來領教領教這一對銅人有多大分量。〔陸應魁白〕一個二百斤。〔一大將白〕不要緊，不要緊，一對纔四百斤，那三百六十斤的技勇石我常耍著頑，這算了事了，舉給你看。〔作雙手抱一銅人，白〕抱、抱了，把哺了。〔秦氏白〕放下。〔一大將發諢科，白〕你媽來了。〔秦氏白〕胡説，放下，待我舉與你看。〔陸應魁白〕你休想。〔唱〕

【鬪鵪鶉】嬌滴滴弱質娉婷，嬌滴滴弱質娉婷，舞翩翩細腰難强。〔秦氏白〕你定睛看者。〔作舉起雙銅人科。陸應魁白〕呀，〔唱〕眼睁睁雙舉銅人，眼睁睁雙舉銅人，過頂的高擎在掌。〔秦氏作耍銅人畢，放下。李袞白〕妙嗄，秦夫人真乃神力也。〔陸應魁白〕還有誰人敢舉銅人？〔一大將白〕俺周將軍能舉。〔一大將白〕俺吴將軍能舉。〔二大將虚白，争科。陸應魁白〕哎，只賭勇力，誰問你的姓名。〔唱〕管什麼周鄭吴錢趙李張，只要你武藝賣當場。〔一大將白〕不錯，武藝賣當場。〔一大將白〕你不能，讓我。〔一大將白〕你獻不起，讓我。〔一大將白〕不讓。〔一大將白〕阿喲，你竟當場不讓父。〔作掌嘴科。一大將白〕怎麼，你認真打我。〔一大將白〕這是下聯：舉手難容情。看著罷。〔一大將白〕看你舉不動。〔一大將作用力舉科。陸應魁白〕快舉。〔一大將白〕阿呀。〔作壓倒科。陸應魁笑科，唱〕早已的壓倒塵埃，早已的壓倒塵埃，忙爬起赧容羞狀。〔作雙手舉雙銅人科。衆作歸班。李袞白〕果然勇冠三軍之力也。〔陸應魁白〕大王，臣既力冠三軍，應當授取帥印了。〔作取帥印科。秦氏白〕住手。誰敢奪俺帥印？〔陸應魁白〕大王説俺勇冠三軍，應授帥印。〔秦氏白〕粗坌之力，何足道哉。〔李衮白〕傳旨：衆將士，再步戰取勝超群者，取印。〔衆白〕領旨。〔秦氏白〕陸應魁，俺與你單鞭步戰。勝得俺，就讓你做元帥。〔陸應魁白〕就是這樣。〔作取鞭對科。平手。陸應魁白〕好利害。籐牌手擒來。〔秦氏白〕女將長鎗破者。〔勇士、女將對科，下。秦氏白〕雙刀手出戰。〔陸應魁白〕長鎗手破者。〔健勇、健軍、女將、勇士對，下。秦氏、陸應魁對科，陸應魁作敗式科，白〕好利害刀法。〔牛大力上，望科，白〕將軍閃開，俺來擒他。〔對科。秦氏白〕看刀。〔戰科。作砍傷左腿，敗下。〕陸應魁白〕你敢傷俺大將，俺來擒你。〔戰科。黄蛟上，白〕夫人閃開。〔戰科。陸應魁白〕看刀。〔作砍傷黄蛟左臂科，敗下。秦氏白〕陸應魁，你擅敢傷俺大將。〔陸應魁白〕比武較勝，誰肯容情。就是你，也須招架。〔秦氏白〕咗，大膽。〔唱〕〔秦氏 陸應魁 對鞭擺式，架住，白完。分站高。籐牌下場門上，長鎗上場門上。

單對：張春和 張長保 對下，楊玉昇 張 住 對下，彭玉安 田進壽 對下，大馮文玉 何 套 住 對下。四勇士 四女將 八人對攢，下。陸應魁 秦 氏 對完，白完，仍站高。二對二，雙刀上場門上，長鎗下場門上：趙瑩 孫喜 平喜 靳保 對下，張得安 趙 德 劉雙喜 孫喜壽 對下，邊得奎 勒 夫 小王喜 喬榮壽 對下，任喜禄 高進忠 袁慶喜 藍廷喜 對下。牛大力 黄 蛟 對下，熊巨猛 黄 螭 對下，秦 氏 陸應魁 對下。八人單連環：劉德、張春和，吕遠亭、楊玉昇，田進壽、馮文玉，何套住、盧恒貴，對下。陸應魁、秦氏上對大刀，白。牛大力暗上，白完。

應魁不下。牛大力 秦氏 對，作砍腿下。應魁白完，對。黃蛟上，白完，對。秦氏不下。應魁作砍黃蛟，下。

秦氏白完，唱【千秋歲】。①）

【千秋歲】蠢螳螂，怒臂當車樣，一點點微力誇强。輪碾爲塵，輪碾爲塵，纔醒得暴剛强，難言雄壯。〔陸應魁白〕看刀。〔李衮白〕住了，傳旨馬戰。〔孫乾相白〕傳旨馬戰。〔陸應魁白〕馬戰，俺的銅人利害。〔秦氏白〕俺的金鎗也不弱於你。〔唱〕威名重，金鎗將，高低見，武場上。驟馬横衝撞，三回五合，教你措手張慌。〔陸應魁同白〕帶馬。〔分下。女將、健軍、勇士、健勇上戰科，下。陸應魁持銅人上，白〕誰敢來比個高下？〔唱〕（**熊巨猛** 張長保 李福 張住 姚長泰 **上對下。黃螭** 彭玉安 賈得禄 張得禄 輝四喜 **對下。陸應魁持銅人上，唱。**）

【上小樓】氣昂昂蓋世英，雄糾糾虎威張，威凜凜舉着銅人，威凜凜舉着銅人，叱咤吆喝，誰敢攔當。〔黃螭上，白〕呔，陸應魁，黃螭替兄報仇來也。〔陸應魁白〕來得正好，放馬過來。〔對科。陸應魁白〕照打。〔作打傷黃螭，下。陸應魁白〕（**黃螭上，白完，對。作打黃螭，下。**）哈哈，纔得輕輕一下，這厮抱鞍嘔血而逃了。呔，還有誰敢來比試？哈哈。〔唱〕一個個急急奔奔，一個個急急奔奔，落花流水紛紛輕漾，有誰來馬前相向。〔秦氏持金鎗上，白〕陸應魁，待俺擒你下馬。〔陸應魁白〕你想擒俺下馬，尚早。〔秦氏白〕

---

① 唱：底本無，據意補。

看鎗。〔對科，下。女將、勇士、健勇、健軍戰下。陸應魁上，白〕秦氏果然鎗法精通，難以取勝。待俺將他打下馬來便了。〔秦氏上，對科。陸應魁白〕照打。〔秦氏作閃打，陸應魁墜馬仆地科。女將、健軍暗上。李衮白〕

〔應魁唱完。秦氏上，白完，對下。一對二：任喜禄 喬榮壽 藍廷喜 對下，邊得奎 平喜 張喜壽 對下，勒夫 劉雙喜 小王喜 對下，高進忠 賈得禄 彭玉安 對下。熊巨猛上對四健勇，健勇下。秦氏上，接對，刺死熊巨猛，下。應魁上，白完。秦氏上對，應魁墜馬。八女將、八健勇暗上。李衮白。〕秦夫人實乃勇而且智，即授帥印。〔秦氏白〕請帥印過來。〔陸應魁白〕住了，住了。嗄，大王，臣不曾輸。〔李衮白〕不曾輸，爲何跌下馬來？〔陸應魁白〕這個麽……咳，是馬失足，非臣之過。〔李衮笑科。秦氏白〕你不服麽？〔陸應魁白〕不服。這是失足，如何算你擒下馬來？〔秦氏白〕匹夫莫説擒你下馬，要取你性命亦在頃刻。要留你在我帳下做個先鋒。俺今百步之外，用袖箭射落你盔上簪纓，教你心服口服。站遠些。〔陸應魁白〕不信你有這樣武藝。〔秦氏白〕看了。〔唱〕

【紅繡鞋】神術妙技非常，非常。袖中暗箭飛蝗，飛蝗。百發中豈虚張，射簪纓似穿楊，顯威武萬人場。〔白〕看箭。〔陸應魁白〕阿呀，阿呀！〔作低頭摘簪纓，出袖箭看科，白〕好利害，果把簪纓射落，要取我性命何難。〔秦氏白〕可還不服麽？〔陸應魁白〕敬服，敬服。〔李衮白〕秦夫人聽旨。〔秦氏白〕千歲。〔李衮白〕即授卿爲水陸兵馬副元帥，協贊伊夫成功。陞賞陸應魁請帥印，遞與秦夫人。〔陸應魁白〕

是。〔作取印交付科，白〕元帥授印。〔秦氏白〕千歲。〔唱〕

【十二月】笑吟吟元戎印掌，喜孜孜拜謝吾王。千歲。〔李衮白〕陸應魁授爲行營總先鋒，取印信與他。〔一大將白〕領旨。〔取印信交付科，白〕先鋒授印。〔陸應魁白〕咳。〔唱〕勇男兒受制婦人，不由的愧赧慚惶。千歲。〔李衮白〕二卿點齊人馬，明日起兵。〔秦氏、陸應魁白〕領旨。〔李衮白〕回宫。〔衆白〕領旨。〔同唱〕

【尾聲】稱爲巾幗英雄將，智勇兼全非自獎，名冠群英姓字香。〔下〕

第七段

第一齣　楊景借兵

（扮四僂儸、頭目引耿亮上，唱）（冲場車。）

【四邊静】生來心性多强暴，遠近聞名號。斬將似探囊，搴旗如拾草。威風衒耀，鎗刀精妙，嘯聚占山岡，截路勝虎豹。（白）俺乃飛雲嶺三大王耿亮是也。哥哥耿忠，與段鐵牛結義聚党，占住飛雲嶺，威名驚佈，斷絶行商。近來山寨糧草缺用，俺弟兄們思想要到禪州去刼掠柴王府，只是要尋個機會纔好。爲此，差細作到禪州打聽去了，且待回來再作計議。俺今下山巡哨，若遇行商，刼奪些資財，也是好的。僂儸，抬鎗帶馬。（作上馬，白）出入山魑避，巡邏野獸驚。（下。場上設大山子。扮八健勇各帶器械，引楊景上，唱）（上□跳舞。① 元尾冲。）

① □：底本漫漶不清。

【粉孩兒】層層的障烟籠雲縹緲，望高峰峻壑，樹叢林繞。軍情緊急敢遊遨，任山光水色餘饒。坐征鞍過目稍觀，心懷裏趲貪途道。（白）俺楊景，奉父命，憑千歲爺手書，向柴王處借兵。指望早到禪州，誰知卧病旅邸，是以躭誤旬日。聞説過了這座山口，便是禪州，只得催馬趲行前去。呀，好座高山也。（唱）（慢元領下。）

【紅芍藥】高聳聳峯插青霄，横空亘幾許迢遥，嶺峻松風響清調。聽琴峽澗，泉聲韻繞，幽幽林鳥鳴自嬌。望重重峭巖雲罩，駿蹄輕金勒嘶烋，應空谷遠傳聲好。（下。僂儸引耿亮上，唱）（頭目暗上高，望下。）（領冲。）

【耍孩兒】村野雖無胥吏擾，却有山中主，遍搜尋村富莊饒。巡邏騎白馬，忙下深山道。要横截路客行商到，故此的親巡哨。（四頭目上，白）大王，大王，小的們在那邊高阜處，望見一簇人馬，必有金銀，特來報知。（耿亮白）在那裏？ 引俺前去。（唱）（領元下。 耿亮等唱【會河陽】完，下。 設松樹、小山。）

【會河陽】聽報分明，簇騎羣曹，穿林過澗莫游遨。鞭敲，促騎忙馳，顯咱猛驍，斷山徑横截道。開言，要買路錢和鈔；回言，便與他粗强暴。（下。 設松樹、小山石。 扮健勇引楊景上，唱）（冲。 健勇引楊景上，唱【縷縷金】完，作坐地科。 衆白「好涼爽」。）

【縷縷金】穿曲徑，路蹊蹺，駿馬難行急，且停山凹。（白）大家下馬，少歇再行。（衆應，作下馬科。

楊景唱〕清泉汲飲解椰瓢，松陰旁古道，古道。〔作坐地科。衆白〕好涼爽。〔耿亮引衆從山後上，白〕呔，何人在此乘涼？〔楊景、衆急上馬科。耿亮白〕快拿買路錢來。〔楊景白〕毛賊輒敢無理？看鎗。〔合對科。健勇、僂儸等對科，下。楊景追耿亮上，對科。楊景白〕哇，何處强徒，敢來侵犯，意欲何爲？〔耿亮白〕俺大王姓耿名亮，飛雲嶺上好漢。你這漢子不留下金銀，休想過此山口。〔楊景白〕哇，强賊聽者。〔唱〕

〔八僂儸、四頭目、耿亮從山子後上，白「何人在此乘涼」。楊景作上馬科。耿亮白完。楊景白「看鎗」。衆對，大攢。楊景、耿亮先下，衆後對下。楊景、耿亮上對。楊景白完。耿亮白完。楊景白完，唱【越恁好】完，對。續四頭目上對。八健勇輝四喜 高進忠等、八僂儸張長保 小王喜等兩場門上，照舊大攢，歸上下排，殺過河。耿亮等敗下。健勇等回，楊景白完，唱後半支完。衆白完。〕

【越恁好】俺囊中無鈔，無鈔，匣兒内有寶刀。不是客中商賈，乃虎帳裏大英豪。〔對科。衆上，合對科。耿亮、僂儸等敗下。楊景白〕哈哈，這些毛賊那裏是俺的敵手。〔唱〕亂紛紛賊消，鬧咳咳賊消，隱藏躲逃，便宜了夥聚的草毛賊盜。〔衆白〕將軍，何不乘勢尋到强人寨穴，剿滅盡了，與這一方百姓除害。〔楊景白〕爾等言雖有理，但我公事匆忙，不便躭擱工夫。待我借兵回來，一鼓成擒便了。〔衆白〕將軍所言極是。〔耿亮内白〕二位哥隨俺來。〔楊景白〕呀，此賊糾衆復仇來也，爾等各奮勇力者。〔衆應科。耿亮、耿忠、段鐵牛、僂儸、頭目衝上，合戰，衆下。楊景白〕强賊報名受戮。〔段鐵牛白〕俺乃大大王段鐵牛是也。〔耿忠白〕俺乃二大王耿忠是也。你這匹夫姓甚名誰，敢恃勇欺俺兄弟。〔楊景白〕俺六將軍的威名，豈爲你毛賊道之？〔段鐵牛白〕吓，他姓六。〔楊景白〕爾等既糾衆前來，吾當一併剿除便了。看鎗。〔對下。僂儸、頭目、健勇、家將上，對下。楊景追耿亮上。楊景白〕毛賊，任你糾合餘党前來，吾豈懼哉！〔耿亮白〕哎，俺也是一條好漢，何用糾合，是他們自己要來的。〔唱〕（內白完。段鐵牛、耿忠、耿亮、八僂儸、四頭目上貫門，後番，衆抄下。楊景、段鐵牛、耿忠、耿亮對，白完，對下。單對：輝四喜 小王喜上對下，高進忠 張長保上對下，任喜祿 劉保上對下，張住 孫喜上對下。楊景、段鐵牛、耿忠上對，鐵牛 耿忠下。耿亮上，接對，白完，唱【紅繡鞋】。）

【紅繡鞋】俺習成武技高超，高超。生來猛力英豪，英豪。能伏虎會擒蛟，深戰敵擅鋒交，鎗尖下你命難逃。〔對科，下。衆上，接續戰，段鐵牛等敗下，楊景等追下。段鐵牛、耿忠、耿亮上。段鐵牛白〕兄弟，這姓六的將軍到有些本事。〔耿忠白〕也不過如此，大家併力，擒他上山便了。〔一頭目上，白〕（唱【紅繡鞋】完，對。續段鐵牛 耿忠四頭目上對，鐵牛等敗下。楊景追下。段鐵牛、耿忠、耿亮引僂儸、頭目上，白「上山便了」。一頭目上，白完，下。）打探禪州信，回報大王知。〔作見科，白〕大王。〔耿忠白〕吓，你去禪州打聽虛實回來了麽？〔頭目白〕是。小的打聽得禪州虛實，柴王命陳琳、柴幹在國門外高搭擂臺一座，不論遠近村民人等，勝得擂臺上大將者，即授都尉之職。三日後，就要開擂了。小的急來報知。〔耿亮白〕好，你先回山養息去。〔頭目下。耿亮白〕妙吓，好機會，我等急急改粧前去。打擂勝了，做官；輸了，乘勢刼奪。這事要緊的，和這匹夫戰些什麼來。〔段鐵牛白〕言之有理。〔楊景追上。耿忠、耿亮等白〕住了，住了，不與你戀戰，饒你去罷。回山。〔引衆下。楊景白〕暫寄驢頭在項，不日必來剿除爾等。趲路。〔唱〕（等。**鐵牛白「言之有理」。楊景等上，白完。段鐵牛等下。楊景等唱【尾聲】下。**）

【慶餘】行程默遇兇强暴，無故尋來一戰鏖，悮我軍情趕路遥。〔下〕

第二齣　柴王立擂

〔文官、内侍引柴王上，唱〕

【點絳唇】仙馭臨凡，留詩玉案，凌霄汗。未解機關，悔不雲裾挽。〔白〕孤家柴王宗訓是也。封篇鄭國，坐鎮東魯。喜得時和歲稔，國富民饒，足可安享昇平之樂。衆卿，前日有位仙師凌空而下。問其來意，爲吾妹姻事。命孤立擂招賢，留詩案上，即便飛身而去，叫人好難測度也。〔文官白〕既是神仙指示，何必測度。竟是立擂招賢，大王選擇如何？〔柴王白〕擂臺雖建，只恐賢材難遂孤家之意。〔文官白〕請大王將仙人詩句賜臣等一觀。〔柴王白〕詩在此。衆卿，細細詳解。〔文官白〕領旨。〔一文官白〕麗昜耀若木，景乃媚春天。尺素紅系代，厚奩足四千。任道安題。大王，這仙家詩句寓意甚深。〔一文官白〕是吓，寓意甚深。臣等愚昧，實不能解。〔柴王白〕卿等博古通今，怎言不解？〔丑文官白〕待臣一句一句的詳解，詳解「麗昜」。〔三文官白〕哈哈，昜也非易也。〔丑文官白〕以羊易之，書上有的。〔三文官白〕吓吓吓，這昜非那羊，看準了。〔丑文官白〕不錯。那羊頭上有兩個犄角的，这昜没有犄角。是了，那是山羊，這是綿羊吓。〔三文官白〕這就是陰陽之陽。〔丑文官白〕吱，我曉得的，聽我詳解。麗易者，麗日也。耀若木者，是日光照在木頭上了，景乃媚春夫。〔柴王白〕吓，天。〔丑文官白〕出了頭，就是天了吓。大王，那日光照在木頭上，好似春天景致吓。大王，這兩句不與婚姻相干吓。〔柴王白〕哈哈。〔丑文官白〕尺素紅系代。〔柴王白〕此句如何解？〔丑文官白〕尺素者，不用暈也。不用暈者，婚姻不成者也。紅系代者，拏來繫袴腿兒也。啊喲，末句利害了，「厚奩足四千」。厚奩者，嫁粧也。足者，脚也。四千吓，啊喲，大王嗄，這親難招。〔柴王白〕爲何？〔丑文官白〕吱，單用四千支脚做嫁粧，豈不臭哉，臭哉。〔柴王白〕哈哈，神仙隱語機諷那能解也。〔唱〕

【六么序】何妨明指姻緣案，怎把機諷隱語打破禪關，連宵悟解廢寢忘餐。染下淋漓仙詞翰。敲彈絕，題燈謎，猜也難。〔文官白〕大王，這樣悶葫芦一時打不破，總是臨期方知也。〔陳琳、柴幹上，白〕較勝知英傑，打擂選賢材。陳琳、柴幹朝見，願大王千歲。〔柴王白〕二卿少禮。〔陳琳、柴幹白〕臣等奉命，國門外高建擂臺已完。又向營中選得超等教授二十名、勇士二百名，保護擂臺，以防不虞。臣二人明日上臺開擂，特來請示。〔柴王白〕二卿聽者。〔唱〕

【後庭花】不惟中武，還要超然絕品顏。虎幕韜畧善，文章獨技擅。這幾般，如然欠一，即當筆删。〔陳琳、柴幹白〕臣二人昨觀仙人詩句，一來大王還當親擇，二者也要符合仙師之意。〔唱〕

【賺煞】這良緣仗神仙，早判定三生案，詩意中紅繫暗拴。今假道精選良才，借觀看擂臺兒，看誰個傾翻。〔柴王白〕合國英雄不少，二卿也要努力争强。〔陳琳、柴幹唱〕主心安，臣忝列鵷班。鎮國英雄東魯屏籓，舊威名非同泛泛。〔柴王白〕明日擂臺上須要加意小心，不可忽畧。〔陳琳、柴幹白〕領旨。〔下。柴王白〕明日裏呵，〔唱〕試英武，先把賢愚分辨，識英傑，還將俊眼仔細看。〔分下〕

第三齣　較武招親

〔八傻儸、四頭目引耿忠、耿亮上，唱〕（六郎帶尺書。）

【水底魚】急下雲岡，打擂耀武揚。官封都尉，富貴任猖狂，猖狂。〔分白〕俺耿忠是也。俺耿亮是也。〔耿亮白〕適纔與大哥計議，命他屯兵外應，俺弟兄前去打擂。若贏了，官授都尉，享受榮華。若輸了，統兵刼奪，取個富貴，豈不美哉。哈哈。〔耿忠白〕兄弟，少間你先上臺去。若贏了，你就做個都尉。若打不過他們，我來幫你。〔耿亮白〕甚好。〔同白〕呔，衆頭目聽者。〔唱〕（宋下。抄。）

【紅繡鞋】擂臺比較刀鎗，〔衆唱〕刀鎗。〔耿忠、耿亮唱〕留心對賽拳棒，〔衆唱〕拳棒。〔耿忠、耿亮唱〕須放膽莫心慌，〔衆唱〕自努力各争强，〔同唱〕肯遺笑萬人場。〔下。楊景上，白〕（同下。）嚴親虎帳凝眸望，兒在長途心自忙。且喜昨日進了禪州，寓中投宿。正在思想無人引我投書，偶聞店主人説，柴王下令，在國門外立擂招選賢才俊傑。今日開擂，我不免到擂臺邊，尋個機會去。正是：不因漁父引，怎得入桃源。〔下。扮一士人、衆買賣人上，白〕走嗄，聞説國門外打擂招賢。今日開擂，軍民百姓擁擁擠擠。我們趕來做一場好買賣，少不得多賺幾百錢哩。〔士人白〕你們爲利，我是爲名。〔衆白〕爲什麼名？〔士人白〕取功名，做都尉。〔一白〕你是要打擂。你是個文人，會什麼本事？〔士人白〕我乃文武全才的好漢，精通的是鞭鐧錘抓。〔一白〕先考考你的文，出付對子你對。聽了。東西南北中。〔士人白〕一二三四五。〔一白〕來得快吓。宫商角徵羽。〔士人白〕五六工尺上。你試試，難不倒我。〔一白〕難不倒你？聽着。木金水火土。〔士人白〕生旦浄末丑。〔衆白〕住了。生旦浄末丑，怎麼對五行？批點批點，我聽。〔士人白〕我要批點出來，很切體。聽了。木乃棟樑之材。生角上場，文質彬彬，不是忠臣，定是君子，所以比木。〔衆白〕好，這個。旦比金呢？〔士人白〕黄金美麗，精彩光華。華華麗麗，不是小姐，定是美人，所以比金。〔一白〕站住。旦分五門，小旦、作旦、貼旦、正旦、老旦，都比金子不成？〔士人白〕旦分五門，金分五色，黄白赤青黑。黄者爲金小旦，白者爲銀正旦，赤者爲銅作旦，青者爲鉛貼旦，黑者爲鐵老旦。〔衆白〕火比浄呢？〔士人白〕火乃無明，爆躁紅黑。浄上場，如一盆火，開口哇呀呀，暴躁如雷，所以比火。〔一白〕站住，站住。我來問你，粉臉大浄唱粉臉戲，難道開口就哇呀呀麼？〔士人白〕吓。〔一白〕也比火麼？〔士人白〕你説粉臉戲不是？〔衆白〕嗄，也比火？〔士人白〕粉臉戲上場，是火滅了。〔衆白〕末比水怎麼講？〔士人白〕水乃至柔而至順。付末上場，不過是院子、院公、蒼頭，開口曉得、領命吓，是柔順似水，所以比副末。説完了，走罷。〔衆白〕還有丑。〔士人白〕算了，算了。〔衆白〕怎麼算了，也要批點批點，丑比什麼？〔士人白〕一定要我出醜。丑比土。

〔衆白〕土便怎麽樣？〔士人白〕子水丑土寅木。〔衆白〕爲何丑比作土？比做我們聽聽。〔士人白〕土嗄，乃木金火水之根本。是戲離不了丑，萬物離不了土。無土怎麽活，金無土怎麽生？〔衆白〕火是不用土的。〔士人白〕不用土砌爐子，就不能籠火。〔衆白〕土是怕水，土遇了水，和成爛泥了。〔士人白〕呸，不虧土養着，水全漏乾了，怎麽成江海呢。〔衆白〕果然説不過你。〔扮陳琳、柴幹内白〕禁軍教授，隨俺上擂。〔衆内白〕得令。〔買賣人虚白。四教授引陳琳、柴幹上，同唱〕（**領上。小宋上擂。四教授引陳琳、柴幹上，唱【紅繡鞋】，上擂。**）

【紅繡鞋】英雄武耀威張，威張。鎗刀拳棒精强，精强。奉王命，擂臺上比武力選才良，勝豪傑把名揚。〔陳琳、柴幹白〕俺乃柴王駕下左衛上將陳琳是也。俺乃柴王駕下右衛上將柴幹是也。〔拳師白〕我等乃四營禁軍教授是也。〔陳琳、柴幹白〕擂臺下軍民人等聽者，大王有旨，立擂招賢。有人勝得俺二人者，官封都尉。有武藝者，請上擂臺。那個敢來？請。〔耿忠等上。耿亮白〕俺來也。〔士人白〕站住，站住，讓學生先出手。〔作欲上臺不能科，白〕學生來也。上不去，拏梯子來。〔衆白〕那有上擂要梯子的。〔士人白〕他們是打擂臺，學生是打纍墜。你們把我搭上去。〔衆白〕你説你是好漢吓。〔士人白〕上不去，急的一身一身的出汗，這不是好汗？把我搭上去罷。〔衆白〕上去罷。〔士人白〕那個敢來比較比較？〔一教授白〕來吓，照打。〔打科。士人白〕好利害，好利害。〔衆白〕你説你精通鞭鐧抓鎚。〔士人白〕什麽鞭？學生是拏着古兒詞諢編。走到街上，見什麽，我就混揀。看見人家的東西，我混抓。惹番了，衆人把我，就混搥，所以説是編揀抓搥。我也説勾了。方纔那位好漢呢？學生是被他們搥下來了，你們上去替我報報仇吓。〔耿亮白〕待我上去。〔陳琳、柴幹白〕請問壯士姓名？〔耿亮白〕哎，打擂問什麽姓名？勝了你們，自然知俺威名了。領教拳法。〔陳琳白〕請。〔打科，耿亮欲敗。耿忠上，白〕俺來也。你二人歇息歇息，俺領教這位將軍的武藝。〔柴幹白〕請。〔打科，耿忠不敵，耿亮欲助，陳琳接打科。四頭目上，白〕俺們來也。〔陳琳白〕住了。那有糾衆打擂之理，下去。〔頭目白〕敢是怕俺們麽？〔陳琳白〕教授，將他們打下去。〔合打，頭目下。耿忠、耿亮白〕好利害，照打。〔合打。楊景上白〕呀，這兩個乃是截路强盗，待俺上去。呔，耿忠、耿亮，俺來也。〔作上臺，白〕好强盗，來認我是誰。〔耿忠、耿亮白〕你這匹夫，敢來討死麽？〔楊景白〕好胡説。二位將軍，他兩個乃飛雲岡强盗，待俺替你們打死了罷。照打。〔耿亮白〕哥哥閃開。〔楊景打倒耿亮科。耿忠救起，復打。陳琳、柴幹白〕住手。你這兩個山賊，還不早早下臺，保全性命麽。〔耿忠、耿亮白〕胡説。既許你立擂，不許俺打擂麽？衆頭目一齊上擂。〔頭目上臺，合打。楊景作打。耿忠、耿亮下臺。衆隨下臺。接續，相持科。衆買賣人逃下。耿忠、耿亮等敗走，下。一内侍上，白〕大王有旨，命二位將軍引這好漢朝見。〔陳琳、柴幹白〕領旨。壯士隨我等去見駕。〔楊景白〕俺此來原爲要見大王，相煩挈引。〔内侍白〕隨俺這裏來。〔楊景白〕身隨鴻鵠雲程上，〔陳琳等白〕手足紅絲暗裏牽。〔下。内侍引柴王上，唱〕〔耿等暗上。買賣人、耿忠、耿亮、士人、頭目暗上。

陳琳 柴幹 白「那個敢來」，耿亮白「俺來也」。士人白「學生先出手」，作上臺不能科，白「拿梯子來」。衆白完。士人白完。士人白「那個敢來比較比較」。一教授白「來吓，看打」。士人白完。衆白完。耿亮白。下臺。耿亮白「待俺上去」。陳琳、柴幹白完。耿亮白「領教拳法」，陳琳白「請」，作對科，耿亮作敗式。耿忠作上擂，白完。柴幹白「請」，作對科。耿忠作敗科。四人同對。四頭目上擂，「俺們來也」。陳琳白「那有糾衆打擂之理」。頭目白完。陳琳白。八人對。景暗上。頭目下擂。陳琳、柴幹、耿忠、耿亮對。楊景暗上，白，作上擂，白完。楊景、耿忠、耿亮三人對。楊景作打倒耿忠科。耿亮救起，復打。陳琳柴幹白「住手」。耿忠、耿亮白完。四頭目上擂，對楊景科。楊景作打。耿忠、耿亮下臺。四頭目作敗下。買賣人暗下。一内侍上，白完，下。）

【風入松】衷心暗自細推詳，這前因原不尋常。似龍門魚躍青雲上，等閒輩如鯨鯢虛望。傳報道英雄倜儻，品卓異貌軒昂。（内侍、陳琳等引楊景上，白）欲得千員將，全憑一紙書。（一内侍白）隨咱進見。（楊景白）大王在上，小將楊景參見。（柴王白）楊景，孤久聞其名，是這個。（楊景白）是，掃唐元帥楊繼業第六子。（柴王白）吓，可就是令公之子六郎麽？（楊景白）是。（柴王白）啊呀，失敬了。看坐。（楊景白）大王在上，景當侍立候諭。（柴王白）將軍乃朝廷安邦之臣，忠良之子，焉有不坐之理。（楊景白）告坐。（柴王白）將軍王命羈身，何暇到此？（楊景白）大王聽稟。（唱）

【又一體】專征撻伐定南唐，半途中缺少兵糧。（白）因差小將到此借兵。這是南清宫千歲書一封，大王請看便知。（唱）賢王預料書親貺，奉父命特來呈上。（柴王白）呀，（唱）猛醒悟仙詩句，詳合符契贅東床。〔白〕吓，將軍，孤有一言與將軍相商。〔楊景白〕只要依了書上之事，大王之言，無有不遵。〔柴王白〕只要將軍允了神仙詩中之事，書上之言，無有不允。請看。〔楊景白〕麗昜耀若木，景乃媚春天。〔柴王白〕哈哈哈，媚春乃舍妹也。〔楊景白〕吓，尺素紅絲代，厚奩足四千。任道安題。呀，好奇怪，大王認得那任道安麽？〔柴王白〕不認得。那日凌空而下，題詩而去。〔楊景白〕任道安乃小將之師也。〔柴王白〕吓，是將軍令師。令師作伐，這親事决無推却了。〔楊景白〕遵師命而不告父母之命，小將不敢自主。〔柴王白〕將軍有仙師詩句爲証，不爲自主。〔楊景白〕臨陣招親，有犯軍法。〔柴王白〕這也説得是。只要將軍應允，孤一面寫書，啓知令尊，一面進本，奏知主上便了。〔楊景白〕既蒙大王這等抬愛，只得從命了。〔柴王白〕既蒙將軍慨允，吩咐擇吉完姻。〔陳琳、柴幹白〕領旨。〔楊景白〕且慢吓。大王，小將軍情緊急，速求大王發兵。楊景即赴軍前應援，决不敢以姻事爲念，身擔不忠不孝之名也。〔柴王白〕書上所借之兵，乃鎮海水陸軍四千，現在鎮防沿海等處。即便傳旨提調，也須半月之限，將軍那能即赴軍前。莫若兩全其便如何？〔楊景白〕若獨爲調兵遲限，其罪可當。若倚公就私，罪無可辯。誓必凱旋後，歸第完姻。一言已决，不復重瑣。〔柴王白〕且再商量吓，哈哈，且再商量。〔扮一文官上，白〕飛雲山賊如蟻聚，急奏王爺起敵兵。啓上大王，守城將報到，飛雲岡草寇帶領僂兵，在城外搦戰。請大王示諭。〔柴王白〕吓，山賊敢如此强横？〔楊景白〕山賊侵犯，即當勦除。請大王傳旨，暫借小將一旅之師，出城擒斬賊寇便了。〔柴王白〕多謝將軍。陳琳，傳禁軍教授齊集禁軍三千，候令。〔陳琳白〕領旨。〔下。柴王白〕柴幹，引郡馬便殿披掛去。〔柴幹白〕領旨。郡馬這裏來。〔下。柴王白〕内侍，兵將齊集，速來啓奏。山賊逞鴞志，王庭撻伐彰。〔下〕

第四齣　督師除暴

〔八僂儸、頭目引耿忠、耿亮、段鐵牛上，同唱〕

【水底魚】虎視禪州，彈丸黑子眸。三千豪傑，一陣管囊收，囊收。〔耿亮白〕二位哥，方纔擂臺上，若無那厮道破俺們出身，這場富貴功名穩穩到手。〔耿忠白〕將你我打下擂臺，豈容他安享榮華。〔鐵牛白〕二位兄弟，憑俺三千僂兵，管教打破禪州，斬了那姓六的匹夫，刼奪了柴王貲財，方消你我惡氣。〔耿忠、耿亮白〕大哥説得有理。〔同白〕衆僂兵奮力攻打。〔衆白〕得令。〔同唱〕

【前腔】料彼英儔，不足我爲謀。踏破干城，寸草也難留，難留。〔下。八健軍、教授、陳琳、柴幹引楊景上，唱〕（八下老式。）（八健軍、四教授、陳琳、柴幹引楊景上，唱【端正好】完，上城。下場門設禪州城。）

【端正好】赤緊的統三軍，急忙的麾千冑。柳營開樹戟森矛，盡勦窮山寇。〔下。場上設禪州城。楊景等上城。僂儸、頭目引耿亮、耿忠、鐵牛上，白〕吠，城上的報與柴王知道，早早開城。〔楊景白〕山賊休得無理，俺六將軍在此。〔鐵牛等白〕吓，這匹夫，公然做了官了。啊呀，氣死人也。衆僂儸，與我攻城。

〔衆應科。楊景白〕呔，該死的鼠賊，休得猖狂。〔唱〕〔同上角，呈來兩邊。八僂儸、四頭目引鐵牛、耿忠、耿亮上，白完。楊景唱【滚繡球】完，白。〕

【滚繡球】踞山岡如貪饕餓狼彪，嘯緑林似饞鷹逆醜鶻。覷你似蝸角上觸蠻争閗，蠅頭上蟣虱求搜。俺本待體蒼天好生心，將你危巢内羣卵留。豈料你全不知天高地厚，竟敢來躍馬持矛。慣了你金銀打刼村莊利，慣了你幣帛强奪商賈綢，逆賊的惡報臨頭。〔鐵牛等白〕阿吓，可惱吓，可惱。衆僂儸，用力攻打者。〔衆應。楊景白〕陳、柴二位將軍，出城擒賊者。〔陳琳、柴幹應。軍卒、教授引陳琳、柴幹出城戰科。下。楊景白〕看這三個强寇，自恃勇猛，其實不知分量。〔唱〕〔陳琳、柴幹、八健軍出城，一排四分頭，抄下。陳琳 耿忠 柴幹 耿亮 鐵牛五人對下。「慣了你。」收。僂儸抄手。健軍出城。冲兩場。〕

【叨叨令】兇徒膽敢來侵寇，自尋勦滅誰愆咎，似灯蛾赴火自飛投，招集亡命烏合閗。枉恃勇也麽哥，枉恃猛也麽哥，頃刻間羣賊盡數頭顱售。〔健軍等、教授、僂儸、頭目等對下。鐵牛等、陳琳等對下。楊景白〕你看强賊十分勇猛，恐難盡勦，待俺親自出馬便了。衆將官，隨俺出城擒賊者。〔衆應，同下城科。陳琳、柴幹、耿忠、耿亮等上，戰科。健軍引對科，下。楊景出城，上，白〕山賊，俺楊六郎在此。〔鐵牛白〕吓，你就是楊六郎，來得正好，放馬過來。〔合戰科，下。衆上，交戰科，下。楊景追鐵牛上，戰科。楊景唱〕〔楊景唱【叨叨令】完。單對：何套住 劉雙喜上對下，張喜壽 王三多上對下，趙榮 靳保上對下。楊玉昇 平喜對下。一對二：藍廷喜

輝四喜 高進忠上對下，王成業 任喜祿 張住上對下。楊景白完，下城。陳琳、柴幹、鐵牛、耿忠、耿亮上對。四教授引楊景出城，白完。十人對攢，下。二對二：張喜壽 張士成 何套住 趙德對，趙榮 張長保 楊玉昇 孫喜上對下。楊景追鐵牛上，對。）

【小梁州】虎將威名徧九州，非虛譽，目覩英籌。馬疾鎗快雷光流，無迤逗，手起處，誅賊首。（戰科。作斬鐵牛。耿忠、耿亮上，接戰。陳琳、柴幹上，助戰，下。僂儸、頭目、健軍、教授等上，接續交戰，下。衆上，合戰，作擒耿忠、耿亮科。衆白）耿忠、耿亮已擒，衆皆死亡逃散了。（楊景白）押進城去，候大王發落者。（衆應，同唱）（楊景唱【小梁州】，作刺死鐵牛科。耿忠、耿亮上，接對。續陳琳 柴幹上對。八健軍、四教授兩場門上，抄手。番回，作擒耿忠、耿亮。白完，唱【尾聲】，下。）（進城。）（撤城。）

【尾聲】彰威一鼓平山寇，掃靖餘氛半不留，功奏樓龍安九有。（下）

第五齣　繼業中矢

〔扮八勇士、四將官、張漢引秦氏上，唱〕〔吹打上。宋營先擺陣完。〕〔直收。積椅。〕

【降黃龍】督將提軍，虎畧龍韜，計奧機深。奇門遁甲，佈置縱橫，變局反吟。〔白〕本帥金鎗秦氏是也。蒙南唐王拜爲副元帥，領兵前來協助。可笑陸應魁這匹夫，憑他一勇之力，每事與我牴牾，十分藐視。他道，元帥若能擒得繼業回來，應魁方纔心悅誠服。這匹夫明明小覷本帥不能取勝之意，那知本帥自有取勝之法也。〔唱〕他心笑咱，無志就成擒。俺金鎗寒凛，袖中有仙傳神箭，使他危懔。〔衆白〕啟上元帥，那邊宋兵早排列陣角，請令定奪。〔秦氏白〕吩咐我軍，也將人馬列開陣角，待本帥出陣看來。〔衆白〕得令。〔内擂鼓。健勇、健將上，兩軍列陣科。秦氏白〕呀，〔唱〕〔八勇士張喜 張壽保等、四將官呂遠亭 楊進昇等、張漢引秦氏上，唱【降黃龍】完。白完，又唱完。衆白完。秦氏白「出城看來」，衆白「得令」。内擂鼓。八健勇輝四喜 高進忠等、四健將王成業 張得禄等下場門上。擺旂門。秦氏唱。同下。頭下門。旂門□秦氏上「呀」，①唱。出陣，張漢隨上。）

【又一體】畫鼓鼕鼕，旗纛層層，劍戟森森。征雲漠漠，將士紛紛，戰霧沉沉。（楊貴引楊繼業上，白）領兵者何人？（秦氏白）南唐副元帥金鎗秦氏。（楊繼業白）原來是秦夫人，可知本帥楊繼業在此？（秦氏白）久仰虎威，今得領教。（楊繼業白）業素聞夫人乃閨中賢達者，當勸夫歸順天朝，何苦助逆抗順。（秦氏白）爲臣者，如爲其主，順逆二字，照自好起。（楊繼業白）夫人執意如何？（秦氏白）决一勝負。（楊繼業白）可知本帥金刀之利？（秦氏白）吾之金鎗，未嘗不利。（楊繼業白）好，就請放馬過來。（戰科，下。楊貴、張漢戰下。衆作合戰科，下。楊繼業追秦氏上，戰，秦氏敗下，楊繼業追下。衆上，交戰科。下。秦氏上，唱）難禁繼業刀法，明誠果大敵久臨。酣鬦戰難分强弱，慢想成擒。（白）繼業刀法利害，不能勝他。也罷，不免用袖箭傷他便了。（繼業上，白）秦氏那裏走？（戰科，秦氏敗下，繼業追下。衆陸續上，交戰科，下。繼業追秦氏上，戰。秦氏白）看箭。（射中楊繼業左臂科。下。楊貴上，白）潑婦看鎗。（戰科，秦氏下。張漢上，白）楊貴休得猖狂。（戰下。繼業上，唱）（兩軍進陣，換兵器，出陣列式。楊貴引楊繼業暗上。秦氏唱完，楊繼業白完，二人對下。楊貴、張漢對下。四將官、四健將，八人對下。八健勇、八勇士，十六人對下。楊貴、四將官上對下。張漢、四健將上對下。同撤陣門。秦氏上，唱完。繼業上，白完。對。秦氏作射繼業科，繼業敗下。楊貴上，接對，秦氏下。張漢上，白，對下。）

① □：底本漫漶不清。

【滴溜子】傷吾臂，傷吾臂，何堪痛甚。陰毒計，陰毒計，謝天庇蔭。須臾難防難審，暗箭袖中藏，危然惧懔。不早收兵，暗害甚深。〔秦氏上，白〕繼業，還不下馬受縛。〔繼業白〕休得胡説。〔戰科。楊貴上，救。張漢引衆追宋兵。宋將上，戰。楊貴等擁繼業下。秦氏白〕你看他主將中箭敗走，衆軍不敢戀戰，俱各倒戈而退了。〔張漢白〕可惜不曾射死他。〔秦氏白〕你不知我這袖箭有藥在上，不論射中何處，一晝夜必死。吩咐收兵回營，差人打聽繼業性命存亡，速來回報。收兵。〔衆應。同唱〕（繼業上，唱【滴溜子】完。秦氏上，白，對。楊貴、張漢上，接對。八健勇下場門雙上，八勇士上場門雙上，插四排，對。四健將下場門上，四將官上場門上，後二排，對，歸上下排。殺過河。繼業等敗下。秦氏等回白。唱【尾聲】，下。）

【慶餘】令金鳴干戈禁，不用謀謨一片心，箭射强如勇力擒。〔下〕

第六齣　秦氏設謀

〔八健勇、健將引楊貴、繼業上，唱〕

【出隊子】鳴金收號，斂甲歸營偃旌旄。英鋒怎挫在妖嬈，含愧吾今不俊豪，決勝解嘲怒憤方消。〔楊貴作扶繼業下馬坐科。繼業白〕咳，罷了嗄，罷了。〔健勇、健將白〕衆將士問安元帥，可無恙否？〔繼業白〕不妨。本帥偶中賊箭，傷吾左臂，負病難禁，故此收兵。楊貴，拔箭。〔楊貴白〕是。只恐爹爹疼痛難熬。〔繼業白〕如膚著刺，何足道哉。〔楊貴白〕壯哉，我父也。〔作拔箭出科。健勇、健將白〕阿唷，真乃英雄也。元帥可妨事麽？〔繼業白〕不妨。〔衆白〕求元帥請醫調治。〔繼業白〕不用。我繼業全賴皇上洪福，幸得無虞。〔衆白〕這是我元帥報國心堅，忠君意切，神天呵護也。〔繼業沉思，反側科。楊貴白〕〔什麽。〕咄，不可多言，容元帥静養。〔衆白〕是。〔楊貴白〕爹爹，怎麽様？可是金瘡疼痛麽？〔繼業笑科，白〕哈哈，静中想得復仇妙計在此，爾等聽吾吩咐。〔楊貴、衆白〕元帥有何復仇妙計？〔繼業白〕我今中箭敗回，秦氏必差細作前來，探聽本帥安危。爾等可傳令合營佈散流言，説本帥中箭回營，旋即身死，假作拔寨回京之狀。那宋萬、秦氏必要親來審視虛實，乘勢刼掠我營盤。吾今四下伏兵，賺得敵人到來。聽鳴金爲號，四圍截戰，必擒宋萬、秦氏。爾等毋得違令。〔衆白〕得令。〔繼業白〕就裏機關詐，〔衆白〕伏兵出自奇。〔同下。扮八勇士、將官、張漢引秦氏上，同唱〕（成對出城，唱，走。）

【前腔】名馳威浩，一箭教他鋭氣消。疆場矚視見低高，休笑閨中無俊豪，試看今朝智勇誰超。

〔扮八軍士、陸應魁引宋萬上，白〕（軍將八，白。）夫人。〔秦氏白〕元帥，先鋒那裏去？〔宋萬白〕恐夫人受敵，本帥與先鋒統領人馬應接。〔應魁白〕知道副元帥今日必定活擒繼業，特來慶賀功成。〔秦氏白〕雖未活擒，繼業也就不免身死矣。〔宋萬白〕爲何？〔秦氏白〕那繼業被我用藥箭射中，逃敗而去，决難活矣。我已命探子打聽去了，待他回來，便知端的。〔宋萬白〕如此甚好。請夫人回營等候消息。就此回營。〔衆同唱〕（反令頭。）

【前腔】回營聽報，斷送他行在這遭。茅廬初出建功勞，休笑閨中無俊豪，試看今朝智勇誰超。

〔扮報子上，白。報唱〕

【不是路】箭斃英豪，只見營中素幟飄。忙來報，請命元戎定規條。〔白〕報。二位帥爺在上，報子叩頭。〔秦氏白〕命你打探繼業消息，怎麼樣了？〔報子白〕小的打探得實信，楊繼業中箭回營，連聲叫痛，旋即身死。〔唱〕視分曉，他三軍迫促。羣言道，繼業元戎身逝遥。人攢攢，即行拔寨圖歸道。請爺機要，請爺機要。〔秦氏白〕再去打聽。〔報子下。秦氏白〕陸應魁，你今服也不服？〔應魁白〕嗳，用暗箭偷命，陸應魁一世也不服。〔秦氏白〕你這匹夫，該斬。〔應魁白〕嗳，似你這樣偷命的元戎，就斬了我，也是不服。〔秦氏冷哂科，白〕自有你服我之日。元帥我今趂他營中促迫之際，來勢急擊，將楊貴等一併剿除，豈不爲快。〔宋萬白〕夫人，且不可造次。楊令公英雄蓋世，智勇兼全，誠恐有詐。〔秦氏白〕元帥說得是，只恐他借箭行計耳。有了，我今假他之計，成我之謀便了。〔宋萬白〕此計如何用法？〔秦氏白〕我今揀勇猛之將，假扮軍人。選兩個人，假扮你我模樣。初更時分，到彼營中，只說宋元帥親行祭奠，以全故舊之情。若彼容進，繼業定然身死，乘勢圖之。〔宋萬白〕倘他有詐，便怎麽樣？〔秦氏白〕不妨。我與元帥、張漢、陸應魁分兵，四面埋伏。他若有詐，我等四下衝營，殺他個片甲不存。〔宋萬白〕果然好計也。阿呀，只是教誰人扮你我的模樣前去？扮夫人呢，選個少年軍士，還可扮得。像本帥的面貌，只怕選不出個相像的人來。〔應魁白〕容易。揀個高大身量的，照着扮戲的法兒，將顔色開個花面就去了，什麽難？〔宋萬白〕就依你說，到後營揀選將士打扮，行計便了。〔同唱〕

【鎖寒意】假彼計，計就吾曹，暗里藏鋒巧扮喬。想孔明獨弔周郎機砌，前籌借看後人學效。憑着他詭謀詐巧，俺早曉連環計用堅牢，吾行得志今朝。〔下〕

第七齣　兩營同計

〔扮八健勇、健將引楊貴上，白〕將士們，元帥有令。〔唱〕〔貴單下。〕

【番鼓兒】偃旗仗，偃旗仗，莫要露刀鎗。掩密機關，切勿聲張。齊换輕裝，各顯英雄强壯。佈下羅綱，四下裏埋伏潛藏。〔白〕適有探子密報，宋萬等來親探形勢。待他來時，有一場鏖戰了。〔健將白〕將軍放心，我等各奮雄心，擒拏宋萬、秦氏報功便了。〔楊貴白〕爾等先去埋伏，我向營門傳諭去。〔下。衆白〕我等遵令而行。〔同唱〕只聽，只聽鳴金响，起伏兵同將臂攘。〔分下。勇士、將官、張漢、陸應魁、秦氏、宋萬扮軍士，四驍將扮抬盒軍士，引假秦氏、假宋萬上，同唱〕〔元冲。〕

【六么令】喬粧模樣，假元戎扮得軒昂。有誰識破這形藏，初更候月微芒。吾今正好統兵往，吾今正好統兵往。〔宋萬白〕衆將官。〔假宋萬白〕閃開，閃開，讓我。〔宋萬白〕怎麽讓你？〔假宋萬白〕你看我扮的是個什麽東西？〔宋萬白〕吓吓，你扮的是我元帥。〔假宋萬白〕就是這個東西吓。〔宋萬白〕怎麽樣？〔假宋萬白〕你一邊兒去，讓我在當中。〔宋萬白〕爲何？〔假宋萬白〕我是個卒子，好容易今日做了元帥，讓我當中站這麽一站，揚氣揚氣。〔宋萬白〕夫人用他行計，讓他罷。〔假宋萬白〕這就是了。

少時進宋營替你死，我也不委曲，我到底揚氣了一揚氣。我的夫人，你丈夫説的可是？〔秦氏、宋萬白〕哇。〔假宋萬白〕我認錯了，你一邊兒站着，讓我的秦夫人當中來。〔假秦氏白〕我不跟你這個元帥，我跟那個元帥。〔假宋萬白〕你也配。聽本帥傳令罷。吓，衆將官。〔衆不應科。假宋萬白〕喲，我這元帥叫不應吓。〔衆白〕你是假的。〔假宋萬白〕誰説，誰説？〔宋萬、秦氏白〕你是暫且假扮的。〔假宋萬白〕回去，回去。〔宋萬白〕怎麼要回去？〔假宋萬白〕計不成。〔宋萬白〕爲何？〔假宋萬白〕我的軍令不行，少時到了宋營門口，我叫衆將官隨我進營，你們説我是假扮的，可是計不成。〔宋萬白〕是吓。衆將士。〔衆白〕有。〔宋萬白〕你們稱他元帥，他怎麼樣説，你們怎麼答應。依計而行，就此前去。〔衆白〕得令。〔假宋萬白〕那不能，不要走，我偏要傳令試一試。〔宋萬白〕還要試一試？〔假宋萬白〕自然麼。兵權在手裏，你們二人，我也喝令得著。〔宋萬白〕自然。〔假宋萬白〕衆將官。〔宋萬等同白〕有。〔假宋萬白〕哈哈，好揚氣，好揚氣，聽吾號令。〔宋萬白〕是。〔假宋萬白〕哈哈，好揚氣，好揚氣。假元帥就有趣，何況真的。衆將官，聽吾號令。〔衆白〕吓。〔宋萬白〕聽他傳出什麼令來。〔假宋萬白〕你不要管，愛傳什麼令傳什麼令，你們總得依令而行。衆將官，跪下。〔宋萬等白〕是。〔假宋萬白〕衆將官，〔衆白〕有。〔假宋萬白〕把宋萬扯下去打。〔衆白〕得令。〔作扯宋萬科。宋萬白〕吔，這等無理。〔假宋萬跪白〕我的元帥，我是假的，你老不要記仇。〔宋萬白〕起去。衆將官，快往宋營四外埋伏。驍將們引著假元帥進營行計，各各遵令而行。〔衆白〕得令。〔同唱〕

【前腔】兵機用藏，僞慇懃設計匆忙。暗中四面盾矛藏，聽號令露鋒鋩。四圍合擊衝營帳。（同下。場上設營門科。扮軍士上，白）（**八軍士**王永壽 班進喜**等上，白完。出營門。**）借謀中箭行兵策，賺得敵人一鼓擒。列位，方纔四將軍傳下令來，說待宋萬等來時，命我們假作收拾行裝，好使宋萬中計。須得遵令而行，大家在營門外候著。（內白）走吓。（軍士白）呀，那邊許多人向我營門而來，莫非就是宋萬來打探消息？大家依計而行。（四勇士、四驍將抬盒，引假宋萬、假秦氏上，白）（**進門。八假軍士**盧恒貴 趙榮壽**等、四驍將**安福 勒夫 白興泰 長清**引假宋萬、假秦氏上，白完，下。**）到了沒有？（驍將白）到了。（假宋萬白）到了，怎麽樣呢？（驍將白）進去。（假宋萬白）拉倒，回去。（驍將白）回去不得。一回去，破了計了。隨我們進他營中，行計要緊。（假宋萬白）阿呀，夫人吓，你我這一到他營中吓，（假秦氏白）怎麽樣？（假宋萬白）羊油蠟定了。（驍將白）呔，破了計，回去元帥是要斬的。候着，待我們上前通報。列位，請了。（軍士白）（**出營門。**）是那個？做什麽的？（驍將白）我們是宋元帥麾下軍士。我家元帥聞得楊元帥身亡，親來祭奠，替我們禀知楊四將軍。（軍士白）豈有此理，你家元帥與我們元帥是敵國仇人，所以用此狠毒之謀。怎麽又來祭奠？（驍將白）我家元帥與楊元帥乃故舊之交，昨日公事也，今日私情也。若不容進營祭奠，這中箭身亡是假的了。（軍士白）你不見我們在此連夜收拾旗仗，打點行裝，明早就要回汴梁去了，怎說是假的？（驍將白）既是真的，快報與楊四將軍，說我們二位元帥親身在此。〔軍士作望看，指假宋萬科。背白〕果然是宋萬夫婦來了。〔向驍將白〕請少待。〔作進營門科，白〕四將軍，四將軍。〔楊貴上，白〕怎麽樣？〔軍士白〕宋萬、秦氏俱在營門外。〔楊貴白〕嗄，都來了，中我元帥之計了。請他們進營來，我去吩咐鳴金。〔下。軍士白〕是。〔作出營門科，白〕我家四將軍在靈座前伺候，請二位元帥進營設祭。隨我們來。〔下。驍將白〕中了我家元帥之計了，你二人隨我們進營。〔作進營門科。假宋萬、秦氏作亂抖科，白〕阿呀，進了營，你我是羊油蠟了吓。〔驍將白〕什麽羊油蠟，隨我們進去看來。〔假宋萬白〕不去，不去。〔驍將作拉下。內打二更科。內又鳴金科。繼業、楊貴內白〕（撤營門。內打二更。繼業、楊貴內白完。）將宋萬、秦氏擒住者。〔衆內應，白〕（八健勇輝四喜高進忠等、四健將張得禄藍廷喜等上，抄手，下。）得令。〔假宋萬、秦氏跑上，跌倒科，白〕阿呀。〔作急科。假秦氏白〕元帥。〔假宋萬白〕夫人。〔作拉手欲下。繼業、楊貴上，白〕那裏走？〔作衝開。假秦氏、宋萬作爬地藏科。繼業、楊貴作尋科。白〕那裏去了？〔假宋萬、秦氏白〕在這裏。〔繼業、楊貴白〕在那裏。〔假宋萬白〕在地下爬着呢。〔楊繼業白〕看刀。〔二驍將上，白〕看劍。〔對科，下。假宋萬白〕（假宋萬秦氏上，白完。繼業、楊貴上對，白完。「看刀」，假宋萬秦氏下。四驍將上，接對，下。假宋萬秦氏上，白完。）哈哈，這出戲倒是你我二個小卒的戲路嗄。〔二健將內白〕快擒宋萬、秦氏。〔假宋萬白〕戲路嗄。〔假秦氏白〕阿呀。〔二驍將內白〕那裏走？〔假宋萬、秦氏下。驍將、健將對科，下。假宋萬、秦氏跑上，白〕快跑吓，快跑吓。〔四健勇上，白〕宋萬、秦氏，休走。〔假宋萬白〕

又是戲路嗄阿呀。〔作藏科，不下。四勇士對下。楊繼業、楊貴追二驍將上，對，驍將下。楊繼業白〕我兒，宋萬、秦氏中吾之計，決難逃矣。〔楊貴白〕正是。〔假宋萬、秦氏白〕本帥宋萬、秦氏是也。〔楊繼業白〕拏下。〔健勇上，擒住科。楊繼業白〕〔健將內白。假秦氏下。張得禄藍廷喜上對。假宋萬下。假秦氏王成業趙德上對下。假宋萬秦氏上，白完，八健勇上對。繼業、楊貴、四健將追四驍將上，對。假宋萬秦氏、四驍將敗下。繼業等回白完。假宋萬秦氏下場門暗上，白，作擒住科，完。〕哈哈哈。〔假宋萬、秦氏白〕不用笑，不用笑，我二人是小卒，假扮來的。〔楊繼業白〕嗄，假、假扮的。〔楊貴白〕宋萬、秦氏呢？〔假宋萬白〕我家二位元帥，同張漢、陸應魁帶領五萬雄兵，在你營外四面埋伏擒你，少時就來。〔楊繼業白〕阿呀，倒中了敵人之計了。這兩個小卒留之無礙，放了他去罷。〔假宋萬、秦氏白〕好心腸，感動。我好意情願投降出力。〔楊貴白〕出什麼力？〔假宋萬白〕牽馬。〔楊貴白〕去罷。〔假宋萬、秦氏白〕是。〔下。內打三更。宋萬、秦氏內白〕〔內打三更。宋萬、秦氏內白完。〕踹營。〔勇士、將官內白〕得令。〔楊繼業白〕阿呀，我兒，聽營外四面喊聲震耳，兵勢不小。你我奮身闖突便了。〔勇士、將官、陸應魁、張漢、宋萬、秦氏、衆上，作踹營戰科。下。楊繼業上，唱〕

【江兒水】聽喊喝驚郊曠，如潮聲勢狂，連兵圍攻營帳。吾今設計反成誑，一場畫餅如厌煬。〔勇士、將官、張漢、陸應魁、秦氏、宋萬兩場門上，衝營科。楊繼業等分下。宋萬等分追下。衆陸續上，戰科。下。楊繼業白〕阿呀，罷了吓，罷了。被他衝散我營，楊貴也不知那裏去了。〔唱〕黑夜難分敵向，不辨東西，集戰如蜂亂撞。〔宋萬等上戰。楊繼業下。宋萬白〕衆將官，緊緊追擒，不得有違。〔衆應白〕得令。〔下〕〔繼業唱【江兒水】半支完。八勇士 張長保 孫喜 等、四將官 呂遠亭 孫進安 等、張漢、陸應魁、宋萬、秦氏兩場門上，貫門裏下。三人見面。連環：王喜 任喜禄 高進喜 上對，劉進喜上對，小王喜下；輝四喜上對，任喜禄下；劉保上對，高進忠下；楊玉昇上對，劉雙喜下；王三多上對，輝四喜下；何套住上對，劉保下；張喜壽上對，王三多下；平喜上對，何套住下；邊得奎上對，張長保下；靳保上對，張喜壽下；張住上對，平喜下；孫喜上對，邊得奎下。單對：楊貴 張漢 上對下。繼業 宋萬 秦氏 上對，續四將官 呂遠亭 孫進安 等上對下。陸應魁、四健將 張得禄 王成業 等上對下。繼業上，白完，唱完。宋萬、秦氏、張漢、陸應魁上對。八勇士、四將官兩場門上，抄手。繼業突圍下。衆回白完，追下。〕

第八齣　衝圍大戰

〔打四更。楊貴上，白〕爹爹在那裏？爹爹在那裏？呵呀。〔唱〕（內打四更。楊貴上，白完，唱【鎖南枝】至「心急似火焦」。）

【鎖南枝】他他他兵雄勢，湧似潮，營盤衝亂兵混淆。嚴父在何方，心急似火焦。〔勇士、驍將、張漢、秦氏兩場門分上。下。楊貴白〕爹爹在那裏？阿呀，叫了萬千聲，枉徒勞。〔白〕咳。〔唱〕奮死戰，橫衝蹈，奮死戰，橫衝蹈。〔白〕爹爹在那裏？〔秦氏上，白〕看鎗。〔戰科。衆陸續上戰，下。楊繼業上，白〕我兒在那裏？楊貴，阿呀，〔唱〕（□手。① 八勇士、四將官、張漢、秦氏兩場門上，抄手，下。楊貴唱完。秦氏上，白完，對下。）

【前腔】兒失散，將士逃，設謀自把敵衆招。〔將官上，戰科，將官下。楊繼業白〕咳。〔唱〕孤勢受重圍，這場敗績非輕小。〔白〕楊貴，四郎。阿呀，蒼天嗄，蒼天嗄。〔滾白〕我今機宜失算，反中其謀，怎

① □：底本漫漶不清。

當他大兵五萬，踹破營盤，將我父子衝散，各不相顧。自古寡不能敵衆，弱不能禦强。想我父子孤身匹馬，怎生闖出了這重圍困？〔白〕也罷。〔唱〕俺便匹馬兒，耀單刀，厲雄威，重圍蹈。〔宋萬上，對下。衆上，交戰科，下。楊貴上，白〕爹爹在那裏？元帥在那裏？〔唱〕（**繼業上，唱至「自把敵衆招」。三將官楊進昇 呂遠亭 孫進安 上對，將官下。繼業唱完。宋萬上，對下。**）

【前腔】我心忙亂神蕩搖，金鳴鼓譟震耳嘈。〔陸應魁等上，圍科。下。楊貴唱〕（**楊貴上，唱半支完。八勇士上，抄下。楊貴唱後半支完。勇士抄手。**）兵將亂紛紜，圍密四週遭。慮嚴親，年紀老，受箭傷臂，未曾療。〔健將上，白〕四將軍，四將軍。〔楊貴白〕呔，什麽人？〔健將白〕宋營健將。〔楊貴白〕可曾見元帥？〔健將白〕元帥被宋萬、陸應魁追戰，到西北方去了。〔楊貴白〕隨我殺向西北，保護元帥便了。〔將官上，對戰科，下。楊繼業上，白〕呔，誰敢來？〔宋萬上，白〕那裏走？〔楊繼業白〕吃俺一刀。〔戰科，宋萬下。楊繼業白〕誰敢來吓，誰敢來吓。〔唱〕（**四健將 張得禄 藍廷喜 等上，白完。秦氏、張漢上對下。楊繼業上，白。一將官張長慶上對，一將官下。**）

【前腔】俺無敵將，勇冠超，老當益壯蓋世豪。〔陸應魁上，白〕那裏走？〔楊繼業白〕誰敢攔俺去路？〔陸應魁白〕誰敢攔你去路？照打。〔戰科。陸應魁白〕將你結果了罷。照打。〔楊繼業白〕看刀。〔戰科，陸應魁下。楊繼業白〕阿唷，疼死我也。〔唱〕力猛裂金瘡，一霎痛難熬。〔白〕阿唷。〔作下馬昏倒科。楊貴上，白）（楊繼業唱半支完。應魁上，白完，對。應魁下。繼業唱完，下馬。楊貴上，白完。）爹爹在那裏？〔作見科，白〕呵呀，爹爹，阿呀，不好了。你看我爹爹箭傷復發，昏倒在地，這便怎麽處？阿呀，爹爹甦醒。〔任道安上，白〕（任道安上，白完，下。）四郎不必驚慌，貧道來也。〔楊貴白〕原來是任仙師，望仙師救我爹爹一救。〔任道安白〕貧道特爲救你爹爹而來。扶好了，我有金丹一粒，納入他口中，使他服下，登時無恙矣。〔作納丹於口科，白〕令公甦醒。〔楊貴白〕爹爹醒來。〔楊繼業醒科，白〕阿喲，疼死我也。〔楊貴白〕爹爹，任仙師在此。〔任道安白〕貧道在此。〔楊繼業白〕呀，原來是仙師降臨了。〔楊貴白〕圍便了。〔陸應魁等上，戰科，下。衆上，交戰科。楊繼業等突圍下。勇士白〕繼業父子從西北路突圍走了。〔秦氏白〕陸應魁，你把守西北一面，怎麽放他父子走脱？綁了。〔陸應魁白〕在此截戰者，非我一人。要斬，都斬。〔秦氏白〕啑，好匹夫，你今縱放敵人，罪難寬恕。綁去斬了。〔宋萬白〕且慢。陸先鋒，你今縱放敵人，律應斬首。本帥今差你領兵一千，追擒繼業父子，將功贖罪。若擒不得繼業回來，定按軍法。去罷。〔陸應魁白〕得令。〔勇士引下。宋萬白〕傳令，就在此處安營，候先鋒繳令便了。〔衆白〕得令。〔同唱〕他似游釜魚，羈籠鳥，管須臾，追擒到。〔下〕

第八段

第一齣 遇敵斷鎗

〔八健勇、四健將、四將官引呼延贊上，唱〕

【引】虎符金印帥身膺，司命三軍任重衡。〔高君保上，唱〕征討控精兵，抒忠勇定取金陵。〔白〕元帥。〔呼延贊白〕高將軍，本帥呼延贊是也。欽奉聖旨，因楊令公兵至臨淮，遇着宋萬佈列鐵旗陣勢，扼住要路，屢戰不勝，故命大郎楊泰請救。爲此聖上拜俺爲副元帥，與高將軍統領精兵五萬，接應令公。星夜兼程，已到靈壁縣界上，但不知令公現今屯營何處？〔高君保白〕已命探子打聽去了，待他回報便知分曉。〔報子上，白〕報啓上帥爺，探子打聽得楊元帥連遭大敗，止剩得四五百騎，逃奔靈壁山北路而來了。〔呼延贊白〕嗄，有這等事。知道了。〔報子下。呼延贊白〕阿呀，楊賢弟未嘗經此大敗，事已急矣。〔高君保白〕待小將領兵迎上前去接應便了。〔呼延贊白〕且慢。高將軍，你且不必提兵接應。待本帥帶健勇百人，飛馳前去，把楊元帥接到營中，再起大兵復仇便了。〔高君保白〕元帥言之有理。〔呼延贊白〕高將軍，你與衆將保守營寨。〔高君保白〕得令。〔引健將、將官下。呼延贊白〕健勇們，快快前去，迎接楊元帥者。〔衆應，同唱〕

【普天樂】控三軍申三令，帥王師遵王命。彰天討天語南征，離金門進取金陵。呀，恨南唐李衮，迎鋒抗我兵。直恁猖狂，獲罪非輕。〔下。八勇士引陸應魁上，同唱〕

【朝天子】過長亭短亭，任花明柳明，加鞭只顧追窮徑。行人趕行人，一程又一程，要擒捉方繳令。〔陸應魁白〕俺大先鋒陸應魁是也。奉元帥將令，追擒繼業父子。已趕出百里之遥，竟趕不上。不知他逃往那裏去了。前面什麽地方？〔勇士白〕前面是靈壁山了。〔陸應魁白〕就追到靈壁山去。〔勇士白〕山前是條大路，山後是條小路，不知他逃往那條路去了。〔陸應魁白〕待俺想一想。山前是大路，山後是小路，不知他逃那條去了。俺想楊繼業逃敗而來，必從小路而去。不錯，這一着，俺先鋒算計不差。衆勇士，從山後小路追趕。〔勇士白〕天色將晚，山後小路恐有伏兵。〔陸應魁白〕呸。繼業父子剩了幾百騎殘兵，又無接應，那裏有伏兵？從小路趕。〔勇士白〕得令。〔同唱〕引百騎殘兵，是將他一併擒定。此一計，先鋒算勝，算勝，他敗逃軍，尋僻静，僻静。〔下。健勇引呼延贊上，唱〕

【普天樂】向山北趨幽徑，策驊騮飛馳騁。聽林間羣鳥歸鳴，日啣山霞重嵐輕。俺征鞍纔整，他樵牧早歸程。眼見閒忙，爲蝸角名争。〔白〕健勇們，我等從此小路迎出幾十里路程，迎不見楊元帥，莫非報事的報差了？〔健勇白〕明明報説楊元帥從山北敗逃而來，如今日已西沉，怎麽不見？〔呼延贊白〕再迎上前去便了。〔陸應魁內白〕勇士們，前邊一隊人馬必是繼業，與我擒來。〔呼延贊白〕呀，一簇人馬飛奔而來，迎上去看看。〔陸應魁等上。呼延贊白〕呔，何處人馬？俺掃唐副元帥呼延贊在此。〔陸應魁白〕呸，什麽付元帥？你那正元帥尚且當不得俺銅人一下，諒你濟得甚事，也敢擋住俺的去路？〔呼延贊白〕何物匹夫，這等狂妄，吃俺一鎗。〔合戰科，下。呼延贊、陸應魁上，戰科。呼延贊白〕你這匹夫，姓甚名誰，領兵到此何幹？〔陸應魁白〕老匹夫，聽者，俺乃南唐第一條好漢，陸應魁。掛印正先鋒，追擒楊繼業到此。〔呼延贊白〕哇，何物匹夫，這等逞威。難道不知俺靖山王呼延老將軍的威名麽？〔陸應魁白〕哎，憑你多大本領，當不住俺銅人一下。〔呼延贊白〕哈哈，不信俺一世英雄，當不住你一下。〔陸應魁白〕不信，賞你一銅人。照打。〔呼延贊斷鎗科，白〕阿呀。〔下。陸應魁追下。衆上，交戰科，下。呼延贊上，唱〕（**呼延贊白「吃俺一鎗」。衆對，大攢，抄下。呼延贊白完。陸應魁白「照打」。對科。呼延贊作斷鎗，敗下。二對二：**孫喜　楊進昇　陸得喜　張喜壽**上對下，**張得安　楊榮　劉雙喜　小王喜**上對下。呼延贊上，唱【四邊静】。**）

【四邊静】今朝遇着真敵勁，泰山來壓頂。他舉起那銅人一擊，我迷途徑。〔白〕阿唷，好利害，好利害，被他一下把我的鐵鎗打作兩段，虎口震裂，兩臂酸麻，怪不得令公父子敗逃。果然利害，果然利害。〔陸應魁內白〕呼延贊，那裏走？〔呼延贊白〕阿呀，又來了。〔作慌張科，白〕被他一下打得我連回營的道兒都尋不着了。咳，第一陣就不利。〔陸應魁上，白〕那裏走？〔呼延贊白〕咳，怎麽本帥第一陣就撞着你這個東西，出師不利。〔陸應魁白〕撞着我是你的造化。再敬你一下。〔呼延贊白〕喲，一之爲甚，豈可再乎。〔下。陸應魁白〕嗄，什麽之嗄乎嗄，敢是罵了我去了。趕上擒拿便了。〔下。衆上，對科。下。呼延贊上，唱〕**（陸應魁白完，對下。單對：**蕭齡 任喜禄**上對下，**高進忠 平喜**上對下，**靳保 劉保**上對下，**趙德 輝四喜**上對下。呼延贊上，唱。）**道路又生，神魂又驚，怎得會飛騰，飛到我軍營。〔白〕好利害的陸應魁，被他戰住不能脱身，怎麽處？ 有了。用個緩軍之計，好脱身便了。〔陸應魁追上，白〕老匹夫，你要想逃生麽？〔呼延贊白〕呔，陸應魁，本帥天朝大將，始終不服你偏邦小卒。〔陸應魁白〕你不服，再決一戰。〔呼延贊白〕今已天晚，你我各自安營。明早對陣，誓與你决一雌雄。〔陸應魁白〕便宜你，就是這樣。〔呼延贊、陸應魁同白〕衆將官，收兵安營。〔勇士、健勇應科，分上。呼延贊等下。陸應魁等遶場科，白〕哈哈，眼見得宋營中無一人，禁得住銅人一下。吩咐，退十里安營。明早與他决戰，再擒這厮。〔衆應，同唱〕**（八勇士、八健勇上，抄手。八健勇領呼延贊下。勇士冲場。應魁白，唱【尾聲】下。）**

【尾】依然嚇得迷山徑，來日交鋒大設兵，叫他不敢睁睛望咱影。〔下〕

第二齣　賢良巧值

〔内一更。扮楊希上，唱〕

【雙鴻瀨】好男兒多魯莽，爲失機避跡山岡。反側間展轉思量，不勝悵怏。〔白〕俺楊希，被陸應高追迫，幸賴任仙師暗中保佑，撮合良緣，棲身山寨。雖則暫時避罪，終非是俺本心。欲待回營，又怕俺爹爹不肯饒恕。這幾日悶坐思量，十分焦躁。爲此，今晚瞞着他姊妹二人，帶了鎗馬，下了後山，悄悄的從小路到鳳鳴莊，去與岳父商議，看他可能去討個分上，俺好協助爹爹建功報國。行了一回，不覺將近二鼓了。〔唱〕趁黄昏乘單騎，匆匆投向。願嚴親赦罪，好把軍門上。〔呼延贊内白〕快些走吓。〔楊希白〕呀，你看那邊有許多騎馬的來了。我想這裏是南唐地界，來往的必是南唐將官。不免擒他幾個，來到爹爹營中，去做個見面禮兒，豈不是好？ 説得有理。待俺閃過一邊，等他到來便了。〔下。衆健勇引呼延贊上，唱〕

【小桃紅】小道上難馳向，黑夜裏走羊腸。不辨高低仔細防，勒馬慢把絲韁放。〔白〕探子明明報説，令公父子領兵退向靈壁山後而來，爲此本帥親來接應，不想遇着了唐將陸應魁。此人力大無窮，本帥幾乎不免。幸虧我略施小計，騙他各自安營，天明決戰。我且回營去與高將軍商議，再作道理。軍士們，快些走。〔衆應，同唱〕星芒月色微微亮，意急猶嫌路長。〔楊希上，白〕呔，來者何人？留下姓名來。〔呼延贊白〕俺乃……且住，只怕是南唐將官，且不要説真名姓。〔楊希白〕快快報名來。〔呼延贊白〕有了，俺姓黑。〔楊希白〕黑什麼？〔呼延贊白〕黑面將軍。〔楊希白〕這厮戲弄俺，將他結果了罷。呔，那裏走？〔呼延贊白〕住了。你是什麼人？也留下姓名。〔楊希白〕俺也姓黑。〔呼延贊白〕咦，他要與俺通譜。呔，怎麼我姓黑，你也姓黑？〔楊希白〕許你姓黑，不許我姓黑？偏要姓黑，定了。〔呼延贊白〕是了，姓黑，姓黑。你叫黑什麼？〔楊希白〕你是黑面將軍，俺乃黑面大王。〔呼延贊白〕大王是截路的强盗了，與我擒住他。〔楊希白〕來吓。〔健勇等下。楊希白〕這厮非俺對手，足可擒也。〔唱〕

（**楊希上，白「來吓」。衆對，大攢。呼延贊等上場門下。楊希回白，唱。**）

【錦腰兒】他輪開自鞭法賣强，難敵咱丈八銀鎗。他來時俺將去路擋，怎當得猛刺刺劫上山岡。

〔白〕俺在此擋住他去路，看他那裏走。〔呼延贊内白〕健勇們，奮力闖將過去。〔健勇引呼延贊上，戰，健勇下。呼延贊白〕呔，那黑面的匹夫，你敢在此擋住俺去路？〔楊希白〕這靈壁山是俺大王的府第，許你闖山而過麽？〔呼延贊白〕你敢是要些金銀？讓俺過去，多賞你些金銀便了。〔楊希白〕不要金銀，只要擒你。〔呼延贊白〕擒我做什麼？〔楊希白〕擒你來做個見面禮兒。〔呼延贊白〕什麼叫做見面禮兒吓？〔楊希白〕聽者。〔唱〕（**呼延贊内白完。八健勇對楊希，八健勇上場門下。呼延贊上，接對，白**

完。楊希唱。）

【風帖兒】洗耳留神且聽講，占山岡，誰敢過往。匹馬單鎗來阻擋，遇行人不輕放，〔白〕擒你來呵，〔唱〕做禮物兒權報將。〔呼延贊白〕呸，俺又不是風魚火腿，什麼禮物？〔楊希白〕你遇着了俺搜山虎，只好算做風魚火腿了。〔呼延贊白〕吓，你叫搜山虎？〔楊希白〕然也。〔呼延贊白〕搜山虎是楊希吓。〔楊希白〕不錯。〔呼延贊白〕你是楊希？ 可認得你伯父，呼延贊在此。〔楊希白〕阿呀。〔呼延贊白〕好畜生，幹得好事，不去軍前建功，倒在緑林爲盗。〔楊希白〕阿唷，溜了罷。〔下。呼延贊白〕豈有此理，豈有此理，我可抓住理了。 哇，楊希小畜生，跪着。 豈有此理，楊令公的兒子那有做强盗的？ 打嘴現世吓。 磕頭。〔健勇上，白〕元帥爲何亂嚷？ 元帥與那個説話？〔呼延贊白〕在此排揎楊希吓。〔健勇看科，白〕那裏有什麼楊希在此？〔呼延贊白〕這畜生溜了。 他説靈壁山是他府第，必是山上藏躲去了。倒要趕上問個明白，隨我趕上去者。〔衆應下。楊希上，唱〕

【柳穿魚】今番刼徑不相當，兩下埋名把姓藏。截住呼延老伯父，受他數説甚慚惶。〔白〕好奇怪。 方纔截住的乃呼延伯父，怎麼從東路往西而至，他往那裏去來？ 好不明白。 哎，不管他，且躲避了罷。〔唱〕休歸寨，避此方，恐他接踵上山岡。〔下〕

第三齣　翁媳奇逢

〔内打二更。侍兒引玉娥上，唱〕

【新水令】蘭釭剔盡枕歌斜，數不盡，更聲漏徹。這春宵新令節，魚水美和叶好天良夜。不知俺俊郎君，向何處也。〔白〕奴家因見七郎終日眉頭不展，爲此我親自備下幾品細果，煖下美酒，與他解愁。此時已是二更時分，怎麼還不見進房來？丫環，可知七將軍往那裏去了？〔侍兒白〕我們方纔去請，説七將軍天未昏黑，就進後寨來了。丫環們四下尋看，不見踪跡。〔玉娥白〕阿呀，這等説，他往那裏去了呢？〔一侍兒白〕只怕在大小姐房中，亦未可知。〔玉娥白〕説得是，你們隨我去看來。〔作遶場。内打二更。侍兒白〕這裏是了。大小姐有請。〔呼延赤金上，白〕喲，黑更半夜的，是誰請我？〔侍兒白〕二小姐在此。〔赤金白〕妹子來了。〔玉娥白〕姐姐。〔赤金白〕難得妹子到我房中來，請坐，請坐。不知妹子到我房中來，爲什麼事？〔玉娥白〕已將半夜，不見七郎進來。不知姐姐可曉得他往那裏去了？〔赤金白〕嗄，你打量他在我這裏呢。他那兒輕容易就上我房裏來吓。〔玉娥白〕阿呀，難道他撇了你我，投奔軍營去了。〔赤金白〕撇了我，倒是有之的，那裏撇得下你呢。〔玉娥白〕姐姐，我們一同下山

去尋找尋找，如何？〔赤金白〕少不得他自己要回來的，找他怎麽呢？〔玉娥白〕姐姐，你説那裏話來。〔唱〕

【折桂令】怪伊言理上虧缺，夫婦情腸，竟没些些。不是俺特地饒舌，他孤身離寨，可也當去相接。把雙妻霎時抛捨，做妻兒坐家中心豈安貼？〔赤金白〕不用安貼不安貼，姐姐陪你去尋找尋找就是了。〔玉娥白〕這便纔是。〔赤金白〕我瞧你一會兒也離不開他。可是咱們是往山前找他呢，往山後找他？〔玉娥白〕更深夜静，後山小路難行，他必從山南大路下山去了。〔赤金白〕如此，咱們竟從山南大路找他去。吩咐僂儸備馬，你們也跟了去，我們就出來了。〔侍女應下。玉娥白〕姐姐，我不怪七郎别的哪，〔唱〕怪他有甚干涉，將你我不倸而别。知他去南北東西，好教奴走向難竭。〔赤金虚白，同下。八健勇、楊貴引楊繼業上，同唱〕

【雁兒落】感仙師仙機與漏洩，果然的避却追兵也。〔白〕我兒，你我幸蒙任仙師救援，指引我等從靈壁山南大路而來，果然得獲平安。如今乘夜趕到靈壁縣，去駐扎等候救兵到來，重建奇功便了。速速趲行。〔衆應，同唱〕急忙忙宵征不暫歇，到靈壁專盼天兵接。〔下。内打三更。玉娥内白〕姐姐，快些走吓。〔赤金内白〕走吓。〔侍女同上。玉娥、赤金唱〕

【得勝令】呀，不信他便肯意兒絶，不信他直恁心兒鐵。要分開並蒂的連理枝，要打散同心的連環結。〔侍兒白〕天色昏黑，山路難行，慢些走罷。〔赤金白〕妹子，咱們下了山來，走了這麽半天了，知道他往那裏去了，怎麼個找法兒呢？〔玉娥白〕依妹子想來，莫非他往鳳鳴莊去了？〔赤金白〕既要到鳳鳴莊去找他，該打後山小路走，豈不近些。這如今走山前大路，遠着好些道兒呢。〔玉娥白〕黑夜之間，諒他必不走小路。我們如今一路尋找，逩到鳳鳴莊去便了。〔赤金白〕吓，他必是到鳳鳴莊去了，他必走山北小路。是吓，他的脾氣你摸得着吓，咱們竟找到鳳鳴莊去。〔玉娥白〕加鞭快走。〔唱〕顧不得凹凸，只爲情關切。且慢分說，急加鞭追逐者，急加鞭追逐者。〔内作馬蹄聲科。赤金白〕妹子，前面有馬蹄之聲。〔玉娥白〕只怕是七郎來了，快些迎上前去。〔赤金白〕站住。黑夜之間，不要混認親。倘或要不是七郎，豈不教人笑話了去。説喲，這兩個不害羞的，滿街上認爺爺兒。等他到來，我有道理。〔楊繼業内白〕催軍前進，不得遲緩。〔健勇、楊貴引楊繼業上。赤金阻科，白〕呔，來者何人？擅敢混闖。〔楊繼業白〕何物狂奴，輒敢阻路。〔赤金白〕狂奴留下買路錢罷。〔楊繼業白〕原來是剪徑的毛賊，與我擒來。〔戰科，下。衆陸續上戰，下。楊繼業、赤金上戰，下。赤金上，白〕好利害，我今日可遇見了敵手了。〔唱〕

〔八健勇 蕭齡 平喜 等、楊貴引楊繼業上場門上，白完，對攢。衆先下，楊貴 玉娥 繼業 赤金 四人後對下。一對二：賈得禄 平喜 蕭齡 對下，蘇長慶 趙榮 小王喜 對下。單對：赤金 繼業 對下，玉娥 楊貴 對下。赤金上，白完，唱【沽美酒】。〕

【沽美酒】那英雄果俊傑，使鋼鋒恁便捷，不是尋常武藝别。非關是懼怯，要心神仔細留些。〔楊繼業上，白〕那裏走？〔戰科，赤金敗下。楊繼業白〕好奇怪，不想剪徑小人竟有如此的武藝，待俺趕上擒來便了。〔下。楊貴、玉娥戰下。侍兒、健勇上戰，下。玉娥上，唱〕（**楊繼業上，**①**白「那裏走」，對，赤金下。繼業白完，下。一對二：姚長泰**劉保輝四喜**對下，邊得奎**楊進昇張喜壽**對下。玉娥上，唱。**）俺本是尋夫心切，恨無端路逢冤業。待擒他，又難勝捷，待前進，被他阻截。俺呵，一意念夫也婿也，誰要比英雄勇怯。呀，早尋見，奴心始帖。〔侍兒、赤金上。赤金白〕妹子，妹子。〔玉娥白〕姐姐，怎麽樣？〔赤金白〕好饒勇將官，他倒趕了咱們來了。妹子，我可要發標了。〔玉娥白〕使不得，看被人笑話。〔赤金白〕此標不比那膘，是金鏢。〔玉娥白〕暗器傷人，不爲好漢。讓他們過去罷。〔楊繼業等上，白〕那裏走？〔赤金白〕站住。殺了半夜，没有問你是誰，你且報名上來。〔楊繼業白〕聽者，俺乃掃唐大元帥楊令公。〔赤金白〕吓，你是誰？〔楊繼業白〕楊令公。〔赤金白〕阿呀，是公公。〔玉娥白〕快些走罷。〔楊繼業白〕吓，什麽公公？〔赤金作羞科，白〕工工四尺上四合上。〔玉娥白〕快些走罷。〔扯赤金急下。侍女隨下。健勇等白〕望山逃去了。〔楊繼業白〕吓，此山必定是他寨栅，好兩員虎將。〔楊貴白〕爹爹，既愛此二將，何不收伏他在部下聽用？〔楊繼業白〕爲父的正有此心。〔楊貴白〕如此，趕上山去。〔楊繼業白〕住了。深山黑夜，不是當耍的。且到靈壁縣安營歇馬，明日打探他山上虚實便了。速速趲行。〔衆應，同唱〕

【慶餘】深山隱跡俊英傑，合向王家効命也，反做這剪徑營生把路截。〔下〕

---

① 業：底本無，據意補。

第四齣　追希搜寨

〔内打三更科。呼延贊内白〕楊希，看你藏到那裏去？〔楊希急上，遶場下。呼延贊追上，作落馬科，白〕阿唷，好碰將我碰下馬來了，是什麽東西？ 呸，是棵大樹。 楊希去遠了，快上馬趕嗄。 楊希，我趕到你天亮，也要趕上你。〔下。楊希上，唱〕

【赤馬兒】羞顔害燥，只得偷跑，漫山混遶。 偏他隨後定跟牢，偏他隨後定跟牢。自一鼓追來三鼓敲，這老兒可稱搜攪，可稱搜攪。〔白〕奇不奇，巧不巧，恰巧的撞見此老。 只望遶山藏躲他，從初更追至三更。 我如今從後山進寨，自有方法避他。〔呼延贊内白〕楊希。〔楊希白〕哪又來了？〔下。呼延贊上，唱〕

【又一體】山岩路道，凸凸凹凹，曲折盤繞。〔馬打前失科，白〕阿唷。〔唱〕更深不辨路低高，更深不辨路低高，〔白〕嗄阿呸，〔唱〕急欲揚鞭樹又抓。〔健勇上，白〕元帥，元帥。〔呼延贊白〕你們來了。〔健勇白〕好容易趕上了。 元帥，三更天了，還不回營，只管趕他怎麽？〔呼延贊白〕回營什麽要緊？ 總要趕上楊希，問他先鋒不做，爲什麽做强盗？〔健勇白〕今夜回去，明日再來問罷。〔呼延贊白〕哎，若到明日，他早已別處藏過了。你們慢慢的隨後走，我先去了。〔唱〕這畜生令人堪惱，這畜生令人堪惱。〔下。健勇白〕好笑，別人兒子好也罷，歹也罷，與他什麽相干。這叫吃了自己飯，多管別人事。〔虛白，下。楊希上，唱〕

【抝芝蔴】我忙嫌山路高，鞭打馬兒跳。〔白〕我的馬，〔唱〕你懶上高，往後倒，偏我馬乏了。〔白〕馬上山嗄，快上嗄，嗳嗳嗳。〔唱〕鞭敲不走真發笑。〔呼延贊內白〕楊希。〔楊希白〕趕來了。我的馬，快些走嗄。好要緊時候，報了扎達汗了。嗳，下來拉着走罷。〔呼延贊上，白〕楊希。〔唱〕口渴喉乾高聲叫，他不聞不應生焦躁。〔下。三更。姚雲漢上，白〕夫婦離山寨，三更猶未回。俺姚雲漢。今晚七將軍與二位夫人都下山去了，此時還未回山。前後寨門俱開着等候，這都是我的執司。方纔到前寨門查點過了，如今到後寨門巡看巡看。來此已是後寨門了。僂儸們，小心看守。〔內應科，白〕曉得。〔姚雲漢白〕待我出去望一望。深更黑夜，那裏望得見人。不知七將軍那裏去了，這時候不回來。噢，聽馬蹄之聲漸近，必是回來了。〔楊希上，白〕老伯追小侄，英雄拉乏馬，笑話，笑話。已到後寨門首。〔姚雲漢白〕七將軍回來了。〔楊希白〕來，吩咐僂儸換馬，前寨門伺候。〔姚雲漢白〕是。僂儸，與將軍換馬，到前寨門去伺候。〔內應。楊希白〕快進來，快進來。關上寨門，閂好了。〔姚雲漢白〕爲什麽？〔楊希白〕關上門，告訴你。〔姚雲漢白〕是，關上門。〔楊希白〕來來，你用力靠在門上。〔姚雲漢白〕做什麽？〔楊希白〕權當個頂門棍兒。〔姚雲漢白〕什麽意思？〔楊希白〕告訴你，我撞着呼延老將軍追上山來，不好相見，給他個閉寨不納。二位夫人呢？〔姚雲漢白〕下山去尋將軍去了。〔楊希白〕咳，誰要他尋。〔呼延贊暗上，白〕這裏有座大門，必定藏在裏面。下了馬，叫門。〔楊希白〕馬蹄之聲來了，用力靠着。〔呼延贊白〕呔，楊希開門來。〔姚雲漢白〕不在家裏。〔呼延贊白〕那裏去了？〔姚雲漢白〕下山去了，明年纔回來哩。〔呼延贊白〕呸，我追他到此的，怎説明年回來？楊希，你這畜生，忒無理了，快開門。〔姚雲漢白〕門是斷斷不開的。〔呼延贊白〕你若不開，我就打進來了。〔姚雲漢白〕打罷。〔呼延贊作打科。姚雲漢白〕阿喲，好打。〔楊希白〕不要躲。〔姚雲漢白〕打得慌，嘸不躲。〔楊希白〕有寨門擋着，不疼的。〔姚雲漢白〕何嘗有寨門？〔呼延贊白〕不開，踢破你的大門。〔姚雲漢白〕阿一吪。〔呼延贊白〕我打破你的寨門。〔姚雲漢白〕阿呀，我要開門了。〔楊希白〕讓他只管踢打，總不要開。〔呼延贊白〕不開，我再踢。〔姚雲漢白〕再踢就踢塌了。〔呼延贊白〕什麽？〔姚雲漢白〕門吓。〔呼延贊白〕不開，我還要踢。〔姚雲漢白〕再踢，要極了。〔呼延贊白〕誰要極？〔姚雲漢白〕寨門要極。〔呼延贊白〕再不開，我將鋼鞭打塌你的門樓了。〔姚雲漢白〕七將軍，聽見没有？〔楊希白〕附耳過來。我從前寨門下山，尋夫人計較去了。〔楊希下。呼延贊白〕畜生，不開門，我就一鞭。〔姚雲漢白〕開門了。〔呼延贊跌進門科，白〕阿唷。〔姚雲漢白〕見面就陪不是。〔呼延贊白〕呔，楊希呢？〔姚雲漢白〕有楊希。你老先生跟我到前廳，有多多少少的緣故説給你聽。〔呼延贊白〕有什麽緣故，倒要聽聽。〔姚雲漢白〕快走了。〔虚白，下〕

第五齣　羞避回山

〔内打四更。呼延赤金内白〕妹子，快加鞭跑嗄。〔上，唱〕

【風入松】新親會合在今宵，巧也極其真巧。尋夫截住公公道，怎説出兒媳是强盜。羞答答無言脱逃，這樁事怎麽好。〔扮侍兒隨玉娥上，白〕姐姐，慢些走。〔呼延赤金白〕有話走着説。〔玉娥唱〕

【急三鎗】仔細想，今夜事，不爲妙。〔呼延赤金白〕什麽不妙？〔杜玉娥白〕咿，〔唱〕做媳婦，不習好，做剪徑，有其貶，無其褒。截住公公路，逞粗豪。〔呼延赤金白〕這並不是媳婦誠心要截住公公打刼，一則不知道是公公，二則不認得是公公，無心中碰見，對了幾下把子，只算是見面禮兒，没要緊。快些回山，明日再説。〔玉娥白〕不去找尋七郎了麽？〔呼延赤金白〕還要找七郎？你再找七郎，萬一再碰見一個公公怎麽好？走罷，看公公趕了來。〔唱〕

【風入松】吾今勸妹免心焦，且回山暫度今宵。公公接踵追來到，難回避豈不羞燥。遇翁事，今先一計較，尋夫事，另日找。〔扮楊希内白〕呔，什麽人闖山？〔赤金白〕又是一個公公來了。〔杜玉娥白〕碎，好像七郎。〔赤金白〕我不信，七郎那裏就回來了。〔楊希暗上，聽科。赤金白〕哼哼，楊七郎，你要回來吓，算你没志氣。〔楊希白〕呔，誰没志氣？〔赤金白〕你。〔楊希白〕呸。〔玉娥白〕哈哈，可不是他。〔赤金白〕阿喲，阿喲，這一笑是打心裏頭樂出來的。你怎麽知道是他？〔玉娥白〕自己丈夫的聲音也聽不出麽。〔楊希白〕是嗄，自己丈夫的聲音聽不出，你粧糊塗。〔赤金白〕這又是他有理兒，我没有理兒。〔楊希白〕你永遠没有理兒。〔赤金白〕汗褡兒永遠不要裏兒。我問你，那兒去了？三更天還不回山，叫我們找了半夜。没有找着你，倒給你找了個……〔楊希白〕什麽？〔赤金白〕阿巴來哉。〔楊希白〕嗳，不懂。〔杜玉娥白〕我二人下山尋你，有二更時候，截住了一起騎馬之人。爲首一將，十分饒勇。問他姓名，你道是那個嗄？〔楊希白〕那個呢？〔玉娥白〕公公。〔楊希白〕我爹爹早到臨淮關了，到此何事？你們認錯了。〔赤金白〕不錯，真張實貨，道地兒是你爹。〔楊希白〕有這等奇事。〔杜玉娥白〕因羞顔難見，故此逃回。正要尋你，恰好來了。〔楊希白〕如今我爹爹往那裏去了？〔赤金白〕我們回來了，焉知他去向。〔楊希白〕哈哈，今晚前後山的故事一樣的了。初更時分，我下山去呵，〔唱〕

【急三鎗】只爲我，思親急，心兒燥。遇群英，過山坳，我認做南唐將，便乘勢剿。你道奇不奇，巧不巧。〔赤金白〕只怕又是一個公公。〔楊希白〕也是你們公公。〔赤金白〕我們怎麽這些個公公？〔楊希白〕是你伯父公公呼延贊。我被他羞辱一場，無顔見他，指望溜了，那知他一直趕上山寨。我從後寨進前寨出，正要尋你們計議。〔玉娥白〕如今呼延伯父呢？〔楊希白〕在寨中。〔赤金白〕好。有了。此人來，有經紀的買賣好做了。〔楊希白〕開什麽鋪子？〔玉娥白〕我們快些回寨，求他做個和

事老兒。〔唱〕

【風入松】團圓重聚在來朝，央求他解釋和調。新親酒席安排妙，請爹行寨中來到。〔赤金、楊希白〕好見識，好見識。快些上山，求他便了。〔同唱〕除應高先報功勞，從前之過盡勾消。〔同下〕

第六齣　悮聞馳援

〔八鐵騎、四將官引高君保上，唱〕

【點絳唇】名譽非沽，四方欽慕，誇威武。開創功膚，勇冠匡邦祚。〔白〕俺高君保。昨日傍晚時，探子報道楊令公被唐兵戰敗，止存數百騎人馬，直投靈壁山北路避鋭。爲此，呼延元帥親領健勇百名前去迎接。直至五鼓，不見回營。俺一面遣人打探，一面領兵前來接應。衆將官，一路打探迎上前去者。〔衆應科。内打五更。高君保唱〕

【油葫蘆】一路來徹耳無聞軍譟呼，聽不見催軍鼓。行盡了深山寂静路崎嶇，惟聞得山村寒夜報鷄喔。並没有挑燈夜戰旗門佈，也不像山坳内擺戰場，向那裏陳部伍。説什麽唐先鋒，把宋元帥的途路阻。我迎到這山北後，怎一個無。〔探子上，白〕報。啟上先鋒，小的打探得，副元帥遇見了陸應魁，兩下交戰，被陸應魁銅人一下，將副元帥的槍打作兩段，殺得大敗虧輸。我軍人馬現今一個也不見，只有陸應魁的營盤就在前面駐扎。請令定奪。〔高君保白〕有這等事？再去打聽。〔探子應下。高君保白〕阿呀，不好了，呼延元帥一定被他擒去了。衆將官，奮勇殺入唐營，救元帥去者。〔將官白〕將軍，天色

未明。〔高君保白〕噯，説那裏話來。主帥被陷，豈可按兵不救？憑他虎穴龍潭，誰敢惜身畏避。〔唱〕

【天下樂】衝營寨任我縱横誰敢阻，馳也波驅，大英雄膽氣粗，一身兒敵萬夫。頃刻裏，臨營如捕群羊的猛虎，蹈戈林要鋭身，衝鋒壘須奮武。〔白〕衆將官，殺上前去，踹他的營寨。違令者斬。〔衆應。高君保唱〕仗千軍，志合鼓。〔下。報子上，白〕打探軍情事，回報主將知。已到營門了。那位在？〔一勇士上，白〕什麽人？〔報子白〕探子回來了。〔一勇士白〕候着。先鋒有請。〔衆勇士引陸應魁上，白〕怎麽説？〔一勇士白〕探子回來了。〔陸應魁白〕令他進來。〔勇士白〕令你進去。〔報子白〕小的叩頭。〔陸應魁白〕我命你去打聽呼延贊在那裏安營，要在何處排兵對陣。〔報子白〕安什麽營，對什麽陣，他早已退兵回去了。〔陸應魁白〕怎麽説？早已收兵回去了？〔報子白〕曬了你了。〔陸應魁白〕唗。〔報子下。陸應魁白〕可惱嗄，可惱嗄。呔，呼延贊，你既畏懼於俺，竟説收兵回去罷了，説什麽明日决一雌雄，可惱嗄，可惱嗄。阿呀，且住。俺奉令追擒楊繼業，被呼延贊悞了俺一夜工夫。方纔兩個元帥又差人來問俺追的繼業怎麽樣了，俺説有呼延贊領兵擋路，等天明一併成功繳令。如今楊繼業也去遠了，呼延贊也走了，教俺將什麽去繳令？也罷，俺如今領兵追上前去便了。傳衆將官，進帳聽令。〔勇士白〕得令。〔下。陸應魁白〕哎，上了呼延贊這老匹夫的當了。〔下。高君保内白〕衆將官，殺入營中去者。〔鐵騎將官白〕得令。〔引高君保上，作衝下。勇士内白〕（**高君保等上，踹營，頭門下。**）宋兵衝進營來了。〔陸應魁上，白〕這是那裏説起，這是那裏説起？又上了報子的當了！他説呼延贊早已收兵回去，如今天色微明，被他衝破俺的營寨。好報子，打聽的什麽事。〔高君保上，白〕呔，你可是陸應魁？〔陸應魁白〕哇，呼延贊老匹夫，你説天明對陣，怎麽天色未明就來衝營？好大膽。〔高君保白〕把你這瞎眼的匹夫，你認我是誰？〔陸應魁白〕吓，我模模糊糊記得呼延贊是黑面白鬚，如今他是白面黑鬚，不是呼延贊，不是呼延贊！呔，你是何人，輒敢闖俺的營寨？〔高君保白〕聽者。〔唱〕（**高君保上，白完，唱【哪吒令】完，對下。**）

【哪吒令】俺這裏奉聖諭，爲彰威佈武。掛印符，做先鋒贊輔。帥前驅隊伍，下南唐振旅。〔陸應魁白〕哎，你到底是那個？〔高君保唱〕高君保名震宇，英雄將威揚佈，隻身戰百萬軍卒。〔陸應魁白〕吓，久聞。初下南唐，有個高君保，就是你？〔高君保白〕就是本爵。〔陸應魁白〕呸，俺只道高君保是怎麽樣一個三頭六臂的大漢，原來是個瘦小的人兒，那裏禁得起俺銅人一下。照打。〔戰下。鐵騎勇士上，戰下。高君保、陸應魁上對。高君保白〕哇，陸應魁，你好好將呼延元帥送出來，便與你干休。〔陸應魁白〕俺營中没有什麽呼延元帥，勸你早早回兵，保全性命罷。〔高君保白〕你這莽匹夫，若不送出呼延元帥，誓不與你兩立。〔陸應魁白〕哇，高君保，俺這裏千軍萬馬，叠壘重營，你竟敢大膽前來衝突，難道你不知俺的銅人利害麽？〔高君保白〕哈哈哈。〔唱〕（**八軍士、八鐵騎，一個間一個搭上，歸元圈，分下。歸上下四排，打下。高君保 陸應魁 上對，白完。**）

【鵲踏枝】那怕你列著干戈，那怕你佈著網羅，俺只要救回元戎。膽包身軀闖重營。縱橫任吾，俺也不虛怯先有埋伏。〔戰科，下。鐵騎勇士上，戰下。陸應魁白〕〔高君保唱完，對下。二對四：

韓福禄 張得安 陸得喜　上對下，藍廷喜 趙德 孫喜
張得禄 高進忠 劉雙喜　盧恒貴 靳保 任喜禄　上對下。陸應魁上，白。〕阿喲，高君保武藝名不虛傳。他戰法精奇，躲閃即溜，俺一下也打不着他，怎麽好？〔高君保上，白〕陸應魁，還俺呼延元帥來。〔陸應魁白〕嗄，原來你要尋呼延贊。哎，俺是性直粗魯之人，不會説慌。他昨晚被俺殺得上天無路，入地無門，與我約下天明交戰。誰想他偷跑了，俺還要尋他哩。〔高君保白〕如此説，真個不在你營中？〔陸應魁白〕嗄，難道要俺賭咒你聽麽？〔高君保白〕如此，便宜了你。衆將官，收兵回營者。〔高君保下。陸應魁白〕阿呀，可惱吓，可惱吓。無故被他衝破營寨，難道罷了不成？有了。待我點齊人馬，追擒這厮，方消此忿。無功難繳令，擒將見元戎。〔下〕

第七齣　呼延督戰

〔四健勇上，白〕元帥接元帥，將軍遇將軍，好笑。我們呼延元帥特爲迎接楊令公，倒撞着了陸應魁，在後山截戰，折鎗敗走。又遇着楊七將軍，截住趕了一夜，趕到靈壁山上。見了七將軍與二位夫人，説明始末根由。如今天明了，差我們下山去報知高先鋒，免他尋找。快些下山去，走吓。〔下。鐵騎、四將官引高君保上，唱〕

【村里迓鼓】尋不見呼延呼延元帥，激怒了先鋒先鋒前部。揚威的奮武，督了衆鐵騎揮戈即赴。一騎馬銜着唐寨，冒着矢石，拚身力努。嚇得那馬上將士，步下軍卒，藏藏躲躲，滿營中尋不見呼延帥主。〔健勇内白〕走吓。〔鐵騎白〕啟先鋒，那山坡上下來的都是我營中健勇模樣。〔高君保白〕好了，元帥有了下落了，迎上去問來。〔健勇上，白〕呀，來的是高先鋒。先鋒領兵，那裏去來？〔君保白〕到唐營找尋元帥回來。爾等在此，可知元帥在那裏？〔健勇白〕元帥麽，在靈壁山寨中。〔高君保白〕豈有此理。一個領兵元帥不回營帳，豈不知合營將士通宵懸念。〔唱〕

【元和令】督三軍的司命主，兵和將保扶護。有疎虞愆及衆征夫，一夜的担恐怖。〔健勇白〕元帥恐先鋒尋找，特差健勇們下山報信。〔高君保白〕此時下山報信也遲了，引我上山見元帥去。〔健勇白〕先鋒這裏來。〔高君保唱〕弄得個合營秉燭夜分初，使先鋒無尋路，衝營到五更鼓。〔下。勇士、四將官引陸應魁上，唱〕

【上馬嬌】可恨那莽匹夫，忒欺某，呀，擅敢來尋帥把營踰。〔白〕一路打聽，説有隊人馬上靈壁山去了。吓，想是楊繼業、呼延贊等俱在綠林寨内了。大小三軍，隨俺上山擒來報功。〔唱〕乃知山寇結連聚，一蕩除，管成功勢如劈竹。〔同下。一健勇上，白〕先鋒，請少待，元帥、七將軍有請。〔玉娥、赤金、楊希、呼延贊上，白〕一飲與一啄，諸事皆前定。怎麼説？〔健勇白〕高先鋒到了。〔延贊白〕先鋒到了，待我出營。〔楊希白〕老伯，我們可要迴避？〔延贊白〕且先迴避。〔楊希、玉娥、赤金下。健勇白〕先鋒有請。〔鐵騎將官引君保上，隨下。衆凹門下。君保白〕通報了麼？〔健勇白〕通報了，元帥出迎。〔高君保白〕在那裏？〔健勇下。延贊白〕先鋒請。先鋒到來，有失遠迎。請坐。〔君保白〕元帥可曾迎着令公？〔延贊白〕令公不曾迎着，倒遇見了陸應魁。阿喲，直戰到三更。〔高君保白〕可曾勝他？〔延贊白〕勝吓，那陸應魁的銅人，那個當得起？〔高君保白〕哼，哼，哼！〔延贊白〕哼哼吓，你不曾遇着哩，本帥的鎗都被他打斷了。〔高君保白〕不勝就該回來。〔延贊白〕正要回營，遇見了我的侄兒，請我上山叙叙闊别，只得依他。〔高君保白〕就該連夜差人到營傳諭小將，也免得合營秉燭懸望。〔延贊白〕吓，你們合營還等著我麼？我只當你們都睡了，所以想道不要混了合營的美寢，這是我元帥憐恤將士之心也。〔高君保白〕豈有此理。一個領兵元帥出去一夜不回，合營中誰不担心？本爵等至四更，放心不下，領兵沿途尋找。直衝入陸應魁營内，戰至天明。纔知你不曾受擒，倒説怕混了合營美寢。〔唱〕

【遊四門】你則道三軍睡穩夢回初，那知我尋你在中途。把唐營衝破縱横路，交戰到鷄喔，怎説出美酣。〔呼延贊白〕吓，他爲尋我不見，交戰了半夜。那知我爲尋令公不見，也戰了半夜。那個見情？他倒惱在那裏了，陪個禮兒。高賢弟，不要惱，都是我這老哥哥錯了。奉揖，奉揖。〔高君保白〕阿呀，不敢，不敢。〔延贊白〕高賢弟，可要見見我的姪兒、姪媳？〔高君保白〕我可認得的？〔延贊白〕你吓，從不曾見過的。〔高君保白〕請過來。〔延贊白〕姪兒、姪媳，高將軍在此，相請。〔楊希、玉娥、赤金上。楊希白〕來了。〔高君保白〕不知可認得？〔呼延贊白〕過來，見了高將軍。〔楊希等見科，白〕高將軍。〔高君保白〕吓，你是七將軍吓。〔楊希白〕可不是七將軍。〔高君保白〕好嗄，你臨陣招親。〔楊希白〕禁聲，我最怕聽這一句。〔延贊白〕其中週折，我一一皆知，只是一言難盡。請坐了，慢慢説與你聽。〔一健勇上，白〕報。啟上元帥、先鋒，陸應魁領兵闖上山來了。〔呼延贊白〕吩咐所有山上人馬，齊集伺候。〔健勇白〕得令。〔下。楊希白〕待俺去擒他上山。〔呼延贊白〕住了。他手中銅人利害，只怕你當得起。〔楊希白〕哎。〔唱〕

【賞花時】俺是個雄赳赳的將軍休得害虚，惡很很威風搜山猛虎。你與俺山頭催着戰鼓，看楊希奮烈武，手起處獻囚俘。〔白〕抬鎗帶馬。〔下。赤金、玉娥白〕不知這陸應魁有多大本領？〔呼延贊白〕驍勇得很。〔高君保白〕無非猛力粗魯，非疆場名將。他所仗銅人過重，遇智勇之將則易除也。〔赤金、玉娥白〕原來如此。請一同助戰去。〔呼延贊白〕有理。衆將官，下山助戰者。〔内應科。呼延贊等下。内擂鼓三通。鐵騎、勇士等兩場上，作對陣科。楊希作出陣科，白〕呀。〔唱〕

【勝葫蘆】則聽得撲通通的春雷半山中鼓，是俺伯父助威模。後隊上君保先鋒排陣伍。左邊廂赤金督着軍卒，右邊廂玉娥督着馬步，皆助俺擒捉陸村夫。〔陸應魁出陣科，白〕呔，迎敵者何人？報名上來。〔楊希白〕俺乃搜山虎楊希是也。來者敢是陸應魁麽？〔陸應魁白〕既知俺的威名，還不下馬受縛？〔楊希白〕好嗄，俺正要擒你，那裏走？〔戰科，下。赤金、玉娥暗上，作出陣望科，白〕呀。〔唱〕

【青歌兒】俺這裏觀他觀他技武，喝一聲叱咤叱咤喑唔。惡很很手舞銅人猛力粗，骨碌碌瞪着怪目，專待戰個贏輸。自道他戰場上所向敵無，驟盤旋豹月烏。〔楊希、應魁上戰。赤金、玉娥白〕陸應魁，俺來擒你。〔同戰科，下。高君保暗上，出陣科，白〕呀，你看陸應魁好耐戰也。〔唱〕（**楊希、陸應魁上對，赤金、玉娥白完，接對，四人同下。高君保出陣，唱【柳葉兒】。**）

【柳葉兒】似三戰的虎牢關虎牢關呂布，輪盤戰力不虧輸，威風好似重瞳附。他待要拏雲霧，山上綉旗摩，好一似十面埋伏。〔應魁、楊希、赤金、玉娥上戰。高君保助戰科。呼延贊出陣科，白〕（**應魁、楊希、赤金、玉娥上對，高君保接對。呼延贊出陣，白完，接對，下。**）俺來也。〔同戰科，下。鐵騎、勇士等合戰科，下。衆陸續上戰，下。赤金上，白）阿喲，陸應魁這個東西好利害，這些英雄好漢竟戰不敗他。有了，待我用金鏢取他，他往那兒跑？阿呀，忘了帶來了，這可怎麽好？有了，等我下馬，砍他的馬腿擒他。（下。衆上，戰科。赤金上，欲砍馬腿科。陸應魁白）吓，這醜物是什麽東西？（赤金白）醜物是你的老太太。（陸應魁白）照打。（赤金白）砍你的馬腿。（戰科，陸應魁作落馬科。延贊、君保、玉娥、楊希白）拏住他。（陸應魁白）呔，誰敢近前？俺換了戰馬，少時再戰。（陸應魁下。延贊白）這厮不服輸，少時還要決戰。且收兵上山，飽食戰飯，再擒這厮便了。收兵。（同唱）（八鐵騎、八勇士分下。兩家將官，八人對攢，下。赤金上，白完。應魁上，白完，對攢。高君保、呼延贊、楊希玉娥上，接對。應魁墜馬。衆白完。應魁下。呼延贊等唱【尾聲】，下。）

【慶餘】展雄威振師旅，早準備捷奏軍書，也顯俺奮勇王家處。（下）

第八齣 應魁中標

〔勇士、將官引陸應魁上，唱〕

【四邊静】英雄一世心高傲，被潑婦傾翻倒。出醜在當場，惹得人人笑。〔白〕可惱嗄，可惱嗄。今早領兵到靈壁山搦戰，指望要擒繼業、呼延贊等，好回營繳令。被一醜婦砍倒坐騎，把俺摔下馬來，險些被楊希等擒去。虧俺輪開了銅人，護住了身子，人皆不敢上前。俺急急逃回營中，飽食戰飯，换了戰馬，特來與他們决一死戰。〔將官白〕先鋒，此去可勝則勝，若不能取勝，還是收兵回見元帥，何必要决死戰？〔陸應魁白〕哎，你們那裏知道，俺與秦氏争奪帥印，結下冤仇，所以他每每要尋隙斬我。若今番不能追擒繼業，定按軍法。想俺陸應魁堂堂男子、烈烈英雄，那邊受秦氏擺佈，這邊又被醜婦暗算，被他兩個將俺一世的鋭氣都挫盡了，今日必要决一死戰。快快前去。〔唱〕騰騰怒暴，惡氣難消。决戰見雌雄，復整威名號。〔衆白〕（擺山式旗幟等。）已到山前。〔内擂鼓。陸應魁白〕呀，你看他山坡上旗纛高張，戈矛密佈，倒也威嚴。衆將官，就在山下排開人馬，佈列陣角，挑兵决戰者。〔衆白〕得令。〔下。擂鼓科。軍士、將官、玉娥、赤金、楊希、高君保引呼延贊上，唱〕

【醉花陰】戰霧漫漫陣雲繞，撲通通借山音的花腔畫角。助威風膽氣豪，決勝見低高。令嚴傳，要除强暴。〔健勇、鐵騎、勇士、將官兩場冲對戰科，下。陸應魁上，白〕（撤雲帳。）呔，有納命的，快快來吓。〔高君保上，白〕俺來擒你。〔陸應魁白〕哇，高君保，你夜來拉闖我營，正要拿你。照打。〔戰科，下。呼延贊白〕你看陸應魁，好威風也。〔唱〕（高君保白完。陸應魁白完，對下。呼延唱【喜迁鶯】。）

【喜迁鶯】只見他軒昂躍跳，驟征駒喊喝炰烋。雄也麽驍，威風不小，舞耍銅人顯巨豪。好，高君保，其實久臨大敵，戰法精超。〔衆上，戰科，下。陸應魁、高君保上，戰科。楊希上，白〕呔，陸應魁，你方纔摔下馬來，抱頭鼠竄而去。我只道你逃走了，竟敢又來搦戰。〔陸應魁白〕呔，楊希，知俺蓋世英豪，名驚四海，那楊令公尚且懼俺威風，何况爾等。〔楊希白〕你是蓋世英豪，把俺搜山虎楊希放在那裏？看鎗。〔戰科，下。呼延贊白〕那陸應魁與楊希，可稱敵手也。〔唱〕（高君保、四將官勒夫 王永壽 尹昇 張長慶上對。楊希上，白完，接對，下。呼延贊唱【出隊子】。）

【出隊子】搜山虎一聲長嘯，猶如獅吼嘷。他笑道眼前誰是大英豪，較勝當場手段高，端的是楊家有俊豪。〔衆上，接續戰，下。楊希、陸應魁上，戰科。呼延赤金上戰。楊希下。陸應魁白〕住了。俺陸先鋒戰得威鋭正利，又是你這醜物來了。〔赤金白〕你知道不知道，這叫一物降一物。你遇見了我，就要倒你的鋭氣了。〔陸應魁白〕呸。〔呼延赤金白〕呸，你婆婆姓崔，看鎗罷。〔戰科，下。呼延贊白〕哈哈，好個好個呼延侄媳也。〔唱〕

【刮地風】可羨他馬上威風莽又驍，可羨他潑喇喇酣鏖。他交鋒如兒戲頑皮耍，激得那陸應魁怒發咆嗃。〔衆陸續上戰，下。赤金、應魁上，戰科。杜玉娥上，白〕姐姐閃開，待我擒他。陸應魁，看鎗。〔戰下。呼延贊白〕哈哈，你看杜小姐金鎗之法，好神妙也。〔唱〕（單對：勒夫 喬榮壽上對下，張長慶 李長喜上對下，王永壽 劉得山上對下，尹昇 金得榮上對下。赤金、應魁上對。玉娥上，接對，下。呼延贊唱。）則道他繡閣妖嬈，那知是巾幗英豪。凜凜的雄風威浩，紛紛的舞梨花，晃了的金鎗湧，鎗法神妙。展眼間，一鎗兒把扎額挑。〔白〕那陸應魁呵，〔唱〕嚇得來魄散魂消。〔兩家兵將接續，交戰，合戰科，下。呼延贊白〕呀，〔唱〕（雙連環：張得安 劉雙喜 工喜 趙榮 任喜祿 靳保 劉保 蕭齡 陸得喜 高進忠 平喜 輝四喜 孫喜 趙德 張喜壽 楊進昇上對下。呼延贊唱。）

【四門子】這一陣直戰得唐營將士魂兒落，圍在這垓心沒處逃。早隊伍亂人心耗，棄盔甲撩鎗刀。陸應魁呵，散了髮，卸了袍，這威風挫盡了。只今日一陣擒剿，早準備捷音奏表。〔呼延赤金、杜玉娥、陸應魁上戰。楊希上，白〕看鎗。〔同戰科。高君保上，助戰科。陸應魁張慌敗下。衆追下。呼延贊白〕妙吓，陸應魁被擒定矣。衆將官，下山助陣者。〔衆應，同下。陸應魁白〕罷了吓，罷了。〔唱〕（赤金、玉娥、應魁上對，續楊希 高君保對，應魁下。衆追下。呼延贊白完。四軍士、八將官領下。應魁上，唱【水仙子】，下。同下。上雲帳。）（撤雲帳。）

【水仙子】俺俺俺，自嘆譹，自嘆譹。嘆嘆嘆，蓋世英雄没下稍。盡忠心輔佐南唐，逢秦氏妬賢嫉道。令令令，令嚴傳逼戰鏖。忿決戰，失利難逃。（楊希、高君保、呼延赤金、玉娥上，戰科，下。健勇、鐵騎、勇士上戰。勇士、將官或死、或逃下。衆作圍裹陸應魁上。衆下。陸應魁白）（楊希、高君保、赤金、玉娥上對。續四健勇、八鐵騎、八勇士、四將官勒夫尹昇等上對，大攢。勇士作死逃科。健勇、鐵騎抄手，圓下。應魁上，唱後半支完。）阿呀。（唱）看看看，看戈矛密密圍四繞，違嚴令難回報。（白）也罷。（唱）拚拚拚，俺拚命掩蓬蒿。（楊希、高君保上，戰科。呼延赤金上，白）陸應魁，看標。（杜玉娥上，白）看鎗。（軍士、將官、健勇、鐵騎上，作圍。楊希等作殺死陸應魁科。呼延贊暗上。楊希等白）陸應魁已除，取他的首級、銅人在此。（呼延贊白）好好好，這就是見你公公替七郎贖罪的禮物，收好了。就此收兵，上山。（衆應，同唱）

（高君保、楊希、玉娥、赤金上。八鐵騎、四健將、四健勇、四軍士馮文玉白興泰等、八將官劉招孫進安等兩場門上，圍轉。赤金作出鏢打應魁，下。衆回白，唱【尾聲】。）

【尾】巨狠英雄枉威耀，只落得一命掩蓬蒿，似此巾幗嬌娃天下少。（同下）

第九段

第一齣　繼業搜山

〔楊繼業內白〕衆將官，隨俺搜山降寇去者。〔八健勇、四將官、楊貴應科，引楊繼業上，唱〕

【四邊静】昨宵横徑好良材，武藝凛然駭。埋没俊雙傑，吾心甚怜愛。〔白〕本帥昨晚路過靈壁山前，有兩個緑林好漢截路。試其武技，吾心甚愛。今日在靈壁縣選得幾名勇將，一同去搜山降寇。一者軍營用以建功，二者肅清地面。就此前去。〔衆應。楊繼業唱〕削平虎寨，與民除害。糧草盡搜羅，名目軍册載。〔一頭目上，白〕呀，那邊一隊人馬，想必是楊元帥來的。可是楊元帥麽？〔將官白〕呔，你是那裏來的？〔頭目白〕相煩傳稟，説靈壁山頭目求見。〔將官白〕候着。啟元帥，有靈壁山頭目求見。〔繼業白〕着他過來。〔將官白〕着你相見。〔頭目白〕是。元帥在上，小的叩頭。〔楊繼業白〕你是什麽人？〔頭目白〕小的是靈壁山無名大王差來，迎接楊元帥上山的。〔楊繼業白〕住了。昨夜截路，今日迎請，什麽意思？〔頭目白〕我家將軍説，昨因黑夜無知，多多冒犯元帥。今日宰牛殺馬，備下筵席，請罪投降。〔楊繼業白〕呣，滿口胡言。既説黑夜無知，怎麽認得是本帥？其中有詐，綁了。〔衆應。頭目白〕有下情，有下情。〔楊繼業白〕講。〔頭目白〕其實不是我將軍請，是呼延元帥請。〔楊繼業白〕可是呼延贊？〔頭目白〕是。〔楊繼業白〕我兒想必請的援兵到了。〔楊貴白〕正是。〔楊繼業白〕既是呼延元帥領兵救援，到你山寨做什麽？〔頭目白〕是這個。〔楊繼業、楊貴白〕講。〔頭目白〕我家將軍与呼延元帥有親，所以請上山去的。〔楊繼業白〕呸，呼延元帥怎麽与緑林草寇有親？〔頭目白〕元帥不用疑惑，這緑林草寇是有來歷的，只怕與楊元帥也有点兒親。〔楊繼業白〕胡説。〔楊貴白〕我楊家父子那有强盗親戚？〔頭目白〕且上山一見便知。〔楊繼業白〕你先去報信，説我就到。快去。〔頭目白〕是。〔下。楊繼業白〕我兒，爲父的聽説救兵到來，却甚欣慰。憑來人的言語，又生疑惑。〔唱〕

【皂羅袍】欣幸援兵何快，這的是否極旋邀泰來。未知山寇甚人材，除非覿面疑方解。〔楊貴白〕爹爹，不須疑惑，且到山寨看個分明便了。〔楊繼業白〕有理，就上靈壁山去者。〔衆應，同唱〕上山莫急，加鞭快催。親行審視，何必疑猜。英雄豈懼計安排，計安排。〔下〕

第二齣　議接楊帥

〔一頭目上，白〕前山尋令公，喜得中途遇。俺奉七將軍之命，迎請楊元帥。且喜中途相遇，着我先上山去報信，楊元帥隨後就來，爲此飛騎回報。正是：匆匆到虎寨，急急報軍情。已到寨門了。〔下馬科，白〕元帥、將軍，有請。〔杜玉娥、呼延赤金、高君保、楊希、呼延贊上，白〕你回來了。楊元帥可曾尋着？〔頭目白〕好容易纔尋着了。〔楊希白〕果然是楊令公麼？〔頭目白〕楊令公是無人假冒得來的。〔楊希白〕呔，胡説。伯父，如此説，真正是我爹爹到了。〔呼延贊白〕自己的親老子，怎麽疑惑起來。〔楊希白〕吓吓，伯父，欠罰欠罰。你來元帥處可曾説出我名姓來？〔頭目白〕没有。我説是無名將軍，乃呼延元帥的親戚，請元帥上山。〔呼延贊白〕好，説得好。你去寨門外等候元帥，到時通報。〔頭目白〕是。七將軍吓，請是請到了。咦，看你怎麼相見吓。〔下。楊希白〕哎，我將軍已經心裏撲騰撲騰的跳了，他還要唬我。阿呀，伯父吓，楊希渾身的不是，一点理兒没有，怎敢去見爹爹。今日躲過，明日見，可使得？〔呼延贊白〕明日也是見，猶其一点理兒没有了。〔呼延赤金白〕醜媳婦免不得要見公婆的。〔楊希白〕呸，説出你自己的心事來了。你這醜婦敢見公公，我却不敢見。〔呼延贊白〕敢是你怕捱打？〔楊希白〕喲喲，若果然是打，拚我楊希兩條腿，還挨得起這麽一下兩下。倘然要殺我，却一下也頑不開。〔杜玉娥白〕阿呀，是吓。老伯伯，萬一我公公要殺他，求老伯勸解勸解纔好。〔呼延贊白〕吓，怕你公公殺他？〔杜玉娥白〕正是。〔呼延贊白〕我倒不明白，殺他与你什麽相干？說。〔杜玉娥白〕留着他好。〔呼延贊白〕不留呢？〔杜玉娥白〕不留，那個破鐵旗陣呢？〔高君保白〕看杜夫人面上，元帥討個人情。〔楊希白〕還是看我七郎薄面。〔高君保白〕七郎的面皮不薄，臨陣還要招親哩，哈哈哈。〔呼延赤金白〕我也得鬧個過節兒。阿呀，是嗄，老伯伯，萬一我公公要殺他，求老伯解勸解勸纔好。〔呼延贊白〕吓，怕你公公殺他？〔呼延赤金白〕正是。〔呼延贊白〕我倒又不明白，殺他又與你什麽相干？你也說。〔呼延赤金白〕留着他好。〔呼延贊白〕不留呢？〔呼延赤金白〕不留嗄，底下的戲就唱不成了。〔呼延贊白〕你們放心，在我身上。你夫婦們且不要見面，待我說明了，喚你們相見，可好？〔楊希、赤金、玉娥白〕全仗伯父週全。〔呼延贊白〕你二人放了心了，哈哈哈，想着預備下見面禮兒。〔杜玉娥、呼延赤金白〕曉得。〔同下。八健勇、四將官、楊貴引楊繼業上，同唱〕

【粉孩兒】駸駸的望山巔搖鞭指，控征鞍攬轡，行行迤邐。峰巒峭峙雲樹迷，水濤濤繞澗成溪。俺這裏戎政軍機，又何暇覽眺巖谿。〔白〕適有靈壁山遣人迎接，又說是呼延元帥，又說是無名將軍，此事好不明白。爲此催軍上山，看個端的。〔衆白〕已到山下了。〔楊繼業白〕就此上山去者。〔衆應，同唱〕

【紅芍藥】今日裏會集堪疑，難猜料是甚奇機。道請罪投降出何意，待相逢究取情理。〔頭目上，白〕楊元帥到了，請少待。呼延元帥，有請。〔高君保、呼延贊上，白〕楊元帥到了麼？〔頭目白〕到了。〔呼延贊白〕高賢弟，一同出去迎接。〔高君保白〕有理。〔出迎科。呼延贊白〕楊賢弟。〔楊繼業白〕果然是老仁兄。〔高君保白〕老令公。〔楊繼業白〕高將軍也在此。〔呼延贊白〕賢弟請。〔同進，各見禮科。頭目等下。楊繼業白〕來人説是仁兄在此相請，小弟還不信。〔唱〕難期忠良際遇齊，幸相逢不勝欣慰。〔呼延贊白〕因大郎請救，聖上命我爲副帥，高將軍爲先鋒，兵馬使提兵協助賢弟。〔楊繼業白〕我好喜也。〔唱〕賴雙英接援兵提，重整鋭建功必矣。〔白〕怎麼不見楊泰？〔呼延贊白〕楊泰麼，聖上留他朝中宿衛，不來了。〔楊繼業白〕原來如此。〔高君保白〕小將聞得令公兵抵臨淮，因何退兵到此？〔楊繼業白〕本帥自破了界牌關，一路勢如破竹，直抵臨淮。却遇宋萬率領强兵，在關前設下鐵旗陣，阻絶要路。小弟觀彼勢鋭，本難克勝，又遇陸應魁、金鎗秦氏，故爾大失其勢。〔唱〕

【耍孩兒】他矯戰，陰謀藏袖矢，被他傷吾臂。宣布出，中毒身逝。〔呼延贊白〕此計借用得巧。〔楊繼業白〕哎，什麼巧。不想宋萬借勢行詐，前來設弔，令虎將假扮前來呵，〔唱〕盡私儀，巧突入，行詐縱横恣。受夾功，敵戰失其勢，向靈壁山前避。〔呼延贊白〕原來遭賊詭計，突圍到此。〔楊繼業白〕仁兄領兵赴援，因何事在此山寨？〔呼延贊白〕我昨晚爲迎接賢弟，行至靈壁山後，遇着陸應魁勇猛非常，愚兄難以支持，只得落荒而敗。正在危急，遇我侄兒在山後截住了我，好戰嗄，戰了一更天。

〔楊繼業白〕嗄，侄兒竟截住了伯父，還敢交戰？〔呼延贊白〕戰麽。〔楊繼業白〕奇聞了。〔呼延贊白〕不奇，侄兒截住伯父，媳婦截住公公，這皆不算奇。〔楊繼業白〕後來呢？〔呼延贊白〕後來，陸應魁也趕上山來了。〔楊繼業白〕這還了得。〔呼延贊白〕就是，我那侄兒與兩個侄媳呵，〔唱〕

【會河陽】力助誅兇，夫婦心齊，霎時解散勢危罹。〔楊繼業白〕嗄，陸應魁被令侄等斬了？ 好大功勞也。〔呼延贊白〕功勞呢，其實大嗄。 只是畜生當初犯吾軍令，懼罪脱逃，遍處捉拿不見。 誰想他潛藏此山，還娶了兩房媳婦，一同在此截路剪徑。〔楊繼業白〕住了。 昨晚小弟路過山前，被兩個剪徑的截住，戰了半日，只怕就是。〔呼延贊白〕就是侄媳婦。〔楊繼業白〕好武藝吓。 方纔來人説，有個無名將軍是？〔呼延贊白〕那就是……〔高君保白〕就是呼延元帥的侄兒。〔楊繼業白〕我只道是個毛賊，原來是仁兄的侄兒。〔呼延贊白〕正是噓，你説該殺不該殺。 賢弟，你不許來勸，我今日是殺定了。〔楊繼業白〕令侄昔日雖犯軍令，今日虧了他救你，又除了陸應魁，立此奇功，可以將功贖罪。〔呼延贊白〕你雖饒了，我却不饒，將俺佩劍立斷其首，方消吾恨。〔唱〕可知，國事無私，怎言宗裔，難饒恕軍逃遁。〔白〕過來。〔健勇暗上，應科。 呼延贊白〕可將這畜生綁縛等候。〔楊繼業白〕住了。 若按軍法，理應處斬。他夫婦立除應魁，志在忠君報國，可以饒恕。〔呼延贊白〕咳，懼罪脱逃罷了，不該臨陣招親，要殺的。〔楊繼業白〕這也是天遣良緣，况且招得不差。 我看這兩位侄媳英勇非常，小弟十分敬愛。 如今正在用人之際，用此三人，何愁南唐不破。 兄今一時之忿，將他殺了，豈不可惜？ 莫若恕其小過，容他建立大功，豈不有益皇家，公私兩就？〔呼延贊白〕哎，斷斷饒不得，今日殺定了。閃開。〔楊繼業唱〕勸兄休得把英雄廢。〔呼延贊白〕哎，〔唱〕愚兄偏要把英雄廢。〔楊繼業白〕斷不可如此，看小弟薄面。〔呼延贊白〕嗄，看賢弟分上不殺他，只是一件我先要與賢弟講明。若遇賢弟有這樣不肖子，我也要説個情分，你却也要依我的嗄。〔楊繼業白〕小弟的兒子，他也不敢犯令。〔呼延贊白〕萬一或者？〔楊繼業白〕小弟無不從命。〔呼延贊白〕既然如此，唤他來謝罪。〔楊希上，白〕不知可曾説明，待我聽一聽。〔楊繼業白〕快去請來相見。〔高君保白〕待我去唤他來。〔楊希白〕怎麽樣？〔高君保白〕你跪下，你跪下。早在外面，跪門伏罪。〔楊繼業白〕既已饒了，何必跪門，待小弟去。〔呼延贊白〕小兒家，何敢勞動？〔楊繼業白〕説那裏話，仁兄的侄兒，就是小弟的侄兒一樣。〔呼延贊白〕只怕還近些。〔楊繼業白〕嗄，無名將軍在那裏？〔呼延贊白〕（希隨進，跪。）這不是。〔楊繼業白〕阿呀呀，將軍，快請起來相見。〔呼延贊白〕畜生，都唱講明，還不抬起頭來？〔楊繼業作見怒科，白〕嗄，原來是你這畜生。〔呼延贊白〕住了，住了。怎麽打起我的侄兒來了？〔楊繼業白〕哎，被你哄了，如今還要歪纏。楊貴聽令。〔楊貴應科。楊繼業白〕快將這畜生綁去斬了。〔呼延贊白〕住了，住了。方纔我要殺，你要饒。如今你要殺，我要饒了。〔楊繼業白〕哎，斬訖報來。〔呼延贊白〕方纔有言在前，若賢弟有這等事，愚兄也要討情，賢弟説無不從命。你今不肯饒他，可不失了信義了。〔楊繼業白〕哎，這畜生，罪犯重重，如何饒得？快快斬訖報來。〔呼延贊、高君保白〕方纔元帥親口説的，正在用人之際，用此三人，何愁南唐不破。今一時之怒，將他斬了，豈不可惜？ 莫若恕其小過，容他建立大功，豈不有益皇家，公私兩就？〔楊繼業白〕哎，這畜生有三條大罪，那裏饒得？〔唱〕

【縷縷金】他他潛逃遁，失兵機，棄職爲草寇，訂姻期。 罪重彌天地，難容留世。〔呼延贊白〕依賢弟説，楊希有三大罪。 若依愚兄論來，楊希却没有三大罪，有三大功。 況且勝敗常事，這也算不得一罪。〔楊繼業白〕這畜生爲何不死戰沙場，反自失機逃遁？〔呼延贊白〕哈哈，責人則明，恕己則昏了。 若論死戰，你做元帥的爲何不死戰呢？ 從臨淮關直敗到這裏。 説。〔楊繼業白〕這個……〔呼延贊白〕講吓。〔楊繼業白〕哎，你好歪。〔呼延贊白〕哈哈，没得説了，到説我歪。〔楊繼業白〕其實歪。〔呼延贊白〕歪、歪，罷了。 賢弟，且聽我説他三大功。 今楊希雖陷陣潛逃，在此山招集强兵三千餘衆，輔助皇家，這豈不是一大功，折了那失機落艸之罪了。〔唱〕這忠心爲國助君孜，應須轉歡喜。〔楊繼業白〕這臨陣招親之罪，逃往那裏去？〔呼延贊白〕纔親口説過，天遣良緣，招得不差。 若不虧這兩個媳婦，那陸應高、陸應魁都有萬夫不當之勇，兩個媳婦各殺一將，豈不是兩大功？〔楊繼業白〕他二人各斬一將，指証在那裏？〔呼延贊白〕賢弟不信，待我親去喚出來，拏個對証你看看。 兩個侄媳快來。〔呼延赤金、杜玉娥上，白〕來了。〔唱〕

【越恁好】向前福履，福履，擎首獻翁知。〔呼延贊白〕來來來，先請收了見面禮兒。 哪哪，這是陸應高的首級，都風乾了，是呼延赤金斬的。 這是陸應魁的首級，杜玉娥斬的。 哪，這一對銅人，你怕不怕?〔楊繼業白〕呣。〔呼延贊白〕七郎、赤金,每人得了他一個銅人。〔楊繼業白〕收了,自有用處。〔呼延赤金、杜玉娥白〕公公在上,都是媳婦們之罪,求公公饒恕他罷。〔唱〕階前頓首,甘代罪替夫危。望求恩宥恕伊兒,以功罪易。〔呼延贊、高君保白〕看着二位令媳分上,饒了罷。〔同唱〕這姻緣天配無差,貳喜相逢,湊着滅强類。〔楊繼業白〕既是仁兄、高將軍討饒,權且饒他一死。〔呼延贊白〕侄兒,快過來謝罪。〔楊希白〕多謝爹爹不斬之恩。〔報子上,白〕報。啓元帥,今宋萬、秦氏知道陸應魁被斬,領兵退守虹縣關去了。〔呼延贊白〕知道了,再去打聽。〔報子下。呼延贊白〕賢弟有何主見?〔楊繼業白〕避其鋭,擊其歸。出了此界,便是虹縣關口。楊希,上前聽令。你可帶領本山生力兵,快快前去攻關,立功贖罪去罷。〔楊希白〕得令。〔下。楊繼業白〕我等疾速下山,將大兵分作三隊,前往接應便了。〔呼延贊、高君保白〕有理。〔同唱〕

【尾聲】攻其歸衆方爲利,神速兵行莫待遲,重厲英鋒把敵衆洗。〔下〕

第三齣　唐師避鋭

〔四軍士、勇士、四將官、張漢引秦氏、宋萬上，同唱〕

【好事近】急退避英鋒，宋寨加兵威重。又結連山寇，斬我巨勇先鋒。〔宋萬白〕今有陸先鋒部下逃亡兵將來報，宋主遣呼延贊、高君保，統領大兵接援楊令公。又且招降靈壁山草寇，竟將我先鋒斬於陣上。聲勢甚重，威風復整，恐有衝營之害。爲此拔寨暫住虹縣，可以避鋭。吩咐前隊，快快趲行。〔衆應，同唱〕移兵潛退，預防他刼寨施强横。〔報子上，白〕報。啓上元帥，楊繼業打聽得我兵移營避敵，差楊希帶領三千健鋭，接踵追來了。〔宋萬白〕再去打聽。〔報子下。宋萬白〕我今退兵者，恐失鋭利耳，他竟頓生欺敵之心。張漢領兵斷後者。〔張漢白〕得令。〔宋萬白〕我與夫人先至虹縣，用計擒那楊希便了。傳令趲行。〔衆應，同唱〕恨他行欺敵心生，趲到那虹關計用。〔下。八健勇引楊希上，唱〕

【千秋歲】騎追風，攬攬征塵動，鋭縱横迫進休容。鼓譟前攻，鼓譟前攻，料他行促勢難支强衆。〔白〕俺奉爹爹軍令，帶領山寨生力兵，追襲宋萬、秦氏，成功贖罪。且喜宋萬兵衆行遲，便於追趕。呀，前面塵土起處，就是宋萬的人馬。呔，健勇們，趕上者。〔衆應。楊希唱〕揚鞭輊如風送，休容他潛逃縱。宜速追其蹤，似疾雷驟雨，暴擊橫衝。〔勇士引張漢衝上。張漢白〕追兵休得進前，張將軍伏兵久候多時了。〔楊希白〕無名小將也敢攬俺追兵？〔戰下。勇士、健勇上戰，下。楊希追張漢上戰。楊希白〕呔，匹夫，忒也不知分量。你自比陸應魁，何如？膽敢伏兵截戰。〔作戰下。勇士、健勇上，對下。衆上，合戰，張漢等敗下。楊希白〕緊緊追趕。〔衆應下。場上設城。八軍士、四將官引秦氏、宋萬上，同唱〕（八勇士引張漢下場門上，見面，白完。衆對，大攢，大將先下。八健勇勇士對，八下，殺過河。四分頭，兩場門對下。楊希張漢上對下。二對二：任喜禄張春和 輝四喜張得禄對下，楊玉昇靳保 劉保張得安對下。張漢 張長保陸得喜 趙德高進忠五人對下。楊希 孫喜袁二喜 貫得禄張喜壽五人對下。張漢上，接對。勇士下。健勇兩場門上，抄手。張漢下。健勇番回。楊希白完「走了」，追下。）

【又一體】望城墉，鳴鼓催兵衆，恃虹關可厲吾鋒。若再追來，若再追來，俺表裏伏隊機謀必中。

〔將官白〕已到虹縣關了。〔秦氏白〕我等且引兵進城，觀其兵勢，再定决勝之策。〔宋萬白〕夫人，這座小小城池如何屯得下萬馬千軍？〔秦氏白〕他追兵已到，用何退兵之計？〔宋萬白〕吾有退兵之策。夫人領一半人馬在城外埋伏，吾領一半人馬進城待楊希到來。內外夾攻，必能取勝。〔秦氏白〕好計。衆軍士，隨本帥埋伏者。〔軍士應科，引下。宋萬白〕（四軍士引秦氏下。）衆將官，隨本帥城中埋伏去者。〔唱〕攖强勢分兵衆，退狂敵機謀用。一任如蜂擁，待追來，揮兵起伏表裏相攻。〔作進城下。楊希追張漢等上戰。秦氏引軍士上，作圍助戰科。宋萬引將官出城助戰，圍困大戰科，下。楊希上，唱）（四將官引宋萬進城下。楊希追張漢上，對。四軍士劉招楊進昇等引秦氏下場門上，對。四將官引宋萬出城，接對，同下。撤城。）

【紅繡鞋】一霎表裏加攻，加攻。兵行詭策驍兇，驍兇。（宋萬、秦氏、張漢等上，圍科。宋萬、秦氏白）（楊希上，唱二句。四軍士劉招等、四將官藍廷喜等抄手。宋萬、秦氏上，白。）楊希，你今身陷重圍，插翅難飛，早早下馬受縛。（楊希白）呔，蜂蟻之勢，何足道哉。（唱）戈矛佈似蒙茸，挑兵將似蠛蠓，俺雄威奮斬蒿蓬。（戰科。健勇、杜玉娥、呼延赤金、楊貴、高君保、呼延贊、楊繼業上，合戰，下。衆陸續戰，下。宋萬、秦氏、張漢等上。宋萬白）（楊希唱完。續張漢、四軍士、四將官上對，擺式。健勇引杜玉娥、赤金、楊貴、高君保、呼延贊、楊繼業上對，大攢，分下。楊繼業、呼延贊、宋萬、秦氏四人後對下。玉娥孫進安楊玉昇三人對下。赤金尹昇劉招三人對下。楊貴金得榮何套住對下。高君保藍廷喜劉雙喜對下。呼延贊、宋萬上對下。秦氏繼業上對。續楊希、軍士、將官、八健勇兩場門上對，歸上下排，殺過河。宋萬等敗下。衆追下。宋萬、秦氏、張漢、四軍士、四將官敗上。宋萬白。）阿呀，夫人，楊令公大兵已到，其鋭莫敵。此城不可固守，速奔五河縣。城郭堅固，據五河之險，可以陳兵相拒。（秦氏白）此計甚善，但恐他驅兵逐後，元帥先行，待俺帶領將士擋他追兵便了。（宋萬白）如此，本帥先到五河，調取兵將，陳兵河口，拒住要路便了。軍士們，隨我來。〔軍士應科，引下。楊繼業等追上，白〕〔四軍士引宋萬先下，繼業等上，作對。八健勇抄手，秦氏、四將官敗下。衆回。繼業白。〕那裏走？〔秦氏等敗下。健勇等白〕唐兵大敗。〔楊繼業白〕〔設城。〕我等先進城安民，然後統兵接應楊希便了。〔呼延贊白〕元帥主見甚高，就此進關。〔衆應，同唱〕

【尾聲】今朝復整軍威重，襲取虹關建大功，士卒齊心將帥同。〔下〕

第四齣　五河對陣

〔扮胡趫、唐國柱、孫世勳、吴迪上，白〕〔四大將弔場。〕戰場面列五河水，扼路先陳二萬兵。我等乃五河縣守鎮大將。〔分白〕胡趫是也。唐國柱是也。孫世勳是也。吴迪是也。〔同白〕昨日傍晚，俺元帥被宋兵追奔至此，調齊我等在城外，面對五河，陳兵二萬，与楊繼業交鋒。秦夫人先去陣中調遣將士，我等專候元帥出城，同臨戰場，好待宋兵到來開戰。呀，元帥出城來也。〔八軍士引宋萬上，唱〕

【鬬鵪鶉】持戈待會戰兵開，衆英雄頂盔貫鎧。只因他復鋭加兵，俺這裏疾思勝策。〔四將白〕元帥在上，衆將打躬。〔宋萬白〕侍立兩傍。陣列五河較弱强，旌旗蔽日劍如霜。英雄志量誰容讓，各盡其忠鬪智囊。只因楊令公請得救兵，復整威鋭，本帥引兵而避他，竟接踵而追，甚有欺敵之心。昨日退至五河，調遣守鎮將士，陳兵河上，即時打下戰書，今日交鋒。勝則進勦，敗則退歸臨淮。已經列下陣角，專待開兵就往陣中去者。〔衆應。宋萬唱〕列戈矛鋭利光寒，立旗門旌旄佈擺。大元戎親戰垓上，將軍奉調差。〔內擂鼓。宋萬白〕呀，那邊旂門開處，楊令公迎敵來也，須索督兵交戰者。〔唱〕聚龍虎驅逐狼豺，頃刻裏移山倒海。〔虛下。內擂鼓。扮健勇引杜玉娥、呼延赤金、楊希、楊貴、高君保、呼延贊引楊繼業上將臺，軍士執纛。扮勇士引胡遜、唐國柱、孫世勳、吴迪、張漢、秦氏引宋萬上將臺，軍士執纛。楊繼業、宋萬白）開兵。〔衆作開兵交戰科，下。宋萬白〕（内擂鼓。八健勇上場門上，持標鎗引繼業、呼延贊、杜玉娥、赤金、楊貴、高君保，纛隨上。八勇士下場門上，持標鎗引宋萬、秦氏、張漢，纛隨上。繼業、宋萬上將臺。繼業、宋萬白，四大將、楊貴 玉娥 楊希 赤金八人對下。）呀，你看兩陣間戈戟如林，旌旆蔽日，好威嚴戰場也。〔唱〕

【紫花序】一層層刀鎗密佈，一重重劍戟森嚴，一隊隊步卒前排。一行行馬軍後隊，桓桓的幹國英材。虎鬥在荒垓，捲起征塵與陣霾。越顯得英雄威大，今日交兵，决勝纔回。〔呼延贊上，白〕本帥來也。〔秦氏白〕來者何人？〔呼延贊白〕俺，副元帥呼延贊。你是何人？〔秦氏白〕俺乃副元帥金鎗秦氏是也。〔呼延贊白〕久聞大名，未曾對敵。來來來，領教領教鎗法。看鞭。〔對下。衆上，對下。楊繼業白〕好一場厮殺也。〔唱〕（「看鞭。」呼延贊 秦氏對下。楊貴 唐國柱上對下。楊希 孫世勳上對下。高君保、胡遜、吴迪上對下。張漢、赤金、玉娥上對下。繼業白，唱【小桃紅】。）

【小桃紅】風馳電掃遠山苔，英雄真無賽。勁敵難分勝和敗，奮鷹揚，似龍争虎鬥殊驚駭。聽畫角聲催，軍聲沸海，鼓噪動春雷。〔衆上，接續戰科。杜玉娥連敗唐將科，下。宋萬白〕呀，你看那使金鎗的女將，好生利害也！〔唱〕（秦氏 呼延贊上對，呼延贊下。玉娥上，接對，秦氏下。張漢上，接對，續四大將上對，張漢等下。玉娥追下。宋萬白完，唱【金蕉葉】。）

【金蕉葉】把一個慣戰將軍失色，敵不過姣怯閨客。雖不曾喪命疆場，早已的驚魂落魄。（衆上戰，下。楊繼業、宋萬揮兵出陣，合戰，下。衆陸續上對戰，合戰科。宋萬白）（秦氏、楊貴、楊希、赤金、高君保上對。續張漢、四大將上對。又續玉娥、呼延贊上對。架住。宋萬白。）今日天晚，暫且收兵，明日再戰。（楊繼業白）收兵回營。（宋軍下。秦氏白）（繼業等上場門下。宋萬等歸正場。）元帥，兩下未見勝敗，爲何收兵？（宋萬白）宋軍隊中那使金鎗者十分驍勇，鎗法比夫人較勝。不知何人眷屬？（張漢白）小將方纔打聽得，乃楊希之妻，名喚金鎗杜玉娥。（宋萬白）宋營有此勁敵，乃我軍之患也。（秦氏白）元帥，今日暫且回軍，明日待我揀選精鋭，指名要杜氏出戰，看俺單擒杜氏，除元帥心腹之患如何？（宋萬白）夫人之言，甚合吾意，但夫人須要小心。大小三軍，收兵回營。（衆應，同唱）

【天净沙】手談間碁逢敵手，交兵時將遇良材，要留神來朝陣開。整戈而待，奮威風活捉裙釵。

〔下〕

第五齣　約戰擅兵

〔健勇、玉娥、赤金、楊希、楊貴、高君保引呼延贊、楊繼業上，同唱〕

【三臺印】堪哂那唐元帥，枉負了英名在。未定個孰贏孰敗，驀地把戰鉦篩。惹吾曹慮揣，特地的打下戰書來。適纔將旗門兩下開，却爲甚罷戰回營，成甚麽行兵計策。〔楊繼業白〕三軍各歸本營。〔衆應，下。呼延贊白〕賢弟，今日交兵，我軍個個奮勇。〔楊繼業白〕嗄，那個奮勇？〔呼延贊白〕衆將奮勇嗄。〔楊繼業白〕衆將那一個替王家奮勇來？〔呼延贊白〕今日交鋒，兵對兵，將對將，殺個平手，也就罷了。依大元帥志向，要怎麽樣？〔楊繼業白〕吾志在立掃羣鼠，指望今日交兵，以挫敵人之鋭。誰料皆不用命，豈非虚演故事麽？〔唱〕

【耍三臺】未交鋒先生畏，可惱的軍心廢懈。衷心忠在功成，談笑一鼓兒除却狼豺。這樣的躭延歲月呵，辜負了主恩優賚。要須知蓄亹養廱越長，那賊人志大。〔呼延贊白〕賢弟説，衆將皆不奮勇。依我看來，個個赤膽忠心，奮勇當先，並無一人懈怠嗄。〔楊繼業白〕還説奮勇當先，今日在戰場上，請問列位那個斬了一將？誰人擒了一卒？似此躭延歲月，何日成功？豈不虚費國家錢糧？

〔呼延贊白〕咳，列位將軍。〔衆白〕元帥。〔呼延贊白〕我想最怕棋逢敵手。遇了勁敵，仗我之勇要去擒他，仗他之勇不教我擒，只怕也没法嘎。〔衆將白〕是。〔楊繼業白〕哎，自古將在謀而不在勇。臨敵取勝也，要智勇兼全，方能擒斬賊寇。仗匹夫之勇，何能勝彼。〔衆白〕元帥開示，小將等謹遵。再逢交戰，我等自當効命疆場。〔楊繼業白〕衆將可恕咻，只可恨楊希，前日命你擒拏秦氏，將功贖罪。你擒的秦氏在那裏？你的英勇在那裏吓，你的英勇在那裏？〔唱〕

【踏陣馬】傭劣輩，蠢喬材，少謀無策。英名何在？實負君澤。〔楊希白〕爹爹，罪孩兒無能擒賊，今乞請一旅之師，待楊希殺奔唐營，擒拏宋萬、秦氏繳令。代馬。〔楊繼業白〕唗，今日戰場上連一小卒未斬，擒什麽宋萬，拏什麽秦氏，小畜生。〔呼延贊白〕住了，住了。愚兄也曉得這麽一兩句兵法：避其鋭，擊其歸。宋萬收軍之時，你揮軍急擊。怕不成功，你領着頭兒先回營來，如今埋怨衆將。嘖嘖。〔楊繼業白〕臨陣收軍，預防其詐。自古欺敵者必敗。〔呼延贊白〕這又使不得。方纔楊希請令出戰，你又不許。這樣不好，那樣不可，依你到底是要怎麽樣？〔楊繼業白〕哎，酒逢知己千杯少。〔呼延贊白〕這何消説得？下文自然是，話不投機半句多了吓。賢弟，如今到底是戰呢不戰？〔楊繼業白〕哎。〔下。呼延贊白〕阿喲喲，説不過了，一賭氣進後帳養神去了，把我們晒在這裏公道。有了，請衆位到本帥營中叙談去。〔衆白〕請。〔同唱〕驀地元戎心發惱，料應爲敵人勢大，朝暮焦勞，破陣無策。〔作進門科。呼延贊白〕請坐。衆位吓，今日交鋒，衆位將軍各奮英勇之至，怎麽元帥這等氣質？

〔高君保白〕元帥的志量，急于掃蕩唐兵，平定金陵之故。〔呼延贊白〕那個不願早早成功？遇了這等勁敵，性急也無用。〔高君保白〕是激將成功之意吓。〔呼延贊白〕嗄，常言俗語：遣將不如激將。〔呼延赤金白〕不是我誇口，若要擒拏宋萬夫妻，有何難哉？〔呼延贊白〕激了一將出來了。〔呼延赤金唱〕

【禿廝兒】斬逆首如同取芥，奮威風馬到成來。〔呼延贊白〕營中多少英雄上將，尚且不能擒得，你雖有武藝，終是弱質裙釵，出此大話。〔楊希白〕是吓，難道我們爲大將的都不如你？〔呼延赤金白〕嗄，伯父，他見了陸應高就抱頭鼠竄而逃，還稱什麽大將。〔呼延贊白〕呸，這句著實？〔楊希白〕哎，什麽著實？一派虚話。〔呼延赤金白〕一些不虚。若不虧遇了我救你，早被陸應高哪……〔楊希白〕呸。〔高君保白〕這事衆耳皆聞，不必説了。〔楊希白〕哎，醜婦，動不動許我的短吓，你的英勇又在那裏？〔呼延赤金白〕嗄。〔唱〕難道你未聞奴的威名大，論交鋒，賊聞驚駭，慢笑裙釵。〔杜玉娥白〕若論姐姐的威名，雖有，只好降那陸應高、陸應魁坌很粗魯之將。若遇了鎗法精妙、智勇兼全之將，也只好敗走而已。今日衆位不見那秦氏的金鎗那般神妙麽？〔呼延贊、高君保、楊希白〕秦氏金鎗實出神妙。〔玉娥白〕要勝秦氏鎗法，哼哼，捨我其誰。〔呼延贊白〕又是一個説大話的來了。〔杜玉娥唱〕

【聖藥王】愧不才，非賣乖，當年聖母授鎗來。〔白〕當年奴家未得此鎗之前，先蒙聖母傳授鎗法，正爲今日之用也。〔呼延贊白〕哈哈，他的大話還有對證，你的大話渺渺茫茫的來了。〔玉娥白〕嗄，老伯。〔唱〕莫笑哈，莫疑猜，秘傳鎗法夢中來，管勝惡裙釵。〔呼延贊白〕若果如此，秦氏不難除矣。〔呼延赤金白〕不要信他，要擒秦氏，還是我。〔玉娥白〕還是我。〔旗牌上，白〕閫外將軍令，帳中甲士傳。啓元帥，楊元帥有柬帖在此。〔呼延贊看科，白〕知道了。〔旗牌下。呼延贊白〕都是你二人一路爭，你要拿秦氏，我要拿秦氏，你公公賭氣挂了免戰牌了。〔衆白〕這是什麽緣故？〔呼延贊白〕多應是嫌你們没用，等楊景到來開兵的意思。〔呼延赤金白〕你老的激將之法，不在我公公以下。〔一軍士上，白〕纔挑免戰牌，搦陣下書來。啓元帥，秦氏差人下書。〔呼延贊白〕待我看來。知道了，着下書人回去。〔軍士白〕嗄。〔呼延贊白〕過來，不用啓知楊元帥。〔軍士白〕是。〔下。衆白〕元帥，他書上如何道？〔呼延贊白〕他書上麽，討戰。〔呼延赤金白〕伯父，待我去。〔杜玉娥白〕待我去。〔楊希白〕伯父，待小姪去會他。〔呼延贊白〕不用爭，他已派定了人了哪。書上寫得明白：金鎗秦氏戰書，請金鎗杜夫人，約於明日關前較勝鎗法。若能勝吾者，願將五河縣退讓。如不勝，即將虹關、靈壁縣仍歸南唐，切勿爽約。特啓。〔高君保白〕阿呀，來日的比鎗决勝，干係幾座城池。杜夫人，此次交鋒，你的任重非輕。〔楊希白〕嗄，秦氏把城池來與我夫人賭輸贏，這個我夫人贏定了。〔延贊白〕你怎麽曉得？〔楊希白〕我敢下保。〔呼延赤金白〕這個意思，你必給他算過命，交了財運了。倘然他贏不了這座五河縣，看你什麽臉？〔楊希白〕我的夫人，你要替我争氣纔好吓。〔呼延赤金白〕那可走着瞧。〔高君保白〕杜小姐，你自己酌量酌量。〔呼延贊白〕是吓。贏了五河縣來，不要緊，功勞簿上挂筆賬。若輸了，靈壁縣、虹關要退兵讓他，你公公未必依你。須要思想思想。〔呼延赤金白〕都是向你的。〔杜玉娥白〕列位放心，明日去誓必勝他，將五河一縣獻與麾下。〔呼延贊白〕好有膽氣。〔杜玉娥白〕我呢，是有膽氣的，不知伯父可有膽氣？〔呼延贊白〕你伯父的膽，不瞞你們説，被陸應魁一銅人打破了，我是實話。〔杜玉娥白〕不是吓，我公公挂了免戰牌，怕見責專擅之罪，伯父可有担當的膽量？〔呼延贊白〕我也是元帥，也傳得令，也遣得將。只要你可保得勝，我就有膽氣担當。〔杜玉娥白〕如此，請元帥一枝令箭與我。〔呼延贊白〕阿喲，想得到嗄，待我取一枝令箭與你。令箭一枝，明日帶領三千精兵、八員勇將，成功繳令。〔玉娥白〕得令。〔楊希白〕夫人，待我替你去挑選强兵勇將。〔呼延赤金白〕老七，你要不放心，你給他打打轟罷。〔楊希白〕又要你管。〔呼延贊白〕衆位，請各歸營帳。〔同唱〕

【小絡絲娘煞】那怕逆衆蜂屯勢大，明日裏願把强梁擒解。〔分下。呼延贊白〕杜夫人，轉來。〔杜玉娥白〕伯父有何吩咐？〔呼延贊白〕明日務要早些成功回來，早早卸了我這重担兒，哈哈哈。〔玉娥白〕伯父請放心。〔下。呼延贊白〕我看杜夫人不但武藝高强，又且精細，必定成功的了。俗語説，我眼望捷旌旗，耳聽好消息。〔下〕

第六齣　收取金鎗

〔扮任道安上，白〕旗拂西風劍吐虹，陳師列旅兩争雄。吾今收取金鎗去，方破鐵旗定戰功。小仙任道安，蒙純陽仙師囑託，説秦氏、杜玉娥所使之金鎗，原是吕仙師所降孽龍煉就神鎗，年來鎗上所傷之將，數已足矣，今命小仙前來收取。今日他二人在關前比鎗，賭勝城池，不免在空中等候便了。龍鎗久不雌雄見，一見雌雄騰上天。〔下。扮八健勇、杜玉娥、八勇士、秦氏，內同唱〕

【好事近】鼓角助威揚，〔內作擂鼓科。杜玉娥、秦氏、衆等從兩場門上，作各走式科。同唱〕〔內唱一句。健勇等引杜玉娥上場門上，八勇士引秦氏下場門上。分開，見面。唱三句完。〕各列旗門相向。一對巾幗英俊，看今朝比較金鎗。〔作對陣科。杜玉娥白〕〔對攢，架住。玉娥白。〕來的可是金鎗秦夫人？〔秦氏白〕然也。足下是金鎗杜夫人麽？〔杜玉娥白〕然也。秦夫人，可惜你閨中俠女，恃此武藝，何不勸夫降宋，博得封侯之貴？今阻關抗敵，一朝巢破，羣卵不保。〔秦氏白〕自古食主之禄，分主之憂。宋君既生吞併南唐之心，我臣子自是効命之秋。諒爾少婦，焉知大義。〔杜玉娥白〕知大義者，也不敢抗違天命，皆因碌碌無知，纔敢興兵抗逆。爾等家臣，妄邀假忠假義，致累逆藩棄國棄命耳。〔秦氏白〕嗳，今已持戈相向，不論口舌，所勝看鎗。〔杜玉娥、秦氏戰科。衆分下。秦氏、杜玉娥戰下。健勇、勇士上，戰科，下。秦氏、杜玉娥上，戰科。杜玉娥白〕（**白完，對下。單對：**張得禄 張春和 **對下，**劉保 任喜禄 **對下，**陸得喜 賈得禄 **對下，**孫喜 趙德 **對下。玉娥、秦氏上對，玉娥白。**）秦夫人，昨日書上所云，我若勝了你，將五河縣輸與我。〔秦氏白〕只要你勝得我，便將此城讓你，吾當引兵退往臨淮關去。你若輸了，即將虹關、靈壁二城還我，不許食言。〔杜玉娥白〕一言已定，看鎗。〔戰下。健勇、勇士下。秦氏、杜玉娥上，戰科。杜玉娥白〕（**白完，對下。一對二：楊玉昇** 張得安 袁慶喜 **對下，秦氏** 靳保 張長保 **上對，**靳保 張長保 **下。玉娥上，接對，白「住了」。**）住了。先須講明，你我皆不許用暗器相傷。〔秦氏白〕今將遇良才，只論兵刃建功。若用暗器偷命，非疆場名將之所爲也。〔杜玉娥白〕君子一言，駟馬難追。放馬過來。〔對唱。杜玉娥追秦氏上，架住。同唱〕（**白完，對唱。**）棋逢敵手今遇材良，較勝誰容讓，在今番定决雌雄，奮威風血戰沙場。〔戰科。杜玉娥白〕看鎗。〔秦氏作敗式，下。杜玉娥追下。健勇、勇士上戰，下。秦氏上，白〕（**唱完，對下。一對二：高進忠** 輝四喜 張喜壽 **對下。秦氏上，白。**）阿呀，且住。玉娥馬上鎗法利害，天將日暮，不能取勝，難道真把此城輸與他麽？嗄，有了。我今與他挑燈夜戰，步下比鎗，設法擒他便了。〔杜玉娥上，白〕（**白完。**張春和 任喜禄 陸得喜 趙德 **上對。四健勇下。玉娥上，白。對，架住。**）秦氏那裏走？〔戰科。衆上，合戰科。衆同白〕天晚了。〔秦氏白〕玉娥，你敢與我挑燈夜戰，步下比鎗麽？〔杜玉娥白〕就與你夜戰。〔秦氏、杜玉娥同白〕衆將官傳令，馬步軍將俱各挑燈執炬，兩邊列住陣角，準備夜戰者。〔衆白〕得令。〔分下。吹打。扮四健勇執火把，軍士背燈。健勇執火把，將官背燈。健勇、勇士執旗幟上，各走式。分侍科。内擂鼓。秦氏、杜玉娥分上。吹打。對鎗，畢。同唱〕〔分下。持火把軍士 背灯軍士 兩場門上，走式，兩邊分立科。兩場門上，單連環：靳保、張得安，楊玉昇、袁慶喜，張長保、張喜壽，高進忠、輝四喜對下。玉娥、秦氏上對，唱。〕

【二犯江兒水】燈明炬亮，一行行燈明炬亮。照耀如紅輪上，兩英豪雄壯，一對金鎗較雌雄無相讓。膂力猛難當，鎗法各勝强。將遇材良，武藝無雙，方顯俺烈轟轟巾幗將。〔對科。杜玉娥白〕看鎗。〔秦氏白〕吱，看鎗。〔對科，下。衆作走式科。秦氏、杜玉娥上戰。作放火彩。金鎗從天井收起科。秦氏、杜玉娥、衆等作驚科，同白〕怎麽一霎時兩股金鎗從空飛上天去了？〔衆同唱〕騰騰焰光，只見那騰騰焰光，鎗飛天上，一霎時鎗飛天上。〔杜玉娥白〕住了。秦氏金鎗雖失，城池你却輸了。〔秦氏白〕暫且收兵。〔衆白〕得令。〔秦氏、杜玉娥作上馬。衆同唱〕早回軍訴奇文，備細講。〔各分下〕〔唱完。玉娥 秦氏 對下。兩場門上，八人攢：張得禄 賈得禄 任喜禄 陸得喜 劉保 孫喜 張春和 趙德 對下。玉娥 秦氏 上對。「看鎗。」隨彩火、天井作收鎗。持火把軍士、背燈軍士作圍下。健勇、勇士等上，抄手，番回，同唱完。〕

第十段

第一齣　赤金被擒

〔健勇、健將引杜玉娥上，同唱〕

【么篇】遇勁敵貪酣鬧，晨光戰到五更籌。鎗飛兩將皆空手，圍解歸營驟。〔下。楊希上，白〕嗨，奇呵，雞鳴已報曉，他也該回了。偷出營門望，低声步悄悄，夫人還不見回來。〔呼延赤金暗上。楊希白〕咳，都是伯父不好，我爹爹掛了免戰牌，爲養兵蓄鋭，由他討戰罷了。叫我夫人去擒什麼秦氏，嬴什麼城池，去了一日一夜了，不見回來。咳，就是耍輸嬴，只該教我那醜夫人去，我也不心疼吓。〔赤金白〕好心腸哄他一哄。阿喲，妹子得勝回營了。〔楊希白〕真個麼？夫人，你來了麼？夫人，夫人在那裏？〔赤金白〕虛邀，虛邀。〔楊希白〕咳，我打心裏着急，你還打歡翅兒，你也忍得。〔赤金白〕他有仙傳鎗法，怕不得勝，要你這等着急。〔楊希白〕呸，他是我的夫人，我不着急，難道教別人替我着急？倘他被擒，你替得他麼？〔赤金白〕喲，擒了他去，還有我在此。〔楊希白〕你。〔赤金白〕我。〔楊希白〕

哎。〔赤金白〕愛我不犯跺脚。〔楊希白〕咳，他又招我用那也字，我到不説了，讓你自己心裏明白罷。吓，也該回營了吓。〔赤金白〕吓，也該回營了吓。〔楊希白〕嗳呀，嗳呀，真正急死人了。〔赤金白〕嗳呀，真正急死人了。〔楊希白〕嗳，你不知那秦氏麽，〔唱〕

【小桃紅】他勁敵無其右，帥擁貔貅。裙釵向龍潭扣，咻，倘受擒怎否？〔赤金唱〕咻，他受擒不否？〔呼延贊上，白〕杜夫人出戰，一日一夜不回，到七郎處打聽打聽吓。七郎。〔赤金白〕你的夫人回來了。〔楊希白〕我的夫人回來了？〔呼延贊白〕吓吓吓，認明了？〔楊希白〕吓，啐啐啐。呔，醜婦，又上你的當了。伯父裏面坐。〔呼延贊白〕吓，姪媳還未回來麽？〔楊希白〕咳，還要題我的心事。〔赤金白〕他在此罵了伯父一夜了。〔呼延贊白〕罵我？ 罵不着。〔楊希白〕都是伯父教他擒什麽秦氏，贏什麽城池。天明了，不見回營。倘有踈虞，在伯父身上還我人來。〔呼延贊白〕哈哈哈，楊希，只怕要瘋。〔赤金白〕早已瘋了。〔呼延贊白〕我且問你，不是他自己誇能，討了令箭去的？ 怎麽在我身上要人？〔楊希白〕不與他令箭，他就敢去了？〔呼延贊白〕嗳喲，這樣放刁，我不管了，我自回帳去了。〔楊希白〕去就去，也不在我心上。〔杜玉娥上，白〕正然夜戰誇英勇，失去金鎗收陣回。〔呼延贊白〕吓，侄媳回來了，隨我來。楊希，來來來，交還你的原物。〔楊希白〕我的夫人來了。阿呀，我一個心放下來了。〔呼延贊白〕阿喲，我一個重担卸下來了。〔赤金白〕阿喲，我一塊石頭落了地了。〔杜玉娥白〕阿喲，我一桿金鎗飛去了。〔呼延贊白〕什麽金鎗飛去？ 你與秦氏交戰，爲何一日一夜纔回？〔杜玉娥白〕伯父聽禀。〔唱〕他倚仗鎗法優，藐視我閨柔，因此上指奴名比並英儔也。〔白〕與他戰至日暮，不分勝敗。又與侄媳挑灯夜戰，下馬對鎗。〔呼延贊白〕可曾贏他？〔杜玉娥白〕被我施展神傳鎗法，勝了他，戰場上人人看見，獨秦氏不服輸。〔呼延贊白〕秦氏撒賴了吓。後來怎麽樣？〔杜玉娥白〕後來麽，重新對鎗。我正要擒他，説也駭然，只見萬道金光，一對金鎗從空飛上天去了。〔呼延贊、楊希白〕有這等怪事？這又奇了。〔呼延赤金白〕你們不要信他虚話，一定是被秦氏戰敗，失落金鎗逃遁回來。臨去説了大話，如今無顔見我們，故捏虚詞來瞞哄我們，是不是？〔杜玉娥白〕姐姐，此事衆目所觀，何用捏造虚詞。〔楊希白〕有的。那一對金鎗必是一雌一雄，今日對了面，一飛上天去了可是？〔杜玉娥白〕呣。〔呼延赤金白〕不錯。我也看見的，那金鎗是一雌一雄，今日對了面，是這樣一飛飛到天上去了。〔楊希白〕飛上天去了。〔呼延赤金白〕噲，那個要請圓謊的，到這裏來吓。〔楊希白〕吓。〔呼延贊、楊希白〕諒他也不是説謊的人。〔呼延赤金白〕哎，到底他勝不了秦氏，贏不了五河縣。〔杜玉娥白〕不信問衆將士。〔呼延赤金白〕這麽説，是秦氏訛賴。我也討伯父令箭一枝，待我就去與秦氏要城池繳令。〔呼延贊白〕且慢。昨日爲秦氏戰書到來，故爾抖膽出令，即汝公公問起，有戰書爲証。如今失了金鎗，還怕你公公怪我。今後知過必改了。〔呼延赤金白〕喲，這麽怕我公公，難道伯父不是元帥麽？〔呼延贊白〕吓吓，你到不用激我，我到實在怕你公公的掘强性兒。玉娥已回，完我心事，趁早回帳，不要把我繞在裏頭。正是：是非只爲多開口，煩惱皆因强出頭。〔下。呼延赤金白〕吓，七郎，他不做主，你可以做得主，我是告訴你了。〔楊希白〕吓吓，你告訴我與不告訴我一樣。夫人，進帳養息身子去罷。〔同下。呼延赤金白〕嗳，杜玉娥瞞了公公去得，難道我去不得麽？倘公公問起，也推在呼延元帥身上，偏要去討取城池。〔唱〕帥雄兵，索戰威風抖。誓把唐營覆，貫甲持矛，去搗五河截斷流。〔下。勇士、將官引秦氏、宋萬上，唱〕**（唱下。不出門。八勇士**孫喜 邊得奎**等、四將軍**楊進昇 白興泰**等引秦氏、宋萬上，唱【引】完，白。）**

【引】夜戰爭雄巾幗佯，失金鎗何處搜求。〔宋萬白〕夫人，你夜來失去金鎗，恐非我營吉兆。莫若引兵回臨淮關，把守鐵旗陣去。〔秦氏白〕若回臨淮，此城非我所有，況金鎗當日原是神仙所賜，今仍被神仙收去，不足爲怪也。〔宋萬白〕也説得是。〔報子上，白〕報。啟元帥，營外有一女將討戰，請令定奪。〔宋萬白〕命衆將帶領全軍伺候迎敵。〔報子白〕得令。〔下。秦氏白〕一定是玉娥索討五河縣來了。元帥統領五營大將從後營遶出，左右埋伏，待我前去迎戰，引他到來。伏兵四起，輪流盤戰，待我乘虛射他下馬，活擒解京，已報大功。〔宋萬白〕夫人之計甚妙，待本帥領兵出後營設伏便了。請。〔下。將官隨下。秦氏白〕隨俺引戰去者。〔勇士白〕得令。〔秦氏唱〕**（至「設伏便了。請」。四將官隨宋萬下。秦氏白完，勇士白「得令」。同唱【么篇】完。）**

【么篇】共擒拿星飛驟，忙忙出敵莫逗遛。吾今施展探囊手，伏衆輸盤鬥。〔健勇、健將引呼延赤金上，白〕呔，領兵者可是秦氏麽？〔秦氏白〕然也。我只道是玉娥，原是一醜婦，報名受死。〔呼延赤金白〕俺乃呼延赤金是也。秦氏，快把這座五河城讓我，饒你一死。〔秦氏白〕南唐疆土誰敢爭奪？看鎗。〔對科，下。衆上，對科，下。軍士引宋萬上，同唱〕**（八健勇**李長喜 高進忠**等、四健將**張玉 勒夫**等引赤金上，白完。秦**

氏白至「看鎗」。衆對攢，鑽分下。秦氏 赤金對下。一對二：賈得祿陸得喜 張玉上對下，邊得奎張得祿 王成業上對下，蕭齡李長喜 勒夫上對下，孫喜高進忠 劉五爾上對下。赤金 秦氏上對下。八人攢：靳保 張長保 趙德 輝四喜 張喜壽 盧恒貴 張得安，任喜祿八人對下。秦氏、赤金上對，秦氏下。邊得奎 蕭齡 孫喜 賈得祿上，接對，下。四軍士馮文玉 趙榮 田進壽、金得榮四將官楊進昇 白興泰祁進祿 藍廷喜奇謀引宋萬上，唱完，白。）

【芙蓉花】惡裙釵雖能鬪，伏强兵難防後。湧似潮流，兵多如雨驟。（宋萬白）四下埋伏者。（衆應科。衆上，對下。赤金上，唱）兩翼裏伏起如蝨，圍困難争鬪。（秦氏上，唱）休想脱網無憂，怎得這遭兒走。（對下。衆上，對科，下。軍士、將官追呼延赤金上，白）看標。（打將官下。又挑將官下。衆上對，作擒健將，白）情願投降。（宋萬白）押回營中去。（軍士押下。呼延赤金上戰。呼延赤金白）看標。（宋萬接標。呼延赤金白）好利害也。（秦氏上，白）看箭。（呼延赤金墜馬，衆作擒科。宋萬、秦氏白）醜婦已擒。（呼延赤金白）呸，宋萬、秦氏，你擒住俺赤金老太太，敢把我怎麽樣？（唱）（白「四下埋伏者」，下。二健將勒夫 張玉、秦氏上對，二健將下。赤金上，接對，秦氏下。八勇士邊得奎 孫喜等上，抄手，下。赤金唱後半支。秦氏上對。宋萬上，接對。唱完。四軍士、四將官上，抄手，下。赤金、宋萬 秦氏對下。單對：白興泰 劉五爾上對下，祁進祿 勒夫上對下。一對二：楊進昇（勒保 輝四喜）上對下，藍廷喜（趙德 張長保）上對下。（孫喜 陸得喜）上對下，（貫德禄 李長喜）上對下，（張得禄 蕭齡）上對下，（張喜壽 高進忠）上對下。赤金、四將官、楊進昇等上對，作出標打科，鎗挑科，對下。（宋萬 張玉 秦氏 勒夫）四人上對，作擒住。四軍士暗上，作綁科。宋萬白「押回營去」。四軍士押二健將下。赤金上對。秦氏上高。赤金作出標打科。宋萬接標。秦氏射赤金墜馬。八勇士（邊得奎 孫喜）等、四將官楊進昇等兩場門上，作擒科。唱完，白完，下。）

【黑漆弩】仗烏合兵衆將士稠，俺是個巧英儔，終須脱轂。休思整備羽書奏，説你痴愚聽剖。〔宋萬白〕不怕你飛上了天去。收兵回帳。〔衆應，同下。健將上，白〕（二健將（劉五爾 王成業）上，白完。）擒獲女中傑，急報上將軍。七將軍，有請。〔楊希、杜玉娥上，白〕（（玉娥 楊希）上，白。）爲何這等慌張？〔健將白〕赤金夫人被宋萬擒了去了。〔杜玉娥白〕怎麽説？我姐姐被他們擒去了？〔健將白〕正是。〔杜玉娥白〕迴避了。〔健勇、健將下。楊希白〕（二健將下。）咳，都是你姐姐自己要去，無得可怨。〔玉娥白〕阿呀，七郎，快去救回纔好。〔楊希白〕没有爹爹軍令，我不敢去。〔玉娥白〕你不去，待我去。〔楊希白〕夫人，他千軍萬馬，你救不成，連你都陷在裏頭了，去不得。〔杜玉娥白〕有了吓。七郎，我不是去救他，我去見機行事，打聽個消息。倘公公問及，也好答應。〔楊希白〕咳，姊妹二人真正攬得利害，惹下這些禍事，將來爹爹又要罪到我身上來了。〔玉娥白〕不救回來，自己的妻子被敵營擒了去，你的罪越發重了。〔楊希白〕如此，你只可在左近打聽，千萬不可身入重地吓。〔杜玉娥白〕自然。待等更深人靜，換了輕裝前去打聽便了。〔下。楊希白〕咳，都是這醜婦逞强，如今擒了去了。他去呢，倒也還可。倘然爹爹查究起來，吓，我的罪又不輕咳。〔唱〕

【尾聲】再干軍法難寬宥，只爲他行逞技謀，〔白〕虧得掛了免戰牌，不然呵，〔唱〕早已查漏雙妻少一儔。〔下〕（唱【尾聲】下。）

第二齣　玉娥奮義

〔玉娥上，唱〕（内起更。　玉娥上，唱。）

【醉花陰】獨任担當救吾姐，束輕裝把征袍來卸。乘寶馬佩鏌鎁，只看俺閨秀英傑，膽色身把重營
刼。〔白〕俺玉娥，今夜若救不出姐姐呵，〔唱〕（唱下。）拚得個戰死也忠竭，抖威風蹈龍潭入虎穴。〔下。
張漢内白〕軍士們，元帥有令，將所擒宋將等押到我營去。〔張漢、四軍士押三人下。二健將、呼延赤金上。
張漢唱〕（張漢内白「押到我營去」，四軍士馮文玉 田進壽 趙榮 金得榮押。　二健將、赤金、張漢上，唱【畫眉序】。）
【南畫眉序】後擁與前遮，擒獲俘囚奏功烈，解營中徹夜，用心看者。緊防他遁走踰越，倘失守
非難饒赦。〔白〕（白完，二軍士押赤金下。）奉元帥將令，將呼延赤金、健將等交與我營看守，來日要
解往金陵獻功的。軍士們，將那呼延赤金綁在後營，用心看守。〔衆應，押下。張漢白〕（二將「情願投
降」。）這兩個健將何必解往金陵？　放了綁，派入隊伍去。〔軍士應科，放綁。二健將白〕多謝將軍。〔隨
軍士下。張漢白〕方纔元帥爲擒得呼延赤金犒勞軍功，多吃了幾杯，且到後帳歇息片時。〔唱〕（二軍士
放綁，隨二健將下。張漢白，唱完，下。）只因慶賀功臣宴，醉身慵，重甲暫卸下。〔内打一更。玉娥上，

白〕呀，〔唱〕（**內打一更。玉娥上，唱【喜遷鶯】**完，**下**。）

【喜遷鶯】借着這星光微射，緊加鞭促馬蹀躞。心急，越顯得路途遠，也插翅能飛變蛺蝶。顧不得路凹凸，早救取陷網羅羈囚的姐姐，博得個卧枕安帖，卧枕安帖。〔內打二更。二健將上，唱〕（**內打二更。二健將上，唱【神仗兒】，白**。）

【神仗兒】遭擒被刼，不說投降難延命也。趁此更深黑夜，營中悄悄無人漏洩。〔白〕我們宋營健將，今日被擒到此，恐遭殺害，假意投降，得了活命。我們久蒙朝廷養育，豈肯降順逆藩部下。趁此無人知覺，逃回本營報信，起兵解救赤金夫人便了。〔唱〕（**唱下**。）重營出離狼穴，識時務是英傑。〔下。內打二更。玉娥上，白〕呀，星光之下，望他營中旂旌密密，戈戟森森。阿喲，好不利害也。〔唱〕（**內打二更。玉娥上，白完，唱【出隊子】**完。）

【出隊子】望營盤戈矛森列，燈火的照旌旄横影斜。營中戰馬嘶，應得山音徹。一聲聲傳邊柝更籌報不絕，俺一人直入重營把命捨。〔二健將上，白〕（**二健將上，白。見面，白**。）吓，此人騎馬在營外窺探，好像我們營中的。噲，那來的？可是宋營將官麽？〔杜玉娥白〕爾等什麽人？看劍。〔健將白〕不要動手，我們是宋營被擒的健將。你是何人？〔杜玉娥白〕俺乃杜夫人。〔健將白〕原來是夫人，到此怎麽？〔杜玉娥白〕來救俺姐姐。〔健將白〕阿呀，夫人，你好大膽。這唐營萬馬千軍，門路又不熟，豈是一人能進得去的？虧得遇見我二人，不然性命休矣。〔杜玉娥白〕爲救姐姐，死也當然。〔健將白〕真乃仁義夫人。也罷，待我二人帶領夫人進去便了。〔杜玉娥白〕你們可知俺姐在那裏？〔健將白〕在張漢營中。〔玉娥白〕吓，在張漢營中。〔健將白〕夫人吓，〔唱〕（二健將唱【滴溜子】完。）

【滴溜子】那賊營重重，首連尾接；密層層，四面佈列。没隙果然水難漏洩，莫説人來闖重營，飛禽料難越。門路生踈，何能進也。〔杜玉娥白〕（玉娥白「見機而作便了」。）將馬拴在這裏。你二人引我進去，見機而作便了。〔内打三更。健將白〕（内打三更。健將白「隨我二人這裏來」。）夫人，隨我二人這裏來。〔杜玉娥唱〕（玉娥唱【刮地風】半支。）

【刮地風】嗳呀，闖入了虎豹師徒營屯野，看了那疊層寨比做蟻垤。〔健將白〕夫人，這纔進了第一層營門，宋萬夫妻還在後面，遠得緊哩哪。那東邊就是張漢的營帳，隨我們這裏來。〔杜玉娥白〕快走。〔健將白〕（健將白「禁聲」。）禁聲。〔玉娥唱〕（玉娥唱至「唐營劈裂」。）俺這裏輕輕悄悄步兒躡，緊行來踹進狐穴。爲被擒人與咱干涉，因此上怒衝衝要把唐營劈裂。〔内打三更。玉娥唱〕（内打三更。唱完，急下。）安排下殺人腸没半些，膽戰心怯。〔内嗽。玉娥等急下。旗牌上，白〕（一旗牌班進，朝上，白。玉娥等三△轉下。）帳裏傳軍令，營中遞羽書。奉元帥將令，傳與張漢，小心看守呼延赤金。連夜打造囚車，押解金陵，不免就去走遭。〔杜玉娥上，聽科，白〕（玉娥暗上，聽科，作斬旗牌下。玉娥白完，唱至「萬衆難遮」。）看劍。〔作斬旗牌下。健將白〕夫人，這是他令箭。〔杜玉娥白〕妙吓！正愁無計可救，得此令箭，計上眉頭。你二人持此令箭，引我到張漢營中，賺他出來便了。〔唱〕趁着他蝶夢恂酣，睡中機關難洩。準備着青鋒塗頸血，俺一人命兒拚，萬衆難遮。〔内打三更。健將白〕這裏是了，夫人，待我們先進去。張將軍，有請。〔張漢上，唱〕

【南耍鮑老】犒勞歸營酣睡也，夢魂迷眼倦瞥。〔白〕什麽事情？〔健將白〕元帥令下。〔張漢白〕待我去迎接。元帥有何令？〔杜玉娥白〕近前些，元帥密令，命我斬你。〔作斬張漢下。玉娥白〕（唱完，白完，作斬張漢下。）張漢已死，不知我姐姐在那裏？〔健將白〕在那邊，這裏來。〔唱〕須要潛踪慢喧徹，身隱藏形步踰趄，〔白〕哪？〔唱〕（白完，唱完，同下。）那邊廂恁姐姐。〔同下。下門内打三更。四軍士上，白〕（内打三更。四軍士上，白完，同下。）列位，什麽人進了將軍後營去了？大家去看來。〔下。軍士内白〕有了，刼囚賊了，衆位將軍快來。〔二健將、呼延赤金、杜玉娥上，對科，下。軍士上，白〕（赤金、玉娥、二健將下場門追四軍士上，對下。四軍士上，白完。）了不得，了不得，快報元帥知道去。〔赤金上對下。杜玉娥上，白〕（赤金上對下。玉娥上，白完。）姐姐，在那裏？阿呀，又不知我姐姐衝散到那裏去了。〔唱〕

【四門子】好機關一霎來輕泄，亂紛紛圍數疊。〔内喊科。杜玉娥唱〕左營又擋右營又截，走到那邊兵又接，遇軍兒斬逢將兒磔，呀，替戰亡人深仇少洩。〔下。勇士、將官、秦氏、宋萬上，同唱〕（唱【四門子】完，下。）（唱下。八勇士邊得奎等、四將官楊進昇等引秦氏、宋萬上，同唱。）

【鬬雙鷄】衆軍喧嘩，我營亂也。默然間將囚刼，疾擊偷中夜。休教逃匿，把青鋒手内掣。〔玉娥上，白〕姐姐在那裏？〔宋萬等白〕擒這厮。〔對科，玉娥下。秦氏白〕明明是杜玉娥。將他重重圍住，有人放走者斬。〔衆應，同下。杜玉娥上，白〕阿呀，〔唱〕（玉娥上，白。宋萬白完，對。八勇士、四將官圍科。玉娥突圍下。秦氏回白完，同下。）

【水仙子】呀呀呀，喊不絶喊不絶，看看看，戈戟層層繞佈列。〔衆上圍科，下。杜玉娥唱〕（玉娥上，唱【水仙子】二句。八勇士上，抄手，下。又唱二句。）似似似，鐵桶般圍，怎怎怎，怎生飛起。〔宋萬上，白〕杜玉娥那裏走？〔對科，宋萬下。秦氏上，白〕玉娥休走。〔戰科，秦氏下。軍士、勇士、將官上，繞場下。玉娥白〕我今番死也。〔唱〕（宋萬上，白，對，宋萬下。秦氏上對，秦氏下。四將官上對，四將官下。玉娥白「今番死也」。唱四句。）他他他，四週圍網羅設，戰戰戰，戰得俺力倦身怯。苦苦苦，苦孤身怎支萬人敵，料料料，料今番怎脱虎狼穴。〔將官上對，挑，將官下。杜玉娥唱〕我我我，只落得自咨嗟。〔衆上，作擒杜玉娥。將官白〕玉娥已擒。〔宋萬白〕將他綁了。〔衆應，綁科。宋萬白〕傳令合營，恐宋將復來刼奪，小心防備。〔衆白〕得令。〔同唱〕（八勇士上對。又續四將官、宋萬、秦氏上對。勇士、將官轉圍科。玉娥唱末句。宋萬、秦氏、四將官對。八勇士抄，番回，作擒玉娥。將官白完，唱【尾聲】下。）

【南尾】傳令軍兵把陣列，恐賊人乘虛偷刼，四哨五營嚴防遵諭者。〔下〕

第三齣　救妹羅羅

(二健將引呼延赤金上，白)可惱吓，可惱。(唱)(二健將勒夫張玉引赤金上，唱【紅繡鞋】完。)

【紅繡鞋】撓撓忿氣難禁，難禁。今朝失利生擒，生擒。虧賢德救災迍，險些兒命難存，離虎穴感他恩。(健將白)夫人回營。(健將下。楊希上，白)(二健將下。楊希上，白。)夫人來了？是你吓。你妹子呢？(呼延赤金白)我正要問你，他不曾回來麽？(楊希白)你怎麽倒問我，不是他去救你回來的？你倒來了，他呢？(呼延赤金白)他呢，他呢？(楊希白)哎，倒底他往那裏去了？(呼延赤金白)阿呀，了不得了，一定被他們擒住了。(楊希白)哇，好可惡的醜婦，他有賢德仁義之心，你藏嫉妬陰險之念。你自已逃走回來，却把他陷害賊營。阿呀呀，氣死我也！(呼延赤金白)站住。我們因身入重地，被人馬衝散，各不相顧，姊妹之情有甚麽嫉妬？你也不必動怒，趁此天色未明，待我帶領五百鐵棒手，奮身刼救便了。(楊希白)你若救不得他回營，休來見我。(呼延赤金白)若救不得妹子回來，我戰死唐營也不來見你。(楊希白)如此，快去。(下。呼延赤金白)阿喲，這還了得麽。(下。四軍士上，白〕（四軍士馮文玉 田進壽 趙榮 金得榮上，白完下。）大將成功績，三軍碎鐵衣。早起擒了一個赤金，晚上來了一個玉娥。救去了赤金，擒住了玉娥。元帥傳下令來，又怕赤金來救玉娥，傳諭合營看守玉娥，隄防赤金。咳，玉娥救赤金，赤金救玉娥，他們救來救去，忙了我們小卒了。大家留心看守去。〔下。八鐵棒手引赤金上，唱〕（八健勇高進忠 李長喜等、四健將勒夫 劉五爾 張玉 王成業引赤金上，唱【剔銀燈】。）

【剔銀燈】忙忙的奔馳似雲，敢死士奮身前進。衝營刼寨迎鋒刃，殺得他喪魄消魂。〔軍士曲內暗上，白〕阿呀，那不是人馬來了，保管是赤金救玉娥。快報元帥知道。〔下。鐵棒手白〕（四軍士下場門暗上，白完，下。健將白「已到營前」。）已到營前。〔呼延赤金白〕衝進營中去。〔衆白〕得令。〔呼延赤金唱〕人人雄威勢狠，把營盤踹成灰燼。〔衝下。追軍士上，戰科，下。軍士、將官、秦氏、宋萬上，圍科。衆下。呼延赤金白〕宋萬、秦氏，聽者。快快還我妹子，饒你性命。不然，叫你合營盡成虀粉。〔唱〕（唱完，貫門，雙場門冲下。內吶喊。八勇士孫喜 邊得奎等、四將官楊進昇 白興泰等、八健勇、四健將架上，雙場門雙抄手，對下。赤金、宋萬、秦氏隨上對。赤金白完，唱【風入松】完。）

【風入松】憑伊勢衆聚蝗群，輪碾傾爲虀粉。俺宋師聲震華夷信，抗天兵似蛾投火焚。試看俺生擒孽氛，獻俘囚奏吾君。〔戰下。衆上，對下。呼延赤金上，唱〕（對下。單對：邊得奎 輝四喜對下，任喜録 張長保上對下，靳保、張得安上對下，盧恒貴、趙德上對下。二對二：楊進昇、王成奎、藍廷喜、劉五爾上對下，祁進禄、張玉、白興泰、勒夫上對下。單連環：張得禄、蕭齡，李長喜、賈德禄，陸得喜、孫喜，高進忠、張喜壽，上對下。八人攢：張玉、勒夫、劉五爾、王成業、楊進昇、白興泰、祁進禄、藍廷喜上對下。）

【又一體】衝營轉戰奮吾身，那怕萬馬千軍。（白）妹子在那裏？（唱）妹子不見何方問，急得人心如火焚。越想起越加怒忿，（白）哎，（唱）拚死戰有何云。（宋萬、秦氏上對。呼延赤金下。宋萬白）嗬，衆將官聽者。赤金慣使金標，爾等將士俱用藤牌，擒這潑婦。（内白）得令。（宋萬、秦氏下。藤牌手上，擺式。宋萬等引赤金上戰，衆作擒赤金科。宋萬等同唱）（赤金上，唱【又一體】完。宋萬、秦氏上對，秦氏下。赤金後下。宋萬白完，下。八勇士換藤牌上場門上。八健勇持長鎗下場門上。拉兩大排對掃，出。一个間一個分帰斜八字，對下。赤金上對四將官。續秦氏、宋萬上對。八健勇、八勇士兩場門上，抄手，健勇下。勇士番回，作擒赤金科。同唱【尾聲】下。）

【尾】今番復獲難容遁，不效武侯七蹤擒，準備解往金陵奏大勳。（下）

第四齣　憐妻求救

〔楊希上，白〕氣死我也。〔唱〕

【普天樂】聽傳言衝冠氣，軒廟火騰騰起。英雄鋭挫盡羞極，愧難言失去雙妻。〔白〕罷了嗄，罷了。赤金去救玉娥，殺入唐營，非但不能救回玉娥，連他也被擒去。可恨宋萬夫妻，怎麽如此猖獗，連次擒俺夫人，把俺一世英名挫盡。我欲殺入唐寨，又恐犯了爹爹將令。只得去求伯父，替我担當便了。〔唱〕誓恢仇雪耻，驅兵奮死敵。踏破唐營，才顯虎將英奇。〔白〕這裏是了。伯父在那裏？伯父快來。〔扮呼延贊上，白〕嗄，那個？〔楊希白〕阿呀，伯父，氣氣死楊希了。〔呼延贊白〕你是楊希嗄？〔楊希白〕是楊希嗄。〔呼延贊白〕明明是活的，不曾氣死嗄。〔楊希白〕咳，事在緊急，説不及了，小姪特來告假。〔呼延贊白〕告假往那裏去？〔楊希白〕往唐營殺賊。告訴你了，倘我爹爹知道，替我周全周全。俺去了。〔呼延贊白〕哎，我還不曾應口，你怎麽就要走？〔楊希白〕停留不得，俺去也。〔呼延贊白〕住了。你告訴明白了，本帥好準你去。〔楊希白〕咳，平日你最爽快的，今聽見説我告假往唐營去，故意這般勞叨。〔呼延贊白〕不是勞叨，你把始末對我説明。你去後，倘你爹爹知道，本帥好替你圓謊説。〔楊希白〕阿呀，伯父嗄，可恨宋萬這賊子，竟把我夫人，〔呼延贊白〕怎麽樣？〔楊希白〕擒了去了。俺楊希一世英名，今日被敵人將妻子擒去，叫我如何見人？阿呀，氣死我也。〔呼延贊白〕呸，自己的妻子看守不來，竟叫敵人擒了去，真正好笑。〔楊希白〕是出戰擒去的。〔呼延贊白〕擒了那個去了？〔楊希白〕都被擒去了。〔呼延贊白〕都被擒去了？〔楊希白〕一個不剩。〔呼延贊白〕好，到也干净。〔楊希白〕爲此特來告知伯父，俺去也。〔呼延贊白〕住了。〔楊希白〕咳，怎麽又是「住了」？〔呼延贊白〕想這樣緊要，爲何不去求你爹爹？〔楊希白〕他們出戰没有爹爹將令，小姪不敢見。〔呼延贊白〕不敢見你爹爹，却敢見我，是了，我這元帥好欺瞞些可是？〔楊希白〕不用説了，容小姪快快去解救。倘若去遲，被他們殺了，這還了得。〔唱〕

【又一體】賴伊家須週庇，救佳人離危地。吾親處望你掩彌，這恩德銘刻難遺。〔呼延贊白〕起來，事關重大，我不能作主。〔楊希白〕哎，伯父，身膺副帥，這些須重擔難道也擔不起？〔呼延贊白〕阿呀，賢姪，你好没分曉。你的夫人不奉軍令，專擅提兵，失機被擒，你三人難逃軍法。本帥若私自縱你領兵，有干法紀。賢姪，你去想一想。〔楊希白〕嗳，事到危急，也怕不得這許多。〔呼延贊白〕喲喲，你爹爹的軍法利害，你爲妻子捨命罷了，本帥爲着何來干連在内？〔唱〕把森嚴律紀軍規怎亂違，觸犯伊親，那時求救也遲。〔楊希白〕住了。那個專擅？前日玉娥會戰，不是伯父用了擔當二字令他去的，以致失落金鎗起的禍端。干連二字，擺脱不去的了。今日再求擔當這麽一次。〔呼延贊白〕阿喲，動了訛頭了。前日出戰是我之令，今日姊妹被擒不是本帥令他二人去的。〔楊希白〕不因失落金鎗起的禍端，如今雙雙被擒，生死未定，你就不能作主？阿呀，氣死我也。〔唱〕

【又一體】怒轟轟心頭急，那管他軍規則。拚咱命跪法三尺，救他行誓斬狂賊。〔下。呼延贊白〕楊希轉來，楊希轉來。阿呀，你看他怒忿而去。呸，這件事是我不好。楊元帥既挂免戰牌，又令玉娥出甚麼戰，將來必定把我繞在裏頭。怎麼處？咳。〔唱〕俺前朝智惑擔當話語失，窃令私專，怕他提疏參劾。〔下〕

第五齣　義忿提兵

〔鐵騎引楊希上，白〕阿呀，急急急壞了。〔唱〕〔楊希内白完。四鐵騎 李長喜 張得禄 高進忠 陸得喜 引楊希上，唱【端正好】。唱至【靈壽仗】完下。〕

【端正好】急得俺滿腔兒熱血攻，急得俺汗淋漓征袍透。阿呀，急急得俺一陣陣意亂心拗，急得俺烏雲蔽眼則覺得金星溜，急得俺十步兒併作一步走。〔鐵騎白〕七將軍，副元帥不與將軍擔當，怎麼好？〔楊希白〕哎，你們説起這傭夫，好不惱殺人也。他身膺副帥權衡，也是三軍司命，上不能爲聖主輔政出力，中不能替正帥分憂協贊，下不能知將士甘苦勞逸，其實辜負聖上深恩。〔唱〕

【滚繡毬】老元戎尸飡實可羞，一些的擔當不自由。怕吾親膽寒眉皺，一開言早連忙擺手摇頭。〔白〕我兩個夫人失陷唐營，死生未卜，元帥又不知。我若不救，定遭殺害。仗列位義氣，助俺一臂之力，殺入唐營，救出夫人，皆列位之功也。〔鐵騎白〕莫説義氣，我等士卒應遵將軍調遣。只恨副元帥不與將軍作主，怕將軍在令尊處犯了盗兵的軍法。〔楊希白〕哎。〔唱〕早拚得斬頭顱去犯律條，要救那英烈妻脱楚囚，怎學那懦匹夫旁觀袖手。〔鐵騎白〕阿呀，將軍，他營中數萬强兵、千員虎將，此去救出夫人還好，倘救不出來，身入重地，那時欲退不能，怎麽處？〔楊希白〕喲，自古一人拚命，萬夫莫敵。〔唱〕只看俺抖威風耀馬持矛，此一去唐營踏破成虀粉。殺他個片甲無存纔罷休，代佳人洗垢伸仇。〔鐵騎白〕將軍説得是，我等伏義捨身，誓必救取夫人便了。〔楊希白〕奮勇殺入重圍去者。〔鐵騎白〕得令。〔楊希唱〕

【叨叨令】齊跨着駒兒馬兒，急加鞭驅驅馳馳的驟，統領着軍兒健兒，都是些昂昂糾糾的手。齊擎着戈兒戟兒，準備着猛猛刺刺的鬦，拚得俺身兒命兒，要把那英英烈烈的救。奮威風蹈龍潭也麽哥，奮威風入虎穴也麽哥，踹平他營兒寨兒，掃蕩那奸奸兇兇的寇。〔鐵騎白〕前面離唐營不遠了。〔楊希白〕務要鋭身刼救者。〔同唱〕

【靈壽杖】同心合意忠良胄，施大義雪耻分憂，須要越壘踰溝，將賊營躪蹂。上將軍有包身膽仗群英來輻輳，俺自有攪海翻江力，恁顯個斬將探囊手。〔下。扮八勇士引秦氏上，唱〕（八勇士边得奎 孫喜等、秦氏上，唱【脱布衫】，白完。）

【脱布衫】專閫統貔貅，國事鎖眉頭。昨宵二妾共擒少，舒衷曲憂愁。〔白〕昨宵擒得玉娥、赤金，依我即欲斬首，除却後患。元帥執意要活解金陵，已報大功。我想宋營細作甚多，倘中途刼奪，反爲不美。今元帥巡營未回，不免斬此二女，將首級獻功，豈不妥當。衆勇士，將玉娥、赤金綁過來。〔衆應，作綁呼延赤金、玉娥上。玉娥上，唱〕（綁赤金、玉娥上，唱【小梁州】完。）

【小梁州】忠心報國天不佑，欲擒賊自作俘囚。阿呀，功不成頭顱售，今日個青鋒劍下姊妹命難留。〔勇士白〕玉娥、赤金綁到。〔秦氏白〕呸，無知賤婢，死在頭上，見我還不下跪？〔呼延赤金、玉娥白〕嗳，你不過逆藩羽黨，乃敢狐假虎威。我等忠良之妻、義烈之婦，既被擒獲，也不想生還的了。〔唱〕

〔赤金 玉娥白，唱完。〕

【醉太平】一羣叛君的吠堯野狗，假虎威妖媚狐流，擅稱兵混陳蟻陣擋咽喉。〔秦氏白〕咗，到此地位，是你求生不得的之時，還敢罵俺。看刀。〔杜玉娥、呼延赤金白〕咗，秦氏，你把死來唬誰？阿呀，你把死來唬誰？〔唱〕阿呀，拚拚得俺今朝插標賣首，青簡上千年英烈留身後，〔白〕你那逆賊呵，〔唱〕遭天譴史書萬載名遺臭。〔玉娥白〕阿呀，姐姐。〔赤金白〕妹子。〔同唱〕我和你雙雙姊妹喪賊刀頭，泉臺上同携着素手。〔秦氏白〕衆勇士，將他二人推出營門斬訖報來。〔勇士白〕得令。吠，走吓。〔綁下。勇士白〕開刀。〔宋萬内白〕刀下留人，綁回營中候令。〔勇士白〕得令。〔軍士、將官引宋萬上，白〕〔四勇士綁赤金 玉娥下。内白「開刀」。宋萬内白。四軍士輝四喜 趙德 靳保 張長保代回，四將官楊進昇 白興泰等引宋萬下場門上。四勇士綁赤金 玉娥隨上，白完。〕元戎閫外令，誰個敢專行。夫人在那裏？〔秦氏白〕元帥回營了。〔宋萬白〕夫人，本帥奏章已竟封好，即要將此二婦起解。你爲何妄行誅戮？〔秦氏白〕哎，你一定要活解獻功，妾恐解不成又生他變矣。〔一軍士上，白〕元帥，元帥，楊希衝進南營來了。〔軍士下。〔宋萬白〕知道了。〔軍士下。

宋萬白〕（報子上，下。）宋兵突然而至，夫人你將他二人綁在後營，令人小心看守。本帥領兵在此迎敵，夫人領兵抄至楊希之後，叫他腹背受敵，楊希必擒矣。〔秦氏白〕有理。〔下。宋萬白〕（宋萬白完。勇士綁赤金玉娥隨秦氏下。宋萬白完。）衆將官，隨俺迎敵者。〔軍士、將官白〕得令。〔楊希等衝上。衆戰下。楊希白〕哇，宋萬，你好好還俺夫人。少若遲延，將你合營踹成虀粉。〔宋萬白〕楊希，你那夫人方纔已被我斬首，你早來一刻，叫你夫妻同道而去了。〔楊希白〕阿呀，氣死我也。看鎗。〔戰科，下。衆上，對下。宋萬、楊希上戰。楊希白〕（四鐵騎引楊希上，對攢，衆先下。楊希白完，對下。二對四：靳保 趙德 陸得喜 輝四喜 張長保 李長喜上對下，楊進昇 祁進祿 張得祿 白興泰 藍廷喜 高進忠上對下。楊希宋萬上對。）宋萬，你果然把俺夫人殺了？〔宋萬白〕本帥將他倆個斬了，你豈奈我何。〔楊希白〕果然斬了？〔宋萬白〕留他何用？〔楊希白〕阿呀，該死的匹夫，休想活命！〔戰科。楊希唱〕（白完，唱。）

【菩薩蠻】報咱耻恨雄威抖，槍尖立把狼心剖。片甲也難留，怎放群狐隱故邱？〔戰下。衆上，對下。一將官上，白〕楊希那裏走？〔楊希白〕住了。可曉得七爺的夫人在那裏？〔將官白〕大將臨陣問什麼夫人。〔楊希白〕看槍。〔作刺死將官科。一將官上，白〕楊希，可知你的夫人麼？〔楊希白〕講。〔將官白〕在黃泉下等你哩。〔楊希白〕呸。〔將官下。楊希白〕（唱【菩薩蠻】完。對，宋萬下。秦氏上，接對，秦氏下。一將官祁進祿上，接對，白，作刺死。又一將官白興泰上對，白完，作刺死，將官下。）也罷，待俺殺入重營，我尋夫人便了。〔秦氏上，白〕吠，你往那裏走？〔戰科。衆上，圍下。楊希白〕饒伊千軍萬馬，也不彀俺七爺一殺。〔唱〕（楊希回白完。秦氏上，白完。對，續八勇士上對。秦氏等下。楊希回白完，唱【黑漆弩】完。）

【黑漆弩】憑伊萬馬千軍驟，怎當俺烈騰騰酣鬥。上將軍八面威風，盡蕩滌鼠腥狐臭。〔戰科。衆上，合戰，軍將上，圍楊希，鐵騎下。宋萬白〕夫人，楊希十分驍勇，猶如虎奔羊群。俺這營中猛將强兵竟擒不住他，怎麽處？〔秦氏白〕我已令步軍在營左掘下陷坑，待我引他墜下陷坑便了。〔宋萬白〕依計而行。〔同白〕設下羅雀網，展翅也難飛。〔下〕（宋萬、秦氏、四鐵騎、八勇士、四軍士上抄。楊希、鐵騎下。衆回。宋萬白完下。）

第六齣　援妻自陷

〔楊希上，白〕呔，誰敢來吓，誰敢來？〔唱〕（楊希上，唱完。）

【歸朝歡】貪酣戰，酣戰，衝突營垓，殺得個衆膽驚駭。〔白〕呔，誰來納命。〔唱〕威風壯，威風壯，誰人敢來，笑唐將一個個丟盔棄鎧。〔宋萬上，白〕（宋萬上，白完。）本帥來擒你。〔對下。鐵騎、勇士對下。宋萬、楊希上。宋萬白〕楊希，你將本帥一座大寨踹得土平，你忒也猖獗了些。〔楊希白〕你爲何擒俺兩位夫人不放，你忒也狠毒了些，搜山虎豈是好惹的。〔宋萬白〕哇。〔唱〕伊爹尚懼吾名大，嬰兒黃口狂言歹，争戰難容耍笑孩。〔對下。衆上，接續，大戰。楊希作殺數將科。秦氏上，白〕楊希，你今日傷俺許多大將，怎容你逃脱。〔楊希白〕傷你許多大將不算，連你夫妻也難逃命。〔戰下。軍士、將官引宋萬上，白〕埋伏者。〔秦氏引楊希上，白〕秦氏看槍。〔楊希作墜坑。衆軍將同上，作擒住楊希科。勇士、將官等白〕楊希已擒。〔宋萬笑科，唱〕（宋萬唱完，對，宋萬下。楊進昇 藍廷喜 上，接對，作刺死下。秦氏上，白完，對。楊希下。四鐵騎上對，秦氏下。四勇士 孫喜 蕭齡 邊得奎 任喜禄 下場門上對，四勇士下。又四勇士 賈得禄 孫得安 盧恒貴 張喜壽 上對，同下。四軍士引宋萬上，白「埋伏者」，下。秦氏引楊希上，對。引至埋伏處，楊希作墜坑科。四軍士、八勇士、宋萬下場門上，抄手，作擒楊希科。白完，唱【尾聲】。）

【尾聲】全軍盡獲稱爲快，封章報捷真光彩，征戰勤勞爲國來。〔同下〕（勇士舉楊希下。）

第十一段

第一齣　柴王接旨

〔軍士、二旗牌引謝庭芳上，唱〕

【黑麻序】鳳詔鸞章，奉欽差東魯，勅諭柴王命，兼程馳驛，晨昏而向。〔謝庭芳白〕下官金吾將軍謝庭芳是也。欽奉聖旨，到東魯禪州柴王府，爲他助兵招親請旨一事，聖上準其所請，命下官馳驛降旨。且喜已近禪州，早有人報信去了。軍士們，快快趲行。〔同唱〕堂堂，持節天使郎，綸音宣語揚。甚軒昂，看文僚武弁，出接途傍。〔下。軍士、四將官、陳琳、柴幹、楊景引柴王上，同唱〕

【曉行序】助國兵糧，具表文請旨，奏達天閶。謹肅候綸音，降下龍章。〔柴王白〕本藩柴王是也。前因楊令公遣六郎借兵，本藩不敢私專，即將調撥沿海精兵四千，進助軍糧百萬，還有本藩要招六郎爲郡馬之事，一併奏表請旨施行。且喜所調之兵，俱已齊集。昨日已傳令四路大將，今日在演武廳操演。適纔報説，汴梁有欽差即刻來到。想請旨之事已蒙恩準降下，好音來也。〔楊景白〕大王當先去接旨，然後與天使同觀操演。〔柴王白〕説得有理。我等一同出城，迎接聖旨便了。〔陳琳、柴幹白〕衆將官，就此擺隊出城。〔同唱〕欣揚，鳳詔銜來，春從天至，日邊恩向。匆忙去郊迎天使，俯聽天語洋洋。〔下。場上設禪州城科。内白〕旨意下。〔謝庭芳等上。柴王等出城迎接科。同進城，下。隨撤城。衆上，同唱〕

【僥僥令】霓旌霞幟颺，鼓樂韻幽揚。百姓塞巷迎望，紫電銀鬃並轡蹡。〔陳琳、柴幹白〕已到公館，請天使大人下馬。〔軍士、旗牌、將官下。謝庭芳白〕聖旨已到，跪聽宣讀：朕覽柴王請旨，一本爲楊繼業征伐李衮，遣子楊景禪州借調兵糧。柴王撥鎮海軍四千，助軍餉百萬，協助破陣。平南之功，不敢私專，題疏奏請，足見卿家贊功輔國之意，朕心欣慰之至。兹軍情緊急，不可稍緩，即命謝庭芳馳驛降旨準行。着謝庭芳同柴王、楊景觀閲鎮海兵勢情形，繪將士册籍，一併回奏。速命楊景領兵馳赴軍營，毋得有怠。其所請御妹柴郡主招楊景爲郡馬，所請甚合朕意。卿可委員即送郡主到京，朕命德昭主婚。俟平南班師後，賜楊景歸第成婚。欽哉。謝恩。〔柴王、楊景白〕萬歲，萬歲，萬萬歲。〔謝庭芳白〕請過聖旨。〔柴王白〕香案供奉。〔陳琳白〕領旨。〔謝庭芳白〕大王在上，謝庭芳參拜。〔柴王白〕不敢，天使遠臨，風霜勞頓，不敢當此。〔謝庭芳白〕從命。〔楊景白〕謝大人，小將楊景參見。〔謝庭芳白〕阿呀，不敢不敢。將軍如今是郡馬了，恭喜恭喜。〔柴王白〕請坐。〔謝庭芳白〕大王爲楊令公調撥水陸精兵，助他父子之功，本章懇切，費心之至。〔柴王白〕本藩爲國家公事，敢不盡心。〔謝庭芳白〕好吓。聖上與千歲正然寵眷楊將軍父子，大王這道助兵招親的本章一上，正合聖意。千歲又加贊美，天顏甚喜。〔柴王白〕聖上寵眷楊家者，愛其忠勇耳。本藩與楊家聯姻，亦愛其忠勇而已。叨蒙聖上准孤奏請，此實聖上隆恩也。〔唱〕

【六么令】恩蒙聖皇，喜天顏准奏臣章。鳳銜丹詔下天閶，承雨露際恩光，幸邀天使臨藩壤，藩壤。〔謝庭芳白〕閒話休題。聖上命我同大王觀閱兵勢，即便繕寫圖册回奏。速命楊將軍領兵馳赴軍營，不可怠緩。〔柴王白〕兵將早已齊集演武廳，就請同往。〔謝庭芳白〕大王先請，下官還要與楊將軍講話。就來。〔柴王白〕本藩先到教場齊集俟候便了。〔謝庭芳白〕大王先請，我們就到。〔柴王白〕帶馬。〔陳琳、柴幹應，引下。謝庭芳白〕將軍請坐。下官臨起身，奉千歲懿旨，有兩件事千歲不放心，要在將軍身上得個實信，回覆千歲好放心。〔楊景白〕有那兩件事千歲不明白？〔謝庭芳白〕千歲聽得傳言説，七將軍被陸應高打死，八郎專擅刼營，被宋萬擒住斬了，千歲爲此日夕愁煩，故命下官動問將軍，討個實信回覆。〔楊景白〕吓，原來爲此兩件。〔謝庭芳白〕正是。〔楊景白〕既蒙千歲垂恩挂念，楊景敢不實情剖露。七郎被陸應高戰敗，落荒而走，至今不知下落。八郎被擒解送金陵一事，小將已到禪州來了，實不知始末。〔謝庭芳白〕既被擒去，一定是斬了？〔楊景白〕生死未卜。〔謝庭芳白〕難道令尊處没有書信來告訴將軍麽？〔楊景白〕對敵交兵之際，那得書信往來。〔謝庭芳白〕這就是了。今夜將軍細細寫下書啟，下官帶去回覆千歲，如何？〔楊景白〕多謝大人。〔謝庭芳白〕我們也該往教場去了。〔楊景白〕就請同行。〔謝庭芳白〕帶馬。〔衆應，同唱〕承雨露際恩光，幸邀天使臨藩壤，藩壤。〔同下〕

第二齣　楊景閱兵

〔扮周虎臣、羌彪、韓英、李雄上，唱〕

【點絳唇】魯鄭屏藩，英雄猛悍天關。撼勇莫遮攔，血戰無辭憚。〔周白〕俺們乃東魯柴王駕下，管領火炮軍周虎臣是也。〔羌白〕俺乃管領蓬頭軍羌彪是也。〔韓白〕俺乃管領鎮海軍韓英是也。〔李白〕俺乃管領健步軍李雄是也。〔周白〕我等奉大王令旨，鎮守沿海等處。前日奉命調來到禪州，隨往軍前協助楊令公平南。今日在演武廳閱兵犒勞，只得整齊隊伍俟候。呀，遠遠望見旌旗導引。〔衆白〕大王來也，須索肅恭伺候者。〔請下。軍士、將官、陳琳、柴幹引柴王上，唱〕

【新水令】封藩魯地治民安，受分茅應須勛贊。虎符徵海鎮，羽檄佈江關。協助平南早，願得獻圖版。〔軍士白〕已到演武臺。〔周虎臣等上，白〕四營總兵官參見，願大王千歲。〔柴王白〕侍立兩傍，聽本藩吩咐。少間天使與郡馬同來觀閱，爾將士須要戈矛鋭利，陣法精嚴。稍有怠惰，軍法示衆。〔唱〕

【駐馬聽】天使登壇，登壇，朝命親承鳳詔頒。兵威試看，陣圖名册奏天顏。軍容整肅莫闌珊。

精嚴陣法休疎散。在本藩，嚴嚴令出無違犯。〔周虎臣等白〕得令。喏。衆將聽者，大王有令，今日有天使奉旨閱兵，務要軍容整肅，陣法精嚴，各宜凜遵，違者軍法示衆。〔內應〕得令。〔軍士引楊景、謝庭芳上，白〕戈戟排開隊伍按，旌旂招展陣雲翻。〔軍士白〕天使大人到。〔柴王白〕衆將齊集，請大人登臺觀閱。〔謝庭芳白〕請。〔同上臺科。柴王白〕傳令開操。〔周虎臣等同白〕吓喏，傳令開操。〔下。羌彪、周虎臣、李雄、韓英、蓬頭軍、火炮軍、健步軍、鎮海軍上，跳舞走勢科，下。楊景白〕這一隊兵將真好精銳也。〔唱〕（四鎮海軍持藤牌上，跳舞下。四火炮軍背炮、持雙矛上，跳完，下。四健步軍持梭刀上，跳完，下。四蓬頭軍持鍘刀上，跳。續四梭刀上，跳。八人跳下。四大將上，跳舞下。楊景白，唱。）

【沉醉東風】好一隊精强猛悍，潑刺刺跳躍赸赸。梭子刀飛傳慣，雙鋒刃雪亮光寒。操成練法銳非凡，第一隊令人驚看。〔周虎臣引火炮軍上，作操演科，下。謝庭芳白〕這一隊火炮軍，一發猛烈也。〔唱〕（周虎臣、四火炮軍上對下。謝庭芳白，唱【雁兒落】。）

【雁兒落】任敵衆重關没擋攔，那怕他鐵骨銅筋漢。好一似迅雷霹靂聲，一見時唐將驚魂膽。〔柴王白〕用此火炮軍呵，〔唱〕

【得勝令】震倒他龍蟠大鍾山，打碎他虎踞石頭關。那怕他滚滚長江水，疊疊湧波瀾。非凡，火器軍强悍。休攔，聞者也膽寒。〔蓬頭軍、鎮海軍上，跳舞比勢科，下。柴王白〕天使大人，你看這鎮海軍與蓬頭軍呵，〔唱〕（一對二：李長喜 輝四喜上對，長喜下，彭遇安上對，同下；邊得奎 張喜壽上對，邊得奎下，孫喜上對，同下；貫得禄 張春和上對，貫得禄下，張得禄上對，同下；平喜 趙德上對，平喜下，張長保上對，同下。柴王白完，唱【七弟兄】完。）

【七弟兄】勇健的步趲，蛺蝶的飛翻，倢勁的勇非凡，鋭身竭力心無憚。蹡蹡的旋走似風嵐，長操習練從來慣。〔周虎臣、羌彪、韓英、李雄、衆火炮軍、蓬頭軍、健步軍、鎮海軍上，比勢，合操科。畢下。周虎臣等白〕（周虎臣 羌彪上對下。韓英 李雄上對下。大連環：張得安 楊玉昇 貫得禄 邊得奎 張春和 張喜壽 盧恒貴 高進忠 平喜 李長喜 趙德 輝四喜 張長保 孫喜 張得禄 彭遇安上對，藤牌 鍘刀不下。又續四梭刀上，擺山式科。又續火炮軍持炮上，擺式。四大將隨上，大將白。）操演畢。〔柴王白〕四位將軍帶領將士入宴，犒勞衆軍。〔周虎臣等白〕多謝大王。〔下。柴王等下臺科。柴王白〕看酒。〔軍士、將官暗上。柴王等入席。衆同唱〕

【梅花酒】纔見那水軍罕，潛海内度年耽。捉魚鱉捕江潭，似鯀鱧逝遊涵。任洪波敢寄濆，不怕那巨鰲餐。〔楊景白〕天使大人，楊景得此一夫擋百之軍，此去何俱南唐强兵百萬也。〔唱〕取南唐似掌翻，只一戰定江南，兵烈猛將英堪。〔謝庭芳白〕有柴大王這枝雄兵協助，賢父子平南大功，剋日可成。下官預爲奉賀。看酒來，奉敬三杯。〔楊景白〕多謝大人。〔飲科。同唱〕勢破竹易開竿，如拉朽破唐關。塞長江斷流潺，早奏凱歌功贊。〔謝庭芳白〕酒已彀了，早備奏表，明日起程覆旨。〔柴王白〕請回館驛。帶馬。〔同唱〕把陣圖繪寫看，將册籍花名按。去陳龍案對龍顔，願聖心喜聖意安。〔下〕

第三齣　呼延命將

〔呼延贊上，唱〕

【歲扶歸】勁敵難除功難奏，決勝機何有。怪元戎性自由，免戰高懸三軍束手。〔白〕本帥呼延贊，自從在靈壁山與令公、楊希等合兵，將宋萬等一直追至五河縣，兩下排兵會戰，未見輸贏。好笑我那位楊老賢弟，無緣無故竟將免戰牌掛起，誠令衆將不許出戰。恰恰的秦氏來下戰書，單約杜玉娥出陣。咳，是老夫一時差見，未曾去通知楊令公，竟差他前去會戰，不想又失了金鎗回來。這還罷了，偏偏那呼延赤金不服氣，要去索取五河縣城池，强派我擔當，竟自領兵前去。探子回來報説，呼延赤金被宋萬擒去了。那杜玉娥一時奮義，前去相救，誰知他也被擒獲。那楊希聽見兩個妻子都被唐營擒住，發了急了，向我請兵到唐營去刼救他的妻子。我還不曾應口，他竟提兵去了。這些事情楊令公那邊全不曉得，這些干係却都在老夫身上。咳，楊希此去，若救得出玉娥、赤金，還好掩飾。倘然救不得回來，教我怎麽樣好吓？〔唱〕教人心下倍憂愁，算來都是咱愆咎。〔白〕我已着探子去打聽去了。此時還不見回來，好生放心不下，不免到營門首去望看望看。〔報子上，白〕報，報，報。

〔作撞科。呼延贊白〕什麽東西，這等亂撞？〔報子白〕原來是帥爺。報子叩頭。〔呼延贊白〕且不要磕頭，隨我進來。打聽楊希之事，怎麽樣了？〔報子白〕阿呀，爺，不好了。那楊七將軍啊，〔唱〕

【江水遶園林】鼓勇提兵去，直將敵寨投。衝營突壘馳還驟，待救夫人無由救。霎時大隊圍前後，身落陷坑機彀。〔呼延贊白〕住了，住了。你在那裏扎把，六手亂嚷亂喊的，我一句也不曾聽見。你明明白白的說與我聽，到底是怎麽樣了？〔報子白〕是。楊七將軍領兵衝入敵寨，四下找尋二位夫人下落。誰知夫人尋不見，却驚動了他那裏的大隊人馬，將七將軍等圍困垓心。七將軍便四面衝突，不想身落陷坑，被他們擒去了。〔唱〕落机穽枉瞋眸，受綁縛作俘囚。〔呼延贊白〕吓，七將軍身落陷坑，被他們擒去了？〔報子白〕擒去了。〔呼延贊白〕回避了。〔報子下。呼延贊白〕阿呀，這樁事怎麽了？〔唱〕

【供養海棠】我心急眉皺，事出奇難，如何措手。〔白〕若將此事去稟知楊令公，不但楊希之罪難免，就是老夫之罪也是難逃。這便怎麽處，這便怎麽處吓？有了。不免去請高將軍到來，与他商議便了。過來。〔中軍應科。呼延贊白〕快去請高將軍到來，說我在此立等。快去，快去。〔中軍應下。呼延贊白〕我想高君保智勇兼全，他若肯去劫救，必定成功。倘然救得楊希夫婦回來，便好瞞過令公了。〔唱〕倘能完趙璧，便可飾前尤。〔中軍引高君保上，唱〕因何事由，向前去將情細叩。〔中軍白〕高將軍到。〔高君保白〕元帥。〔呼延贊白〕高賢弟來了。〔高君保白〕元帥呼喚，有何軍令？〔呼延贊白〕高賢弟，你可曉得楊希被宋萬擒去了？〔高君保白〕吓，怎麽樣擒去的呢？〔呼延贊白〕只因呼延赤金去向秦氏索取五河縣城池，被他們擒住。後來玉娥救赤金，赤金又去救玉娥，救來救去，二人都被擒獲。楊希急了，竟提兵去刼救妻子。救不成，如今連他也被擒住了。〔高君保白〕原來有這些事，是元帥令他們去的麼？〔呼延贊白〕我何嘗令他們去，他們强派我擔當，自己要去的。〔高君保白〕就該去稟知楊元帥。〔呼延贊白〕彼時若去稟知楊元帥，這不是告下他們來了麼，所以只得勉强擔當了。〔高君保白〕這專擅之罪，豈是擔當得的。如今楊希被擒，該速去報與楊元帥知道，起兵答救纔是。〔呼延贊白〕咳，若要報與楊元帥知道，我也不請你來商量了。〔高君保白〕商量什麼？〔呼延贊白〕賢弟智勇超羣，我欲令你去將楊希夫婦救了回來，彌縫此事。〔高君保白〕小將奮身刼救，分所當然，但須稟過楊元帥，小將即便前去。〔呼延贊白〕因爲不要教他知道纔好，况且我也是個元帥，這一差是我派你去的。若救得楊希，是你的功勞。若救不得楊希，也就罷了。好賢弟，不要作難，我在此奉揖了。〔高君保白〕豈敢。既是元帥如此説，小將即刻領兵前去便了。〔呼延贊白〕這便纔是好。賢弟，你此去呵，〔唱〕奮勇施威武，赴救莫延遛。〔高君保白〕這個自然。小將去也。〔下。呼延贊白〕快去快去。高賢弟去是去了，不知可能成功。咳，老天老天，你要暗中保佑纔好。〔唱〕默籲蒼天，心中稽首。〔同下〕

第四齣　君保衡宮

〔高君保內白〕衆將官，殺向唐營去者。〔健軍、健將應，引高君保上，同唱〕

【僥僥撥棹】飛馳如電走，火速利戈矛，各把雄威齊抖擻。〔高君保白〕殺入營中去。〔衆應。健勇引唐國柱、胡邈、吳迪、李世勳作出營抵敵科。四將白〕呔，好大膽的宋將，敢入俺虎穴龍潭，自來送死。報名上來。〔高君保白〕唐將聽者，俺乃二路大先鋒高君保是也。特爲討取楊希夫婦而來，快去報與宋萬知道。好好送還便罷，少遲片刻，將你營寨踹爲虀粉。〔四將白〕好無知宋將，俺這裏萬馬千軍，重營疊疊，你一旅孤軍，便想要救楊希夫婦，你好不知分量也。〔唱〕似飛蛾把火投，自送死命合休。〔高君保白〕休得多言。看鎗。〔戰科。宋萬內白〕〔高君保對四大將、四健勇，歸四角。一對二，擺式。宋萬內白。八勇士、四將官兩場門上，抄手，下。四健勇、四健軍、健將隨下。宋萬、秦氏、高君保、四大將對下。〕衆將官，將高君保團團圍住者。〔八勇士、四將官上，作圍科，下。高君保上，望科，白〕呀，你看敵兵如潮水般湧將出來，截住營門，使俺不能殺入。如何是好？〔唱〕〔單對：平喜 孫進安上對下，金得榮 張得安上對下，趙榮 賈得禄上對下，安福 何套住上對下。高君保上對四大將，高君保下。四健軍上對。續四健將上對，四大將下。八勇士上，接對，健軍、健將下。高君保上，接對，八勇士下。四將軍上，接對，將官下。八勇士上，抄手，下。高君保回白完，唱【海棠沉醉】半支。）

【海棠醉沉】①紛馳驟，聽軍聲宛若海潮吼，俺衝前突後入寨難由。（宋萬、秦氏上戰科。四將、將官等上，戰科。勇士、健勇上，圍科，下。衆陸續陸續上戰，②下。健卒、健將、高君保上。健卒、健將白）將軍，你看唐兵重重圍繞，不能殺入他營中，如何救得七將軍夫婦？（高君保白）兵勢甚重，衆寡莫敵，諒不能殺入他營中。大家突出重圍，回覆呼延元帥便了。（唱）衝透他鐵桶圍稠，急忙的回營報覆。（四將、將官追上，戰科。勇士、健勇上，圍科。高君保等作突圍下。宋萬、秦氏暗上。四將回白）宋將突圍逃去了。（宋萬白）用心把守，毋得怠緩。（衆應科，同唱）笑他孤軍浪投，拋戈棄矛，休教妄想刦救俘囚。（同下）（宋萬、秦氏上對下。李世勣 張慶喜 劉雙喜 唐國柱 盧恒貴 喬榮壽上對下。胡邈 安福 孫進安 吳迪 趙榮 金得榮上對下。高君保上對四健勇任喜禄 大馮文玉 白興泰 劉招，健勇下。四健將軍兩場門上，白完，唱完。四健勇、四將官、八勇士、四大將兩場門上，抄手。高君保等突圍下。衆番回。）

---

① 【海棠醉沉】：誤，應作【海棠沉醉】。

② 陸續陸續：衍一「陸續」。

第五齣　議兵聞報

〔扮四鎮海軍、四蓬頭軍、李雄、羌彪、韓英、周虎臣引楊景上，唱〕

【引】王命討南都，佈陣當關阻。東魯借兵符，鎮海雄師助。〔周虎臣等白〕將軍，小將等參見。〔楊景白〕列位將軍，請坐。〔周虎臣等白〕告坐。〔楊景白〕下官奉父命借兵，蒙柴王題疏奏聞，奉旨命四位將軍提兵助征，由山東沂州渡河南下。昨日駐兵桃源縣，即命哨馬先往臨淮，打聽爹爹軍營駐扎何處，下官隨後移兵五河北界。適纔哨馬回報，説我兵現在督軍五河縣與宋萬對陣，因此仍差哨馬到唐營細細打聽聲勢。列位將軍，待他回報，下官用一决勝之策，管教立擒宋萬便了。〔周虎臣等白〕吾聞强敵勢張，令公勢弱，故此將軍取援禪州。今援兵初到，未見一陣，如何便能擒賊成功？〔楊景白〕彼逞烏合之衆，抗逆天兵，自取敗亡，何足道哉。〔唱〕

【鬬黑麻】他違逆天心，應遭敗殂，狂勃抗召，妄動干戈。民心怨，天神怒。呵護王師，萬靈扶。宋祚運洪，南唐勢孤。我仗天子洪福，天子洪福，何懼豨張將卒。〔周虎臣等白〕將軍以順逆定勝敗，自然南唐當滅了，但今用何計策能擒唐師？〔楊景白〕下官今差哨馬細細打探唐營聲勢，只要宋萬屯兵五河之中，家父督兵五河之右，其勢便能克敵矣。〔周虎臣等白〕何計克敵？〔楊景白〕此計麽，只須差

人啟知我爹爹，督兵攻其前，下官提兵抄其後。前後夾攻，勢如拉朽也。〔唱〕

【道和】謀謨前後陳師旅，加攻掩擊截歸途，他首尾難相顧，列成犄角勢分孤。疾雷震掩耳手無措，兵宜神速，回音一至，動干戈。〔周虎臣等白〕果然好計也。〔報子上，白〕回繳將軍令，偵報甚分明。報。將軍在上，探子回報軍情。〔楊景白〕打探唐營聲勢如何？〔報子白〕小的打聽甚是分明。今有二路元帥呼延贊、先鋒高君保，奉旨協助平南，在靈壁山會同七將軍与大元帥，合兵一處，將宋萬、秦氏自靈壁山追至五河縣，我軍連勝唐兵幾陣。昨晚有七將軍劫營，被宋萬擒住。隨有高將軍去刧救，敗陣而回，如今要解往金陵報功。請令定奪。〔楊景白〕吓，七將軍被宋萬擒住了。再去打聽。〔報子下。楊景白〕列位將軍，吾弟自遭陸應高之敗，生死未卜。復得重逢，萬分之幸，今又受敵人擒獲。吓，不但破我之計，又且挫我威鋭，這是那裏説起。〔唱〕

【五般宜】我籌謀就夾攻計唾手圖，籌謀就報君恩盡勞劬，不枉了授命握兵符。〔白〕方纔與列位議就夾攻之計，自思成功反掌，如今又成畫餅了。〔唱〕耿耿丹心，屢遭折磨。不遂謀謨，是我父子轗軻。〔周虎臣等白〕夾攻之計不必提了。探子報説要把七將軍解往金陵，如今將軍速宜領兵抄往五河之南，先迎頭截救七將軍，回來再圖後計。〔楊景白〕列位將軍所言甚善。周將軍、李將軍，帶領火炮軍、健步軍，先奔元帥大營，啟知我爹爹，説楊景領兵二千刼救楊希，成功就回。快去。〔周虎臣、李雄白〕得令。〔下。楊景白〕我與二位將軍率領蓬頭軍、鎮海軍，抄到五河縣南路，直衝唐寨截救便了。帶馬。〔唱〕統領着健鋭的精兵，斬狂且將恨補。〔下〕

第六齣　破檻施威

〔扮唐國柱、胡邈、吴迪、李世勳上，白〕烈烈英雄士，昂昂大丈夫。我等遵奉帥令，押解楊希、呼延赤金、杜玉娥到金陵報功。元帥又説，恐怕像了押送楊八郎一案，故連忙打造囚車，挑選精壯兵一千，命我等即時解送。軍士們，將楊希等打上囚車者。〔軍士内應，押楊希等上，遶場下。四將白〕他三人已經打上囚車，我等到元帥帳前請諭起行便了。帳中聽帥令，起解向金陵。〔宋軍悄上，作耳語會意科。悄下。勇士引秦氏、宋萬上，唱〕

【僥僥令】謀成牢籠計，擒獲很楊希。寫下表文陳情奏，解送俘囚，捷報飛。〔宋萬白〕夫人，我們費了許多心機，擒住楊希夫妻三人。忽有高君保前來劫救，幸爾預先防備，將他戰敗而回。爲此連忙備寫表文捷奏，委員解送金陵，也顯得我們與宋交兵，奮勇王家之功績。〔秦氏白〕元帥，要知前番解送楊順之事用人不當，致被强人刼去無踪，至今未曾查出是何人刼去。此次解送楊希，倍加仔細纔是。〔宋萬白〕夫人説得是，下官隨即寫表奏過吾主就是。二大王与孫丞相處俱投過文書，令其嚴密查捕，必有下落。此次押送楊希之事，夫人放心，下官擢四員能事驍將、一千精壯軍士，萬無一失的了。〔秦氏白〕本章寫就，也該早早押解起行。不然恐繼業合隊前來刼救，倘有疏失，豈不枉費卒勞了。〔宋萬白〕待驍將們來，領了奏章文書，即刻起行。〔四將上，白〕結束行裝就，請諭見元戎。元帥，小將等奉令，已將楊希等打入囚車，現在後營。小將們請諭起行。〔宋萬白〕本帥有奏報捷書一件，傳達唐王，還有文書一道，沿途調撥護送兵丁。一路小心，不要像了楊順之事，被人刼了去。〔四將白〕小將們不敢懈怠。元帥放心，小將們去也。〔宋萬白〕過來。本帥與夫人擒住楊希夫婦，這場功勞非同小可，爾等速速從後營起解，勿使宋營知覺，沿途加意小心。〔宋萬、秦氏唱〕

【前腔】文憑須仔細，示諭凛遵宜。重任非輕擔干係，要緊防那楊希。〔白〕過來。〔唱〕切隄防是楊希。〔宋軍隨楊希、玉娥、呼延赤金上。楊希白〕呔，楊希來也。〔宋萬、秦氏驚科。楊希白〕看鎗。〔合對科。宋萬、秦氏敗下。衆上，對下。秦氏、宋萬上。宋萬白〕阿呀，夫人，方纔驍將説已將他三人打入囚車，怎麽忽然破檻逃出，突入帳中，你我險遭毒手。〔秦氏白〕快聚集合營將士，併力擒拿便了。〔楊希上，白〕〔四宋軍引赤金 玉娥楊希悄上，白「看鎗」。四宋軍、四大將對八勇士，抄下。四大將、四宋軍先下。宋萬、秦氏、玉娥、赤金、楊希五人對下。李世勣 劉得山上對下。唐國柱 袁慶喜上對下。胡　邈 張長慶上對下。吴　迪 小王喜上對下。楊希、宋萬、秦氏上對，宋萬、秦氏下。八勇士上，接對，同下。宋萬、秦氏上，白。楊希上，白。）宋萬、秦氏那裏走？〔宋萬、秦氏白〕哇，楊希，你乃被囚之徒，休得逞强。〔楊希白〕呸，匹夫，俺七爺爺豈是好

擒的。〔唱〕

【玉胞肚】仗你蚊蠓之勢，想困鵾鵬你心痴意痴。斷金鎖脱走，蛟龍破玉籠，彩鳳雙飛。徒勞捷奏疏，兒題畫餅難充餓犬飢。〔對科。宋萬、秦氏敗下。四將上，接戰，敗下。楊希白〕妙吓，殺得好爽快也。〔唱〕（對，宋萬 秦氏 敗下。四大將上對，四大將下。楊希回白，唱【又一體】。）

【又一體】精神力氣，戰酣時精氣倍提。真個是猛虎搜山叱咤處，電掣驚雷。看唐營士卒亂奔馳，將帥心迷意痴。〔呼延赤金追宋萬上，對下。杜玉娥追健勇、勇士上，對科，下。楊希、杜玉娥、呼延赤金追宋萬、秦氏上，對科。健勇引四將兩場門上，圍科。衆下。楊希白〕阿呀，且住。你看他合營人馬重重圍繞將來，我這一時殺不出這重圍。倘我爹爹那裏倒查漏了，我夫妻三人這便怎麽處？〔唱〕（胡邈上對下。玉娥 劉招 任喜禄 上對，劉招 任喜禄 下。高進忠 靳保 邊得奎 劉保 上接對，同下。赤金 大馮 文玉 白興泰 上對，大馮 文玉 白興泰 下。平喜 張得安 何套住 貫得禄 上接對，同下。玉娥追宋萬上對，下。秦氏 赤金 上對，赤金下。楊希上接對，秦氏下。四大將上接對，四健勇等上，抄手，下。楊希回白完，唱【六么令】。）

【六么令】私行救妻，擅提兵感衆心齊。幾番失陷受重圍，爹有令喚楊希。〔白〕楊希往那裏去了？ 呸，怎麽想起怕來了。 嗳，一不做二不休，且殺他個落花流水便了。〔唱〕浩然正氣騰騰起，騰騰起。〔宋萬、秦氏上對。衆全上，圍科，下〕（四健勇、八勇士、四大將上，抄手，裏下。）

第七齣　赴援揮軍

〔蓬頭軍、鎮海軍，羌彪、韓英引楊景上，唱〕

【畫眉序】由義盡彝倫，勇奮英鋒銳其身。闖重圍救弟，捨命居仁。非貪我大績奇勳，盡心力正身敦本。〔白〕我因哨馬報道七郎被宋萬生擒，今要解往金陵報功，爲此領兵二千，繞至五河東南界上，準備中途截救。一路迎來，並無官將押送囚車過去，想還未起程。〔羌彪、韓英白〕將軍，他既要解往金陵去，早晚必從這裏過去，俺們在此等候如何？〔楊景白〕想吾弟遭擒，在彼盼人解救，心急如焚。我今救弟心切，亦是如此，那裏等得片刻工夫。〔羌彪、韓英白〕依將軍，有何高見？〔楊景白〕依我之見，揮軍直抵宋萬後營，一擁而入，奮身刧救。〔羌彪、韓英白〕吓，直踹唐營？〔楊景白〕直踹唐營。〔羌彪、韓英白〕阿呀，將軍，諒他營中必有準備，我們一些虛實不知，怎便輕入重地？將軍還須斟酌。〔楊景白〕吾豈不知。今日之事，義在捨身刧救。不必多言，快快殺入唐營。如有畏懼者，斬。〔唱〕揮軍火急唐營進，神速兵行要迅。〔下。宋萬、秦氏内白〕大小三軍，將楊希等重重圍困。如放走一人者，斬。〔内應科。白〕得令。〔楊希上，唱〕

【滴溜子】縱橫門，縱橫門，單鎗突陣。難衝破，難衝破，重重圍困。（勇士、健勇、驍將上，圍下。楊希白）（秦氏上對，秦氏下。八勇士上，抄手，下。）阿呀，罷了吓，罷了。俺夫婦受困唐營，戰了一日，力不能支，部下健勇盡被傷害，這便怎麼處？（宋萬上，白）（宋萬上對，白。）楊希看鎗。（對科。宋萬白）楊希，你今身陷重圍，死在頃刻，早早乞降免死。（楊希白）哇，老匹夫，你還不知七將軍的威風麼。（唱）威嚴伊曾目瞬，多少大英豪，遇鎗尖立損。你碌碌慵夫，較强可哂。（對科，下。杜玉娥、勇士上對下。呼延赤金、秦氏上對下。楊希上，白）夫人在那裏，夫人在那裏？（秦氏上，白）（唱完，對下。玉娥 唐國柱 李世勣 上對下。赤金、胡邈、吴迪上對下。楊希上，白。秦氏上，白。）楊希，俺來也。（楊希白）呸，叫我的夫人，你來做什麼？（秦氏白）俺正在此尋你。（楊希白）咳，我不是你丈夫，尋我做什麼，不害臊。（秦氏白）看鎗。（對科，下）（白完，對。續八勇士上對下。）

第八齣　突圍救弟

〔蓬頭軍、鎮海軍，羌彪、韓英引楊景上，唱〕

【啄木兒】難拋捨，雁序分。重義輕生勇捨身。並非我沽譽虛名，念同胞手足恩親。〔白〕前面就是敵營了。〔羌彪、韓英白〕將軍，你聽唐營中金鼓雷動，塵土飛揚，好似交戰的光景。〔楊景白〕吓，想是我爹爹知道，遣將踹營刼救。快快乘勢衝進營盤去者。〔羌彪、韓英白〕將軍，還當三思而行。〔楊景白〕哎，國家公事，在他人尚要捨身相救，何况骨肉弟兄。〔唱〕攸關骨肉心何忍，男兒到此雄心奮，拔刃相幫何有云。〔白〕隨我踹營。〔衆應下。楊希上，白〕夫人，在那裏阿呀？〔唱〕

【歸朝歡】重兵勢，重兵勢，衝散夫人，不由俺心急氣忿。〔白〕夫人在那裏？〔唱〕高聲叫，高聲叫，震耳不聞，他兩人不知向何方敗隱。〔杜玉娥、呼延赤金上，白〕七將軍在那裏？七將軍？〔楊希白〕咳，你兩個往那裏去了，教我衝來衝去的尋找。〔杜玉娥、呼延赤金白〕阿呀，將軍，你不見他合營强兵幾萬，縱横馳驟，將我三人衝散，一時那裏尋得見。〔楊希白〕不用說了，不用說了。三人併力，一齊衝突重圍，纔可脱身。〔唱〕心諧力協齊揚奮，犇衝那怕籓籬緊，何况夫妻勇冠人。〔宋萬等上，圍科。楊景等上，白〕衝入重圍去者。〔合對，下。衆上，對下。宋萬上，白〕阿呀，可惱吓，可惱。正把楊希等圍困，將要擒住，被楊景領了一枝異樣精兵，從後營突然而至，把重圍衝破，殺得我合營兵將四散奔逃，教我無計可使。〔鎮海軍上，白〕那裏走？〔對下。蓬頭軍、秦氏上對下。楊景上，作挑驍將，下。勇士引宋萬、秦氏上。宋萬白〕夫人，你看楊景部下這枝異樣精兵，實難抵敵，頃刻間把我合營將士傷其大半，如何是好？〔秦氏白〕只可退守臨淮關，調取各關兵將，整肅鐵旗陣勢，約楊繼業、呼延贊打陣，困入陣内擒拿，報取今日之仇便了。〔宋萬白〕有理。棄了營盤，速往臨淮關去罷。〔楊景、楊希等衆上，合對。宋萬等敗下。衆回白〕宋萬、秦氏領着敗殘人馬，棄營走了。〔楊景白〕不必追趕。傳令，收斂唐營軍器糧草，進取五河縣去者。〔衆應，同唱〕〔四大將、宋萬 秦氏上對。八勇士上，圍轉。四蓬頭軍上場門上。四鎮海軍下場門上。羌彪、韓英、楊景兩場門上，歸排。殺過河。蓬頭軍、鎮海軍、八勇士間上，直衝下。大將對下。單對：邊得奎 張喜壽上對下，高進忠 趙德上對下，平喜 輝四喜上對下，貫得祿 張春和上對下，宋萬 楊景上對下。唐國柱 彭遇安 胡邈 張得祿上對下。吴迪 孫喜 李世勳 張長祿上對下。秦氏 韓英上對下。宋萬 羌彪上對下。楊景 安福 金得榮 趙榮 孫進安五人對下。八人攢：何套住 張得安 趙德 輝四喜 劉保 靳保 張喜壽 張春和上對下。楊希上對四驍將，續宋萬 秦氏，又續玉娥 赤金，對下。宋萬上，白。四鎮海軍上對下。秦氏上對四蓬頭軍，同下。楊景對四驍將，下。兩場門上對。雙連環：

劉　保　張得安　平喜　何泰保　邊得奎　靳保　高進忠　貫得禄　輝四喜　張喜壽　德喜　彭遇安　張春和　趙德　張長保　張得禄對下。四驍將　宋萬　秦氏　楊景　楊希　四健勇　玉娥　赤金　羌彪　韓英上對。鎮海軍、蓬頭軍追八勇士兩場門上，抄手，下。衆隨下。宋萬、秦氏等上，白完。楊景等追上，殺過河。宋萬等敗下。衆回白，唱【尾聲】。）

【慶餘】復吾威鋭還贏陣，敗敵兼收五河鎮，請令今朝功罪分。〔下〕

第十二段

第一齣　救弟回營

〔鎮海軍、蓬頭軍引韓英、羌彪、杜玉娥、呼延赤金、楊希、楊景上，同唱〕

【么令】他威風挫盡，棄五河敗北忙奔。俺把兵糧旂仗全抄盡，疾疾的向營中呈報功勳。〔楊景白〕且喜救得七弟夫婦，五河縣已收，宋萬退走臨淮關去了。〔楊希白〕二位夫人，過來見了六伯伯。〔呼延赤金白〕嗄，他姓六。〔楊希白〕醜婦，他排行在六，是你們的六大伯子。過來見了。〔呼延赤金白〕妹子，咱們兩的大伯子不少，數還得數半天呢。大大伯子、二大伯子、三大伯子、四大伯子、五大伯子，輪到他是六大伯子，咱們見見。〔杜玉娥同見科，白〕六大伯。〔楊景白〕這俱是弟婦麼？〔楊希白〕俱是。敗陣後，路過風鳴莊，不得已而做的親事。待閒暇時，細細告訴你。今日虧得哥哥相助，不然，了不得。〔楊景白〕愚兄自禪州奉旨提兵，到得五河南界，聞吾弟受擒之信，即命周李二將領兵一半，先去稟見爹爹。愚兄領兵親來解救，乃得生還，實出萬幸。〔楊希白〕吓，你先已差人稟見爹爹去了？〔楊景白〕正是。〔楊希白〕阿呀，完了，夫人，我們的事瞞不過，早已發作下了。〔楊景白〕什麽事瞞不過？〔赤金白〕我們三個俱是專擅盜兵，失機被擒的。〔楊景白〕阿呀，爹爹軍令最嚴，你們怎麽這等大膽？〔楊希白〕咳，你不該先去告訴爹爹，如今怎麽好？〔唱〕

【雙聲子】私專任，私專任，是醜婦先失陣。救兵引，救兵引，杜氏生惻隱。他兩人俱受擒，救雙妻又陷吾身。〔楊景白〕咳，愚兄那裏知道有這些隱情，只當你們奉令出戰遭擒在彼，故命刃將先去稟知爹爹。如今事已覺露，這便怎麽處？〔赤金白〕不怕，不怕，都推在呼延元帥身上。他做付元帥，這些須之事，難道也擔當不起麽？〔楊景白〕這也説得有理。待我見了爹爹，若果事露，我見呼延伯父，求他承認便了。〔楊希白〕也好，倘他不應，我三人一口咬定他身上便了。〔楊景白〕事不宜遲，速速回營去罷。〔衆同唱〕且回營見機，把推罪詞陳。〔下〕

第二齣　陳情幾諫

〔楊貴引楊繼業上，唱〕

【元卜算】忠臣有子鴟鴞，難按青鋒出鞘。他故敢違軍令，自興師幾罪條，這逆子玩法斬難饒。〔白〕可恨楊希夫婦，專擅被擒，挫我鋭氣。今早周虎臣、李雄到來，道楊景徵兵已到，因聞楊希夫婦被擒，分兵刼救去了。此時已將半夜，不見報到。吓，楊希這畜生，竟如此大膽，可惱吓，可惱。〔楊景上，白〕執法無親誰不懼，盜兵違律罪難彌。適纔回到營中，令他夫婦暫避，待乘夜去見爹爹，看其喜怒，明日再求呼延伯父討情，或可寬宥亦未可知。〔進見科，白〕爹爹在上，孩兒楊景拜見。奉令徵兵，違悞軍限請罪。〔楊繼業白〕起來。〔楊景白〕是。孩兒一到禪……〔楊繼業白〕住了。你禪州之事，有周虎臣、李雄先來稟命明白，你救的楊希夫婦怎麽樣了？〔楊景白〕是孩兒去救楊希夫婦。〔繼業白〕可曾救回來？〔楊景白〕救回來了。〔楊繼業白〕怎不來見我？〔楊景白〕這個……楊希夫婦因交鋒被困之罪，不敢見。〔楊繼業白〕楊貴聽令，帶領刀斧手，將楊希夫婦三人綁來。〔楊貴白〕得令。〔楊景白〕且慢。爹爹，爲將出征，勝敗常事，求爹爹恕罪。〔楊繼業白〕吓，那個令他出征來……〔唱〕

【伊令】這不肖私專可惱，父兵權子行自盜，罪惡𠹌𠹌不小。〔白〕楊貴。〔唱〕快綁縛三人，示衆軍門首級梟。〔楊貴白〕得令。〔楊景白〕哥哥且慢。阿呀，爹爹，楊希等專擅之罪固不可寬，然他三人有敗敵取城之功非小，可贖盜兵之大罪。求爹爹恩宥。〔楊繼業白〕吓，那個有敗敵取城之功？〔楊景白〕楊希。〔楊繼業白〕哈哈，好荒唐也，你差周李二將來稟命於我。〔唱〕

【品令】説偵探唐營，楊希墜壕。分兵稟命，你親救同胞。他身遭陷獲，怎説功非小？〔楊景白〕孩兒領兵到宋萬後營，衝殺進去，他夫妻三個正在營中血戰。孩兒揮兵截戰，將唐營踹平，殺唐兵、唐將數千餘級，宋萬、秦氏抛下營盤輜重，棄了五河縣，投臨淮關而避。這不是敗敵取城之功麽？〔楊繼業白〕有這等事？此功果然不小。但只記你功勞，如何能替楊希贖罪？〔唱〕敗敵衆，伊家兵調。功勞簿記載公平，非猶冒要。〔楊景白〕爹爹，實非孩兒一人之功，全賴楊希夫婦之力，乃能破敵取城。況兄弟同胞，讓功代罪，義所當然，求爹爹恩准。〔楊繼業白〕哎，任你説得天花亂墜，却也難饒他一死。〔唱〕

【風入松】楊希不法斷難饒，這忿恨殺却方消。恨他几次違吾教，犯親嚴意驕目渺。〔白〕楊貴，〔唱〕快斬訖即將令繳，問誰敢口嗷嗷。〔楊貴、楊景白〕阿呀，爹爹，此時暮夜更深，待明早將他三人綁來，問明再斬不遲。〔楊繼業白〕也罷。楊貴過來，將他三人綁縛看守，明早傳齊合營將士，按法示衆。快去。〔下。楊貴白〕是。阿呀，兄弟，你有何方法解救？〔楊景白〕待小弟即到呼延伯父處，求他討饒便了。〔楊貴白〕就是這樣，快走快走。〔分下〕

第三齣　呼延詐病

〔呼延贊上，白〕咳，我想古人有兩句話今日應在本帥身上，真正切體。你道是那兩句哪？是非只爲多開口，煩惱皆因强出頭。這兩句前日我曾説過，今日更加要説了。我想令公掛了免戰牌，我何苦强要玉娥出戰，鬧出許多緣故來。誰料他夫妻三人都被擒去，我恐令公見罪，故着高將軍去刼救。又被他們殺敗，白白的鬧了一場。如今恰好六郎救兵到來，將楊希夫婦救回來了，豈非是一樁痛快事。偏偏六郎先已差了兩個愣頭青來見他爹爹，把一件事情鬧穿了，令公也惱了，説本帥早已掛了免戰牌了，誰人專擅出令。差人問我，我也没得説了。又着中軍來説，等楊希等回來對証此案。我就對那中軍説，本帥冒了風寒，在此發瘧疾了。咳，這都是我多開口、强出頭鬧出來的。所以説，是非只爲多開口，煩惱皆因强出頭，將此二句即便書諸紳，今後戒之、慎之。〔楊景上，白〕將軍專擅提兵將，元帥施權斬罪兒。伯父在上，楊景參見。〔呼延贊白〕是非只爲多開口，〔楊景白〕伯父，小侄有事相求。〔呼延贊白〕吱，煩惱皆因强出頭。〔楊景白〕這兩句俗語，伯父念他何用？〔呼延贊白〕這兩句俗語，我今用得切題。呸，正是。〔楊景白〕伯父，小侄有言告稟。〔呼延贊白〕罷罷罷，是非只爲多開口。〔楊景白〕與伯父也有干涉。〔呼延贊白〕吓，與伯父有干涉，是煩惱皆因强出頭了。嗄，你説。

〔楊景白〕小侄因救楊希，却不知他是私自行兵，先差人啟知爹爹。方纔小侄回見爹爹追問其情，小侄難以隱瞞，只得實説。〔呼延贊白〕嗄，你實説了。咳，這你多開口吓。〔楊景白〕我爹爹大怒，即要將楊希夫婦三人斬首示衆，是小侄再三解勸不從。〔呼延贊白〕這是你强出頭吓。〔楊景白〕今夜權且綁縛看守，明日五鼓就要處斬了。〔呼延贊白〕依你要怎麽樣？〔楊景白〕求伯父去討個人情。〔呼延贊白〕喲，我再不多開口了。〔楊景白〕救他三人之命。〔呼延贊白〕吓吓，我再不强出頭了。〔楊景白〕不是伯父强出頭，是小侄來相請。〔呼延贊白〕吓，嗄，我方纔在你爹爹處告了病了。〔楊景白〕什麽病？〔呼延贊白〕告的是，阿呀，我告的是什麽病？吓，在此發瘧子。〔楊景白〕不信吓。〔呼延贊白〕不信，看呢哪，立刻抖與你看。阿呀，好抖，好抖吓，題不得的一題，越發抖得利害了。〔楊景白〕伯父抖遲了。〔呼延贊白〕不遲，方纔熱過去，纔在這裏作冷。好冷，快拿棉被來。〔楊景白〕不像吓。〔呼延贊白〕吓，這樣抖法還不像？〔楊景白〕不像。〔呼延贊白〕咥，蝎虎兒吃了烟油子也不過這付樣兒。好抖，站不住，我要去睡了。〔楊景白〕阿呀，伯父，不要作難，快去救我兄弟一救。〔呼延贊白〕教我怎麽樣一個救法？〔楊景白〕只要伯父一人擔當，就好救了。〔呼延贊白〕咳，只爲前日擔當二字，勾起我今日的抖來了。這樣抖，擔當不起。〔楊景白〕做副元帥擔當不起，那個擔當得起。看小侄薄面。〔呼延贊白〕這樣抖法，怎麽去呢？〔楊景白〕待小侄扶了伯父去。〔呼延贊白〕咳，真正「是非只爲多開口」。〔楊景白〕説便這等説，這樣抖法，衆觀不雅。〔呼延贊白〕嗄，抖又抖不得，罷了，權且不抖。咻，煩惱皆因强出頭。〔下〕

第四齣　繼業斬子

〔旗牌、楊貴引楊繼業上，唱〕

【引】執法無親持中正，一片丹心耿耿。〔楊景隨呼延贊上，白〕咳。〔唱〕此事費調停也，干我擅專違令。〔楊景白〕呼延元帥到。〔楊繼業白〕元帥。〔呼延贊白〕不敢，大元帥。阿喲，往常不是這樣稱呼吓。〔楊繼業白〕本帥有公事差人致請，元帥因何托病？〔呼延贊白〕我其實在那裏發瘧疾，尊使到時，我正在帳中亂抖。〔楊繼業白〕觀其容顔不像吓。〔呼延贊白〕抖過去就好了，如今題起嘿，又抖了。〔楊繼業白〕倒是本帥失於問候了。〔呼延贊白〕不敢。這個，何事見召？〔楊繼業白〕因楊希等不奉吾令，擅自提兵，楊希等又説是元帥所差。你我雖爲正副，凡軍情大事，皆當公議而行。誰若私事，理應參處。〔呼延贊白〕這個自然。〔楊繼業白〕故此着人去問，元帥説不知。〔呼延贊白〕其實不知。〔楊繼業白〕想足下也不肯專權令將，怎麽楊希説是元帥所差？〔呼延贊白〕楊希，本帥不曾差他。〔楊繼業白〕故此特請元帥一同陞帳，問明定罪。吩咐開門，傳衆將上帳。〔楊繼業等下。旗牌應白〕元帥有令，傳衆將上帳，吩咐開門。〔下。刀斧手、將官、周虎臣、羗彪、韓英、李雄、高君保上，楊景、楊貴急上。白〕楊希之事，求列位將軍週全。〔高君保等白〕這個自然。〔楊景白〕請二位元帥陞帳。〔旂牌引呼延贊、楊繼業上。楊繼業白〕帶楊希等三人進來。〔刀斧手綁呼延赤金、杜玉娥、楊希上。刀斧手白〕楊希等帶到。〔楊繼業白〕哇，好大膽的逆子。不奉軍令，專擅提兵者斬。你們既在軍營爲將，不按本帥的軍法麼？〔唱〕

【尾犯序】違令擅提兵，蹈法違條，越職專征。藐視元戎，又且抗父私行。〔楊希等唱〕聽稟，有誰敢私行挑戰，早則是親承將令。〔楊繼業白〕奉那個將令？〔楊希等唱〕前日裏，奉呼延元帥令，去踹唐營。〔楊繼業白〕你們俱推在呼延元帥身上。若果有此事，難道他身居副元帥應承不起，在我跟前假推不知麼？〔楊希等白〕呼延元帥，你怎一言不發，難道你果然不知麼？〔呼延贊白〕阿呀，我的瘧疾又來了，好抖。〔呼延赤金白〕你抖也遲了。前日，秦氏下戰書要玉娥出戰，不是副元帥與他令箭去的麼？〔楊希白〕是吓，那擔當二字，不是你說的？〔楊繼業白〕元帥，果有此話麼？〔呼延贊白〕單講玉娥初次出戰呢，是本帥斗膽，哪，有秦氏戰書爲証，元帥請看，本帥只好替玉娥擔當一次之罪。後來，他救他，他救他，他又去救他，本帥不知他們的事了。〔楊繼業白〕玉娥初次出戰是奉呼延元帥之令，後來你三人私自行兵奉那個令來？〔呼延赤金白〕媳婦也奉呼延元帥之令去的。〔楊希白〕楊希也奉呼延元帥之令去的。〔呼延贊白〕阿呀，怎麼都是我的令，我何曾派你們去？赤金你說。〔呼延赤金白〕公公，只因玉娥戰場失落金鎗。〔楊繼業白〕吓，玉娥的金鎗也失落戰場上了。咻，可恨吓，可恨。〔呼延赤金白〕媳婦要替玉娥去討取五河縣併金鎗，稟過呼延元帥去的。〔呼延贊白〕元帥，他告訴我，却不准。〔楊繼業白〕玉娥二次出陣，却爲何來？〔杜玉娥白〕因姐姐被擒，媳婦去解救，也受擒獲。〔呼延贊白〕可是我叫你去的？〔杜玉娥白〕不是。〔呼延贊白〕公道。楊希你説。〔楊希白〕楊希爲他二人受擒，稟過呼延元帥去的。〔呼延贊白〕他雖稟過我，却不曾准。〔楊繼業白〕哇，爾等專擅盜兵，玩弄軍法，失鎗敗陣，失陷被擒，長敵人之威，挫我軍之鋭。若不虧楊景救回，爾等皆作俘囚，可惱吓，可惱。〔唱〕

【前腔】玩法罪當刑，示衆軍前，懲戒戎兵。〔白〕刀斧手，將他三人斬訖報來。〔唱〕綁赴營門，莫要留停。〔呼延贊白〕且慢，元帥請息怒。他三人之罪，皆因本帥起的釁端，饒了他們罷。〔楊繼業白〕哎，本帥免戰之令已出，元帥不該瞞我一人專制而行，元帥先擔慢軍之罪，還來討情。〔呼延贊白〕元帥差矣，你我皆是元帥，你出令就使得，我出令就爲專制，可笑。〔楊繼業白〕吓，原來副元帥悉知其詳，如何又推不知。我先斬此三人，然後寫疏參你。〔呼延贊白〕阿喲，又在此抖了，本帥回帳養病。〔高君保白〕住了。元帥走不脱，當以受參。既不擔當，初次就不該出令，也不致遺下這些禍端，累他三人犯令了。今元帥應當在内調停纔是，如何走得。〔呼延贊白〕我的瘧疾又來。〔高君保白〕元帥托病而去，累此三人之命，是誰之愆？〔呼延贊白〕如此，我錯了，求大元帥見諒。〔高君保等白〕元帥，看小將等薄面。〔楊繼業白〕哎，自古執法無私。今日當斬者，吾子吾媳。若徇親情，焉能威服衆心。〔唱〕當省，一點兒私心少徇，愧掌那元戎權柄。〔高君保等白〕元帥，雖執法無親，衆心佩服，但早晚破陣，正在用人之際，還求寬恕。〔楊繼業白〕這樣逆子忤媳，如何饒得。〔唱〕軍營裏，這私專違令，罪非輕。〔白〕就煩元帥監斬。〔呼延贊白〕我瘧疾又抖了。〔楊繼業白〕衆將官，快快推出營門，速斬示衆。
〔衆白〕吓。〔楊希等白〕阿呀，爹爹。〔唱〕

【千秋歲】念親生，阿呀忍見餐刀去，慘離離斷絶天性。萬望仁慈，萬望仁慈，暫留下不孝子媳殘命。〔楊繼業白〕衆將官，快快與我斬訖報來。〔高君保等白〕阿呀，元帥，你逞一時之怒，只顧執法無私，把這樣幹國的虎將斬了，合營將士觀此未免寒心墮志，無益於元帥，有損於國事。望元帥開恩，暫時赦宥，待破了鐵旗陣，再作處分。副元帥，你且不要抖。〔呼延贊白〕滲不過去。大元帥，他們專擅之事，原教我擔當，這將錯就錯，都是我不是了。不看衆將，也看聖上的金面。元帥若不開恩，也罷，先把我開刀。〔高君保等唱〕望元帥須思省，仗虎將江南定。留他帶罪隨軍政，好斬關破陣，用命朝廷。〔呼延贊跪科。楊繼業白〕元帥請起。既是元帥與衆將苦苦討饒，暫寄頭顱。〔呼延贊白〕放了綁。〔衆應，作放綁科。楊希、杜玉娥、呼延赤金白〕謝爹爹/公公不斬之恩。〔楊繼業白〕咻，思之可恨。〔一唐將上，白〕當關排大陣，約戰問開兵。這裏是了，那位在？〔將官白〕什麼人？〔唐將白〕宋元帥差人約期打陣。〔將官白〕隨我進見。啓二位元帥，唐營約戰，下書人當面。〔唐將白〕二位元帥，小將參見，戰書呈上。〔楊繼業、呼延贊白〕你家元帥纔敗得一陣，怎麽又來約戰？〔唐將白〕約二位元帥去打鐵旗陣勢。〔楊繼業白〕原書奉回，説彼此休息人馬，養足鋭氣，十日後，本帥親來打陣。去罷。〔唐將白〕是。大元帥屢遭敗績，應當休息。副元帥新到，人馬精鋭，先去打陣如何？〔呼延贊白〕這個……大元帥説不去打陣，本帥做不得主。去罷。〔唐將白〕哈哈，這話可笑。〔高君保等白〕出去。〔唐將白〕待我飛馬回報便了。〔下。楊繼業白〕傳令，休兵十日，待本帥籌劃破陣之策，然後出令打陣。〔高君保等白〕是。〔呼延贊白〕楊希等之罪也饒了，我的瘧疾也好了。〔楊繼業怒視楊希科，白〕咻，妻孥作禍，夫剛缺少。〔呼延贊白〕又要怎麽樣？〔楊繼業白〕饒他死罪，罰他鍘草。小畜生掩門。〔楊景、楊貴隨下。衆應，分下。楊希白〕伯父，爹爹罰我什麽？〔呼延贊白〕罰你去鍘草。〔楊希白〕我不會。〔呼延赤金白〕我教給你哪，是這麽一個身段。〔呼延贊白〕得了命，就鬧頑皮。〔呼延赤金白〕得了命，虧你救的。〔呼延贊白〕呸，怎麽了？〔分下〕

第五齣　饒釵激將

〔扮軍卒隨一唐將上，白〕欲激其帥，先用其智。前日奉宋元帥之命，約楊令公打陣，要將他陷入陣中。誰知誆不動令公，連呼延贊也不敢專擅。小將飛馬回報，今日秦夫人用了激將之謀，説令公足智多謀，激他不動。那呼延贊乃粗魯之夫，可以激怒提兵。先將呼延贊打入陣中，不怕令公不來相救，這叫做縛羊引虎之計。送得裙衫、巾幗在此，不免就此前去走遭。軍士們，捧了禮物隨我前去。正是：夫人借用孔明着，副帥難侔司馬能。〔同下。赤金玉娥上，同唱〕

【步步嬌】嘆我夫妻抒英武，奮勇反成衬。想起脹胸脯，險些戰没唐營，還罪擅竊軍務。險做没頭鵝，脱離羣刀斧。〔赤金白〕咳，想我姊妹二人忠勇王家，盡心出力，退了唐兵，得了五河。不但無功，竟且有罪，好慚愧人也。〔玉娥白〕姐姐，這有何慚愧。自古順者爲孝，誠者爲忠。你我秉着忠上之志，不愧於心，方爲人也。倒是連累七郎，貶入馬夫隊裏，充當什麽……〔赤金白〕鍘草的草蠻子。〔玉娥白〕咳，想七郎每逢交戰，捨命當先。這些微罪過，公公就恕不過他。想他出世爲人，何曾鍘過馬草。〔赤金白〕咻，這都是呼延元帥不好，他不派你出去，那有這些緣故。彼時，他若一面擔當，公公也罪不到我們身上。可恨他粧病推辭，想起來其實可惱。和你到他營中去譏誚一場，出出心頭惡氣。〔玉娥白〕使得，姐姐，只可譏誚，不要破口。〔赤金白〕自然，和你一同前去。〔同唱〕

【前腔】報國反將軍規忤，副帥心怯懦。公爹性氣粗，那些慵種喬材眇目斜睹。反言巧者拙之奴，勇者多遭苦。〔白〕這裏是了。那個在？〔旗牌上，白〕是那個？原來是二位夫人。〔赤金、玉娥白〕通報説我二人要見。〔旗牌白〕請少待。元帥有請。〔呼延贊上，白〕怎麽説？〔旗牌白〕赤金夫人與杜夫人要見。〔呼延贊白〕又是什麽事情？請進來。〔旗牌白〕請相見。〔下。赤金、玉娥白〕元帥。〔呼延贊白〕二位夫人。〔赤金白〕前日有勞。〔呼延贊白〕勞而無功，實切惶恐。請坐。到此何事？〔赤金白〕特來酬謝活命之恩。〔呼延贊白〕不敢，不敢。〔玉娥白〕二來問候瘧疾病全愈否？〔呼延贊白〕瘧疾病前日就好了。〔赤金白〕前日多虧付元帥擔當。〔呼延贊白〕前日我是磕頭禮拜，拚死討情的吓。今日二位到此，莫非又要去討戰？〔玉娥白〕戰是要討的，只恐元帥推不知，不敢去。〔呼延贊白〕不敢去是怕你公公，嚇這樣。〔赤金白〕這樣倒不怕，只怕哪，這樣。〔呼延贊白〕哎，你們特地尋到我營中來拌嘴，這是什麽意思？〔赤金、玉娥白〕什麽意思？元帥枉自執掌兵權，空做三軍司命些須之事，不敢獨力承當也罷了。如今罸七郎養馬鍘草，連個人情不敢討，合營將士那個服你？〔呼延贊白〕吓，爲七郎鍘草，不妨在我身上，保管饒他。〔赤金白〕説此大話，也不怕唬發了瘧疾。〔呼延贊白〕吓吓，不要題了。〔赤金白〕題了，啜哪，又抖了。〔呼延贊白〕你吓，抖得不像，學不來。〔旗牌引唐將、軍卒上。旗牌白〕隨我這裏來。啟元帥，唐營送禮。〔呼延贊白〕胡說。他與我敵國之仇，送什麼禮？〔旗牌白〕現在外邊。〔呼延贊白〕且着他們進來。〔旗牌白〕吓，元帥着你們進去。〔唐將白〕我元帥送來的禮物，放下。〔呼延贊白〕不要走，你家元帥好端端送什麼禮？〔唐將白〕不曉得。〔呼延贊白〕送的是什麼東西？〔唐將白〕不曉得。元帥自己開看，我們在外廂伺候。〔呼延贊白〕呸，且出去。這又是什麼巧絲兒來繞我，打開來看。〔赤金白〕不要開，裏面是個炮。〔呼延贊白〕吓吓，你又來唬我，偏要看什麼東西。〔衆白〕哈哈。〔呼延贊白〕吠，你們笑什麼？〔唐將白〕我元帥送與你的粧奩，叫你穿了去見我元帥。哈哈。〔呼延贊白〕將他們拿下斬了。〔唐將等下。旗牌白〕都跑了。〔呼延贊白〕跑了就罷吓。還有一封書，呸，必没有好言語在上。〔赤金、玉娥白〕且看書内如何道。〔呼延贊白〕侄媳念與我聽。〔玉娥看科，笑白〕哈哈。〔呼延贊白〕笑什麼？念出來吓。〔玉娥白〕笑話。〔呼延贊白〕笑話？念出來，我也笑笑。〔玉娥白〕聽了。呼帥爲妻楊帥郎。〔呼延贊白〕吓，我是你公公的妻子，是佘氏了吓。〔赤金白〕今後叫你婆婆了。〔呼延贊白〕呸。〔玉娥白〕守閨不出長夫剛。〔呼延贊白〕説我怕你公公。〔赤金白〕宋萬到是神仙。〔玉娥白〕含羞只可藏幃幄，襝衽何能出戰場。〔赤金白〕説你不敢出戰。〔玉娥白〕爾志堪同司馬弱，吾名不亞武侯强。〔赤金白〕這兩句不懂吓。〔玉娥白〕當初諸葛亮約戰，司馬懿怕諸葛亮，也像伯父不敢出戰，是這個比做。〔呼延贊白〕鬧起「三國志」來了。〔玉娥白〕今朝追慕古人跡，怯敵何妨巾幗粧。哈哈，話靶，話靶。〔呼延贊白〕什麼話靶？〔玉娥白〕你若怯敵，教你穿了衫兒，繫了裙兒，塗了脂粉，代了花兒，到他營前，扭這麼幾扭，他就不要你去打陣了。〔赤金白〕這到是個便宜。〔呼延贊白〕什麼便宜？〔赤金白〕臨陣交鋒，未免擔驚受怕，莫若扮做婦人，扭他一扭就成功了，倒也省事。來來來，我與你扮起來。〔呼延贊白〕阿呀，氣死我也。〔唱〕

【江兒水】耻辱情難恕，英雄氣不輸。〔赤金、玉娥白〕輸了這口氣何妨。〔呼延贊白〕哎，〔唱〕深慚司馬行師旅，畏敵情甘粧婦女。〔赤金、玉娥白〕忍辱者，大英雄也。〔呼延贊白〕大英雄，情甘馬革裹尸，不肯偷生忍辱。〔唱〕英雄甘學烏江主，胯下偷生何譽。〔赤金、玉娥白〕這樣説，是要去打陣了？只怕我公公不教你去。〔呼延贊白〕哎，還題你公公，都是上他的當。宋萬初次下書約戰，你公公不教我去，照顧我，這場耻辱……可惱吓，可惱。旗牌，快選精兵一萬，隨俺前去。過來，往杜夫人營中取了刀馬來。〔旗牌白〕得令。〔下。呼延贊白〕杜夫人聽令，汝爲隨軍護守，同本帥前去搦戰。〔玉娥白〕得令。〔赤金白〕妹子不要去，倘公公問起，他再推不知。〔呼延贊白〕呸，小尖酸，你拿這封書去見你公公，説本帥令玉娥隨征。快去。〔赤金白〕這樣美差，輪到我了。〔呼延贊白〕好侄媳，你去見見罷，回來我與你七郎討情如何？〔赤金白〕真個如此，我就去。〔下。旗牌、八健軍、四健將上，白〕元帥在上，衆將參見。〔呼延贊白〕衆將聽吾吩咐。〔唱〕速整雄威，誓決雌雄勝負。〔白〕拏了這箱子，殺奔唐營去。〔衆白〕得令。〔同唱〕（衆白「得令」，同唱【前腔】。）

【前腔】上馬驅馳驟，提戈殺氣粗。堂堂俊傑真威武，今朝一戰除羣鼠，掃平賊寨危巢覂。敢把穢言來忤，討罪唐營，盡戮奸徒息怒。〔衆白〕（健軍分歸兩排後，分，領走，朝下場門，斜胡同，「已到」。）已到唐營。〔呼延贊白〕呔，宋萬快快出營受戮。〔宋萬内白〕衆將官，隨俺出營者。〔衆白〕得令。〔八勇士、秦氏、宋萬上。宋萬白〕（衆白「已到唐營了」。分開，歸一邊。宋萬内白完。宋萬、秦氏領八勇士張得安孫喜 輝四喜孫進安 張喜壽趙德 任喜禄張長保上，隨上雲帳，擺八門金鎖陣。宋萬白。）你是呼延贊，本帥送與你的衫裙怎不穿來見我？〔呼延贊白〕呸，俺乃世上奇男子，人間大丈夫。你敢將穢褻之物觸犯本帥，看鞭。〔宋萬白〕住了。本帥幾次約你打陣，不敢出來，俺只當呼延贊是個不出閨房的婦女，故將釵裙相贈。你今不要，到辜負本帥一番美意了。〔呼延贊白〕呸，不害臊，將你夫人的衫裙來贈我。俺是個斬將搴旗的虎將，不是惜玉憐香的情種。這樣污穢東西，不要。來來來，回贈你夫人罷。〔擲箱科。宋萬、秦氏白〕（上雲帳。白「放馬過來」。衆勇士健軍等抄手，下。宋萬呼延贊 玉娥秦氏四將官八人對下。單對：輝四喜彭玉安上對下，袁慶喜張得安上對下，孫喜賈得禄上對下，楊玉昇孫進安上對下，張長保張春和上對下，張喜壽靳保上對下，邊得奎任喜禄上對下，高進忠趙德上對下。秦氏張德禄趙榮上對，續小王喜平喜上對下。宋萬呼延贊上對。宋萬白完，唱完，對下。撤雲帳。）休得胡説，放馬過來。〔衆戰下。宋萬白〕哇，老匹夫，誇你斬將搴旗的虎將，你敢打俺陣勢麼？〔呼延贊白〕爲將的那個不能破陣？〔宋萬白〕俺的陣法利害。〔呼延贊白〕休誇大口。〔唱〕

【園林好】論蜂衙何爲陣圖，誇蟻陣唇摇舌鼓。偏遇俺今朝立破，〔宋萬唱〕早入陣話休多多。

〔白〕隨俺進陣。〔同下〕

第六齣　打陣羅羅

〔撤雲帳。大將、軍卒、秦氏上，擂鼓佈陣科。勇士、宋萬引八健軍、健將、杜玉娥、呼延贊上。宋萬白〕老匹夫，隨俺進陣。〔呼延贊白〕本帥就來也。〔宋萬下。呼延贊白〕侄媳，此陣望去，週圍約有數里之遥，好威嚴大陣也。〔杜玉娥、呼延贊唱〕〔胡邈引綠飛虎纛小王喜、吴迪引白飛虎纛張長慶上場門上，李世勳引紅飛虎纛張慶貴、唐國柱引黑飛虎纛李平安下場門上。兩場門上，十字各花，歸五排，中間二人領分後，末歸四犄角，軍士走兩頭蛇完。秦氏引黃飛虎黃纛趙祥隨上，直溜領回，歸中央方位。衆等歸方位，纛隨歸方位，轉跪大將，亮，二人小分。大將歸本位。宋萬、八勇士向内白完。宋萬、勇士進陣，勇士下。宋萬上將臺。呼延贊、杜玉娥引健軍、四健將上，貫門。呼延贊白完，唱【新時令】。〕

【新時令】一層層，劍戟繞週遭。羅網内，密密建旌旄。謹按方隅，分門豎五纛。遥望中央，鐵旗杆招展接雲宵。〔内擂鼓科。杜玉娥、呼延贊白〕呀，〔唱〕三通畫鼓敲，三聲炮响勢喧囂。征旗早蕩摇，紛排劍戟高。霧罩塵飛，騰騰殺氣猛鐃。〔杜玉娥白〕伯父，這陣圖凶險異常，不可進去。〔呼延贊白〕吓，侄媳，你爲何長他人志氣，俺今偏要打陣。衆將官，〔唱〕掌號搴旗，拚個血戰鏖。〔衆白〕得令。〔作進陣。宋萬等下。杜玉娥白）（衆白「得令」。健軍、健將、呼延贊進陣，下。四方大將、秦氏隨下。衆吶喊，番光子，飛虎等抄手。番回，各歸本位，換兵器。杜玉娥白。）呀，你看我軍一入陣，勢更變門路各別。眼見呼延元帥身臨險地了。〔唱〕

【萬花方三臺】忽然鉦鏑頻敲，聽一聲羣噪。陣圖更變展龍韜，月孛早對招摇。喪門弔客相推調，大元戎恐入陣難逃。〔白〕也罷。待我急急回營報信便了。〔唱〕吾忙忙回營報，請援兵急急來到。〔下。衆上對，下。呼延贊白〕（秦氏 呼延贊上對。宋萬下將臺，接對，同下。胡邈 張得禄上對下。李世勳 平喜上對下。唐國柱 小王喜上對下。吴迪 趙榮上對下。秦氏 呼延贊上對，秦氏下。四勇士孫喜 輝四喜 孫進安 張得安上對，勇士下。方位軍士吶喊，本位轉亮，仍歸方位。秦氏暗上將臺，四大將暗上，歸方位。呼延贊白。）我方纔一進陣來，心内必清的，佈的是金鎖陣。剛進第二重陣門，霎時陣圖更變，心迷意亂，不知所向，怎麽好？〔唱〕

【間金四塊玉】移門變陣難測料，怎慮著詭譎藏韜。身陷網羅難騰跳，山兒般繞週遭。〔宋萬等上戰科，下。衆上，接續戰科。健軍、健將、呼延贊上。健軍、健將白〕元帥，你看陣中人有移山倒海之勢，重重圍繞將來，如何是好？〔呼延贊白〕大家奮勇衝突東方便了。〔衆應。宋萬、秦氏、唐將上，白〕那裏走？〔戰科。一大將上，截戰。唐兵、唐將上，圍科，下。呼延贊上，唱〕（宋萬上對。續健將上對，又續八勇士上對。勇士、健將歸四角，對完。勇士轉後，分抄下。宋萬暗下。呼延贊回。健將白完。東方大將、四軍士對攢。呼延贊等下。大將、軍士歸本位。二對二：楊玉昇 高進忠 孫喜 孫進安 上對下。單對：張德安 彭遇安 上對下，袁慶喜 輝四喜 上對下。呼延贊上。東方大將接對。呼延贊、東方、四軍士對，擺式完。大將、軍士歸方位。呼延贊唱。）

【減字木蘭花】一陷重營百倍焦，怎奈勢兇驍，霎時闖陣危途蹈。（健軍、健將上，白）元帥，元帥，東方人馬重重，斷難衝突。（呼延贊白）如此，殺出南方去。（衆應。呼延贊唱）路蹊蹺，佈下鹿角叉難逃。

（二大將引唐軍上，截戰科，下。衆上，對戰，下。呼延贊上，唱）

【河西水仙子】賊兵威逼勢如潮，戰將猙橫戰馬哮。（唐衆上，圍科，下。健軍、健將上，白）（南方大將、南方四軍士作攔，吶喊。健軍、健將下。呼延贊、大將對，呼延贊敗下，大將歸本位。一對二：賈德祿 任喜祿 張長保 上對下，張喜壽 邊得奎 靳保 上對下，張春和 趙德 上對下。呼延贊上，唱。衆吶喊，本位。小分健軍 健將 上，白。）元帥，南方人馬更多，往西方去罷。（呼延贊白）就往西方去。（唱）非無智勇出狼巢，奈彼兵多似捲濤。（二大將率唐卒上，截戰科，下。衆上，交戰，下。呼延贊上，白）（西方大將、四軍士作攔，吶喊。健軍發諢下。健將、呼延贊、大將對，健將下。呼延贊、大將對，呼延贊敗下，大將歸本位。八人攢：彭玉安 袁慶喜 張春和 邊得奎 輝四喜 張長保 任喜祿 張得安 八人對下。宋萬、呼延贊上對下。呼延贊上，白。）阿呀，好利害的陣勢。

殺到這一方是鹿角叉，殺到那一方是鐵蔾蒺，而且他的人馬越戰越多了。〔健將上，白〕元帥在那裏？〔呼延贊白〕怎麽樣？〔健軍、健將白〕戰了半日，無門可出，如何是好？〔呼延贊白〕隨俺殺到北方去。〔衆應科。宋萬、大將等上，白〕那裏走？〔戰下。衆上，對戰。合戰。唐衆作圍科。下。呼延贊、健軍、健將上，白〕殺壞了，殺壞了。〔同唱〕（北方大將、四軍士作攔，吶喊，對攢。呼延贊、健將下。大將、軍士歸本位。二對二：孫喜 張得禄 孫進安 趙榮上對下，張喜壽 小王喜 趙德 平喜上對下。呼延贊 宋萬上對，秦氏下將臺，三人對。衆吶喊，本方位轉，續四健將上對，下。八健軍、四健將上，白「殺壞了，殺壞了」。唱【沉醉東風】完。）

【沉醉東風】戰得俺丟盔棄袍，戰得俺力盡神勞。戰得俺眼昏頭暈了，戰得俺急火騰騰燥。戰得俺氣喘咆哮，戰得俺怒髮衝冠汗似澆，戰得俺热血攻心窩攪攪。〔唐兵、唐將、大將、宋萬、秦氏上，作圍科，同唱〕（八勇士、宋萬、秦氏上，衆對，大攢。衆軍士抄手，圍呼延贊等下。宋萬等回，唱【尾聲】完，下。上雲帳。）

【小拜門】老元戎兀自道英豪，這遭兒天網罩羣鴞。把俺一点忿兒消，管將他一鼓受繩縛。〔同下。上雲帳〕

第十三段

第一齣

（原書缺頁）

領兵搦戰去了。阿呀，我想，此去難保無虞，爲此急急陞帳，遣將提兵，前去接應。〔杜玉娥上，唱〕

【不是路】策馬飛馳，急把軍情來告知。〔下馬進見科，白〕元帥。〔楊繼業白〕你回來了，呼延元帥怎麼樣了？〔杜玉娥白〕阿呀，元帥，不好了。〔唱〕訴因依，〔白〕那秦氏呵，〔唱〕把穢言褻物營中餽，甚相欺，教他裙釵巾幗藏閨内。〔白〕呼延元帥呵，〔唱〕一怒提兵親去赴敵。〔楊繼業白〕勝敗如何？〔杜玉娥白〕元帥嗄，〔唱〕兩相持，輸贏未决將言激。〔白〕那宋萬要呼延元帥去打鐵旗陣。〔楊繼業白〕呼延元帥便怎麼樣？〔杜玉娥白〕玉娥再三勸阻不聽，如今呵，〔唱〕闖入在鐵旗陣裏，鐵旗陣裏。〔楊繼業白〕他他他，竟闖入陣中去了。阿呀，此陣兇險非常，他如何打得破。噫，必然被困矣。〔報子上，白〕報。〔唱〕

【又一體】兩脚如飛，步履猶同羽箭疾。喘吁氣，軍情緊急敢稍遲。〔白〕報。〔進見科，白〕報子叩頭。〔楊繼業白〕呼延元帥怎麽樣了？〔報子白〕阿呀，爺嗄，〔唱〕報端的，他輕身撞入牢籠裏，一旅孤軍難自持。〔白〕只見陣中呵，〔唱〕征塵起，喊聲一似海潮沸，安能脱離，安能脱離。〔楊繼業白〕再去打聽。〔報子下。楊繼業白〕阿呀。〔唱〕

【掉角兒序】連報道呼延陷罹，諒孤軍何能抗抵。咻，恨秦氏陰謀很戾，咳，怪老兄粗愚無智。怎的不度德不量力，一旦受人欺，蹈危機，自投絶地。〔高君保、楊貴等急科，白〕元帥。〔唱〕軍情急矣，豈可延遲。疾忙的提兵領將，救援扶持。〔高君保白〕元帥，事在燃眉，待小將領兵殺入陣中，救取呼延元帥便了。〔楊貴、楊景白〕爹爹，待孩兒們領兵殺入陣中，救取呼延伯父便了。〔楊繼業白〕住了，不可造次。若猛浪進兵，不惟救不得呼延元帥，亦將自陷矣。〔唱〕

【又一體】先謀定勝算無遺，輕率進應多失利。副元帥爲魯莽遺危，衆英雄休效尤取戾。〔君保等白〕如今呼延元帥陷在陣中，必須急往救援纔好。〔楊繼業白〕我夜來籌畫破陣之策，將有成謀。不想呼延元帥陷陣，今番定决死戰，乘勢打破鐵旗陣，擒拏宋萬、秦氏，只在此一戰也。〔唱〕就其機，乘其勢，破其陣，斬其將，一戰可期。〔高君保等白〕鐵旗陣如何破法？〔楊繼業白〕他陣中雖則兵多將廣，也全仗鐵旗指向。若鐵旗一倒，陣勢必亂。俺這裏分兵四面殺入其陣，即破矣。〔高君保等白〕只是何人能倒此旗？〔楊繼業白〕要倒此旗，非楊希不可。赤金、玉娥聽令。〔赤金、玉娥應科。繼業白〕你二人持此令箭，到後營赦楊希無罪，教他披掛前來聽令。〔付令箭，赤金、玉娥應，虛白，下。楊繼業白〕中軍，將我令箭傳諭五營四哨、大小將官。一通鼓，飽餐戰飯。二通鼓，披掛整齊。三通鼓畢，齊集營門聽令。一將不到，梟首示衆。〔一中軍持令箭下。楊繼業白〕爾等各去整齊器械鞍馬，飽餐戰飯，候令。〔衆應，同唱〕軍情急矣，豈可延遲。疾忙的提兵領將，救援扶持。〔分下〕

第二齣　楊希鍘草

〔場上設帳房、鍘刀。扮二馬夫上，一白〕先鋒一降爲馬夫，馬夫一轉作先鋒。〔一白〕那麼一轉就做了先鋒了？〔一白〕七將軍這個乱兒達，起初不是先鋒麼，因爲有了不是，罰他來鍘草，變了馬夫了。咱們是草蠻子頭兒，鍘草有功，可以做先鋒了。 先鋒轉馬夫，馬夫轉先鋒，是那麼一轉，這麼例兒開得狠好，咱們都有個先鋒鬧鬧。〔一白〕噲，醒醒兒，少説夢話。 楊七將軍有那樣的本領，那樣的威風，可以做個先鋒。 咱們兩有什麼能耐，配做先鋒？〔一白〕嗄，不是我的綽喝蜜，你的阿拉不密，明日挑缺麼。〔一白〕呸，不要想偏了心罷。〔一白〕没有開了缺，不是教咱們兩挑補吓。〔一白〕咱們也配？〔一白〕完了。 我正然高高興興的要做先鋒，教他這一説，把我的高興也擋回去了。 可是元帥有令，把楊希貶入馬夫隊裏，罰他鍘草，和咱們是一般兒大。 咱們兩是頭兒，還管得着他呢，他怎麼在咱們跟前鬧大咧子、大器派，不貼理。 嗄，這不是燈也點上了，飯也吃飽了，該鍘草了，他那裏去了？〔一白〕他嗄，早進了帳房歇着去了。〔一白〕好哎，叫他出來問問他。〔一白〕拉倒，拉倒。 不要惹他，他的脾氣不好，不是頑兒的。〔一白〕你放心，有我呢，我降得住他。 像這個樣兒的，若不結結實實的訓他一路，排楦他一頓，那些草蠻子還服咱們麽？叫他出來。〔一白〕可是你的主意，不要回來惹翻了他，帶累我喝錫臘。〔一白〕喲，你怎麽這麽窩囊，活倒咱們的鋭氣，怎麽怕他麽？〔一白〕你不怕，我可瞧見他怪毛的呢。〔一白〕這還了得，有我呢，只管教他出來，我倒要問問他。〔一白〕嗄，是了。七將軍，七將軍，醒醒兒，出來吓。〔楊希帳房内欠伸科，唱〕

【吹腔】夢魂兒剛到那陽臺之上，〔作出帳房欠伸科，唱〕是何人驚醒我的南柯夢一場。只因久戰身勞倦，不覺莊周蝶夢長，瞢騰濃睡方安穩。〔一馬夫白〕夥計，你叫他過來怎麽着。〔一白〕七將軍，他叫你呢。〔楊希唱〕何事喧嘩唤聲揚，誰人大膽將咱唤，莫非是軍令召咱行。〔一馬夫白〕没有軍令。〔楊希白〕既没有軍令，爲何這等大驚小怪？〔一馬夫白〕我們夥計叫你。〔楊希白〕唔，他敢叫我？〔一馬夫白〕他説你既入在馬夫隊裏，和我們是一般兒大，鬧大咧子、大器派，下不去。這會兒該鍘草了，叫你去鍘草呢。〔楊希怒科，白〕阿呀，阿呀，好大膽的狗頭。〔欲打科。一馬夫白〕阿呀，我的七太爺，我没有敢那麽説。〔楊希白〕那個説的？〔一馬夫白〕夥計説的。〔楊希白〕在那裏？〔一馬夫白〕那不是？〔楊希白〕呔。〔一馬夫白〕請七將軍安，你老安歇就完了，出來怎麽呢。睡醒了，豔豔的泡碗茶，你老喝罷。〔楊希白〕那個要喫茶？我且問你，你説俺七將軍既入在馬夫隊裏，與你們是一樣，要叫我鍘草？〔一馬夫白〕誰説？〔楊希白〕他説。〔一馬夫白〕混鬧，混鬧，那算他胡説。你老想我們是什麽東西，你老是什麽東西，我敢那麽説。只怕我們兩給你老舔脚柸子，包管還嫌我們嘴臭。你老怎麽和我們一樣呢，他胡説。〔一馬夫白〕我胡説，你纔胡説呢。不是你説要訓他一路麽？〔一馬夫白〕我没有敢説。〔二馬夫白〕還要排楦他一頓麽？〔一馬夫白〕我不敢説。〔對争科。楊希白〕他們倒拌起來了。〔勸科，白〕算了罷，算了罷。〔二馬夫虛白，又争科。楊希白〕咳，説過算了就算了，只管的拌。〔一馬夫白〕净背地裏耍拐子。你不是叫他鍘草麽？〔一馬夫白〕我叫他鍘草，我又不是他爹。〔楊希白〕呔，好狗頭。〔一馬夫白〕阿呀，我的太爺，我敢叫你老鍘草麽？這是元帥的軍令，你老愛鍘不鍘。〔楊希白〕呸，是我爹爹的軍令。〔一馬夫白〕鍘不鍘不要緊，就怕元帥來查一查，可就漏了。〔楊希想科，白〕不錯，只是我七將軍不會鍘，怎麽好？〔二馬夫白〕連草都不會鍘，可是柴到頭兒。我們先鍘個樣兒，你瞧一瞧，你可要用心學吓。〔楊希白〕你們鍘起來我看。〔二馬夫白〕想着謝師，咱們鍘起來吓。〔唱〕

【耍孩兒】你留神看仔細瞧，要用心來習學，你須如法遵師教。〔鍘科，唱〕草兒合把腰間抱，刀兒抬起容伸草，量準分寸無争較。長短兒不錯絲毫，手段兒敢自誇高。〔白〕會了没有？〔楊希白〕這有何難？〔馬夫白〕誰説難呢。會了？〔楊希白〕會了。〔馬夫白〕會了就鍘。〔楊希白〕住了。俺七將軍鍘的草喂那個的馬？〔馬夫白〕合營中的馬都喂得着。〔楊希白〕那些散碎將官的馬也配吃俺七將軍鍘的草。〔馬夫白〕自然吓。〔楊希白〕哎，我不願意，把我七將軍的牽過來。〔馬夫應，虛白，牽馬科，白〕你老的馬來了。〔楊希白〕我的馬，楊希仗着你衝圍突壘，交戰相持。俺今日犯罪在此鍘草，諒來你也替我煩悶。你一向也辛苦了，待俺親自鍘草來犒勞犒勞你罷。拴在那邊去。〔馬夫應科。楊希白〕俺七郎

鍘草也。〔唱〕

【又一體】好男兒志氣豪，因犯令效鍘草，英雄到此威風掃。〔鍘草科，唱〕坐下龍駒善騰超，仗你疆場苦戰鏖，親鍘細草將他犒。〔作摟草，虛白，喂馬科。赤金、玉娥持令箭上，唱〕早已是後營來到，試把他言語相嘲。〔玉娥白〕後營了，一同進去。〔赤金白〕不要忙，你這裏站一站，等我先去瞧瞧，看他鍘草是怎麽個臉子。〔玉娥白〕姐姐，看他可憐見，不要去嘲笑他。〔赤金白〕阿呀，就是你疼他。〔進科，白〕楊希呢？〔楊希白〕在這裏。〔赤金白〕好有規矩。〔楊希白〕呸，原來是你到此。做什麽？〔赤金白〕奉元帥將令，來查你爲什麽不鍘草？〔楊希白〕真個麽？〔赤金白〕這不是令箭麽，你可没有鍘吓，我去稟你。〔楊希白〕慢來，慢來，我鍘了半日了。〔赤金白〕我没有瞧見，不算。〔楊希白〕吓，你看見了纔算？〔赤金白〕教我來查你吆。〔楊希白〕是了，待我鍘與你看。〔赤金白〕你倒底還怕個人兒。〔楊希白〕我的爹爹麽，不怕。〔赤金白〕吓，快鍘罷。〔楊希白〕你看了嗳。〔唱〕

【又一體】時不利犯罪條，〔鍘科，唱〕强按捺心頭惱，嚴親軍令難違拗。〔鍘科。赤金白〕妹子，你來瞧吓。〔玉娥看科。楊希唱〕盼元戎怒氣消，用咱破敵建功勞，生擒李衮如談笑。〔馬夫見玉娥，争看科。一馬夫鑽入鍘刀，欲看。玉娥白〕七郎。〔楊希見玉娥，失手科，鍘下一馬夫頭科。一馬夫虛白。楊希唱〕見夫人雙雙齊到，頓教咱喜上眉梢。〔一馬夫白〕吓，七將軍，你先不用喜上眉梢，我夥計的腦袋教你鍘下來了。〔楊希白〕好胡説，我怎麽樣就會把你夥計腦袋鍘下來了？〔馬夫白〕都是這一位的腦袋招瞧，我那夥計，怕瞧得不清楚，鑽在鍘刀裏頭來細看。你老一鬆手，把夥計的腦袋鍘下來了。怎麽説呢，賠腦袋罷了。〔楊希白〕呸，他鑽在刀口裏偷看我的夫人，還不配鍘下他腦袋來麽。〔馬夫白〕是有理，該鍘。〔楊希白〕抬過了。〔馬夫應科。楊希白〕你二人都是來查我鍘草麽？〔赤金白〕可不是麽。〔玉娥白〕姐姐，不要耍他了。〔赤金白〕那麽者，你説。〔玉娥白〕只因秦氏激怒，呼延元帥困入陣中。如今元帥點將破陣，要你去拔倒鐵旗。故將令箭來唤你，教你披掛聽令。〔楊希白〕吓，我爹爹用我去拔倒鐵旗，破他陣勢，真個？果然？〔玉娥應。赤金白〕他還哄你麽？〔楊希笑科，白〕好吓，果然知子者莫若如其父。俺此去呵，〔唱〕

【又一體】施英武誇勇驍，建奇功如拾草，管教穩把鐵旗倒。千鈞膂力非自驕，惡來孟賁吾且藐，拔山舉鼎何足道。〔赤金白〕不用儘只鎊了，元帥等着呢。快去披掛聽令罷。〔楊希白〕馬夫備馬，俺披掛去也。〔馬夫應，牽馬下。赤金、玉娥白〕快些去罷。〔楊希唱〕看今番威揚武耀，要顯俺蓋世英豪。〔同下〕

第三齣　點將分兵

（一中軍執令旗上，白）喏，軍政司起鼓。（內應擂鼓科。中軍下。內白）一通鼓畢。（內衆白）衆軍飯完。（楊繼業內白）傳令，再起鼓。（又一中軍上，白）喏，軍政司再起鼓。（內應擂鼓科。中軍下。內白）二通鼓畢。（內作鼓吹。軍士、中軍引楊繼業上，唱）（**吹打，衆沖場上。**）

【一枝花】今日個三申五令宣，傳集那萬旅千軍弁。驅兵馳電馬，遣將作雷鞭。俺這裏法令森嚴，秉正無偏見，丹心可問天。與皇家展土開疆，定方輿承平安奠。（陞座科。中軍稟白）各營披掛已齊。（楊繼業白）再起鼓。（中軍白）喏，軍政司再起鼓。（內應擂鼓科。健步軍、火炮軍、鎮海軍、攢箭軍、蓬頭軍、韓英、周虎臣、李雄、羌彪、楊景、楊貴、高君保吶喊上。中軍稟白）（**虎頭公。**）（**各持兵器。行鼓。吶喊。上馬。**）三通鼓畢。衆將俱齊。（楊繼業白）傳衆將進帳聽令。（中軍應科，白）元帥有令，傳衆將進帳聽令。（衆將應白）（**吹打。**）得令。（作進帳科，白）元帥在上，衆將打躬。（楊繼業白）侍立兩旁，聽吾號令。（衆將應科。楊繼業白）本帥躬承簡命，征討南唐勁敵，遭逢膚功未奏。不料呼延元帥又陷入陣中，今番定决死戰。本帥領兵從間道去攻臨淮關，宋萬聞知必定引兵趨救。爾衆將分兵乘虛殺入陣中，救取呼延元帥。

破陣後，共擒宋萬、秦氏。破敵成功，在此一戰。如有委靡退縮，臨兵疑貳，不奮死力者，立斬。且聽我吩咐。〔衆應科。楊繼業唱〕

【牧羊關】今日效背水韓侯智，焚舟秦帥賢，須索要同心戮力各争先。決死戰，賈勇而前。〔衆將白〕我等身受國恩，敢不抒忠圖報。今日之戰，誓當掃滅欃槍，就請元帥發令調遣。〔楊繼業白〕李雄聽令。〔李雄應科。楊繼業白〕你可帶領健步軍在陣東埋伏，但聽陣中連珠炮響，驅兵奮勇殺入。聽我吩咐。〔唱〕引軍向震方東面，悄埋伏把旌旗掩。禁軍聲毋得喧闐，休泄漏機關。變號炮起鳴鼓，趨前破東門，奮身拚血戰，立奇勳須勉旃。〔李雄接令箭，白〕得令。〔健步軍引下。楊繼業白〕周虎臣聽令。〔周虎臣應。楊繼業白〕你可帶領火炮軍在陣西埋伏，但聽陣中連珠炮響，驅兵奮勇殺入。聽我吩咐。〔唱〕

【四塊玉】他他他惡陣兒，首尾連，分門户伏機塹，須不似五花一字載書篇。這其中，起伏多奇變。仗火炮，將勁敵摧，用火攻，把金方煉，踏平他正西的一面堅。〔周虎臣接令箭，白〕得令。〔火炮軍引下。楊繼業白〕韓英聽令。〔韓英應科。楊繼業白〕你可帶領鎮海軍在陣南埋伏，但聽陣中連珠炮嚮，①驅兵奮勇殺入。聽我吩咐。〔唱〕

【罵玉郎】好乘時努力將功建，博得個名垂竹帛圖畫凌烟。既然的聞雞起舞勤無倦，肯讓他祖逖鞭，覓封侯早遂男兒願。〔韓英接令箭科，白〕得令。〔鎮海軍引下。楊繼業白〕羌彪聽令。〔羌彪應科。楊繼

① 嚮：誤，應作「響」。

業白〕你可帶領攢箭軍在陣北埋伏，但聽陣中連珠炮響，驅兵奮勇殺入。聽我吩咐。〔唱〕

【哭皇天】統雄兵把北門蹂踐，莫畏那戈戟排連。可知道一夫鋭志能持命，總饒他千軍有勇怎遮攔。只聽取炮響連天，急急的揮兵莫俄延。遇敵人盡殲，方不負執鋭披堅。〔羌彪接令箭科，白〕得令。〔攢箭軍引下。赤金、玉娥引楊希上。赤金、玉娥白〕楊希傳到，繳令。〔楊希白〕（盍頭不起。①）爹爹在上，孩兒參見。〔楊繼業白〕楊希，你該斬者不止一次矣，今饒你之罪，用你去拔倒鐵旗，你可保得成功麼？〔楊希白〕（起。）爹爹，不是孩兒誇口，要倒那鐵旗，值得甚的。〔唱〕

【烏夜啼】俺搜山虎威名佈遠，覷着那鐵旗兒俺可也順手兒搴。好男兒壯氣薄雲天，管教談笑成功轉。〔楊繼業白〕好壯哉。你可與呼延赤金、杜玉娥帶領蓬頭軍埋伏陣外，只待宋萬領兵去救城池，汝即揮軍衝入陣中，點起連珠號炮，即奔他將臺上拔倒鐵旗，自有人接應，不得有違。聽我吩咐。〔唱〕乘虛進驟馬加鞭，發號炮直奔臺前，鐵旗倒陣勢自難延。你須把平生勇力來施展，功成一戰盡蓋前愆。〔楊希接令箭科，白〕得令。〔赤金、玉娥、蓬頭軍引下。楊繼業白〕大小三軍。〔衆應科。楊繼業白〕從繞道殺奔臨淮關去者。〔衆應。楊繼業下座。各上馬科。執纛、軍士上。衆同唱〕（下馬。帶器械。□□又冲□列開□下。②）

---

① 盍：誤，應作「磕」。

② □：底本漫漶不清。

【尾聲】兵行奮疾如雷電，風擁旌旄鼓角闐，把攻城軍令傳揚遍。怎知是調虎離山奇機難辨，看他怎生的顧後瞻前，怕不是生擒活獻。〔同下〕

第四齣　攻城趨救

（勇士引宋萬上，唱）

【引】匡扶社稷保封疆，肯教敵衆猖狂。（秦氏上，唱）兵家勝敗預難量，得失怎期常。（宋萬白）（坐。）昨日夫人用激將之法，將呼延贊困入陣中，諒他插翅也難飛去。（秦氏白）此爲香餌釣鰲之計。楊繼業聞知，必然前來相救。待他來時，將他一併陷入陣中，然後掃除他餘衆，南唐可保矣。（報子上，白）報。啟元帥，楊繼業帶領高君保、楊貴、楊景等全軍，從繞道攻打臨淮關去了。（秦氏、宋萬白）有這等事，再去打聽。（報子應下。宋萬白）夫人，不料楊繼業竟撇了呼延贊，乘虛攻打臨淮關。我想關内只有數千老弱之兵，怎能保守。倘臨淮一失，吾無歸路矣。（秦氏白）待我統領大兵退至關前，截住繼業，元帥在此保守鐵旗陣便了。（宋萬白）呼延贊今已困在陣中，諒不能逃脱。今楊繼業統領全軍，你一人豈是敵手？本帥與你同往。傳衆將聽令。（勇士白）元帥有令，傳衆將進帳。（唐國柱、李世勳、胡邈、吴迪上，白）（各執械下。）得令。衆將參見元帥，有何軍令？（宋萬白）今楊繼業乘虛去襲臨淮關，可傳諭陣中將士，嚴嚴把守，不許放走呼延贊。爾等隨俺帶領三軍，截住繼業，救護城池去

者。〔衆白〕得令。〔各作持兵器上馬科。執纛、軍士上。同唱〕

【風入松】忙提師旅利刀鎗，趨救難遲片晌。千軍鼓鋭争前向，併力保臨淮無恙。豈容他兵勢披猖，俺揚威武猛難當。〔下。軍士、楊貴、楊景、高君保引楊繼業上，纛隨上，同唱〕（分抄。同下。）

【又一體】森森戈戟燦如霜，畫鼓轟雷震响。從來詭道兵家尚，只教他中咱羅網。〔白〕（斜分開，二門同下。）本帥用調虎離山之計，統領大兵攻打臨淮關，誘得宋萬到來，鐵旗陣必破，宋萬、秦氏可擒，臨淮亦在掌中矣。衆將官，前面已是臨淮關，一齊奮勇殺向關前去者。〔衆應。内吶喊科。楊繼業白〕（内吶喊。）呀，你聽吶喊之聲，必是宋萬領兵趨救，中吾之計矣。就此殺上前去。〔衆應，同唱〕遥聽得喊聲沸揚，征塵滚陣雲黄。〔勇士引宋萬、秦氏衝上，纛隨上。宋萬白〕（□□氣樣。①）楊繼業，俺幾次約戰，你竟不敢交兵。今日却來襲我城池，豈是大英雄的行徑。〔楊繼業白〕唗，宋萬，你將穢言褻物激怒呼延元帥，陷入陣中，我今取你城池，絶你歸路。你既提兵到此，正好擒你夫婦獻俘。〔唱〕

【急三鎗】空列下，蜂蝗陣，爲屏障。教你陣兒破，命兒亡。〔宋萬、秦氏唱〕堪笑你，多懦弱，無膽量。甚玉柱，甚金樑。〔楊繼業白〕不必多言，放馬過來。〔戰科，下。衆陸續戰科，下。楊繼業追秦氏上，戰科，秦氏白〕唗，楊繼業，休得猖狂，難道你不怕俺的神箭麽？〔唱〕（上雲帳。）（衆對，大攢，衆先下。）

① □□：底本漫漶不清。

繼業宋萬秦氏大將等後對下。單對：平喜袁慶喜上對下，孫喜喬榮壽上對下，楊貴李世勳上對下，小王喜趙榮上對下，孫進安王成上對下，楊景吴迪上對下，繼業秦氏上對。秦氏白，唱【風入松】完，對下。）

【風入松】俺袖中神箭妙非常，便英雄何能遮攩。你前番險喪沙場上，兀自敢持戈相向。（楊繼業白）秦氏，你用暗箭傷人，實爲鼠竊之類。本帥今日正要報你一箭之仇。（唱）可知是天佑忠良，你孤鼠技慢誇强。（戰科，下。衆上，陸續交戰科，下。宋萬、秦氏等上，唱）（陸得喜賈得禄上對下。劉雙喜馮文玉對下。高君保唐國柱胡邈三人上對下。輝四喜張長保上對下。王永壽張得安上對下。繼業、四大將上對下。宋萬袁慶喜喬榮壽小王喜孫進安對下。秦氏賈得禄大馮文玉輝四喜張得安對下。八勇士、四大將、宋萬、秦氏敗上，唱【又一體】。）

【又一體】宋兵勇猛勢難當，急切裏怎與爭强。（宋萬白）（下場門上雲帳，擺陣門、將臺鐵旗。直冲。）夫人你看宋兵十分利害，我軍勢弱，不能取勝，如何是好？（秦氏白）可到陣中調取翟雷、徐力，領兵前來相助，可勝敵兵。（宋萬白）夫人言之有理。唐國柱，聽令。（作拔令箭科。）將此令旗速到陣中，調取翟雷、徐力，領兵前來相助。不得有違。（唱）疾忙陣内提兵將，遵號令莫教違抗。（唐國柱應下。楊繼業等上，白）（繼業上門下。宋萬回站。繼業等上對，大攢，架住，唱完，對下。）那裏走？（作合戰科，同唱）亂紛紛血戰元黃，决勝負在疆場。（戰下）

第五齣　倒旗破陣

（蓬頭軍引呼延赤金、杜玉娥、楊希上，同唱）

【水底魚兒】殺氣橫空，同心把陣攻。鐵旗拔倒，方顯大英雄，方顯大英雄。（出喊，全冲開。）（楊希白）俺楊希奉爹爹將令，拔倒鐵旗，救取呼延伯父。方纔探子報道，宋萬、秦氏帶領大兵趨救臨淮關去了，爲此急急催軍前進。衆軍士，連珠號炮準備下了麽？（蓬頭軍白）準備了。（楊希白）這是忘記不得的。（赤金、玉娥白）七郎，公公軍令，若倒不得鐵旗，將首級來見。不知你果有此技量否？（楊希白）二位夫人，俺楊希今日顯個手段與你看。衆軍士，一齊奮勇殺入陣中去者。（衆應，同唱）（撤雲杖。①）

【又一體】直撞橫衝，飛行疾似風。鐵旗拔倒，方顯大英雄，方顯大英雄。（八門金鎖陣。）（下。唐兵、唐將圍呼延贊，健勇等上，唐兵、唐將圍下。呼延贊白）（四唐兵、四唐將、四健勇、呼延贊下場門上，對攢。唐兵、唐將抄手下。呼延贊白。）罷了吓，罷了。（唱）

---

① 杖：誤，應作「帳」。

【普賢歌】時乘不利受人欺，陷入牢籠怎脱離。勉力突重圍，衝東又撞西。（白）咳，不想陷入陣中。昨晚衝突了一夜，今早又衝突了半晌，到底逃不出這個牢陣。人也乏了，馬也乏了，兵也餓了，將也餓了，這却如何是好？（健勇白）元帥，難道束手待死不成？還是奮力衝突，萬一殺出陣去，亦未可知。（呼延贊白）要出此陣，只怕繁難。我先歇歇兒，等個人來救我，快些衝殺。（吶喊。健勇望科，白）元帥，西北上喊聲震亂，人馬奔馳，敢是有救兵來了？（呼延贊白）如何，我説必有人來救我，快些衝殺前去看者。（上馬。衆應科，同唱）急覷分明莫待遲。（下。蓬頭軍引楊希、赤金、玉娥上，同唱）（擺尾。）

【又一體】迅雷疾電把兵揮，法令森嚴誰敢違。把惡陣踹成泥，醜類剁爲虀。（同走陣門，分開。）（衆白）已到陣前。（楊希白）殺進去。（衆應，同唱）（衆進陣。）試看今朝功奏擬。（殺進陣科。唐兵、唐將圍上，戰科。呼延贊等從裏衝上，合戰科。唐兵、唐將圍科，下。楊希等白）（作進陣。四唐兵、四唐將出陣門。殺過河。隨進陣門。圍對。呼延贊、四健勇接對。唐兵、唐將敗下。楊希等回白。）伯父在此，喜得伯父無恙。（呼延贊白）賢侄，你們孤軍到此，莫非也被他們陷入陣中來了？（楊希等白）我等奉令來救伯父，拔倒他的鐵旗。（呼延贊白）嗄嗄，那鐵旗下有無數的勇將把守，鐵旗指處，陣中兵將蜂擁而集。你做伯父的衝突了一日一夜，不能殺出。就讓你到得旗下，那有這樣大膂力去拔倒他的鐵旗。唔，只怕救不成我，連你們也要困在陣內。（楊希白）伯父放心，自有人來接應。吩咐，放起連珠號炮，殺到將臺去者。（放爆，衆應，内作連珠炮聲。唐兵、唐將上，圍科，同下。場上列陣門科，攢箭軍引羌彪上，同唱）

（放爆。内呐喊。唐兵、唐將下場門上抄，衆同下。四攢箭軍引羌彪上，唱【水底魚】。）

【水底魚兒】呐喊聲雄，喧天號炮轟。鐵旗陣破，唾手奏功同，唾手奏功同。〔作殺進陣科。唐兵、唐將上，截戰。攢箭軍射退科，同下。周虎臣率火炮軍、李雄率健步軍兩場上，同唱〕（進陣。唐兵、唐將上陣門，攔科。攢箭軍作射退，同下。火炮軍引周虎臣、健步軍引李雄上，唱。）

【又一體】各展威風，當先並力攻。鐵旗陣破，唾手奏全功，唾手奏全功。〔各殺進陣科。唐兵、唐將上，作截戰科。韓英率領海軍從後場衝上，合戰科。下。蓬頭軍引楊希、呼延贊等上，同唱〕（各走式。前後進陣。唐兵、唐將下場門上，對攢。四鎮海軍引韓英下場門衝上，衆對，大攢，下。四蓬頭軍引赤金、玉娥、楊希、呼延贊下場門上，唱【普賢歌】。）

【普賢歌】縱横奮擊展雄威，奔突超騰似虎痴。〔守旗將官上，白〕（守旗將官暗上，白。）呔，誰敢來闖將臺？〔楊希白〕爾等小卒，輒敢攔阻，看鎗。〔戰科。守旗將敗下。楊希白〕（對科。四唐兵、唐將上，接對。楊希等作斬看旗大將。唐兵、唐將敗下。）看俺楊希倒他鐵旗者。〔唱〕平生神力奇，巨勇世皆知，便是泰山也拔起。〔作上臺科。唐兵、唐將、守臺將上，欲擁上臺，呼延贊等截戰，唐衆圍繞，楊希作拔倒鐵旗，笑科。唐衆驚慌，合戰，敗下，呼延贊、楊希等追下。周虎臣、羌彪、李雄、韓英、鎮海軍等追唐兵、唐將等上，大戰。楊希上，助戰。唐衆死亡逃散下。呼延贊白〕（楊希作拔倒鐵旗科。周虎臣、四看臺將官、四鎮海軍等下場門上，對攢。續四唐兵、唐將、健步軍、蓬頭軍上對。呐喊。發諢。作斬唐兵、唐將。續攢箭軍、四火炮軍上，作圍。番回。呼延贊白。上雲帳。撤將臺。）（上雲帳，完，撤下。）鐵旗已倒，陣勢已破，去助令公擒捉宋萬、秦氏者。〔衆應，同唱〕

【又一體】血流漂杵霧雲迷，破竹威風敵勢摧，决勝運神機。先聲今振起，一陣全將前恨洗。〔同下〕（同下。）

第六齣　夫婦全名

〔楊繼業、高君保、楊貴、楊景、宋萬、秦氏、吴迪、胡邈、李世勳上，交戰科，下。勇士、軍士陸續上，戰科，下。衆上，合戰科。唐軍敗走，宋軍追下。宋萬等上，同唱〕〔楊繼業、宋萬、秦氏上對下。高君保、李世勳上對下。楊貴、胡邈上對下。楊景（王成 王永壽 趙榮 劉慶喜）上對下。吴迪（喬榮壽 孫進安 袁慶喜 小王喜）上對下。秦氏（大馮文玉 輝四喜 賈得禄 張得安）上對，秦氏下。四勇士（平喜 張長保 孫喜 陸得喜）上，接對，同下。宋萬、楊貴、楊景上對，續繼業上對，宋萬敗下，繼業等追下。宋萬、秦氏、八勇士、吴迪、胡邈、李世勳上，唱。〕

【普天樂】曳兵敗威風倒，軍失勢難相較。汗淋淋濕透征袍，氣衝衝直貫青霄。〔宋萬白〕〔敗下，沖開。〕夫人，你看楊家父子甚是驍勇，將俺部下兵丁殺得七零八落，實難抵敵。只好且戰且走，迎着陣中救兵，回軍掩殺便了。〔秦氏白〕元帥言之有理。〔内呐喊科。宋萬白〕追兵來也，速速攢行。〔衆應，同唱〕追兵踵到，聽喊聲震地摇，急擁殘軍奔北忙逃。〔唐國柱敗殘。唐兵敗殘。唐將急上，迎見科，白〕〔唐國柱、四唐兵、唐將上，見面，白。〕元帥來了。〔宋萬、秦氏白〕爾等爲何這般光景？〔唐柱國白〕小將奉令調取陣中兵將，纔到陣前，只見陣勢已破，鐵旗已倒，我軍逃竄，爲此一同來見元帥。〔宋萬、秦氏白〕嗄，怎怎怎麽講，鐵旗已倒，陣勢已破了？〔唐國柱等應科。宋萬白〕楊繼業大軍現在後面，是何人打破的呢？〔唐將白〕是楊希夫婦帶領異様精兵，殺入陣中，放起號炮，四面强兵衝入，被楊希拔倒鐵旗，陣勢頓成瓦解矣。〔宋萬怒科，白〕有這等事？ 阿呀，罷了嗄，罷了，此乃天亡我也。〔楊繼業等追上，白〕那裏走？〔戰科，宋萬等敗走。呼延贊、楊希、呼延赤金、杜玉娥、周虎臣、羌彪、李雄、韓英衝上，截戰夾攻科。唐軍等敗下，宋軍等追下。兩軍陸續上，戰科，下。宋萬上，白〕呀。〔唱〕（八軍士、楊繼業等追上。八軍士追唐兵、唐將。勇士先下，繼業等十人擺式對科。四蓬頭軍、四鎮海軍、四宋將引呼延贊、楊希、赤金、玉娥、四大將等上。蓬頭軍、鎮海軍、宋將抄下，大將等對下。一對二：孫喜 孫得禄 趙德 對下，陸得喜 任喜禄 張喜壽 對下，平喜 張慶貴 李平安 對下，張長保 盧恒貴 姚長泰 對下。王成 □□ 對下。①王永壽 □□ 對下。② 小王喜 趙榮 劉雙喜 上對，二人下。楊進昇接對，下。宋萬、四宋將對，宋將下。宋萬唱【玉芙蓉】。）

【玉芙蓉】看看看刀鎗似湧潮，敵勢如山倒。他前攻後擊，將勇兵驍。〔楊繼業上，白〕（繼業上，白……）宋萬，勢敗至此，何不投降？〔宋萬白〕哇，楊繼業，俺宋萬受唐主厚恩，誓必鞠躬盡悴，以死

① □□□：原字不全。
② □□□：原字不全。

報之。今日陣破身亡，莫非天也，宋主其奈我何？〔唱〕俺一生忠義非沽釣，怎肯背主忘恩事宋朝。〔楊繼業白〕你既知天命，何故執迷如此。莫若早降，庶保身首。〔唱〕遵天道，伊休見小，識時務，保身明哲是英豪。〔宋萬白〕不必多言，看鎗。〔戰科。楊景、楊貴上，助戰。宋萬敗下。楊希、呼延赤金、杜玉娥、周虎臣等四將上戰，作斬唐國柱、李世勳科。四宋將追秦氏上戰，作袖箭射死二宋將科。高君保、呼延贊上，助戰。秦氏敗下。蓬頭軍、鎮海軍等追唐兵、唐將，陸續上戰科。圍秦氏上，衆圍下。秦氏作力竭科，白〕罷了吓，罷了。敵勢如此，我命休矣。〔唱〕（對科。續楊景、楊貴。宋萬敗下。繼業等追下。赤金、玉娥、唐國柱三人對，作斬唐國柱，下。楊希、李世勳上對，作刺死李世勳，下。一對二：李雄 邊得奎 高進忠 對下，周虎臣 彭遇安 靳保 對下，韓英 張長慶 尹昇 對下，羌彪 金得榮 劉招 對下。秦氏、安福上對，射死，下。劉得山上對，射死，下。呼延贊上對，呼延贊下。高君保上對，高君保下。四蓬頭軍、四鎮海軍上對，作圍，抄下。秦氏回白，唱【普天樂】。）

【普天樂】俺盡忠烈要把南唐保，天不佑人難料。猛拚着血濺荒郊，好落得青史名標。〔一宋將上，白〕秦氏那裏走？〔秦氏白〕看箭。〔作射死一宋將科。周虎臣等四將上，戰科。軍士等作圍科，下。蓬頭軍追吳迪、胡邈上戰。楊希上，作刺死二將科，下。呼延贊追秦氏上。鎮海軍上，接戰，鎮海軍下。呼延赤金、杜玉娥上，戰科。赤金、玉娥白〕（二宋將 班進喜 劉保 上對，作射死宋將，下。周虎臣、羌彪、李雄、韓英上，四大將下。楊希上對。楊希下。赤金、玉娥上對，架住。赤金、玉娥白。）秦氏，到此地位，還不下馬受死？〔秦氏白〕賤婢休得猖狂。〔唱〕任你賊徒威耀，俺忠勇志難銷，賤婢休得浪語嘈嘈。〔戰科。秦氏白〕看箭。〔欲射科。楊繼業上，白〕看刀。〔作砍秦氏臂科。秦氏負痛戰。宋衆圍上，合戰。作斬秦氏科，衆圍下。宋兵、宋將等作盡殺唐兵、唐將科。高君保、呼延贊、楊希、楊景、楊貴追宋萬上戰，楊希作刺中宋萬左肋科。宋衆圍上，宋萬逃下，衆追下。内吶喊科。宋萬上，白〕〔對科。秦氏作射神箭。繼業上，白「看刀」，作砍秦氏臂。續高君保、呼延贊、楊景、楊貴、八軍士上圍，作斬秦氏科，下。李雄 周虎臣 胡邈上對，作斬胡邈下。韓英 羌彪 吴迪上對，作斬吴迪下。楊希追宋萬上對，作刺宋萬左脇。蓬頭軍、鎮海軍上，作圍科。宋萬逃下，楊希追下。八軍士、八勇士上，續對十六人，大攢。軍士作斬勇士下。内三吶喊。宋萬上，白。〕不想身被重傷，全軍盡歿，唐家社稷休矣。〔下馬跪科，白〕阿呀，主公吓，臣指望挽回天意，重恢唐室江山。誰知天意如此，臣實有負主恩矣。〔唱〕

【玉芙蓉】君恩天樣高，力竭無能報。望金陵闕下，哀號拜倒。〔高君保、呼延贊、楊景、楊貴上，白〕〔呼延贊、高君保、楊貴、楊景上，白。〕宋萬，你還不投降麽？〔宋萬白〕嗳。〔唱〕俺一身殉國芳名表，萬古千秋忠義昭。〔戰科。衆大將上，圍戰。宋萬倒地，衆欲擒科。宋萬白〕誰敢來，誰敢來。〔唱〕休强暴，英雄志驕，仗青瓶，從容一死報唐朝。〔作自刎科。宋兵、宋將等上，圍科。衆大將白〕〔唱完。對科。續周虎臣等。楊希、赤金、玉娥、繼業上對。蓬頭軍、鎮海軍、八軍士兩場門上。抄手，作圍，宋萬倒地作自刎科。〕宋萬自刎了。〔楊繼業白〕咳，誠乃忠烈之士也，將他夫妻屍首好生盛殮，安葬高阜處，毋得傷損。〔軍士抬宋萬下。楊繼業白）（四蓬頭軍抬宋萬下。）大小三軍，移兵去取臨淮關者。〔衆應，同唱〕（推宋頭下。）

【尾聲】鐵旗陣勢徒威耀，霎時瓦解與冰消，佇看南唐掌内操。〔同下〕

第十四段

第一齣　飛叉大陣

〔馬守仁、馬守義、馬守禮、馬守智、馬守信上，白〕敵寇當關聲勢雄，鋼叉列陣破群兇。兒心欲遂嚴親志，奮勇疆場定戰功。〔分白〕俺乃馬守仁是也。俺乃馬守義是也。俺乃馬守禮是也。俺乃馬守智是也。俺乃馬守信是也。〔仁白〕只因宋師猖獗，唐主特命我爹爹率領我等擋住汜水關，阻絕他進兵要路。方纔爹爹傳令，要在關前擺下鋼叉陣，扼住宋軍。只得在此伺候。〔叉軍、叉將引馬元上，唱〕

【引】英雄鋭志在沙場，一任他髩髮凝霜。〔守仁、守義等白〕爹爹在上，孩兒等參見。〔馬元白〕吾兒少禮。下官指揮使馬元是也。只因楊繼業打破鐵旗陣，宋萬夫妻戰死，破了臨淮關，吾主震恐，加封我爲行軍都督，五子皆封都虞侯，帶領飛叉將，保護汜水關，阻敵宋軍。我兒，唐家社稷將傾，全憑俺父子併力支持，須要各奮忠勇，以報國恩。〔守仁等白〕爹爹嚴命，孩兒等敢不欽遵，誓當奮死疆場，以盡臣子之節。〔馬元白〕好，是我馬氏之子也。衆將官，就往關前佈陣去者。〔衆應，同唱〕

【端正好】後隊的畫角鳴，前隊的門旗掌，催隊的鼓擊花腔。望一派盔明甲亮軍容壯，個個把威風抖向沙場。真嚴勵，甚軒昂，可称是興國雄師降。〔下。呼延贊上，白〕吥，宋萬雖死了，我總忘不了他書上那兩句，好不挖窠。萬一上了鋼鑑，把我千百年後的人身都挖窠掉了。你道寫的什麽哪？上寫着「呼帥爲妻楊帥郎」。〔作羞態科。〕哈哈哈，俺雖是一付黑臉，被他一句燥得泛出紅來了。又教我三綹梳頭巾幗粧，這厮該死不該死。還説我嫩臉怕羞，吥，可恨之極，可恨之極。題起來，我倒真正害羞了。咳，赧顔吓，赧顔。〔赤金上，白〕遵奉公爹命，來請副元戎。這裏是了。〔呼延贊白〕吥，這厮該死。〔赤金白〕伯父説那個嗄？〔呼延贊白〕咳，我想着了宋萬的書，可恨，該死。〔赤金白〕已經死了吓。〔呼延贊白〕死了？保佑他在鬼門關對叉。〔赤金白〕鬼門關他倒不能對叉，少間汜水關你要對叉了。〔呼延贊白〕我對什麽叉？〔赤金白〕不要管，我先説在那裏，少時便見分明。隨我去。〔呼延贊白〕那裏去？〔赤金白〕隨我去對叉。〔呼延贊白〕呸，我對叉也饒不了你。〔赤金白〕喲，這樣美差，你自然要照顧我的。況且你我這副嘴脸，只配對叉。走。〔呼延贊白〕到底那裏去？〔赤金白〕到底去對叉。〔呼延贊白〕咳，説明了，我好去。〔赤金白〕今早馬元下書討戰，如今公公請你去商議破關之計。走。〔呼延贊白〕馬元俺到認得的，同在劉王駕下做過官。不必去見你公公，待我走一遭，説他獻關便了。〔赤金白〕你真能麽？〔呼延贊白〕我是不愛説大話的。〔赤金白〕你要真能，我就跟你去。〔呼延贊白〕你去甚好。過來。〔一旗牌暗上，應科。呼延贊白〕你去稟知楊元帥，説我帶了呼延赤金去説馬元獻關降順。

快去。〔旗牌應下。藤牌手暗上。呼延贊白〕衆軍士，就往汜水關前去者。〔衆應，同唱〕

【錦橙梅】領一隊惡狠狠敢死郎，猛剌剌不避鋒鋩。這三千勇烈滚牌兒，殺盡他飛叉將。早人人怒將臂攘，好疾疾的掃滅貪狼。兀的就尸棄沙場，也當報吾王。願一戰，把妖氛來蕩。〔馬元等衝上，架住。呼延贊白〕馬將軍，別來無恙。〔馬元白〕原來是呼延將軍，久闊了。〔呼延贊白〕老將軍志勇雙全，人中豪傑，怎的也不識天時，領兵抗拒？〔馬元白〕天時人事，本帥識之已久，何勞足下題醒。〔呼延贊白〕何不棄暗投明，以順天時？〔馬元白〕受主之恩，不應背叛。〔呼延贊白〕今日之事如何？〔馬元白〕爲保南唐，有死而矣。〔呼延贊白〕你我昔日之交傷了。〔馬元白〕吓，各爲其主。〔呼延贊白〕嗄，各爲其主。〔赤金白〕嗳，此時不是叙舊之際。〔馬元白〕好，此話正合吾意。看叉。〔戰科，下。衆上戰，單對科，下。馬元追呼延贊上，呼延贊白〕慢來，慢來，老將軍，我爲昔日之交故來勸你，你何故執迷如此？〔馬元白〕嗳，多講。〔唱〕〔衆對，大攢。叉軍、叉將、藤牌一個間一個抄下。大將後下。單對：孫喜 陸得喜上對下，張得安 高進忠上對下。二對二：輝四喜 靳保 賈得禄 邊得奎上對下。馬守禮 馬守智 赤金上對下。趙德 孫進安上對下。平喜 張喜壽上對下。二對二：趙榮 張長保 張得禄 任喜禄上對下。呼延贊 馬元上對。續馬守仁 馬守義 馬守信上對，架住。呼延贊白「多講」，唱。〕

【元和令】友情休再講，舉手難容讓。吾心耿耿保南唐，你今徒勸降。交鋒兵將對疆場，犯了參與商。〔戰下。衆陸續戰下。馬元追呼延贊上戰。衆續上戰科。呼延贊白〕住了，住了，老將軍，我今勸你投降是好意，你怎麽反面無情？〔馬元白〕老將軍美意勸降，非吾執意。本帥有一小小陣勢，你若打得開，本帥倒戈降順。〔呼延贊白〕他又有什麽陣。吘，去擺好了，俺就來也。〔馬元白〕孩兒們，隨俺來。〔衆應下。呼延贊白〕（對，續呼延赤金對。又續 馬守禮 馬守智 上對下。八人攢：孫喜 輝四喜 陸得喜 邊得奎 高進忠 靳保 張得安 賈得禄 上對下。趙德 張喜壽 馬守仁三人對下。張長保 趙榮 馬守智三人上對下。四叉將 孫進安 任喜禄 平喜 張得禄、呼延赤金上對。續馬守信上對，赤金敗下，衆追下。馬元追呼延贊上對。續 馬守仁 馬守義 上對。又續馬守禮 馬守智 馬守信。又續赤金上對，架住。呼延贊白，馬元、衆下。）南唐的將官都會擺陣。〔赤金白〕吘，宋家的將官都會打陣。〔呼延贊白〕你怎麽個打法，快説與我聽聽。〔赤金白〕哪。〔唱〕

【上馬嬌】一隊隊將士雄，一隊隊軍士强。入陣又何妨，鐵旗前轍他今忘。怎猖狂。這是老朽自招殃。〔同下。馬元内白〕孩兒們，擺開陣勢者。〔衆應。叉軍、叉將上陣科。馬元引呼延贊、赤金等上馬。元白〕隨俺進陣者。〔作入陣科。呼延贊白〕哈哈，這小小陣圖，有何難破。衆軍隨俺入陣。〔馬元引衆入陣科。進叉門戰科，下。呼延贊、赤金上，白〕阿呀。〔唱〕（四叉軍、叉將上，跳舞。洗叉，擺式。續仁、義、礼、智、信上，跳舞，走式，擺叉門，擂鼓。馬元引呼延贊、赤金、籐牌上。馬元白「隨俺進陣者」，作入陣科。呼延贊白「隨俺入陣」。內呐喊。衆對攢，籐牌先下，衆叉軍、叉將圍下。呼延贊 赤金 換籐牌刀上，白「阿呀」，唱【遊四門】。）

【遊四門】不覺魂魄盡飛揚，則被這鋒刃把身傷。四週遭穿梭如雨飛叉放，舉手漫張惶。慌，將籐牌緊遮藏。（馬元、衆追上，合戰。作叉死四籐牌軍，下。呼延贊、赤金跑下。衆作叉起。四籐牌軍、馬元笑科，唱）（馬元追上，對。續仁、義、礼、智、信，續叉軍、叉將上，作圍轉、擺式。呼延贊 赤金 暗下，衆隨下。四籐牌 孫 喜輝 四喜 高進忠 靳 保 上，作發諢科。續四叉將張得禄等上對，作叉死。四籐牌下。趙 德 貴得禄 張喜壽 張得安 四人上對。續 趙 榮 張長保 上對。又續 邊得奎 陸得喜 上對。續呼延贊、赤金上對。續馬元、仁、義、礼、智、信上對，作圍轉。呐喊。呼延贊 赤金 作諢科。叉軍抄，呼延贊 赤金 急跑下，四籐牌暗下。叉軍、叉將、叉形人四個番回。馬元笑唱【尾聲】完，下。）

【煞尾】早擒就鋼叉上，彼軍大半陣中亡，宋將聞知魂飄蕩。（下）

第二齣　敗績回營

〔扮呼延贊執籐牌跑上，白〕阿呀。〔作跌科，白〕好利害叉。〔唱〕

【駐雲飛】敗走如飛，日暮黃昏路徑迷，恐後逐吾尾，疾速逃回避。〔呼延赤金内白〕元帥慢跑，俺來也。〔呼延贊白〕阿呀，追來了，跑嗄。〔呼延赤金執籐牌跑上，唱〕阿呀嗏。〔呼延贊作聽見驚科，白〕阿呀。〔作跑。赤金作趕。藏躲科。赤金白〕元帥，是我。〔呼延贊白〕你是誰？〔赤金白〕赤金。〔呼延贊白〕呸，你爲何把叉來唬我？〔赤金白〕没有吓。〔呼延贊白〕你跑上來對我，就是。阿呀，又唬得我混跑。〔赤金白〕果然又迷了。我唱到【駐雲飛】的格式。〔呼延贊白〕什麽格式？〔赤金白〕嗏。〔呼延贊白〕阿阿阿，不好聽，聽見了這一個字，不由的毛骨悚然，躲了這一「嗏」。〔赤金白〕咳，真是驚弓之鳥，我這「嗏」非馬元那「叉」。〔呼延贊白〕這「嗏」那「叉」聲音不差，以後忌這個字。〔赤金白〕爲什麽？〔呼延贊白〕我如今身子雖逃脱了那個陣。〔赤金白〕吓，那個陣是什麽陣？〔呼延贊白〕那個嚜，就是那個東西吓。〔赤金白〕是叉吓。〔呼延贊白〕忌！　我身子雖逃脱了那個陣，阿喲，我滿耳朵裏還是希鈴豁瑯那個響。〔赤金白〕不錯，如今我滿眼睛前還是唏流咄嘩那個飛哩。〔呼延贊白〕可又來，還要提他怎麽。　天色昏黑，恐他追來，快些回營。〔同白〕咏。〔赤金唱〕阿呀嗏。〔呼延贊白〕嗳，説了忌麽，又唱那個字了。〔赤金白〕忌定了。走。〔笛吹。赤金作啞身法，不唱。呼延贊白〕吓，什麽意思？〔赤金白〕没有什麽意思。〔呼延贊白〕嘴裏不唱，只管呸呸呸，什麽意思？〔赤金白〕忌了那個字，唱什麽呢？〔呼延贊白〕改吓。〔赤金白〕九宫格式，誰敢混改。〔呼延贊白〕奇門八卦，俱是我元帥的事，何况九宫。我改。「嗏」者，嚷也；「哇」者，亦嚷也。改「哇」字唱。〔赤金白〕唱來好聽麽？〔呼延贊白〕保管好聽。〔赤金白〕是了。〔唱〕阿呀哇。〔笑科，白〕哈哈，不好聽，不好聽。我赤金又不是蘇州人嗜了，阿呀哇介。〔呼延贊白〕正用「阿呀哇」。方纔那個陣，你不怕麽？〔赤金白〕怕吓。〔呼延贊白〕怕嚜，當用「阿呀哇」。〔赤金白〕如今怕過了。〔呼延贊白〕想起後怕，我補個「阿呀哇」也使得。〔赤金白〕莫若用「怕」字的好。〔呼延贊白〕怎麽怕？〔赤金唱〕阿呀怕。〔呼延贊白〕好。〔同唱〕魄散與魂離，神摇心悸。敗没全軍，挫盡英雄氣。提起教人痛恨噫。〔呼延贊白〕如今料無追兵來了。這東西累累垂垂，拿着何用，嗳，不要了。〔赤金白〕咳，方纔在陣内，虧了他左遮右擋，還嫌籐牌做小了，遮不過身來，恨不得房子大的籐牌纔好。這時候，嫌他累垂了。你不要，我要。再到那陣裏去哪。〔作遮擋式，白〕不怕了。〔呼延贊白〕喲，你雖不怕，我是怕極了。非但怕，而且可惱。我與他舊日同僚，一旦反目無情，下此毒手。〔唱〕

【前腔】忒也相欺，把那様東西胡飛亂。〔赤金白〕什麽東西亂飛？〔呼延贊白〕嗳。〔唱〕就是那兵器，險把殘生廢。阿呀。〔赤金白〕忌。〔呼延贊唱〕怕。〔赤金白〕怕什麽？〔呼延贊白〕阿呀，姪媳吓，今夜回營，你却不怕。 我作堂堂副帥的，不能招降敵將也罷，反把三千滚牌手被他殺得片甲無存，只剩你我二人，狼狽逃回，如何見你公公，何顔見那衆將？〔唱〕敗績失兵機，赧顔心愧。〔同唱〕懶步趨前，羞見難回避。〔白〕已到營中。〔同唱〕窺探中軍畫燭輝。〔呼延贊白〕咳，怎好相見呢。〔赤金白〕老了這副面皮就見了，什麽難呢。〔呼延贊白〕吓，老了面皮就見了。 罷了，今番面皮只得老一老了。〔赤金白〕也由不得你不老。 噲，營門上那個在？ 老面皮的回來了。〔打一更。高君保上，白〕更深將帥難歸帳，只爲征人尚未還。 是那個？ 原來是呼延夫人。〔赤金白〕原來是低。〔高君保白〕嗳，什麽低？〔赤金白〕吓，高，你就是高高的高將軍。〔高君保白〕你回來了麽。〔赤金白〕回來了，還有老面皮在外。〔高君保白〕什麽老面皮？ 待我去看來。 原來是元帥回營了。㕶，元帥，什麽老面皮。 元帥，今日勝敗如何？〔呼延贊白〕咳，休題，快請楊元帥。〔高君保白〕楊元帥正在秉燭相待，隨我來。 元帥有請。〔楊景、楊貴引楊繼業上，白〕爲盼招降消息，至帳中秉燭候元帥。〔呼延贊白〕賢弟。〔楊繼業白〕仁兄回來了，説降一事如何？〔呼延贊白〕阿呀，罷了吓，罷了。 可恨馬元不念舊交，反面無情，我把好言撫勸，他説爲保南唐，有死而矣。 我説昔日之交，可不傷了。〔楊繼業白〕他便怎麽説？〔呼延贊白〕他説，嗳，各爲其主。〔楊繼業白〕兩國相争，原非叙舊之際。〔赤金白〕媳婦也是這等説的，他説「好，此話正合吾意。 看叉」。〔楊繼業白〕㕶。〔赤金白〕學與公公看。〔楊繼業白〕他既不肯降，免不得争戰了。〔呼延贊白〕争戰還是小事，他擺了一個陣。〔楊繼業白〕什麽陣？〔呼延贊白〕擺的那個陣。〔楊繼業白〕那個是什麽陣？〔赤金白〕那個就是這個。〔楊繼業白〕敢是叉陣？〔呼延贊白〕就是那個東西。我與赤金帶領三千滚牌手一入陣中，阿呀，好不利害也。〔唱〕

【駐馬聽】想起魂迷，半萬叉軍佈列奇。只見金光射目，將勇兵强，陣法精奇。勢同驟雨鐵叉飛，吾軍潰亂難遮避。〔白〕阿呀，元帥，可憐三千勇士呵，〔唱〕盡喪無遺，我兩人脱免逃回報公知。〔楊繼業白〕吓，三千勇士皆死于陣中了？〔呼延贊白〕是。〔楊繼業白〕咳，主將無謀，禍及三軍。你前番孟浪陷入宋萬陣中，前車可鑒，何得復蹈其轍，可憐三千性命，皆送于足下之手。可憐吓，可憐。〔呼延贊白〕你不知馬元的陣利害，只怪我無謀孟浪。咳，總是我呼延贊，被宋萬的衫裙脂粉衝倒了運了，今日偏偏又是我去。若是你去敗了回來，包管不説無謀了。〔楊繼業白〕若是本帥去，先察其勢，决無此敗。〔呼延贊白〕咳，我辛苦了一日，誰與你嘔氣，回營養息，有話明日再講。此爲是非只爲多開口，又是煩惱皆因强出頭。〔下。打二更。楊繼業白〕你看呼延元帥被我説了幾句，羞慚而去了。〔楊景白〕爹爹，馬元何許之人，這等驍勇。〔楊繼業白〕馬元曾與爲父的同仕劉王，素知驍勇，亦且忠正。但他所設叉陣，何法可破？〔唱〕

【前腔】搔首噫嘻，克敵何方陣破矣。〔楊景白〕爹爹怎麽就忘了柔能克鋼？要破飛叉，須用貔貅。〔唱〕那怕飛叉鋒鋭，箭鏃堅芒，怎透諸皮。〔楊繼業白〕兆兆兆，你可速選貔貅將五千，連夜演習，來日聽調，不得有違。〔楊景白〕得令。〔同唱〕誠謀巧計合機宜，忙忙演習貔貅技。慎密軍機，莫教漏洩兵行詭計。〔同下。内打二更。呼延贊上，白〕咳，好端端討什麼差，下什麼説，險些不曾斷送在那陣中。回來又討繼業一場耻辱，本欲與他鬧些口角，阿喲，寔在的乏了，且睡一覺再説。〔唱〕

【前腔】身倦神疲，一陣昏沉魂夢迷。〔作眠科。内打三更。作驚醒科，白〕吓，阿呀，正要睡熟，忽然驚醒。咳，多應是被馬元的叉陣唬得神魂顛倒了。〔唱〕唬得心虛膽怯，睡卧不成，寤寐神馳。〔作睡科。内打三更。赤金上，白〕阿呀，元帥，元帥。〔呼延贊白〕吓，爲何大驚小怪？〔赤金白〕馬元帶領叉軍殺進營來了。〔呼延贊白〕阿呀，唬死我也，快拿籐牌來。〔赤金白〕籐牌，你不要了吓。〔呼延贊白〕没有籐牌，拿什麼護身呢？〔馬元、馬守智、四叉將、四叉軍追四籐牌手上戰。呼延贊、赤金續戰。叉軍將追籐牌下。呼延贊白〕住了。馬元，白日裏把我打在叉陣内，殺了我個魂不附體，好容易逃走回來，如今半夜三更，還來刼我營寨，不叫我睡覺。〔馬元白〕休得胡説，看叉。〔戰下。叉將追二籐牌上，戰下。馬元追呼延贊上。白〕老將軍，饒了我罷。〔馬元白〕饒不得，擒你去獻功。〔戰科。衆上戰，作叉住赤金下。呼延贊白〕阿呀，把個赤金擒了去了。〔馬元、四叉將又上戰，作叉住呼延贊。白〕阿呀，天哪，今番死也。〔馬元等下。呼延贊作入帳科，白〕〔内吶喊。赤金、呼延贊望科。馬元、馬守智、四叉軍張得安等、四叉將張得禄等追四籐牌（孫喜 趙德 張喜壽 輝四喜）兩場門上，對攢，叉軍追四籐牌下。大將對，（呼延贊 赤金）敗下。（馬元 馬守智）四叉將追下。（孫喜 趙德 張得安 賈德禄 孫喜壽 輝四喜 陸得喜 邊得奎）上對。績四叉將上對，擺式。叉軍、叉將作圍籐牌，發諢，跑下。

呼延贊 馬元上對。呼延贊白完，馬元白「休得胡說，看叉」，對下。馬守智追赤金上對，赤金下，守智追下。馬元追呼延贊上，白「饒了我吧」，馬元白完，對。續赤金上對，續四叉軍、四叉將上對，圍科，四叉軍作叉住赤金，衆下。呼延贊望科，白「把個赤金擒了去了」。馬元等追，四籐牌上對。馬元 馬守智作叉住呼延贊。叉軍、叉將追四籐牌兩場門下。呼延贊白。）快拿籐牌來，快拿籐牌來吓。呸，原來是個惡夢。咳，指望一夜好睡，那知又對了一夜的叉。雖是假對叉，竟與真的一樣着急，一般的害怕。〔唱〕宛然白日鐵叉飛，將咱擒住難脱離。〔白〕咳，馬元白日裏唬我罷了，夢裏還來唬我。〔唱〕入夢相持，日有所思夜間夢悸。〔下〕

第三齣　鼓武貔貅

〔四軍士、一中軍引楊景上，唱〕

【畫眉序】擠擠動簪纓，棨戟排門細柳營。早兵屯虎豹，聚列群英。虎帳裏戰策來申，牙旗下恭身候令。大家齊待元戎至，共閱貔貅較勝。〔白〕可恨馬元設立叉陣，將呼延元帥殺得狼狽逃回，三千勇士片甲無存。爹爹無計克敵，是我獻策親前。命我連夜練習貔貅將五千，俱已精熟。幸喜王源將軍押送糧草已至，方纔稟過爹爹，十分歡喜。道我用兵有方，大有將帥之才，仍命我領兵與呼延元帥同去破陣。方纔令中軍去請呼延元帥，中軍回來説元帥正在酣睡，尚未起身。爲此先請高、王二位商議，怎麽還不見來？〔高君保、王源上，同白〕帳裏傳軍令，營中聽指揮。總先鋒相請，一同進見先鋒。〔楊景白〕二位將軍請坐。〔高君保、王源白〕先鋒呼喚，有何使令？〔楊景白〕元帥有令，命小將與二位將軍同弟婦赤金，帶領貔貅將，隨呼延元帥前去破馬元叉陣，攻取汜水關。〔高君保、王源白〕原來如此。呼延元帥呢？〔楊景白〕今早去請，説他酣睡未起。〔高君保、王源白〕哈哈，那裏是酣睡未起，一定是昨日被馬元叉陣唬破了膽，如今懼怯，不敢去了。可曾再請？〔楊景白〕請去了，想必就來。

〔一中軍引呼延贊上，唱〕

【前腔】惡夢入三更，一夜張慌心戰驚。正鼾齁好睡，來請觀兵。〔中軍白〕元帥到。〔衆出接，白〕元帥。〔呼延贊白〕衆位將軍請。〔衆白〕元帥爲何來遲？〔呼延贊白〕阿呀，列位嗄，不曉得我昨夜回營後的事麼？〔衆白〕不曉得，昨夜什麼事，請教。〔呼延贊白〕阿呀，列位，我説來只怕唬壞了你們。〔衆白〕却是爲何？〔呼延贊白〕我昨晚回營之後，身子乏得緊，正然睡去。忽見赤金來報，説元帥不好了，馬元帶領幾百叉軍殺進營來了。〔衆白〕阿呀，竟有這等事，我們怎麼不知？〔呼延贊白〕嗳，在我帳中，你們那裏曉得。〔衆白〕難道元帥本營的兵將也不曉得？〔呼延贊白〕恍恍忽忽有幾個相幫餘衆。都睡熟了。〔衆白〕怎麼樣呢？〔呼延贊白〕怎麼樣？只好與他對叉。阿喲，好利害叉。左一叉，右一叉，前一叉，後一叉，上頭也是叉，下頭也是叉，好飛叉。夜裏的叉竟比白日的叉還熱鬧利害。〔衆白〕阿呀，這樣一場大戰，我們怎麼都不曾聽見？〔呼延贊白〕嗳，半夜裏在我帳中對叉，你們如何聽得見。〔衆白〕後來怎麼樣？〔呼延贊白〕後來叉得我與赤金上天無路，入地無門。〔衆白〕阿呀，怎麼處呢？〔呼延贊白〕竟把個赤金叉了去了。〔衆白〕怎麼講，把赤金小姐叉了去了？〔呼延贊白〕叉了去了。〔衆白〕阿呀，這便怎麼處？〔楊景白〕嗄，怪道這時候不見他到來。〔衆白〕那時元帥爲何不傳我等接應？〔呼延贊白〕咳，那時我也被他們叉住，要嚷也嚷不出，要起也起不來。〔衆白〕怎麼樣呢？〔呼延贊白〕我那時亂蹬亂踢，好容易纔掙了起來。〔衆白〕怎麼樣退的兵呢？〔呼延贊白〕我醒了，就退了兵了。〔衆白〕怎麼醒了就退了兵了？〔呼延贊白〕你們附耳過來，我作了一個惡夢。〔衆白〕咳，這是怎麽説，唬了我們一身冷汗。〔呼延贊白〕你們纔出一身冷汗，本帥直出了一夜的熱汗。〔衆白〕哈哈。〔呼延贊唱〕胡夢裏喪魄消魂，衾枕上汗流脊頸。苦怜全夜何曾睡，此刻神傭難挣。〔衆笑科。赤金上，白〕日間酣戰多勞苦，夜裏渾然一夜眠。〔作進，白〕元帥，列位將軍。〔呼延贊白〕噲，姪媳，夜來睡得着麽？〔赤金白〕白日辛苦，夜來好睡。〔呼延贊白〕夜來可曾夢見對飛叉？〔赤金白〕没有。〔呼延贊白〕如此，我倒有偏你。〔赤金白〕偏我什麽？〔衆白〕元帥夢裏對了一夜的叉。〔赤金白〕便宜我。〔衆白〕什麽便宜？〔赤金白〕這次美差不曾照顧我。〔呼延贊白〕夜來對叉，原照顧你的，你睡熟了，不曉得。〔衆白〕哈哈。〔楊景白〕閒語休提。小姪奉父命，連夜訓練貔貅，今請伯父一觀。〔呼延贊白〕使得。〔楊景白〕中軍傳令，操演貔貅。〔中軍白〕嗄嗻，操演貔貅者。〔貔貅將、貔貅軍内白〕得令。〔各執貔貅上，作操演畢。呼延贊白〕妙嗄，好一隊猛健貔貅將，何才使用？〔楊景白〕爲破馬元叉陣之用。還請元帥下令起兵。〔呼延贊白〕吓吓，昨日打仗唬得夢魂顛倒了。還要去？好，將軍輪班，也該令尊去了，勉勞照顧我。〔楊景白〕是我爹爹之令。〔呼延贊白〕他有令，難道我没有令？我令他去。〔赤金白〕你不知我公公只會用金刀，那籐牌滚背來不及。〔呼延贊白〕一定要我去？如此，大小三軍就此起兵前去。〔衆白〕得令。〔衆同唱〕

【啄木兒】申軍令，去戰征，糾糾雄師殺氣騰。連宵的精選貔貅，論威名鬼泣神驚。恨伊老拙無思省，王師抗敵誇强勁，今日俺坐擁貔貅一蕩平。〔下〕

第四齣　蕩除叉陣

〔馬元内白〕衆兒郎聽者。〔唱〕〔正場上設汜水關。〕

【雙角・水仙子】關前抗戰保關津。〔叉軍、叉將、馬守仁、馬守義、馬守禮、馬守智、馬守信同上，白〕得令。〔作出關科。馬元白〕昨日可笑那呼延贊，托賴舊日之交，竟來説俺降宋。想俺暮景窮年，豈貪有限榮華。是以反面絶交，誘他入陣，殺得狼狽而逃，部下兵將或死或降，片甲未回。今日必起大兵復讐，俺先在關前佈下陣勢，待戰便了。衆將官聽者，爾等須要學俺馬元。〔唱〕那有忠臣做二臣，天心欲順難從順。受君恩死報君，拚此身奮不顧身。持刃衝鋒刃，愁雲接陣雲，塵攪征塵。〔下。貔貅將、貔貅軍、王源、高君保、呼延赤金、楊景、呼延贊上，同唱〕

【對玉環】申令三申，軍非昨日軍，雲騎如雲。虎屯率豹屯，王臣討逆臣，專閫安邊閫。功峻膚功，元勳建大勳。唐逆平唐，大君征寡君。〔楊景白〕呀，你看前面一派光明似雪，佈列如林，想就是飛叉陣也。〔呼延贊白〕待我望一望看。嗄，就是那話兒。王將軍，你們二位看看，可駭然。〔高君保、王源作望科，白〕阿喲，果然利害，怪不得三千人剩了兩個回來。〔赤金白〕元帥被他二位耻笑了去了。〔呼延贊白〕勝敗兵家常事，何耻之有。但今日是怎麽樣個戰法？〔楊景白〕還請元帥命下。〔呼延贊白〕我與赤金昨日輸過的了，王將軍初到，就請王將軍先入陣討戰。快去。〔高君保白〕王將軍使不得。〔呼延贊白〕爲何？〔高君保白〕他老了。〔呼延贊白〕哈哈，他比我還老麽？〔高君保白〕怎比，元帥老當益壯。〔呼延贊白〕如此，你代勞。〔高君保白〕小將不材，諸般兵器皆精通，只有鋼叉不曾學過。〔赤金白〕這樣説，稱不起高將軍了。〔楊景白〕大家不必推辭了，大家奮勇殺入，今日務要破陣纔好。〔衆白〕有理。快些殺上前去。〔同唱〕

【石竹子】虎賁將軍虎賁軍，破陣還須破陣人。猛悍雄貔猛悍進，勁敵忙將勁敵擒。〔吶喊下。馬元内白〕呀，你看征塵攪攪，殺氣騰騰，宋軍進陣來也。呔，衆兒郎，列開陣勢，準備迎敵者。〔衆内應介，白〕得令。〔叉軍、叉將引馬元、馬守仁等上，作出陣科。呼延贊、楊景等上。楊景白〕（**叉軍、叉將引馬守仁、義、礼、智、信兩場門上，走式，擺門子科。馬元上，白。**）呔，馬元，天兵已到，快快出陣迎接。〔馬元作出陣，白〕哈哈，我只當楊繼業領衆拜降，原來還是這班敗將。何苦皆來送死，去罷，叫你那繼業來會俺一會。〔楊景白〕哇，豈不聞割鷄焉用牛刀？俺今特爲破陣而來。〔馬元白〕鴟鶚能奪鴻鵠之巢乎？〔呼延贊白〕嗳，交鋒打仗，不賭舌劍唇鎗。〔馬元白〕哇，昨日殺得抱頭鼠鼠，①今日何顔耀武揚威。〔呼

① 鼠鼠：誤，應作「鼠竄」。

延贊白〕哈哈，昨日麼，偶失小利，今日特來破陣。〔馬元白〕休出大言，隨俺進陣。〔呼延贊白〕衆將官，奮力破陣者。〔衆白〕得令。〔作進陣合戰科，下。衆上，陸續戰科，下。貔貅軍、將拿大小貔貅上，跳舞畢，按方佈列。呼延贊、楊景、呼延赤金、高君保、王源引馬元、馬守仁、馬守義、馬守禮、馬守智、馬守信、叉將上，戰。呼延贊等藏貔貅後，馬元等作飛叉，貔貅將作用貔貅擋捲馬元等科。馬元等敗下，呼延贊、衆追下。馬元内白〕（作進陣。叉軍、叉將、貔貅軍、貔貅將分兩邊，湊對，分下。大將對下。貔貅軍、貔貅將拿貔貅上，跳舞，走式，按五方佈列。呼延贊 高君保 王源 赤金 楊景 引馬元等四叉將上，對。呼延贊等藏貔貅後，馬元等作飛叉，貔貅軍將作擋捲馬元等科。馬元等敗下，呼延贊等追下。馬元内白。）衆兒郎，收陣回關。〔衆應。叉軍、叉將、馬守仁等、馬元敗上，白〕阿呀，他用貔貅破俺飛叉，反將叉軍傷其一半，難已戀戰，快快回去，保關要緊。〔同唱〕

【醉娘子】及早去同護闍闉也波闉，同護闍闉也波闉。陣圖兒陳也難陣，殞身難殞，都則爲保關津也波津。〔進關下。呼延贊等同上。將、衆白〕馬元逃進關中去了，請令定奪。〔呼延贊白〕關中必有防禦，回營商議計策，再行破關。收兵。〔衆應，同唱〕

【一錠銀】神策將軍神策真，神也如神。破陣來如其破陣，待打關隘，把打關策運。〔下。馬元等上。馬元白〕罷了吓，罷了。俺指望仗此飛叉陣勢阻扼宋軍，誰想反遭大敗，只得退保此關，再圖後計。守仁過來。〔守仁應科。馬元白〕你去傳諭把關守將，嚴謹關隘。倘有買賣商賈與本城百姓來往，嚴加盤詰，其餘一概不許放進。快去。〔守仁應下。馬元白〕傳令三軍，城頭上嚴加防範，以備宋軍攻擊，不得懈怠。〔衆應，同唱〕

【尾聲】戒嚴禦備戒嚴謹，把真假商民辨假真，用智提防用智人。〔同下〕

第五齣　喬粧賺關

〔四健軍、玉娥、楊希、楊貴引楊繼業上，白〕眼望捷旌旗，耳聽好消息。今早命呼延將軍代領衆貔貅軍前去破鋼叉陣，早晚必有好音也。〔報子上，白〕報。衆將得勝回營了。〔楊繼業白〕再去打聽。〔報子應下。健軍引呼延贊、楊景、高君保、王源、呼延赤金上，唱〕

【水底魚】得勝回營，今朝見輸贏。馬元父子，魂膽尽皆驚，魂膽尽皆驚。〔衆白〕元帥。〔繼業白〕衆位將軍。〔衆白〕我等破了鋼叉陣，殺得馬元父子緊閉關隘，只許商賈出入。請元帥定奪。〔楊繼業白〕既如此，高將軍聽令。〔高君保應科。楊繼業白〕你與王將軍、楊希、杜玉娥、呼延赤金等，代了衆健軍，扮作送親行象，車轎内暗藏器械，混入關内。聽外面炮响，内外夾攻，馬元父子得擒矣。〔衆應科，白〕得令。〔楊繼業白〕馬元總有千般勇，難脱吾曹掌握中。〔健軍引呼延贊、楊景、楊繼業同下。高君保白〕列位嗄，我們依計而行。〔衆白〕有理。〔呼延赤金白〕站住，站住。也得派派角兒，誰扮什麽，誰扮什麽，纔是。〔高君保白〕説得有理。杜夫人扮作新人。〔杜玉娥應科。高君保白〕赤金夫人扮做送親太太。〔呼延赤金應科。高君保白〕七將軍扮做轎夫，王將軍扮做車夫，衆軍扮做吹鼓手。〔衆應科。衆白〕高將軍，你扮做什麼人？〔高君保白〕我扮做幫閑人。〔衆白〕好，我們進去，扮將起來。〔同下。四卒引老守備上，白〕咳，老邁無能去督陣，把關守户做司閽，自家田獻。咳，老運不濟，南唐王派我把守汜水關。前者宋兵破了鐵旗陣，兵臨關下，正要獻關保個活命，忽報馬元帥救兵到了。指望他殺退宋兵，誰知昨日又被宋將破了叉陣，大敗回關，設法退敵，閉關固守。派我把守城門，説道除了商賈，别者一概不許放進。衆軍校，大家須要小心檢点，隨我前去。正是：把關須仔細，踈忽罪非輕。〔下。高君保等上，白〕不施萬丈深潭計，怎得驪龍頷下珠。〔衆白〕將軍，你看我們打扮得像不像？〔高君保白〕好，就此前去。〔楊希白〕别走，别走。倘然到了關上，他叫咱們吹打吹打，咱們不會，如何是好？〔赤金白〕真個的，這可怎麼好？〔一白〕不妨，我們大家演一演，有何不可。〔一白〕使得，使得。〔一白〕大家演起來。〔作吹打完科，衆白〕好，就此前去。〔吹打遶場，作到關科。四卒子、老守備上，白〕軍士們，那邊有許多人是做什麼的？大家盤問盤問。〔卒子白〕你們是什麼人？〔高君保等白〕我們是送親的。〔老守備白〕買賣人還進不去，你們更進不去了。嗄，回去吧。〔衆白〕那有送親回去的呢？〔老守備白〕你這親送到那裏去呢？〔一白〕這親要送到馬元帥的親家兒那裏去呢。〔老守備白〕嗄，這是個難心丸兒。嗄，不叫他們進去呢，馬元帥知道，我吃不了兜着走。叫他們進去呢，又怕是奸細。軍士，你們有什麼主意没有？〔卒子白〕我們倒有個主意。〔老守備白〕有什麼主意，你就説。〔卒子白〕要是假的呢，他們不會吹吹打打，别放他進去。要會吹吹打打，可就是真的，就放他過去。〔老守備白〕你説的倒有理。我問你們，你們既是送親的，會吹吹打打的麼？〔衆應白〕會。〔老守備白〕這麼着，打個吵子，我聽一聽。〔衆白〕使得，你聽着。〔作吹打科。老守備笑科，白〕是真的，一個假的没有。請罷，請罷。〔衆作進關，守備作拉住赤金科。赤金白〕你拉住我做什麼？〔老守備白〕你老是個什麼人？〔呼延赤金白〕我是送親太太。〔老守備白〕你是太太，我自然是太爺了。〔赤金虛白，下。老守備白〕都放進去了，我們也歇歇兒去罷。〔同下。高君保、衆等上，唱〕

【上馬姣】①一隊隊勇兒郎，一聲聲努力齊，賺渡巧機宜。〔衆白〕且喜賺進關來。待二位元帥、大兵到關，炮响爲號，開關放進人馬，一齊擒捉馬元便了。〔同唱〕些時兵至怎支持，兩攻敵，展翅也難飛。〔下。健軍引呼延贊、楊貴、楊景、楊繼業上，同唱〕

【遊四門】偃旗息鼓把兵移，疾向那城西，明攻暗渡施奇計。〔楊繼業白〕只因馬元防禦甚嚴，恐難攻打，故設巧計賺關。只看我外邊號火起處，裏應外合，擒捉馬元父子。快快前去。〔衆應，同唱〕兵速疾似雷，城破仗天威。〔下〕

---

① 姣：誤，應作「嬌」。

第六齣　捐軀殉節

〔扮四唐兵、四唐將、馬守仁、馬守義、馬守禮、馬守智、馬守信引馬元上，白〕咳，罷了吓，罷了。〔唱〕

【駄環着】負吾王恩詔，恩詔，愧擁旌旄。枉負英名，未克凶暴，反被他將陣掃。旦夕躊躕，爭看這危關恐難支靠。〔馬守仁等白〕爹爹，勝敗兵家常事，何必躊躕如此。〔馬元白〕你們曉得什麽，此關是南唐門户，若宋軍一入，金陵危矣。故此我效宋元帥之方，佈列陣圖，爲扼宋兵攻關之勢。咳，誰想皇天不佑，陣破兵傷，此關危在旦夕，教我如何不生愁慮。〔唱〕如不保咽喉關道，手難援金陵廊廟。〔白〕阿呀，兒嗄，此關即係我命。若今日破關，就是爲父之死期了。〔唱〕關不保，父命抛，破敵無功，只可死忠相報。〔内吶喊。馬元等同白〕阿呀，你看號火衝天，喊聲震地，莫非宋兵打破此關了？〔同唱〕

【前腔】看滿天火號，火號，喊殺聲高。嚇膽驚心，魄散魂飄。〔扮軍士、健軍、將官引王源、高君保、玉娥、赤金、楊希、楊景、楊貴、呼延贊、楊繼業上，遶場下。扮老守將上，作跑跌科，白〕阿呀，唬殺了，唬殺了。你看遍處號火，滿城中都是宋兵了，快報馬元帥知道。元帥，元帥，宋兵殺到帥衙來了。〔馬元白〕嗄，宋兵如何進得關來？咳，此乃天喪南唐也。孩兒們，拏了兵器，隨俺出衙看來。〔作各持兵器，同唱〕這闕津我障保，失機罪非同輕小。〔健軍、將官上，圍下。馬元等白〕呀。〔同唱〕軍紛繞，民亂逃，戎馬奔馳，女男哀叫。〔楊希、赤金、玉娥、高君保、王源、楊景、楊貴、呼延贊、楊繼業上，戰科。楊繼業白〕（繼業等衝上，架住，繼業白。）老將軍，此關已失，不必執迷抗拒。早早歸降，不失封侯之貴。〔馬元白〕嗳，今日惟以巷戰身亡，決不降宋。看鞭。〔戰下。唐軍、唐將各持鎗刀，健軍、將官追上，戰，下。呼延赤金追老將上，白〕（馬元白「看鞭」。衆對，大攢，衆先下，大將後下。單對：盧恒貴 孫喜 上對下，宋福順 趙德 上對下。馬守信 張得禄 平喜 任喜禄 孫進安 上對下。赤金追老守將上，對，白。）站住，站住。老太太，且不用殺我，問問你，我還是死好，還是降好？〔赤金白〕你嗄，死好。〔老守將白〕阿呀，爲何呢？〔赤金白〕早死早脱生。〔老守將白〕哎，我不願意，我情願意投降。〔赤金白〕你要投降容易。〔隨意發諢科。老守將白〕准我降了，多謝老太太。〔下馬。守仁上，戰科。玉娥上，助戰科，作刺死馬守仁科，下。楊希追守義上，戰，刺死守義科，下。繼業追馬元上，戰。衆同上，合戰科。馬元等敗下。衆白〕馬元等逃出南門去了。〔繼業白〕王將軍，帶領本部人馬，在此安民，毋得騷擾百姓。〔王源應下。繼業白〕大小三軍，隨俺追擒馬元，不可容他逃回金陵去。〔衆白〕得令。〔同唱〕（老守將白「多謝老太太」。赤金追下。楊景 馬守仁 上對，續玉娥，三人對下。楊希 馬守義 上對，續王源上對，同下。高君保 馬守禮 上對，續楊貴上對，續馬守智，四人對下。馬元 呼延贊 上對，續繼業上對，下。三人見面。連環：蘇長慶張喜壽 彭玉安上對，蘇長慶下；靳保上對，張喜壽下；田進壽上對，彭玉安下；輝四喜上對，靳保下；袁慶喜上對，田進壽下；趙榮上對，輝四喜下；小王喜上對，袁慶喜下；張長保上對，趙榮下；喬榮壽上對，小王喜下；趙德上對，三人對下。赤金追老守將上，發諢，逃下。馬守仁上，接對。續玉娥上對，作刺死馬守仁科，下。楊希追馬守義上，對，作刺死守義下。繼業追馬元上，對。續守禮、守智、守信、宋家大將等上對。健軍、唐兵、唐將上對，大攢。馬元等敗下。宋將等番回。衆白，衆唱，同下。）

【喬合笙】喜雄關進了，喜雄關進了，安逸民僚。兵行到處休殘暴，子女金帛無煩擾，方顯王師道。（下。唐軍、唐將、馬守禮、馬守智、馬守信、馬元上，同唱）（馬衆敗上，唱。）關津被搗，恨彼軍，勇冠追來到。江南怎保，可嘆金陵守不牢。（衆白）（場上設山子。）元帥，前面一座高山，向那山坳中暫避片時。（馬元白）罷了嘎，罷了，俺一世英名，落得敗走窮谷，好不慘傷也。（同唱）英雄臨老，英名頓消，令人髮指衝冠惱。（內吶喊科。守禮、守智白）（內吶喊。）追兵到了，兄弟保了爹爹先往山上躲避，我二人領兵擋他追兵便了。（馬元白）須要小心。（同唱）勢鋭聲驍，金鼓闐闐鬧，踵接軍容浩。（馬元、守信、唐將下。健軍、將官、高君保、呼延贊、楊繼業等追上，戰科，下。場上設高山。唐將、馬守信、馬元唱）（八健軍、四將官、高君保 呼延贊繼業等追上，對攢，守禮 守智四唐兵敗下。下場門設山式。四唐將、馬守信、馬元上山，唱。）

【縷縷金】山路險，繞週遭，逐尾追兵，急緊行越嶠。人人策馬且潛逃，忙忙奔山道，忙忙奔山道。〔作上山，下。繼業等追守禮、守智、唐軍上，交戰，作殺唐軍科，守禮、守智敗下。衆白〕（繼業等追守禮守智四唐兵上，對攢，作殺死唐兵。健軍抄，守禮守智敗下。健軍番回，白。）馬元帶領殘軍逃上山去了。〔繼業白〕衆將官，緊緊追上。〔衆白〕得令。〔下。守禮、守智急上，白〕宋兵追趕甚急，我兵尽被戰亡，怎生抵擋。〔繼業等追上，戰科，下。馬元、守信、唐將暗上山，作望科。守信白〕（繼業、大將等追上，對。健軍、將官上，抄手，下。馬元、馬守信、四唐將暗上山，望科，守信白。）阿呀，爹爹，你看我哥哥被宋兵追上山來，無處躲避，待孩兒與衆將救他便了。〔馬元白〕快去。〔守信、唐將下。繼業等追守禮、守智上，戰，作刺死守智、守禮科。唐將、守信上，接戰。作殺唐將，擒守信科，下。馬元白〕（守信、四唐將下山，下。繼業、大將等追守禮、守智上，對。健軍、將官圍，作刺死守禮、守智科。唐將、守信上場門上，接對。健軍、將官作圍殺死四唐將科，作擒住守信科，同下。馬元白。）阿呀，皇天嗄，皇天，可憐我四子皆戰死沙場，此子又被擒住，絶我宗嗣矣。咳，罷了。〔唱〕

【撲燈蛾】我生遭不幸，不幸，一死全忠孝。四子喪沙場，怎不教人悲悼。〔繼業等綁守信上。呼延贊、繼業白〕（八健軍、四將官、繼業、大將等綁守信上，繼業白。）馬將軍，可憐你四子尽忠王事，此子又被活擒。將軍早早投降，可免此子一死。〔馬元白〕吾聞仁者不絶人之嗣，老夫身受唐主重恩，理應死報。今四子尽忠王事，只存此子。二位元帥，若念昔日之交，留此子延我宗嗣，老夫死于泉下，亦得瞑目矣。〔楊繼業、呼延贊白〕放了綁。老將軍，你乃人中俊傑，莫若棄逆從順，何必一死。〔馬元白〕爲臣死節，分所當然。阿呀，守信兒吓，你須善保其身，以延我嗣，莫違父命。〔守信白〕阿呀，爹爹，何不同降宋室，圖個父子團圓？〔馬元白〕哎。〔唱〕做個忠魂義魄，博得個青史名標，烈轟轟丹心可表。〔衆白〕老將軍，降了罷。〔守信白〕爹爹，降了罷。〔馬元白〕也罷。〔唱〕墜深崖，分身碎骨報唐朝。〔作跳山死科。繼業等白〕〔馬元跳山死科。〕阿呀，老將軍。〔守信白〕阿呀，爹爹吓。〔同唱〕

【千秋歲】羨英豪，守節忠良士，墜山崖死將恩報。烈烈轟轟，這纔算報國能全臣道。〔繼業白〕小將軍，令尊死忠報國，身死名存，不必悲痛。收殮伊親，歸葬故土。〔守信白〕多謝元帥。〔下。繼業白〕就此回關。養軍十日，修造戰船，準備渡江。〔衆白〕得令。〔同唱〕子和父皆堪褒，先書下功成報。加道旌忠表，付儒臣史筆，添個名標。〔下〕

第十五段

第一齣

〔呂燦、王信、潘國珍、方昆、温掬海、姚撼山、唐安國、黄定邊上，白〕膂力天生勇健强，腰横寶劒耀如霜。千人劈翼誇英武，萬騎雲屯護理疆。〔分白〕俺乃羽林衛前營總兵黄定邊是也。俺乃羽林衛後營總兵唐安國是也。俺乃羽林衛左營總兵姚撼山是也。俺乃羽林衛右營總兵温掬海是也。俺乃前哨驍將呂燦是也。俺乃後哨驍將王信是也。俺乃左哨驍將潘國珍是也。俺乃右哨驍將方昆是也。〔黄白〕請了。〔衆白〕請了。〔黄白〕只因宋兵打破汜水關，將欲渡江，爲此吾主加封二大王爲水陸兵馬大元帥，調撥軍馬，保守金陵。今日二大王登壇發令，只得在此伺候。〔四唐卒、四唐將引李豹上，唱〕

【引】掌握權討志吞海宇，隻手擎天江南唐石柱。〔陞座科。衆將白〕元帥在上，衆將打躬。〔李豹白〕衆將少禮。孤家南唐王胞弟李豹是也。權總有僚職司軍政，只因宋主光義，意欲吞併南唐，命楊繼業爲帥，統兵南下，甚屬猖狂。前者將宋萬所擺之鐵旗陣打破，陷了臨淮。今又破了馬元之飛叉，兵屯汜水。咳，可歎。一班碌碌庸夫，不能戡亂安邦，而竟喪師辱國，深爲可惱。探得宋兵不日渡江，爲此吾主加封我爲水陸兵馬大元帥，招募鄉勇，保護封疆。我想采石磯乃金陵門户，必須勇將把守。訪得四哨驍將吕燦等勇力過人，堪當此任。衆位將軍，宋兵將到，衆位將軍何以拒敵保邦？〔黄定邊、吕燦等白〕末將等不材，俱有兼人之勇。宋兵若到，我等願奮死力拒之，惟候元帥調度。〔李豹白〕好，此乃唐家社稷之幸也。吕燦、王信、潘國珍、方昆，聽令。〔衆應科。李豹白〕爾等四人，帶領健勇甲士三千，速往太平府采石磯，用心把守，以擋宋兵，毋得容他攻擊。聽吾吩咐。〔唱〕

【好事近】狂敵駕樓艫，待把長江飛渡。雄磯采石，端係金陵門户。爾等呵，在磯頭設伏，待伊來把矢石迎頭阻。〔吕燦等白〕得令。〔唱〕任教是健翼飛鷹，管盡做浮水蟲魚。〔下。李豹白〕傳四營教授進見。〔黄定邊應科，白〕元帥有令，傳四營教授進見。〔楊通、官漢英、雷鳴振、金鵬上，白〕得令。能傳武備千般技，敢做南唐教授師。元帥在上。〔分白〕前營長鎗教授楊通。左營大刀教授官漢英。右營鐵棒教授雷鳴振。後營滾牌教授金鵬。〔同白〕叩見元帥。〔李豹白〕起來。爾等可在教場中豎起招軍旗，就命爾四人管理。凡有鄉勇應募者，即便編撥隊伍，授其武藝，教以陣圖，以備臨時應用。聽吾吩咐。〔唱〕

【又一體】訓練在攻殳，變列千般陳布。旋還相應，迎鋒拒敵勇鼓。〔白〕宋兵攻城在即，須要勤加操演，毋得虛演故事。訓練有功，不失高官顯爵。〔唱〕管腰金衣紫好男兒，報國留名譽。〔楊通等白〕謹遵鈞旨。〔一旗牌上，白〕啟大王，孫丞相相請到朝房議事。〔李豹白〕知道了。〔旗牌下。李豹白〕楊通等速到教場，豎起招軍旗。倘有投軍的到來，問明來歷，撥入隊伍。如有武藝可觀、勇力過人者，候吾面試。去罷。〔楊通等應下。李豹白〕黃定邊等隨我到朝房去。〔衆應科。李豹白〕帶馬。〔唱〕爲邦家晨夕勤勞，誠將士精明防禦。〔同下〕

第二齣

〔水卒上，繞場下。四鎮海水軍、李雄、羌彪各駕船上，同唱〕（設雲帳。擺采石磯門、山式、樹木等，拉水匣子。羌彪、李雄各駕舟。四水軍（王三多 田進壽 小王喜 尹 昇）隨上。同唱【風入松】半支，白。）

【風入松】擊攻采石任擔當，一個個氣概昂昂。乘舟鼓棹衝風浪，這功勞誰人相讓。〔分白〕俺乃羌彪是也。俺乃李雄是也。俺元帥自破了馬元，取了汜水關，休兵歇馬，連日不理軍務。衆將叩問其情，元帥道金陵易破，采石難攻。若使派將攻打，難免死傷，故爾逗撓不進。俺二人自想，既爲皇家出力，何懼一死。若臨險畏避，非英雄報國之志也。爲此特討此差，先行攻取，元帥大兵繼後而至。衆水軍，速速前去。〔衆應，同唱〕無畏險奮身而上，拚一死報君王。〔下。場上設采石磯科，撤雲帳。八勇士引呂燦、王信、潘國珍、方昆上山，白〕（白完，唱下。撤雲帳。八勇士（張春和 盧恒貴 靳 保 張得禄、高進忠 邊得奎 馮文玉 彭玉安）呂燦、王信、潘國珍、方昆從仙樓上，白完。藏避科。）天設雄峰采石磯，金陵屏障作門扉。三千甲士嚴防守，要上山頭插翅飛。〔各通名科，分白〕我等原是金陵驍將，只爲衆軍將欲渡江，故此二大王李元帥令我等帶領三千甲士，把守采石磯，阻扼宋軍。呀，你看那邊風帆密佈，戰艦排連，宋軍渡江來也。衆勇士，準備矢石，暗暗埋伏者。〔藏科，衆應科，虛下。羌彪、李雄等上，同唱〕**（李雄、羌彪、四水軍上，唱【又一體】完，白。）**

【又一體】風檣似箭渡長江，爲軍功破釜沉艎。憑他采石高千丈，奮鷹揚將强兵壯。〔李雄白〕將軍，你看懸崖峭壁，高而且險，如何上得去？〔羌彪白〕雖然險峻，且喜無人把守。我等扳籐附葛，扒上山去便了。〔李雄白〕上面倘有埋伏，我等性命可不休矣。〔羌彪白〕既有埋伏，我等船近山邊，爲何還無動静？隨俺上去。〔李雄白〕將軍，不可莽撞，萬一扒至半山，上面矢石齊下，如何抵擋？〔羌彪白〕俺們俱是會水的，倘有矢石下來，一齊跳下水去，有何防礙？即便爲國亡身，亦是英雄快事，何須畏懼如此。〔李雄白〕將軍這等忠勇，難道李雄怕死不成？衆將官，隨我們上去。〔衆應，同唱〕無畏險奮身而上，拚一死報君王。〔作上一層山科。吕燦等暗上，白〕將砲石打下去。〔勇士應，以石打科。羌彪、李雄等作跳下水科，白〕阿呀，中了賊人暗伏之計了。〔唱〕**（白完，唱，作爬山科。吕燦等白「將砲石打下去」。勇士作打科。羌彪、李雄、四水軍作跳下水科，白完，唱【番鼓兒】半支。）**

【番鼓兒】懸崖上，懸崖上，炮石怎抵擋，南人詭詐暗伏難防。〔李雄白〕嗳，一人拚命，萬夫難當。拚死于矢石之下，偏要奪取采石磯，殺盡伏兵，方消此恨。隨俺二人上去者。〔作上山科。吕燦等白〕放箭。〔勇士應，作射科。李雄、羌彪等冒矢上山，同唱〕天道無枉，怎不佑幹國忠良？〔勇士又射科。李雄、羌彪等白〕偏要飛上去。〔唱〕（李雄白完，作爬山科。呂燦等白「放箭」。勇士作射科。李雄、羌彪等作爬山科，同唱後半支完。勇士射科。李雄、羌彪等白完，唱完。）一死一死也名香，做忠魂陰靈不爽。〔呂燦等持鈎鎗。李雄、羌彪隱下。作鈎起李雄、羌彪插箭彩人科。呂燦等白〕將他們屍首號令山崖，使宋軍不敢仰視。此山小心防守，不可疎忽。〔衆應，同唱〕（呂燦等持鈎鎗、李雄、羌彪隱下。水軍諢下。鈎起插箭彩人二個，呂燦等白完，唱【又一體】完，下。）

【又一體】拒敵將，拒敵將，莫縱他軍上，采石磯頭金陵屏障。〔下。八軍士持槳，赤金、玉娥、楊希、楊景、高君保、呼延贊、楊繼業駕船上，同唱〕火速駕飛檣，接應安邦之將。〔水軍上，白〕元帥，快救我等上船。〔繼業白〕快些救上船來。〔軍士作救科。繼業、呼延贊白〕爾等爲何這般狼狽？二位將軍在那裏？〔水軍白〕（八軍士 孫喜 劉保 趙德 劉雙喜 輝四喜 喬榮壽 張喜壽 馬士成 背雙刀、持槳引赤金、玉娥、楊希、楊景、高君保、呼延贊、楊繼業駕舟上，唱完。四水軍王三多等上，白完。繼業白。軍士作救科。繼業、呼延贊白完。水軍白完。）元帥，二位將軍帶領我等五百水軍到得采石磯，一齊攀籐附葛而上。未到半山，唐兵矢石齊發，二位將軍與衆軍俱已被害了。〔繼業等白〕怎麼講，俱已被害了？阿呀。〔唱〕聽説心傷，痛良將屍魄沉江。阿呀，二位將軍吓，一死一死姓名香，望忠魂陰靈不爽。〔繼業白〕速到采石磯邊，待本帥親自一看，設法攻取，拏住仇人，與二位將軍等報仇雪恨。〔衆白〕得令。〔同唱〕（繼業等白完。水軍暗下。唱【惜奴嬌序】。）

【惜奴嬌序】氣滿胸膛，仗懸崖雄峻，直恁猖狂。觀形察勢，然後再作商量。〔呂燦等上，白〕（呂燦等暗上，白完。）呔，來船聽者，方纔那些宋將已作爾等導引之鬼。若不怕死，只管上來。〔楊希白〕阿呀，氣死我也。若不上去，斬此狂賊，怎出心頭惡氣。〔繼業白〕阿呀，如此險峻，竟有何法可施？〔呼延贊、衆將等白〕無法可施，然則罷了不成？〔繼業白〕咳，蒼天吓，蒼天，繼業奉命征唐，弔民伐罪，忠心一點，萬死不辭。今臨險阻之區，惟望神天默佑。〔同唱〕（繼業白完，同唱。）蒼蒼，默助三軍登峯嶂，賴皇仁天垂貺。〔水卒、羗彪、李雄魂隨龍王上，作長潮勢科。繼業等作隨水高起科。繼業、衆將同白〕好奇怪，霎時江潮湧起，船至半山了，江湖之神好不靈應也。〔同唱〕（十六水卒、羗彪、李雄、龍王上，走式，作隨水高起科。衆白完，唱。）顯應彰，湧潮千丈，好似高架虹梁。〔呂燦等白〕（呂燦等白完。）阿呀，好奇怪，你看江潮高湧，宋兵船隻將至山頂上來了。〔繼業白〕衆將官，奮勇上山者。〔衆應，白〕得令。〔君保、楊希等齊上山。呂燦等持鎗刺科。君保等接鎗，躍上。呂燦等白〕（繼業等作搶采石磯門。吶喊。呂燦等持鎗刺科。高君保、楊希作接鎗科。呂燦等白「放箭」。）放箭。〔勇士應。羗彪、李雄魂作指，勇士等驚科。繼業等俱上山科，白〕賊將休走。〔呂燦、勇士等從山後下，繼業等追下。李雄魂、羗彪魂白〕我軍蒙尊神法力得取采石磯，大功必建，深仇必報，我等雖死猶生矣。〔龍王白〕（羗彪、李雄魂作指。勇士等發諢科。繼業等作上山，白。吶喊。呂燦等下，衆追下。上雲帳。李雄、羗彪白完。龍王白完。）吾神昨奉玉旨勅命，在此護佑二位。今日盡忠王事，乃數也。且請到水府款待，少刻送上天府歸位便了。〔李雄魂、羗彪魂白）多謝尊神。（水卒引同下。宋兵、宋將追勇士、吕燦等上，陸續交戰科。吕燦等上。分白）（李雄、羗彪魂白完，水卒引下。撤雲帳。撤水匣。吕燦等四將、楊景、楊希、玉娥、赤金上對下。高君保 張得安 高進忠 邊得奎 盧恒貴 上對下。吕燦等四將上。白完。楊希上對下。馮文玉 輝四喜 喬榮壽 上對下。靳保 孫喜 劉保 上對下。）阿呀，列位將軍，我想采石磯懸崖絶壁，飛鳥難上，不料江水湧起，似有無數神祈將宋兵船隻抬上來的一般。（王信分白）我等舉鎗去刺，忽見兩個鬼魂，就像方纔死的那兩員宋將，唬得衆軍四散奔逃。如今采石已失，又不敢回去，如何是好？我等只得拚死一戰便了。（楊希、楊景等上，白）賊將休走。（戰科。衆軍將陸續上戰，吕燦等敗下，衆追下。勇士、吕燦等上，同唱）

【又一體】意亂心慌，這驍雄兵勢，真鋭實强。難支難架，如虎奔逐群羊。（繼業等追上，戰下。衆上，交戰，作殺死二勇士科，下。吕燦上，唱）慚惶，赫赫威名南唐將，敗窮途拋戈仗。（内吶喊科。吕燦白）呀。（唱）（吕燦等四將上，唱完。呼延贊、繼業上對下。彭遇安 劉雙喜 馬士成 上對下。張春和 趙德 張喜壽 上對下。高君保 張得安 邊得奎 上對，作刺死勇士，下。吕燦上，唱完。）恨猖狂，也罷，竭力併命，拚死沙場。（宋兵、宋將追上，戰科，下。楊景追吕燦上，戰。吕燦白）住了。戰了一日，天色將晚。兩下收兵，明日再戰。（楊景白）哇，賊子，你殺我愛將，挫我英鋒，怎肯留你片刻活命，且吃俺一鎗。（戰科，作刺死吕燦科。潘國珍上，接戰，楊景追下。赤金追王信上，戰科。王信白）（楊景上對，架住，白完，作刺死吕燦科。潘國珍上，接對，同下。）呔，醜婦，你若再來追趕，俺將軍要傷你的性命了。（赤金白）諒你有多大的本領，敢出猖言。（王信白）俺將軍的本領，會跑。（赤金白）你會跑，我會趕。（趕戰，作刺死王信科。勇士上，接戰科，下。楊希、玉娥追潘國珍、方昆上，戰科，下。宋軍、宋將追勇士上，陸續殺死勇士科，下。楊希、玉娥追潘國珍、方昆上，戰。衆圍上，合戰。楊希、玉娥作斬潘國珍、方昆科。衆將白）賊將等俱已殺盡，請令定奪。（繼業白）且喜賊將等俱已誅戮，就在前面主寨剜取賊將之心，祭奠羌李二公。養兵三日，然後進取金陵。（衆白）得令。（同唱）

（赤金追王信上對，白完，作刺死王信科。二勇士 高進忠 盧恒貴 上對，作刺死二勇士，下。楊希、玉娥追潘國珍、方昆上對，作刺死二將科。四勇士 馮文玉 彭玉安 靳保 張春和 上對，作刺死四勇士，下。八軍士輝四喜等引楊景、赤金、君保、呼延贊、繼業上。玉娥、楊希白完。唱【尾聲】下。）

【尾聲】且收兵安營帳，剜心剖腹祭先亡，喜得盡戮仇人冤報彰。（同下）

第三齣

〔楊順上，唱〕

【引】思親念國積愁多，身陷南唐進退踟躕。〔白〕俺楊順爲刼宋萬之營，致被擒獲，自分必死，誰知宋萬將我解送金陵。幸得玉英小姐與成摶虎、明霞中途刼救，藏匿相府。彼時搭救之原由，不能猜度。你道爲何？原來我岳丈曾與爹爹同在劉王駕下，我在襁褓時，就將玉英小姐許配與我，故爾不避危險救我性命。岳丈恐出入不便，故此與我擇吉完姻。又將侍妾明霞認爲義女，配與成摶虎爲妻。只待我爹爹兵到，同歸宋室。但不知我爹爹兵至那裏了，使我終日盼望，好不悶人也。〔玉英、明霞、成摶虎上，白〕有心扶宋主，無意事唐王。〔各相見科。成摶虎白〕公子，爲何在此愁悶？〔楊順白〕因連日不見我爹爹消息，故爾愁悶。〔成摶虎白〕聞得老令公破汜水關，將次渡江了。〔楊順、玉英白〕如此説，離此不遠了，謝天地。〔院子引孫乾相上，唱〕

【引】心常爲宋費謀謨，指日南唐獻版圖。〔院子白〕相爺回府。〔孫乾相白〕迴避了。〔院子應下。楊順、成摶虎白〕岳丈下朝了。〔玉英、明霞白〕爹爹下朝了。〔楊順白〕可知我爹爹兵至那裏了？〔孫乾相白〕

今早報説，昨日你爹爹已過采石磯，早晚就到金陵了。〔楊順白〕如此説，我爹爹不日便可成功了。〔孫乾相白〕成功只怕尚費週折哩。〔楊順等白〕爲何？〔孫乾相白〕金陵城環山帶江，龍蟠虎踞。即使千軍萬馬，只怕一時也難攻克。〔楊順、成搏虎白〕我二人做個内應如何？〔孫乾相白〕内應吓，何消説得。只是李豹手下有四營總兵、四營教授，部下還有二十餘員上將，勇力過人。〔唱〕

【尾犯序】羽翼更還多，數十英雄，幾萬征夫。孤注相摒，未定誰勝誰輸。〔白〕千歲一聞宋兵將到，加李豹爲提督軍門水陸兵馬大元帥。而又出榜招軍，教場中豎立招軍旗，遍募英雄勇士。我今倒有一計，不知你四人可能成功。〔楊順等白〕不知有何妙計？〔孫乾相白〕方纔出朝時，李豹約我同到教場，觀看四營教授教練新募鄉勇。你們四人可假扮投軍之人，到教場中去隨機應變。先算計了那幾個教授，李豹必然要罪你們。我在暗裏調停，命你們與四營總兵比武。你們須要施展平生技倆，將黄定邊等殺死。〔成搏虎白〕住了。軍人殺官將，自然要償命的，此計不好，不好。〔孫乾相笑科，白〕哈哈，我自有方法，不能抵償。那時除他羽翼，授你兵權，方可爲内應。〔唱〕擒虎，速即剪他行羽翼，假身充鄉勇補伍。這牢籠計，除唐輔宋，功績暗中圖。〔楊順等白〕果然好計。〔孫乾相白〕須要改名换姓，速速前去。〔楊順等白〕如此，我們去改扮起來。〔孫乾相白〕你們改扮完了，先到教場中去。少間，待我同了李豹隨後就來。〔楊順等應下。孫乾相白〕哈哈，此計拿在手裏，穩穩的成功。且少坐片時，約了李豹，到教場去便了。正是：計就月中擒玉兔，謀成日裏捉金烏。〔下。楊通、官漢英、雷鳴震、金鵬上，白）劍氣衝霄星斗暗，鞭梢指處鬼神驚。（分白）俺乃長鎗教授楊通是也。俺乃大刀教授官漢英是也。俺乃鐵棒教授雷鳴震是也。俺乃滚牌教授金鵬是也。請了。我等奉二大王李元帥鈞旨，在這教場中把守招軍旗，若有應募的鄉勇到來，即便編入隊伍，傳授武藝。三日一操，以備二大王迎敵。今乃操演之期，方纔傳下令來，二大王與孫丞相同來觀閱，我等須索齊集伺候。正是：晨昏勤習練，有勇且知方。（下。楊順、成搏虎、玉英、明霞各扮鄉勇上，唱）**（楊順、成搏虎、玉英、明霞扮男裝上，唱。）**

【好事近】假扮耍頑愚，這行藏誰能識晤。果是偷天巧計，要先將羽翼剪除。（楊順白）成兄，那邊已是教場了，你我須把名字更換更換纔好。（玉英、明霞白）是嗄。（成搏虎白）這又何難，你我二人換換，他們兩個也換換就是了。（楊順等白）怎麽樣換法？（成搏虎白）我換名爲成順。（楊順白）這樣換嗄，如此我換名爲楊虎。你們呢？（玉英白）奴家。（楊順白）嗄嗄，什麽奴家？（玉英白）啐，忘了。（成搏虎白）這是忘不得的。（玉英白）俺乃孫明。（成搏虎、楊順白）好。你呢？（明霞白）俺乃沈英。（成搏虎白）名字俱好，聲音不像，要放粗些。（楊順白）再來，再來。（玉英、明霞大聲通名，同笑科。成搏虎白）好。到了那裏，就是這樣念法。走罷。（同行科。楊順白）不好，不好。這樣走法，被人看出破綻來了。（玉英、明霞白）要怎麽樣走呢？（楊順白）須要學我們的樣兒哪。（走科。玉英、明霞白）這又何難哪。（學走科。成搏虎白）就是這樣，記準了。（楊順白）走吓。（同唱）要胸脯高起手摳衣，兩脚登雲步。氣昂昂，虎跳龍騰快如飛，步履休徐。〔場上設招軍旗科。成搏虎白〕（場上設招軍旗。）到了，待我去看來。嘎，既豎這招軍旗，怎没個人兒在此？ 有了，待我拔倒了這老旗，看可有人來問我。〔作拔旗科。楊通等上，白〕（成搏虎拔旗科。楊通等四將上，白。）呔，何人大膽拔倒招軍旗？〔楊順、成搏虎白〕俺們投軍的。〔楊通等白〕既來投軍，豈不知軍法，擅敢拔倒招軍旗，是何道理？〔楊順等白〕我們這投軍的，不比尋常庸俗之人，此來定要封侯拜將。因你們不來答應，故爾拔倒這旗兒，也打什麽緊。〔楊通等白〕好一起不知死活的村夫。俺二大王有令，如有拔倒此旗者，不論軍民，即時斬首。〔楊順白〕我們是外路來的，不知什麽令不令。〔楊通等白〕也罷，恕你們外路人無知，好好將旗兒安好，饒你們一死。〔成搏虎白〕待我問他個明白。呔，你們這四個是什麽人？〔楊通等白〕俺們乃二大王駕下四營教授。〔楊順等白〕嘎，你們就是教授麽。好，既是教授，必有本領，若打得過我們，就把旗兒安好。〔楊通等白〕好一班野人，拿下他。〔作打科。雷鳴震、金鵬敗下。楊順作折楊通臂科，逃下。搏虎作傷官漢英眼科，逃下。雷鳴震、金鵬引勇士持刀棍上，相持科。楊順等作奪刀棍戰科。楊順作打傷雷鳴震，嘔血科，下。金鵬等敗下，楊順等追下。小軍、黄定邊、唐安國、姚撼山、温掬海引李豹、孫乾相上，同唱〕（楊通等白完。衆對拳，下。官漢英 明霞上，對拳，作打傷官漢英眼科，同下。楊通 玉英上對，作打傷楊通臂科，下。楊順追雷鳴震，持棍上對，楊順奪棍，打傷雷鳴震，嘔血科，下。成搏虎追金鵬，持刀上對。續楊順、明霞、玉英上對。金鵬敗下，衆追下。四小軍蘇長慶 劉招 任喜禄 孫進安、黄定邊、唐安國、姚撼山、温掬海引孫乾相、李豹上，同唱【撲燈蛾】半支。）

【撲燈蛾】遠遠的烟塵起路，忿忿的喧聲噪呼。瞠瞠視何處喧，紛紛的人若堵。（楊順等追金鵬等上，小軍攔科，白）（楊順等四人追金鵬上。白完。）二大王在此。（金鵬白）阿呀，元帥、相爺，被他們打壞了。（孫乾相白）哇，爾等是什麼人，敢擅打官軍？（楊順等白）二位大人，我們俱是外路來投軍的鄉勇，他們欺我們是異鄉人，出言不遜，揮拳就打。（唱）傑士告鞠聞招軍，投戍赤心兒忠誠協主。他惡狠狠斥逐驅吾，怎當他紛紛雜雜言詞激怒，這是直呈情實恕村愚。（李豹白）爾等也不該欺他外路人。（金鵬白）教授們守法，不敢胡爲。現今他們將雷鳴震、楊通、官漢英俱各打傷，死活未定，求相爺、元帥做主。（孫乾相白）哈哈，好個羽林教授，連這幾個鄉勇都敵不住，如何能拒宋兵？可笑。（李豹白）這是我用人差矣。（孫乾相白）非也，還是外路人不知軍法，擅打官軍，應當重處。左右扯下去打。（小軍應。李豹白）住了。丞相且不要打，且帶他們到演武臺去，試他的技藝如何。若果英勇，還當重用。若不濟，再按軍法未遲。（孫乾相白）二大王所言極是。（李豹白）金鵬先去準備，伺候比武。（金鵬應下。孫乾相白）軍士們，將他們押到演武臺去。（衆應科，同唱）（金鵬下。衆唱【尾聲】下。）

【尾聲】行行疾去廣場覷，親試英雄武藝舒，若是庸劣喬材怎恕汝。（同下）

第四齣

〔勇士引金鵬上，同唱〕（八勇士高進忠 邊得奎 靳保 彭遇安 張得安 盧恒貴 馮文玉 張春和金鵬上，唱，白完，下。）

【鑾牌令】好教氣吸吸，擅敢逞兇驍。比技雌雄辨，較武別清淆。〔白〕呔，四營軍校聽者，孫丞相與二大王即刻就到演武臺，速速整齊隊伍伺候。〔內應。小軍、楊順、成搏虎、玉英、明霞、黃定邊、唐安國、姚撼山、溫掬海引孫乾相、李豹上，同唱〕免傍人衆口嘵嘵，大元勳親監試考。能拔翠授官爵，碌碌庸夫，軍法難饒。〔作到李豹、孫乾相陞座科。李豹白〕（四小軍蘇長慶等、楊順等四人、黃定邊等四人引孫乾相、李豹上。同唱完。作到陞座。八勇士暗上。）喚那鄉勇們過來。〔金鵬白〕大王喚你們，跪下。〔李豹白〕方纔打傷教授是那幾個？〔楊順等白〕是我四人。〔李豹白〕丞相，這四人甚有膽量。〔成搏虎白〕沒膽量也不來了。〔李豹白〕各報姓名上來。〔楊順等應。孫乾相白〕報你們投軍的名字。〔楊順白〕是。俺乃楊虎。〔孫乾相白〕好。你呢？〔成捕虎白〕俺乃成順。〔孫乾相白〕那個成字？〔成捕虎白〕吓，這個……成功之成，降順之順。〔孫乾相白〕這個名兒叫的好。〔成搏虎白〕怎麼不好，我們成了功，他們怕不降順？〔孫乾相白〕那一個呢？〔玉英白〕俺乃孫明。〔孫乾相白〕倒與下官同姓。〔李豹白〕只怕是一家。〔孫乾相白〕没相干，没相干。那一個呢？〔明霞白〕俺乃沈英。〔孫乾相白〕這四個名字俱好。〔李豹白〕爾等會什麽兵器？〔楊順等白〕刀、鎗、拳、棒，件件精通。〔李豹白〕好大話，黄定邊等四總兵聽令。〔黄定邊等應科。李豹白〕你四人與衆鄉勇先比步下拳棒，後比馬上鎗刀。不許虚架虚迎，務要奮力賭鬭。爾等擒住鄉勇，即將來斬首。鄉勇若有傷爾等，亦不治罪。〔孫乾相白〕住了，住了。若是認真賭鬭，總兵傷了鄉勇，不關風化。若鄉勇傷總兵，便有傷國體了。〔李豹白〕吾今原要品其高下，擢用英才，以拒宋兵。楊虎若果能勝得總兵，是武藝高於總兵了，何罪之有？〔孫乾相白〕不是吓，講明了，不致枉屈良材。〔李豹白〕先比步下拳棒。〔衆應。楊虎等白〕四位將軍，我等奉令，不敢相讓了。〔四總兵白〕請。〔作捉對比拳，合隊比勢科，下。李豹白〕丞相，看他四人武藝，却也不在人下。〔唱〕（李豹白完。唐安國 明霞上，比拳，下。姚撼山 玉英上，比拳，下。成搏虎 温搧海上，比拳，下。楊順 黄定邊上，比拳，下。李豹白完，唱完。唐安國、明霞上，比鞭，下。玉英、姚撼山上，比劍，下。）

【三臺印】可羡他雄風浩，英威耀，堪稱俊豪。所習技兒高，騰挪勢巧。拳法精門路有規條，得英何愁敵衆驍。夢裏飛熊，興王吉兆。〔四總兵、楊順等上，作比鞭、棍、短刀科，下。李豹白〕好武藝也。〔唱〕（李豹白完，唱完。）

【秃厮兒】伎倆顯各施奥妙，較争强不讓分毫。些時應須分强弱，觀勝把國士擢，名標。〔四總兵、

楊順等上，作對棍、鎗、劍科，下。孫乾相白〕大王，你看他們好勇耀也。〔李豹白〕端的是將遇良才也。〔唱〕

〔成搏虎持單刀、温掬海持棍上對下。楊順持鎗、黄定邊持大刀上對下。孫乾相白完。李豹白完。〕

【小桃紅】這纔算碁逢敵手對英豪，各要争榮耀。軍民擠擠睜睛眺，語聲嘈，競誇勁敵無强弱。一個拖刀計巧，一個落馬金鎗，那兩個探海勢舞鎗刀。〔四總兵、楊順等上，作交戰科。楊順刀劈一總兵，成搏虎棍傷一總兵，玉英劍砍一總兵，明霞鎗刺一總兵科，下。孫乾相白〕阿呀，了不得，了不得。你看這四個鄉勇，竟將四個總兵俱失手傷害了。咳，二大王，這都是你不許他們虛架虛迎，以致失手，把四個總兵傷害。這四將的性命，活活斷送在你口中了。軍士們，將他們四人綁過來。〔李豹白〕住了。丞相不必着惱，這是我的軍令在前。〔孫乾相白〕雖有軍令，豈無國法。綁過來。〔軍士應，作綁楊順等上，白〕〔連環：唐安國、明霞、姚撼山、玉英、温掬海、成搏虎、黄定邊、楊順，俱各砍打，刺死四大將，下。孫乾相白「綁過來」。軍士應下，綁楊順等上。〕元帥，自古令出如山。我等若無元帥軍令，誰敢無理。堂堂大國之將相，如何失信于小民。〔李豹白〕丞相，吾令已出，如何失信於小民。况且械鬬，難防無損；相争，不免有傷。是我恕罪在前，饒了他們罷。〔孫乾相白〕正在用人之際，無故傷此四將，豈不可惜？〔李豹白〕吾觀此四人勝於四將遠矣，今失犬羊而得虎豹，有何可惜處？〔孫乾相白〕如此説，二大王要棄荆棘而養梧檟也。〔李豹笑科，白〕哈哈哈，放了綁。〔衆應，放綁科。楊順等白〕多謝大王恕我等魯莽之罪。〔李豹白〕四將身居總兵之職，不敵一夫，焉能輔唐拒宋。〔孫乾相白〕咳，算來四將苟禄負君，今日之死，也不爲枉屈。〔李豹白〕你我當入朝奏知吾主，將他四人就補四營總兵之職，如何？〔孫乾相白〕這樣處分，呸，只是太便宜他們了。〔李豹白〕楊虎等四人，隨我等入朝去。〔楊順等應。孫乾相白〕大王既有舉賢之意，下官豈無養士之心，就請同行。〔下座科。李豹、孫乾相白〕帶馬。〔衆應，同唱〕

（**孫乾相白完。唱【尾聲】下。**）

【尾聲】薦賢舉士抒忠効，把半壁江山固保。幹國盡忠心，纔顯爲臣道。〔同下〕

第五齣

〔四軍士引王源、楊貴上，同唱〕

【剔銀燈】王師道敷仁四方，保赤子休教淪喪。勸降大義封書上，早獻表無煩擾攘。〔王源白〕俺王源是也。〔楊貴白〕俺楊貴是也。〔同白〕前者奉二位元帥將令，帶領五萬人馬攻取各郡。十日之內，破了全椒、定遠、安慶、池州等處，望風投順。前日攻破太平府，與元帥合兵攻打金陵。方纔元帥有書一對，命我二人先到城下寄與南唐王，勸他早早開城納降，免得驚動百姓。元帥離城五里安營，專候李衮回音。若言詞抗拒，元帥説統兵連夜攻城。就此前去。〔同唱〕他行若執迷抵抗，免不得把城池踹成平壤。〔下。孫乾相、李豹上，同白〕千歲一心愁勁敵，衆臣各有志施爲。那位公公在？〔一內侍上，白〕（**一內侍下場門上，白。**）不因傳羽檄，定是請雄兵。是那個？原來是二大王與丞相。什麽事情？〔李豹、孫乾相白〕請主公出來，我二人有緊要事面奏。〔內侍白〕少待。千歲有請。〔四內侍隨李衮上，白〕（**四內侍引李衮上，白。**）終朝頻翹首，只望寇烽煙。什麽事情？〔一內侍白〕二大王與孫乾相有緊要事面奏。〔李衮白〕阿呀，有緊要事，一定宋兵攻城了。快快宣進來。〔內侍應白〕千歲宣你們進見。〔李豹、孫乾相白〕千歲，臣等朝見。〔李衮白〕算了，算了，此際不是講規矩的時候。説有緊要，可是宋兵攻城來了？〔孫乾相白〕宋兵攻城就在一兩日了。〔李衮白〕一兩日了？你們該設退敵之計嘎。〔李豹白〕臣弟爲設退敵之計，特來面奏。臣二人預爲防備，招募鄉勇。今得四將驍勇異常，各有萬夫不當之勇，足可拒敵宋兵。〔李衮白〕新招軍士未曾出陣，焉知就有萬夫不當之勇？〔李豹、孫乾相同白〕臣等因要試彼武藝，傳令四營總兵比試馬步之戰，不許虚架虚迎，務要各顯長技。〔同唱〕

【駐雲飛】少壯軒昂，真是擎天國棟樑。〔白〕臣等呵，〔唱〕出令無相讓，四命須臾喪。嗏。〔李衮白〕怎麼講？你們出令教那新招鄉勇把我四營總兵殺了？好，你們等不得宋兵攻城，自相殘害起來了。好元帥，好宰相，這樣退敵之計，何愁南唐不破呢。〔李豹白〕千歲，那四總兵連一介鄉勇敵不過，足見武藝平常，焉能拒敵宋將，留之無益。〔李衮白〕留之無益？到是拿來與鄉勇試手段的，好真正將相之才。〔孫乾相白〕四總兵身爲大將，有名無寔，辜負主公榮禄，死有餘過。〔李豹白〕求千歲隆恩，即授此四人爲總兵之職，保管立建大功。〔唱〕此刻用武揚，陞加禄賞。總領三軍，管把烽煙蕩，扶國安邦輔大唐。〔李衮白〕也罷。正在用人之際，依卿所奏便了。〔李豹、孫乾相白〕謝千歲。〔大太監持書上，白〕(**一大太監上，白。**)城外排戎隊，手中遞羽書。啓千歲，守城將報道楊繼業遣將在城下，有書呈上，立候回音。〔李衮白〕不好了，宋兵到了。丞相快把書兒念與我聽。〔孫乾相白〕(**大太監下。**)領旨。大宋掃唐大元帥楊書寄南唐王殿下：吾主建立大統，天下歸心，李氏久已奉表朝貢，何得又生不臣之心，使虬龍獻鐵胎弓、鳥篆書，大言不遜，抗犯天朝。是以吾主雷霆一怒，命本帥掃蕩南唐。今天兵已至城下，何難掃爾巢穴。所惜者，一城生聚耳。若能歸命請罪，策之上也。再行違抗，今日必破此城，宜早爲之所。〔李豹作怒白〕阿呀呀，氣死我也，何物繼業，敢猖狂如是。〔李衮白〕阿呀，二卿吓，不必親見王師的兵威，就是耳聽繼業書上的口氣，我已魂膽皆驚矣。這便怎麼處呢？〔孫乾相白〕千歲，爲今之計，莫若奉表歸降。一則可免李氏一門之衬，二則保一城百姓之命。〔李豹白〕嗳，你爲宰輔，不設退敵之謀，反勸主歸降。即使宋兵圍城，俺統領羽林軍四萬，背城一戰，焉知孰勝孰敗？倘能退敵，唐祚之幸。即便戰死疆場，也强如屈膝歸降。〔李衮白〕王弟之言，是也。快快出城迎敵。〔李豹白〕領旨。〔孫乾相白〕既然二大王奮勇，乃吾主之幸也。待臣就寫下緩師之書，到敵樓畧陣。若二大王退得敵衆，不必言矣。倘不得勝，射下書去，求彼緩兵三日，我等再圖計議便了。〔李衮白〕就依卿言。眼望捷旌旗，〔孫乾相白〕耳聽好消息。〔分下。楊順、搏虎、玉英、明霞上，同白〕入朝請旨去，未審是何音。岳父下朝了，事體如何？〔孫乾相白〕事已定矣。方纔你爹爹遣將在城外下書勸降，獨李豹一定要戰。待我寫下一書，將招你爲婿，裹應外合之謀，一一寫明，脱你之罪，明我之心。少間，射下城去，使你爹爹依計而行便了。〔楊順白〕有費岳父清心。〔成搏虎白〕李豹那裏去了？〔孫乾相白〕他回府披掛，整頓兵馬去了。〔楊順白〕倘他帶我們出城迎敵，怎麼樣戰法？〔孫乾相白〕此書未去，今日你不可出戰。少間，待我對李豹説，留你們隨我保城。〔楊順等白〕如此甚好。〔孫乾相白〕成功在于明日。隨我去。〔楊順等白〕是。〔同下。軍士、王源、楊貴上，同唱〕（**四軍士** 孫喜 劉保 輝四喜 喬榮壽 **引楊貴、王源上，唱【駐馬聽】半支。**）

【駐馬聽】書寄唐王，未審他行戰與降。先敷陳大義，不遵宣化，難免撻伐施彰。〔軍士引赤金、玉娥上，同唱〕（**又四軍士** 趙德 劉雙喜 張喜壽 馬士成 **引赤金、玉娥上，唱完，白完。**）統來虎旅擠蹡蹡，只恐城中陳師抗。〔王源白〕二位夫人到此何事？〔赤金、玉娥白〕公公等候你們，不見回去，恐有不測，命我二人領兵接應。〔王源、楊貴白〕我等守候已久，或戰或降，未得其信。〔赤金、玉娥白〕何不同到城門首討個寔信，回報元帥？〔王源、楊貴白〕有理。〔同唱〕試探其詳，端的守戰回報早商量。〔場上設金陵城。王源等同白〕（**下場門設金陵城。**）城中軍民百姓聽者，俺元帥不攻城者，乃體吾主愛民之心。若汝主再不開城請罪，打破城池，難免玉石俱焚矣。〔李豹內白〕衆將官，隨俺出城擒拿宋將者。〔勇士白〕得令。〔引李豹出城科。李豹白〕呔，何等小卒，敢到俺城下大呼小叫？〔王源、楊貴、玉娥、赤金同白〕我等天朝大將，奉旨問罪李袞。汝乃何人，敢來問俺？〔李豹白〕（**八勇士** 高進忠 邊得奎 靳保 彭遇安 張得安 盧恒貴 馮文玉 張春和 **引李豹等出城科。李豹白完。王源等白完。李豹白「吃俺一鎗」。**）鼠輩莫道大王尊諱，先吃俺一鎗。〔戰科。唐軍、唐將、宋軍、宋將陸續上，戰科。李豹等敗下，王源等追下。孫乾相、楊順等四人上城科。李豹等敗上。孫乾相白〕大王寡不敵衆，收兵進城，明日再戰。〔李豹白〕開城。〔作進城下。王源等追上，白〕誰敢出城再戰？〔玉英白〕

看箭。〔作射書科。孫乾相等下。赤金白〕這廝暗放冷箭，幸喜不曾射中。呀，箭上有書一封。〔楊貴白〕將書回報爹爹便了。〔同唱〕試探其詳，端的守戰回報早商量。〔同下〕〔衆對，大攢，大將先對下，衆後對下。李豹 王源 楊貴 上對下。玉娥 張得安 邊得奎 高進忠 馮文玉 上對下。赤金 靳保 彭遇安 盧恒貴 張春和 上對下。孫乾相、楊順等暗上城。李豹、八軍士 孫喜等 趙德等 上對，八軍士下。赤金 玉娥 上，接對，赤金 玉娥 下。孫乾相白「明日再戰」。李豹白完。內應。白完。八勇士上，隨進城下。八軍士、玉娥、赤金、王源、楊貴追上，白完，玉英射書，暗下。衆白完，唱下。撤城。〕

第六齣

〔四軍卒、高君保、楊希、楊景引呼延贊、楊繼業上，同唱〕

【引】威信廣陳宣化揚，一降萬姓得安康。〔呼延贊白〕元帥。〔楊繼業白〕請坐。我等親奉聖諭，念南唐以先嘗奉正朔，後因惑于迂臣之言，強倔不朝。弓書難邦，不得不加征討。若兵抵金陵，切勿暴掠生民，務廣威信，不煩急擊，使李衮自行歸順，不可加害。〔呼延贊白〕聖上仁德之心，於斯爲至矣。但願李衮見書，即時修省，待罪軍營，不惟李氏保全，滿城軍民皆得安堵。〔楊景、衆白〕賴聖上天威，二位元帥再以大義責之，李衮暗弱無能之輩，見時勢如此，必有歸化降順之意。只恐有倔強魯夫、骨鯁迂儒，或言閉壘固守，或言背城一戰，李衮心惑不决，則萬民受累矣。〔楊繼業白〕待王將軍等回營，便知下落。〔王源、楊貴、赤金、玉娥上，白〕宋將未收三尺劍，唐臣射出一封書。元帥，小將等參見。〔楊繼業、呼延贊白〕衆位將軍，辛苦了。〔王源等白〕不敢。〔王源、楊貴白〕我二人奉令將書繫上城去，半日未得回音。正在疑慮，恰好二位夫人到彼，同至城門首，索取回信。忽有一枝人馬開城殺出，未見勝負，收軍進城。城上射下一封書來，未知是何言語。〔赤金白〕請二位元帥開看。〔楊繼業白〕取來我看。〔呼延贊衆白〕不消説，一定是李衮約戰了。〔楊繼業白〕姻眷弟。〔衆同白〕嗄。〔呼延贊白〕咦，這書起句來得作怪嗄。〔楊繼業白〕姻眷弟、大丞相掌軍國事孫乾相書奉親翁楊元帥閣下台覽。〔呼延贊白〕住了。你與他是什麽親家？〔楊繼業白〕嗄，是了。昔年楊順在襁褓時，那孫乾相曾將女兒許配，故爾如此稱呼。〔呼延贊白〕這就是了。〔衆白〕且看後面怎麽説。〔楊繼業白〕啟者，令郎楊順被縛解京，弟念昔日盟言，情關休戚，故與小女玉英計議，小女謀於侍女明霞及昔救義士成搏虎，三人不避危險，向中途刼救，隱匿相府。弟爲避嫌疑，擇吉已與令郎畢姻，認明霞爲義女，即贅成搏虎爲婿。既爲姻婭之親，必助成功之策。吾主適觀親翁之書，已覺膽寒之至。因李豹恃强，决意背城一戰。弟使二女、兩婿身充總兵投於李豹麾下。今親翁速發大兵攻城，弟爲内應，先除李豹，吾主投降必矣。妙嗄，有此奇遇，天助成功也。〔呼延贊白〕昔日八郎敗陣遭擒，却爲今日破城的伏線。事不宜遲，速整三軍進兵。〔楊繼業白〕有理。王將軍，留兵五千保守大營，其餘將士整齊鞍馬器械，隨我二人前去擒拿李豹。〔衆白〕得令。〔楊繼業白〕隻身轉戰三千騎，〔衆白〕一劍能擋十萬師。〔下〕（**大下場**。）

第七齣

（羽林軍、將官、楊順、成搏虎、玉英、明霞引李豹上，唱）（八羽林軍 高進忠 邊得奎 靳保 張得禄 張得安 盧恒貴 馮文玉 彭遇安、四將官 蕭齡 李三德 藍廷喜 王成業、楊順等四人引李豹上，唱完，白。）

【一枝花】急切裏稱不得撥亂心，酬不了扶危願。保不住李社稷，占不得趙山川。（白）可惱孫乾相，（唱）一見那繼業書傳，勸吾主把金陵獻，（白）咳，可笑俺王兄，（唱）嚇得來無計展。一霎時痴呆了默默無言，可憐他魂膽喪兢兢打戰。（白）適纔守城將報到，望見旌旗蔽日，塵土迷天，必是宋兵又來攻城。爲此，點齊二萬羽林軍將，今日誓必決一死戰，擒了楊繼業，方消我恨。楊虎、成順、孫明、沈英聽令。（楊順等應科。李豹白）你四人分爲左右翼，只看本帥詐敗，宋兵必來追趕。爾等從左右抄向宋兵之後，本帥回兵，前後夾攻。不得有違。（楊順等白）得令。（李豹白）就此出城迎敵者。（衆應，同唱）

【九轉貨郎兒】今全賴同心協助城不破，軍兵安堵，俺這裏鍛鋒礪刃擁干戈。鼓聲動將敵斬，金鳴處把旗摩，攻擊爭先莫慢俄。（下。軍士、高君保、赤金、玉娥、楊貴、楊景、楊希、呼延贊、楊繼業上，同唱）（白完，唱完，下。八軍士（孫喜、喬榮壽、張喜壽、劉雙喜、輝四喜、劉保、趙德、馬士成）、赤金、玉娥、楊希、楊景、楊貴、高君保、呼延贊、楊繼業上，唱【三轉】。）

【三轉】數李衮逆天罪，條條不赦。服衮冕藩王僭越，犯天顔弓書侮謗烏文牒。戀婁妾追歡樂，①背君恩不朝闕。鐵旗陣兵戈四野，搜軍餉黎民歎嗟。陣亡的冤魂怨結，神人恨切，因此上伐罪弔民水火也。（李豹等衝上。繼業白）來的唐將報名。（李豹白）俺乃二大王，提督軍門水陸兵馬大元帥李豹是也。宋將報名。（楊繼業白）本爵掃唐大元帥楊令公。（呼延贊白）本爵掃唐副元帥呼延贊。（繼業同白）王師已抵城下，還不勸主歸降，尚敢統兵抗拒麼？（李豹白）哇，好胡説。俺大王今日誓斬汝首，以消衆忿。看鎗。（合戰科，下。兩家兵將陸續上，戰科，下。玉娥、赤金追玉英、明霞上，戰，玉娥白）住了。姐姐，且不要動手，問個明白再戰。（赤金白）不用問，我心裏知道。且對幾下子，熱鬧熱鬧再説。看鎗。（玉娥白）且慢，還是問個明白的好。（赤金白）問明白了，是一下兒也對不成。看鎗罷。（戰科。玉娥白）如今該問了。（赤金白）問問罷哉。呔，你們兩是誰？（玉英、明霞白）你們兩個是什麽人？（赤金白）你睄他，倒問咱們。（玉娥白）我姐妹二人乃楊七郎之家室。（赤金白）我們説了，你們呢？（玉英白）原來是二位嫂嫂，奴家孫玉英，乃楊八郎之妻。（明霞白）奴家沈明霞，乃成搏虎之妻。（玉娥白）如何，虧得問

① 婁：誤，應作「妻」。

一問。〔赤金白〕要是不問罷，應了那兩句了。〔玉娥白〕什麼？〔赤金白〕大水衝了龍王廟，自家不認自家人。明白是明白了，如今咱們是怎麼樣呢？〔玉英、明霞白〕且自假戰，見機而行。〔赤金白〕使不得，妯娌纔見面，就打仗麼？〔玉娥、玉英、明霞白〕掩飾衆軍耳目。〔赤金白〕我是賢惠的，不打。〔下。玉英白〕李豹來了，和你閃過一邊。〔各分下。高君保、楊希等追李豹上，戰科，下。兩軍上，陸續交戰，合戰，下。李豹上，白〕〔八羽林軍、四將官、楊順等四人、李豹上，見面，白完。對攢。軍士、羽林軍抄下。李豹對五人，四犄角一對二。李豹 呼延贊 高君保 楊繼業 楊貴 五人先下，四犄角後下。二對二：盧恒貴 孫喜 邊得奎 輝四喜 上對下，張得安 劉保 高進忠 喬榮壽 上對下，玉娥 玉英 赤金 明霞 上對，白完，對下。李豹、繼業上對，繼業下。呼延贊下場門上，接對，呼延贊下。赤金下場門上，接對，赤金下。玉娥下場門上，接對，玉娥下。楊希下場門上，接對，楊希下。楊景下場門上，接對，楊景下。楊貴下場門上，接對，楊貴下。高君保下場門上，接對，同下。單連環：彭遇安、馬士成，大馮文玉、劉雙喜，靳保、趙德，張春和、張喜壽，上對下。〕呀，你看宋軍人人用命，個個争先，楊繼業用兵名不虛傳也。〔唱〕〔李豹上，白完，唱【四轉】。〕

【四轉】宋兵將雄糾糾心同力戮，整齊齊排連隊伍。楊無敵金刀不是把名沽，使雙鞭靖山王能酣戰，赤金的女面閻羅可憎可怖。撞着個黑炭的楊希，顛不剌很不軥，寔不愧搜山虎。遇了玉娥，險斷頭顱，架不住楊延昭鎗門路。那楊貴忒也真威武。呵，高君保英勇勝吾，怎當他輪戰盤旋如環堵。〔楊繼業等上，白）那裏走？〔戰科，下。衆上，接續交戰。李豹等敗下，衆追下，李豹等敗上。李豹白）呀，你看宋兵逐後追來，中吾夾攻之計也。楊虎等四將帶人馬左右分開，讓宋兵過去，從後追殺，不得有違。〔楊順等應，分下。繼業等追上，戰科，李豹等敗走。楊順等上，白）李豹那裏走？〔合戰科，李豹等敗下。楊順白）爹爹，孩兒奉岳父之命，帶玉英與成搏虎夫婦裏應外合，同破金陵，以贖前罪。你們過來見了。〔玉英、成搏虎、明霞白）二位元帥。〔繼業白）此非講話之時，速速追趕，莫容李豹入城擾動百姓。〔衆應，同下。李豹上，白）〔唱完。繼業上，白。對下。高君保 楊希
楊景 楊貴 對，四將官上對，續 張得安 盧恒貴
高進忠 邊得奎 上，接對，同下。八羽林軍、四將官、楊順等四人、李豹敗上，白完。楊順等四人分下。繼業等、八大將、八軍士四人一排上，殺過河。羽林軍、將官分，在軍士後追。楊順等四人上場門上，接對。李豹等敗至下場門，八軍士抄手。番回。繼業等八人趕李豹等下。衆回白。楊順白完。同下。李豹上，白完。）阿呀，可惱嗄，可惱。吾令楊虎等四將夾攻宋兵，不知何故竟自反戈相向。阿呀呀，氣死我也。〔楊順、成搏虎、玉英、明霞上，白）〔楊順等四人上對，白完，對下。）李豹那裏走？〔李豹白）唗，好反賊，爾等殺我四總兵，不來罪你，反加官爵，不知報恩，乃敢反唐助宋，吃俺一鎗。〔楊順等白）唗，李豹，你道我們是何等樣人？〔李豹白）投軍鄉勇。〔楊順白）俺乃楊八郎。〔玉英白）俺乃孫丞相之女玉英。〔李豹白）阿呀呀，罷了吓，罷了，中了孫乾相之計矣。看鎗。〔戰科，下。羽林軍將、宋軍、宋將上，戰科，下。繼業内白）大小三軍，將李豹團團圍住，不許放他進城。〔衆内應，吶喊科。李豹等上，李豹白）〔八軍士追八羽林軍上，對攢，下。繼業内白完。吶喊。八羽林軍、四將官、李豹敗上，白「罷了吓，罷了」完。八軍士兩場門上，抄手，下。）罷了吓，罷了。指望設計殺退繼業，保住金陵，誰知反中孫乾相奸計，將人馬殺去大半，怎麼處？也罷，衆將官，隨俺進城，殺到孫乾相府中，將他滿門誅戮，方消此恨。（衆應。楊繼業、呼延贊等全軍作圍困李豹等科，宋軍等下。李豹白）阿呀，方欲進城，你看宋兵圍如鐵桶，如何殺得出也。

（同唱）（宋大將等上，作圍困，李豹等敗下，繼業等追下。李豹等上，白完，唱【六轉】。）

【六轉】四週遭層層疊疊如山環障，恁看那上上下下天羅地網，佈列着鎗鎗劍劍戈戈戟利鋒鋩。（内喊科。李豹等唱）（内吶喊完，又唱完。軍士、宋大將等上，抄手。）百萬的人人馬馬威風壯，惡惡很很，吶吶喊喊，擠擠蹌蹌，紛紛亂亂，急急遽遽東衝西撞，怎奈這密密匝匝鐵桶般樣。（宋將上，戰科。宋軍等圍下。場上設金陵城。二文官、孫乾相、李衮上城科。楊繼業等内白）（内白「快快投降」，抄下。李豹白完，唱。楊順等四人上對，同下。場上設金陵城。二文官、孫乾相、李衮上城。李衮白完。）李豹，快快投降。（李豹上，白）呀，（唱）外層兒精精健健的軍，内層兒兇兇猛猛的將，喧喧嗾嗾，逼逼勒勒要俺投降。偏是俺倔倔强强忠忠耿耿大王强項，拚得個潑潑刺刺血戰沙場一命亡。（宋將上，戰。宋軍上，圍下。李衮白）阿呀，你看宋家人馬如山峔海沸之勢，圍繞重重，吾弟性命休矣。丞相，如何救他纔好？（孫乾相白）這是二大王恃勇要戰，不肯歸降，致遭圍困，誰人救得他。（宋將追李豹上，戰科，宋軍圍李豹下。宋將追羽林軍上，作殺羽林軍科，下。李豹上。李衮白）（明霞蕭齡上對，作刺死將官，下。玉英藍廷喜上對，作刺死，下。楊順 李三德 成搏虎 王成業上對，作刺死，下。李豹代弓箭上，①對八軍士孫喜等，八軍士下。）賢弟，快些進城來罷。〔李豹白〕王兄，四面俱是宋兵，千萬不可開城。〔孫乾相白〕二大王，既不能退兵，降了罷。〔李豹白〕阿呀呀，好反賊，看箭。〔作射死孫乾相科。李衮驚白〕（李豹白完，作射死孫乾相。李豹白完。）賢弟，你爲何把丞相射死了？〔李豹白〕他結連繼業，賣主求榮，故爾將他射死。〔玉英上，白〕李豹，那裏走？李豹，和你殺父之仇，不共戴天，將你立爲虀粉，與父報仇。〔戰科。楊順、成搏虎、明霞上，助戰科。宋將等上，圍戰科，同下。李衮白〕（玉英上，白，對，續明霞、成搏虎、楊順上對，又續君保、赤金、玉娥、楊景、楊希、楊貴上對。李豹敗下，衆追下。）阿呀，不好了，今番吾弟不能逃生矣。〔唱〕（李衮白完，唱【九轉】半支完。）

【九轉】都分是難逃活命，猛刺刺疆場厮併，彼軍衆我軍寡怎支撑。唐家將狼狽伶仃，宋家將虎豹猙横。這孤軍隊殘難整，那繼業陣堂旗正，早拜降保全我一城百姓。〔宋軍、宋將圍李豹上，戰科，作圍住科。宋軍、宋將白〕李豹，還不投降麽？〔李豹白〕阿呀，〔唱〕要脱這緊重圍怎能，逼來劍戟密層層，臨危地憑誰來救拯。〔白〕也罷。〔唱〕喪沙場爲報主，捨死也如生。〔衆作殺死李豹科。繼業白〕李豹已誅，就此攻城。〔衆應，作攻城科。李衮白〕阿呀，大元帥，可憐這一城百姓，求你不要攻打，我明日率領官員，

① 代：誤，應作「帶」。

親到大營拜降請罪。〔繼業白〕此話果真否？〔李衮白〕千真萬真，不敢食言。〔繼業、呼延贊白〕你若失信，踹破城池，鷄犬不留。〔李衮白〕不敢，不敢。〔繼業、呼延贊白〕傳令收兵。〔衆白〕得令。〔同唱〕俺這裏網開三面全生命，恁那裏降書速獻受降城，明日個劍戟排門營内等。〔同下。李衮白〕（繼業等内白完。李豹上，唱後半支完。楊順等四人上對。李豹白「也罷」完，唱完。君保等六大將上對，擺式。八軍士追八羽林軍兩場門上，抄，對，作斬羽林軍科。軍士翻回。大將作刺李豹科。繼業、呼延贊暗上，白完，唱下。）好了，不攻城了。衆卿，快快吩咐衆軍，在外連夜築起受降臺，你們寫下降表，明日隨我獻降請罪去。〔文官應科。李衮白〕咳。〔唱〕（李衮白完，唱【尾聲】下。）

【煞尾】弓書喬進招災眚，冒犯天威撻伐征。怎當得一怒雷霆一蕩平，忙忙的奉表軍門把罪請。

〔同下。城下隨撤城科。〕

第八齣

〔八軍士、八將官、高君保、王源、楊貴、楊景、楊希、楊順、成搏虎、赤金、玉娥、玉英、明霞引呼延贊、楊繼業上，唱〕

【點絳脣】聖武神功，勳臣忠勇。版圖奉，除暴安氓，一統華夷聳。〔衆將白〕衆將打躬。〔呼延贊、楊繼業白〕衆位將軍少禮。我等仰賴聖上神謀睿算，大功告成。今將奇功懋績併陣亡將士，一一寫成奏章，只待李衮獻上版圖降表，一同報捷便了。〔文官各捧册籍，隨李衮上，白〕懊恨當時見識迷，弓書侮謗犯天威。一朝城破家亡日，追悔前非也是遲。〔文官白〕已到大元帥軍營了。〔李衮望科，白〕阿喲，不由的心驚肉戰起來了。〔文官白〕主公去叫嗄。〔李衮白〕叫什麼？〔文官白〕叫門嗄。〔李衮白〕阿呀，孤家從不曾叫過門的嗄。〔文官白〕從今日爲始，有得叫門哩。〔李衮白〕我去叫。〔作抖科。文官白〕不要抖。〔李衮白〕不抖，不抖。這個，孤家在此。〔文官白〕什麼孤家？你説，營門上那位在？〔李衮白〕我寔在不會，你替我去叫叫罷。〔一文官白〕營門上那位在？〔一軍士白〕呔，什麼人在此大呼小叫？〔文官推李衮科，白〕去答話。〔李衮作難狀。軍士白〕什麼樣人，報名嗄。〔李衮白〕是孤。〔軍士白〕什麼孤？

〔李衮推一文官，白〕你去答應。〔一文官白〕相煩通報，南唐罪臣李衮親詣軍門請罪。〔軍士白〕候着。〔李衮白〕這是個什麽東西？〔文官白〕是大元帥帳下的小卒。〔李衮白〕咳，連小卒都欺負得着我一回。〔二軍士白〕啟上二位元帥，李衮親詣軍門請罪。〔楊繼業白〕元帥，李衮雖抗犯天朝，念其嘗奉正朔，少間不可待慢。〔呼延贊白〕好，這纔顯我天朝大義。〔楊繼業白〕王將軍，去請他進來。〔王源應，作出迎科，白〕元帥請相見。〔李衮應，望科，白〕阿喲，好威嚴嗄，小心些。〔同進科。李衮白〕李衮愚昧，抗犯天朝，自取敗亡，死罪死罪。〔楊繼業、呼延贊白〕我皇上應天承運，撫育華夷。南唐自爾父至汝，嘗奉正朔，年年朝貢，故吾主特恩，獨南唐不入版圖。不知竭誠圖報，輒爾抗逆天威，故爾加兵問罪。今既悔罪請降，前愆盡釋矣。請起相見。〔李衮白〕不敢。〔繼業白〕既已歸順，何分彼此。〔呼延贊白〕是嗄，歸降了便是一家。到了汴京，授了官職，你我一殿稱臣了。請起。〔李衮白〕是，多謝二位元帥。〔繼業、呼延贊白〕不敢。〔李衮白〕衆位將軍。〔衆將白〕請了。〔李衮白〕李衮當時一見之差，故造滔天之禍。今深知悔罪，謹奉降表一道，請二位元帥到受降臺去。〔繼業白〕先請往臺邊伺候，我等就來。〔李衮白〕是，暫且告退。〔文官引下。楊繼業白〕大小三軍，整齊隊伍，往受降臺去者。〔衆白〕得令。〔二軍士執纛上。楊景捧奏摺，各上馬，同唱〕

【五馬江兒水】恭行天討，拯民水火中。我皇一德一心，立定厥功，以克永世變時雍。萬民受福，樂業無窮。看黎庶歡呼載道，頌德歌功，俱言受福賴皇躬。凱奏班師，凱奏班師，將士歡譁聲閧。

〔場上設受降臺、香案、聖旨牌，耆老、士子、百姓隨文官、李衮上，迎接科。楊繼業、呼延贊登臺科。李衮率文官跪科，白〕罪臣李衮廢棄正朔，虐下背上，獲罪於天，應加勦絶，謹奉請罪降表一道。〔成搏虎接遞科。一文官白〕江南版圖一册，共州十九，共軍三，共縣一百八十。〔將官接遞科。一文官白〕各州府縣文武官員名目、户口册籍。〔成搏虎接遞科。楊繼業、呼延贊白〕本帥辭朝興師時，面奉聖諭，城陷之日，毋甚殺戮，李氏一門，不可加害。獻降之日，即令治裝帶歸汴京受職。今既自悔請罪，我等遵旨施行。今削爾王爵茅土，爾有怨望否？〔李衮白〕念罪臣呵，〔唱〕

【鎖南枝】赦罪臣，昏瞶庸，違天背主抗兵鋒。待罪向金階，露布獻俘戎。禍自爲，怎敢怨皇躬，悦而服，心惶悚。〔繼業白〕既知自悔，此乃悦而誠服也。衆皆隨我拜表。〔衆應科。内奏樂，同拜表科。繼業包本畢，白〕成搏虎聽令。〔搏虎應。繼業白〕這是喜報降表，你可星夜馳驛到京掛號，速詣行在奏聞，不得有悮。〔搏虎白〕得令。〔背包上馬科，下。李衮白〕李衮備有筵宴款待，還有羊酒犒勞三軍。〔楊繼業、呼延贊白〕不消。公可多帶輜重，到京自便。衆官亦速治裝，明日就要班師。〔李衮白〕請二位元帥進城，養息數日再行未遲。〔繼業白〕久留恐騷擾百姓，公且請回打點，明日隨行。〔李衮白〕領命。〔文官等隨下。楊繼業、呼延贊白〕大小三軍，就在城外安營，明日奏凱班師。〔衆白〕得令。〔同唱〕

【尾聲】班師來日凱歌誦，平靖烽烟奏大功，共享昇平湛露濃。〔同下〕